男女の△《さんかく》物語

―鬼々一髪―

水之 夢端（みずの むたん）
椋田　 撩（むくた りょう）

五 紘 舎

目次

第1章　末川廣子、大学生活を開始する

(1) 強引な勧誘

——視線が痛い。

廣子（こうこ）は足早にキャンパスを歩いていた。

スニーカーの足音を路面が吸い込んでゆく。裾をくるぶしまで巻き上げたデニムのパンツ。足首に風があたり、ひんやりする。黒のトレーナーはお気に入りから二番目だが、気分的にカタ無しだ。

粋名丘（いきなおか）大学中央キャンパスのメインストリートは、新年度恒例のサークル勧誘でごった返している。好奇心に目を輝かせて歩く新入生を、上級生たちが待ち構える。お手製のチラシを配っての声掛けに余念はない。

飛び交う声、足音、笑い。

そんな中を行くと、廣子は全ての視線が自分に注がれているような気がしてならなかった。

しかもそれは勧誘ではなく、嘲笑――。

廣子はこの春、鳥取から東京に出てきた。大都会の女子は、みな想像していた以上におしゃれで、廣子は気おくれした。多少は自分に自信があったのは否定しない。事実、自分はそんなに不細工では無い（――と、彼女は思っている）。高校時代はごく短い間だったけど彼氏がいたし、ラインの男友達もいる。路上で地元のタウン誌に「写真一枚いいですか」と声を掛けられたこともある。いわゆる読者モデルだ。けれども、東京に来て、廣子は現実を突きつけられた。みな、眩しいくらいに、セイシュンの装いだ。

――だからなんだっての！

勝気で負けず嫌いの廣子は足を進めながら脳内抗弁を続ける。

――みんな私の田舎者のルックスをあざ笑っているに違いない。靴も、服も、髪も、仕草も。どうせ私は田舎者ですよ！　私は大学に遊びに来たんじゃない。大学は勉強するところでしょ？　一体全体、この女子らはおかしい。親元を離れた途端に髪を染めて耳にピアスをして。大学デビューってやつ？

私はむしろ、そういうのに逆らって生きてやるわ！

逆らってと誓うわりに、気持ちは焦りと恥ずかしさではちきれそう。早く最初の仕送りで服や靴を揃えたい。

「テニスサークルでーす」

ふと横から手が伸びて、目の前にA４サイズのチラシが飛び込んだ。反射的に受け取ってしまう。まずい、少しでも足を止めたらダメだ。時すでに遅し。案の定すぐに他のサークルが集まってきて、チラシ攻勢をかけてきた。

「ワンダーフォーゲルです」

「囲碁で青春に白黒つけよう！」

「体育会射撃部です。恋の青春スパイナーになりましょう！」

あっという間に両手がチラシでいっぱいになる。心の中では何事にも強気な廣子も、慣れない環境では臆する。「結構です」「いりません」。その言葉が出ない。みるみるチラシが増えていく。いっそのこと、両腕を打ち開き、えいやっとばらまいてしまいたいくらいだが、まさかそんなわけにもいかない。

おろおろしつつ目に入った学部棟の時計が、十二時五十五分を指していた。

——いっけない。間に合わない！

「そこのあなた」

突然、視界に一人の女性があらわれた。彼女があらわれると、他のサークル勧誘は、モーセが海を割るように引いていった。

——誰？

廣子は目を凝らした。女性のシルエットがシャープに引き締まる。足を肩幅に開き、くびれた腰を半身に構え、右手を伸ばしてこちらを指差している。細い首、小さな頭。輪郭が凛々（りり）しい。まるでアメリカ映画の登場人物のように颯爽（さっそう）としてカッコいい。廣子はキュンとした。綺麗だ。そこいらの女子とは違う。目力、媚びない美しさ——見とれてしまう。

――いやいや。

廣子は妄想を振り払うように首を横に振った。

「すみません、急いでいるんで」

廣子は女性の脇を行き過ぎようとした。ところが
「そのチラシ、邪魔でしょう」

女性はそう言って廣子の足を止めた。手も仕草も使わず言葉で止めた――不思議な力だ。

「そのチラシ、私が全部始末しといてあげるわ」

女性は廣子の前に歩み寄った。

「や、でも」廣子は口ごもり「何だか悪いですし……」

「何を言ってるの、あなた。口で断っても、身体は正直じゃない」

――なんてミダラな！

だが、確かに廣子の両腕は、チラシの束を花束でも捧げるように女性に差し出していた。女性はチラシを全部受け取ると、傍らに用意されたゴミ袋に放り入れた。中にはすでにたくさんのチラシが詰まっていた。

不意に女性の手が廣子の手首を掴んだ。

「確保よ！　総員出動！」声が飛ぶ。

――え？　何？

木の影や教育棟の裏から、複数の学生がわらわらと現れた。総勢二〇名くらいだろうか。

「さあ、こちらへどうぞ！」

学生らは人垣を作って廣子を取り囲み、街路脇に広げられたブルーシートまで、逃げ道のない道をつくった。女性は手首を掴んで廣子の身体を引っ張る。シートの真ん中のパイプ椅子に廣子を座らせてようやく手を解き、改めて廣子の前に立った。

女性は身を屈めて廣子の顔に自分の顔を近づけた。廣子は唾を飲んだ。近い。息がかかる。女性の長いまつ毛がまばたきに揺れるのが分かる。その瞳が廣子をまっすぐ見据える。

「あなた、ウチのサークルに入らない？」

彼女は疑問形で言ったが、どう考えてもモノを尋ねる様子ではない。

「いや、あの」廣子は目を逸らし「私、今から履修届けを提出に行かないと……」

本当である。十三時が締め切りだ。

「大丈夫。私が教養棟の事務方に話をつけるわ」

「でも、私は全然」

「あなた鳥取ね？　西の方でしょう」

「えっ？」廣子は目を丸くした。

「正解ね？　標準語を話そうと頑張っているようだけれどイントネーションで分かるわ。私も鳥取なの。北栄（ほくえい）」

「そ、そうなんですか。私は伯耆町（ほうきちょう）です」

「同郷なんて奇遇ねえ。じゃ、これから鳥取話をしましょうよ」

「でも、履修届けが」

廣子が言い終わらぬうちに女性は頭を上げ、

「堀田（ほった）！」

「はい！」

傍らから、痩せ気味の眼鏡の男子が飛び出して、直立した。

「この子の履修届けを預かって提出してきなさい」

「いや、そんな」廣子が躊躇すると
「いいから」

その勢いに飲まれて廣子は鞄から書類を取り出した。女性は受け取ってざっと目を遣ると
「末川廣子……ひろこ？」

「こうこ、です」

「こうこ、ね」女性はニコリとした。「私は九嶋由加（くしまゆか）。サークルの部長よ。さあ堀田、これを届けてきて。十三時を一分でも過ぎたら、タダじゃおかないわよ」

「ははッ」

堀田は、書類を受け取るとすっ飛んでいった。

――この関係は何なの……。

まるで女王様だ。廣子は走っていく彼の背中を呆気にとられて見送った。

「じゃあ、こうこ」九嶋はいきなり呼び捨てにした。「これから学食に行って、鳥取話に花でも咲かせましょう。入会届はその後で構わないから」

「あの」

廣子はいろいろな感情を通り越して面喰っていた。

「このサークルって、一体何のサークルなんです？」

「まだ言っていなかったわね」

九嶋は笑みを浮かべた。

「ＤＫＳＣ――私たちは『男女共同参画サークル』よ」

「へ？」

廣子は唖然とした。

さっきのあの人使いで、どこが男女共同参画？

（２）廣子の高校時代

さて、ここで廣子について少し説明をしておこう。これからこの物語では末川廣子という一人の女子大生が紆余曲折・波瀾万丈を経て人間的に成長していく過程をつづっていくが、まずは、彼女がどういった事情を経て粋名丘大学に進学してきたか、それを示した方が、読者諸氏にはより分かりやすく彼女の成長を読み取っていただけると思うのである。

廣子の高校二年時の担任は、熱い鳥取愛を持つ若い男性だった。彼はＨＲや授業でしばしばこんなことを言った。

「みんな、ふるさとに誇りを持てよ。鳥取には日本一がたくさんある。中でも『男女共同参画第一位』は、鳥取が日本の将来の模範にふさわしいことを物語っているんだ」

興味を持った廣子は、あとから先生に尋ねた。

「先生、男女キョードーサンカクって何ですか？」

先生は目を閉じそらんじるように言った。

「男女共同参画社会とは、男女が、社会の平等な構成員として、自らの意志によって社会のいろいろな分野における活動に参画する機会が確保され、男女が均等に政治的、経済的、社会的及び文化的利益を享受することができ、かつ、共に責任を担う社会――だよ」

廣子はスマホを示し、「それ、内閣府のホームページにまるまる書いてありますね。そうじゃなくって、もっと噛み砕いて分かりやすく教えてください」

「つまりだな」先生は小さく咳払いをした。「たとえば我が鳥取県は、軽自動車保有率が全国一、カレー消費率も全国一なんだ。この背景に何があるか分かるかい？」

「さあ、分かりません」

「つまりだな、軽自動車の全国一は、女性が外で積極的に働くから、通勤の足としてニーズが高いんだ。レトルトカレーも同じ理由で、夕食を作るのに時間をかけられないから消費が多くなる。いずれも女性の社会進出で生じた全国一なんだよ。太古より世の中は男中心で回ってきた。それが鳥取では女性の進出が大きく、ある意味先進的だってことだよ」

「ふうん」

廣子はひとまず納得した。

先生が言うほど鳥取は全国的に称賛されているのだろうか。今も昔も田舎のイメージだし、他県の人から「島根と区別がつかない」なんてことも言われる。本当に素晴らしい県なら、もっと違う扱いなのではないだろうか。

いろいろ考えた末、彼女は一つの結論に達した。翌日、先生に自説を述べた。

「男女共同参画で鳥取県が一位なのは、家計を支えるために女性が働かざるをえないからじゃないでしょうか。調べてみると、鳥取県の平均所得は全国基準より低いんです。よその県は、男女の所得格差が大きくても、男の所得が高いから女性は専業主婦もできる。でも、鳥取では夫の所得が安いからそうはいかない。外に出てパートでもなんでもしないと生きていけないんです。つまり、鳥取の一位は、女性社会なのではなく、貧しさゆえの止むにやまれぬ結果の一位なんじゃないでしょうか」

先生の顔色がワントーン落ちた。

「きみはとんでもない事実を見つけてしまったようだね」

廣子は先生の鳥取愛を傷つけてしまったような気がし、「なんだかすみません」と、とりあえず詫びた。だが先生は興奮気味に、

「謝ることは無い。きみは鋭い。その説は的を射ている。どうかな、その説を文章に起して、懸賞論文に出してみないか？」

文章を書くのが嫌では無かった廣子は、さっそく執筆に取り掛かり、二度三度の推敲を経て学校経由で応募した。すると、数か月後の忘れた頃に、審査員特別賞を受賞したと伝えられた。全校朝礼で校長先生から賞状を授与され、廣子はようやく事の大きさを知った。

「すごいよ、末川君」

担任は目を輝かせて言った。

「きみの素朴な疑問がこうして評価されたんだ。きみにはこれから、もっと鳥取のために頑張ってほしい！」

鳥取のため——はさておき、ちょうどその頃、彼女自身、自分の将来のことを決めるタイミングであった。大学受験である。そろそろ志望校を絞り込む時期だった。廣子の目下の関心は、論文を書いたことが影響し、自然と地域活性や男女共同参画に向かっていた。彼女は第一志望に東京の粋名丘大学を選んだ。ここの社会学部がまさに彼女の関心そのものを扱っていたからだ。

廣子は受験勉強に励み、晴れて合格、独り上京した。いよいよ始まる大学生活。まずは前期の履修届

けを提出しようと大学に赴いたその日に、ＤＫＳＣという「男女共同参画サークル」に偶然出くわしたというわけだ。その無茶苦茶な勧誘方法に呆れはしたものの、男女共同参画というワードに「これも何かの縁」と思わずにもいられなかった。

(3) はじめての一人暮らし

廣子は大学の食堂前に立っていた。

食堂は古びた平屋の建築で、昼時でもないのに学生や先生らしき人たちがひっきりなしに出入りしていた。建物の前には自動販売機が並んでいる。その前には、ずらりと自転車が停められている。廣子は建物の中を覗いた。整然と並べられた座席の奥の方に、トレーを持った列ができていて、カウンターから皿を受け取っている。

──これが大学かあ。

頭の中でしみじみと呟いた。これからしばしばここを訪れて食事をとることもあるのだろう。

それにしても、九嶋部長は姿を見せない。

『学食で話をしましょう。私、野暮用を片付けていくから、先に行っといて。五分で行くわ』

あの激しい勧誘劇のあと、九嶋にそう言われて、廣子は一人ここにきた。正直、サークルに入りたいとはあまり思わない。人間関係に気を遣ったり、時間を拘束されたりするのはわずらわしい。けれども、同郷の先輩とお近づきになることにはメリットがありそうだし、活動についてもちょっとくらいなら聴いてみたい。むろん、このサークルが「男女共同参画」だからだ。

待ち始めてもう十五分は経っている。廣子が諦めかけ、帰ろうかと思い始めたその時、スマートフォンが振動した。ディスプレイを見ると知らない番号だ。廣子は躊躇した。普段なら知らない番号は出ない。けれどもここ数日、不動産屋さんだの、電気・水道・ガスだの、一人暮らしを始めるにあたっていろいろなところから電話を受けることが多く、知らない番号でも出なければならないことがあった。この番号も、そのひとつかもしれない。廣子は観念して通話ボタンを押し、スマホを顔にそえた。

『あ、こうこ?』

「えっ?」

『私、九嶋だよ』

廣子は動転した。

「なんで番号知ってるんですか?」

『さっき履修届を受け取った時、電話番号が書いてあったのが目に入ったから。憶えちゃって。私、記憶力いいから。ふふ』

黙っている廣子をよそに九嶋は続けた。

『実は私、別の用事ができちゃって。今日はあなたに会うことができなくなったわ。本当にごめん。新聞社が来るのをすっかり忘れていたの。そのうち新歓パーティーやるから、次はその時に会いましょう。

日程はまた連絡するわ』

廣子には何が何やら分からなかった。新聞？　新歓？　何か一つでも尋ねようとしたが、舌がもつれて言葉が出ない。

『じゃあね。あ、これ、私の携帯番号だから』

電話は切れた。廣子は呆然として暗転したディスプレイを見つめていた。すると、突然画面が灯ってショートメールが入った。送り主は同じ番号――九嶋である。画像が添付されている。ファイルを開くと、教養棟事務室のカウンターが写っていた。カウンター奥に苦笑する大学事務員、手前にはさっき堀田と呼ばれていたＤＫＳＣの男子部員が、神妙な面持ちで書類を事務員に差し出している。彼の肩が妙な角度で見切れているのは、自撮りだからだろう。追っかけてテキストメッセージが届いた。

【履修届は確かに届けたわ　くしま】

届けたんじゃない。届けさせたんだ。

【ありがとうございます　末川】

廣子は送信してスマホをポケットにしまった。

――新歓って、新入生歓迎の略だよね。

彼女はふらふらと歩きはじめた。

――私、このままサークルに入っちゃうのかなあ……。

ところが、それから三日、四日と経っても、九嶋から連絡は無かった。

本当に入会してほしければ、そのうち連絡がくるだろう。そうでなければこのままフェイドアウトでも構わない。廣子はそう考えた。そんな自分を別段ドライだとは思わない。それでなくても、廣子の新生活はいろいろと忙しかった。

彼女は人生初の一人暮らしをはじめたばかりだ。上京・一人暮らしは、彼女の夢の一つでもあった。念願叶ったからには、あとは理想的な生活スタイルを追求するのみ。その建立に忙しいのである。

廣子の住まいは国際的テーマパークで有名な千葉県浦安市である。地下鉄東西線浦安駅から徒歩十五分の、堀江という町である。ここには単身者用ワンルームマンションがたくさんあり、その一部屋に彼女は居を定めた。ここから毎日大学へ通っている。

高校時代、廣子にとって浦安は、例のテーマパークの影響で、夢と魔法の国のイメージだった。しかし、実際に住まってみると、昔ながらの漁師町で、通り沿いの魚屋から威勢の良い声が飛んでくると、「ここは千葉だけど、まるで江戸っ子の街ね」と、下町らしい情緒を感じた。しかし、そういう気分も最初だけで、一か月も経たないうちに、情緒は単なる生活の背景に落ち着いた。

実生活の面で、廣子はなかなか達者であった。料理は嫌いではなかったし、両親に経済的に無理を言って上京してきたこともあるので、真面目に自炊をした。朝食・お昼のお弁当・夕食、面倒がらずにキチンとやりおおせる。全てが段取りよくピシャリといくと何だかうれしい。一人で暮らしていくことは、それほど難しいことではなさそうに思えた。

買い物には近所のスーパーを利用した。堀江付近は昔ながらの下町が残る一方で住宅街化も進んでおり、林立するスーパーの激戦地となっていた。そういう場所だけに買い物上手が試される。廣子はしばしば楽しみに買い物に出かけた。

だが、楽しかったのは、堀江の下町情緒と同様、最初のうちだけだった。

スーパーの商品陳列に目を遣る。カレー、パスタソース、スナック菓子、食器用洗剤——。目に付く製品は軒並みそのスーパーのプライベートブランドが占めていた。メーカー品は棚の下の目立たないところに申し訳程度並べてある。以前はプライベートブランドというと品質に疑わしさを覚えたものだが、最近その差はないと言われている。その上、値段はプライベートブランドの方が一割から三割ほど安い。両者を比較すると、むろん、メーカー品の方が何かしらの品質的優位性があるのだろうが、毎日消費するものなのであまりお金をかけるわけもいかず、つい安い方、つまりプライベートブランドを選んでしまう。

そんな買い物を繰り返していると、店内を歩く道順が決まりきって、何か目新しいものを見つけてみようという気は湧かなくなる。。

「プライベートブランドはよくないわ。買い物に選択肢が無くなる。それで買い物が作業化して、商品への好奇心が失せるのよ」

廣子はハッとした——もしかしたら、これって経済学の大発見かも？　廣子は高校時代の懸賞論文のことを思い出した。これをまとめたら、また何か賞がもらえたりして。しかし、そのうちにそんな思いつきも忘れてしまった。

「ま、おいしいし安いから、いっか」

彼女はすっかりプライベートブランド的な生活に慣れてしまった。

（4）大学の講義

前期が始まった。

大学の講義は、はじめのうちは受講形態が高校と違い戸惑ったが、興味のある授業を自由に選択できるのが素晴らしいと思った。


「どの講義もスケールが大きい」――それが、廣子の大学の講義に対する第一印象である。前期の講義は、大学を『男女共同参画』というキーワードで選んだのと同様、それに近しいと思われるものを選択した。しかし、実際に講義を受けてみると、ひとくちに『男女共同参画』と言っても裾野が広く、社会学、経済学等々の多方面にわたっていた。講義のひとつひとつを丁寧に聴いて、自分のものにしていくしかない。

淡々と講義を受ける中、彼女は徐々に彼女らしい気付きを得ていった。

たとえば――

1．「隣の芝は青く見える」空間的相対所得仮説

経済学の授業でその用語を聞いた時、はじめは何のことだか分からなかった。所得が空でも飛んでいくのかと思わせる、ケッタイな漢字の羅列である。周りを見ると、空ならぬ夢の中を飛んでいる学生が多くいた。午後のまどろむような授業だった。廣子は必死に目蓋を開けて聴いていた。

この仮説は、簡単に言えばこういうこと。

「隣の人が何かを手に入れたら、自分も欲しくなる。隣の家が新車を買えば、自分も買い替えたくなる」

廣子にも覚えはある。なんとまあ、ややこしい名前を付けたものか。

彼女はその理論を聴いて、ハタと思い出したことがあった。高校の同級生の女子のことである。援助交際で補導された子がいた。その時は彼女のことを「不良だ」「みだらだ」と思い、軽蔑の念を抱いたが、あとから援助交際を取材したドキュメンタリー番組を視て、一概にそうとも言えないと思った。

番組によると、援助交際をする子は、ほぼお金が欲しくてやっているのだという。なぜお金が要るのか、当人たちに尋ねると「ケータイを持ちたい」「スマホ代を払うため」。彼女らのコミュニティではモバイルが必須で、それが無いと友達の輪に入れない。簡単に言えば「友達が持っているスマホを、自分も持ちたい」――まさに空間的相対所得仮説である。

しかし、彼女らはシングルマザー家庭が多く、裕福ではないため、スマホを買い与えてもらえない。スマホを持つには自分で稼ぐしかなく、その方法が援助交際なのだった。

個人の消費が周囲の消費の影響を受ける現象をデモンストレーション効果という。援助交際の女子にあてはめると、「家が貧しくて買えないのに、友達が持っていると欲しくなる」。この感情に逆らえず、一線を超えてしまう。みんな辛い境遇だったんだ——廣子はしみじみと思った。

番組では援助交際以外にも、だまされてアダルトビデオに出演し、一生消えないデジタルタトゥーを背負って生きていく女性の話もあった。こちらも元をたどれば貧に窮してお金欲しさに出演したという。貧しさが新たな哀しみを生み出しているのだ。

——そもそも、男女共同参画が成り立たず、女性が男性の商品のように扱われている背景に現在の経済社会の問題がある！

廣子は憤りを覚えた。今の社会には男女間に明らかな格差がある。女性の方が弱い。そんな社会で夫婦が離婚すると、妻と残された子どもは不幸にならざるをえない。現にシングルマザー家庭の約半数が貧困状態にあるという。

——離婚がＮＧなのよ。社会で男女格差が生じる以前に、家庭内で男女格差が生じている。それで離婚してしまうと、女性はやっていけなくなる。

では、夫婦が離婚しないようにするにはどうすればいいのか？

2．離婚率（離別率）と生涯結婚率

廣子はこの二つの数字を古川という教授の講義で学んだ。古川は九〇を優にこえた老人で、見事に禿げ上がった頭、髪は耳の周りにしょぼしょぼと白髪があるばかり。身体は痩せ細り、前かがみの首からループ・タイが垂れている。歩くスピードも話し口調も非常にのらくらしている。過去には、政府の有識者会議に名を連ねるほどの権威だったらしい。以来、学内では隠然たる権力を持ち続け、七〇歳定年制をはねのけ、今なお現場で教鞭をとっている。

正直、廣子はこの教授の話す内容に、疑問符が付きまとって仕方が無かった。

「離婚率について説明しよう」

古川は入れ歯の合わない口を動かして説明する。

「統計からはじき出すと、日本は三組に一組が離婚しておる。アメリカは二組に一組。つまり、離婚率については、アメリカよりはマシなんじゃな。

次に生涯結婚率じゃが、これは、五〇歳時点で何%の人が一回も結婚したことがないかという数値だ。一九七〇年代は男女とも二%程度だった。それが二〇一五年では、男性約二十三%、女性約十五%。とんでもない数字になったことが分かるな?

この数字を適正にするには——もっとも、『適正』の基準が難しいが、ここは我が国の歴史や傾向を踏まえ、慣習的・常識的に考えて欲しい——離婚率を下げるか、結婚率を上げるか、そのいずれかの措置を講じなければならない。考え方としては、結婚率が上がりさえすれば、離婚率がそのままでも離婚の絶対数は減ることになる」

最後のところを古川は得意げに言った。しかし、廣子は得心がいかなかった。それは数値上の問題だ。

現に社会では離婚女性が貧困に苦しんでいる。「離婚率を下げる＝適正」は、全体として「適正」であっても、個々には「適正」ではない。離婚の絶対数を下げない限り、不幸な女性は減らない。

――とはいえ、今の世の中は、良くも悪くも生きやすいから……。

廣子は頭の中で独りごとをするように考えた。

我が国で結婚率が下がったのは、女性の社会進出が進み独身主義が増えたらから、そして、離婚率が上がったのは女性が独立して家計を持てるようになったから、といわれている。でも、実際にシングルマザーの半数が貧困に陥っていること考えると、女性もどこか現実を分かっていない節がある。個々で適正を目指しても、正しい現実認識ができていなければ、不幸は避けられない。

「ちょっと話が反れるが……」

廣子の思索をよそに教授は続けた。

「日本人の平均寿命が延び続けておることは、きみたちも知っているな？　平均寿命は、二〇一〇年代後半で女性が約八十七歳、男性が約八十一歳。二十年前の一九九〇年では女性約八十二歳、男性約七十六歳。つまり、十年で二歳のペースで伸びている。この調子で行くと、きみたちがじいさん・ばあさんになる頃は、軽く九〇歳を超えているかもしれん。でも、長生きすることが幸せかどうか、それは分からない。平均寿命に対して健康寿命が追いついていない。寝たきり、認知症、長い闘病――多くの人が、『ぴんぴんころり』といって、あっさり死ぬのを理想としている。でも、なかなかそうはいかない。

正直なところ、ちょっと荒っぽい言い方にはなるが、少子化で高齢者を支える人の数が減っているのだから、根本的に高齢者の数も減らないと。高齢者だって支える者が無い状態で長生きしても苦しいばかりだよ」

古川はそう言って笑った。自分の年もわきまえず、よく言えたものだ。

廣子はいろいろな講義を受けてみて、納得のいかないこともあるが、学んだ知識はまず間違いなく思考の糧になると思った。日々の講義やテレビ・ネットで知り得た情報などを総合し、廣子は自分のテーマが絞られてきたような気がした。

まず、第一に「離婚こそ諸悪の根源」である――これはもう間違いないと思われた。離婚の実害は、女性やシングルマザー家庭の貧困にとどまらない。離婚した男性は寿命が縮むとも言われ、男女いずれにもメリットがない。経済や健康を損ねる。その損失を積み上げていったら、日本全体で莫大な損害が計上されるだろう。

誰も得をしない「離婚」。

にもかかわらず、夫婦はなぜに別れるのか。

廣子は根本的な部分に頭をめぐらすに至った。

そもそも夫婦とは、愛し合って結婚するものだ。廣子は大前提としてそこからはじめた――「そうであってほしい」という願望とも言えたが。

世の夫婦にはいろんなスタート地点がある。順当に結ばれる二人もあれば、困難を伴う大恋愛、略奪愛の結果もある。とにかく一緒になりたくて、危険を冒してまで夫婦になる。結婚式では「生涯幸せにします」「一生守ります」と誓い合う。その挙句が――離婚だ！　あの言葉は、あの理想は、一体何だったのか。特に世の男性に問いただしたい。ＤＶだの浮気だの、約束を平気で破ることに、自尊心は揺るがないのか。

あるいは、結婚してしばらく経過すると、愛はなくなってしまうのだろうか。このことは未婚の上に恋愛経験値が不足している廣子には、なかなか想像の難しい点である。廣子は自分に最も身近な夫婦である両親のことを考えた。結婚二十年、恋愛結婚だと聞いている。昔はどうだったのか知らないが、今はラブラブな気配は微塵も感じられない。互いの事を「空気のような存在」「同居人」と呼びあい、気を遣いあっているのが分かる（特に父がそうだ）。そこに「恋」だの「愛」だの熱量や情動は感じられないが、確かに見えない糸で結ばれているような、そんな感じはする。子の立場から見た目線かもしれないが。

――これもひとつの愛のカタチ、いわゆる「夫婦愛」ってやつなのだろうか？

だとすれば、それは確かな希望である。廣子の両親のように離婚せずいつまでも助け合っていく、そんな夫婦が社会に満ちれば、世の中はうんとハッピーだろう。女性の貧困は生まれず、男性も長生きする。子どもたちも「隣の芝が青く見える」デモンストレーション効果に引っ張られることなく大人になっていける。少子化問題も解決するに違いない。

逆に言うと、今は夫婦愛が希薄だから離婚が多発して、不景気、社会不安、少子高齢化社会が進んでいるのかもしれない。これらの問題はしばしば政治の責任と言われがちだが、本当は日本中の夫婦一組一組が結婚を持続できないことが大きな要因ではなかろうか。結婚する時に誓い合ったことを守り通せば、こんなことにはならない。

肝心なのは真の夫婦愛だ。廣子は確信した。一時的ではなく、十年後、二十年後、あるいは五十年後も愛が持続する、そんな愛。他人の目も金の多寡も関係なく、二人で一緒にいることそれ自体が幸福そのものであるような愛。全ての夫婦が二人きりで十分幸せなら、社会も経済もその集合体なので、必然的に全体がよくなるはずだ。

夫婦愛が経済を救う。

廣子は大学ノートのページを一枚切り取り、真ん中に縦書きでそう記した。

夫婦愛。経済。この全く似つかわしくない二つの単語をよくよく見比べて、廣子は考えた。

——どうすれば夫婦愛を維持できるんだろう？　自分たちだけで難しい時は、誰かにお節介を焼いてもらわないといけないのかな？　でもそれって……？

（5）召集

ある平日の夜——そろそろバイトでも始めようかとコンビニの店頭でフリーペーパーを持ち帰ってペー

ジをめくりながらお惣菜を食べていた夜――、不意にソファの上のスマホが珍しい着信音を鳴らした。ショートメールだ。通信アプリが主流のきょうび、ショートメールなんて親しか送ってこない。

――バイトなんて許してくれないよね。

すっかり親と思い込んだ廣子はそんなことを考えた。が、ディスプレイに表示されていたのは違う名前だった。

【着信メール1件：九嶋由加】

「クシマ？　クシマ……あっ！」

ＤＫＳＣの部長だ。すっかり記憶から消えていた。あの出会いからどのくらい経っただろう。指折り数えて驚いた。まだ一週間しか経っていない。新生活は新しいことが目白押しで、出来事が次々に過去に押し流されていく。

メールの内容は「明日十六時に部会をやるのでおいで。場所は学生会館2階ラウンジ」。それだけ。

廣子は幾度かその「ラウンジ」なる場所を訪れたことがあった。古ぼけたイスとテーブルの置かれた場所で、どう見ても単なる休憩スペースに過ぎない。

――部室、無いのかな……。新入生歓迎会は……？

だいたい、ＤＫＳＣとはどんなサークルなのだろう。『男女共同参画サークル』とは聞いていたが、実態が分からない。部のホームページはないのだろうか。廣子は手にしたスマホのインターネットで、DKSCをサーチしてみた。すると驚いたことに「粋名丘大学DKSC部長九嶋由加」の名前がずらりとヒットした。数件どころでは無い。二ページ目、三ページ目にも及んでいる。部のオリジナルサイトは出て来ないが、部長の単独記事は無数にあらわれた。大学のサイトや個人のブログ・SNSのみならず、マスコミのオンライン記事も多い。画面をスライドさせながら、廣子は少しずつドキドキしていった。

「……もしかして有名人？」

一人暮らしをして以来、初めてはっきりと独り言を言った気がする。

検索結果の中でも比較的新しそうな記事を開いてみた。日付を見ると、ちょうど一週間前。まさにあの日の記事だ。【イマドキ！　キャンパスランナー】なるシリーズ記事の最新号で、ページトップにでかでかと「男女共同参画で活躍の九嶋由加さんをインタビュー」と記されている。九嶋の笑顔の写真が載っていて、一介の学生というより芸能人のような扱いである。

廣子はその記事のお陰で九嶋のプロフィールを知ることができた。

●九嶋由加（くしま・ゆか）さん

粋名丘大学社会学部二年生。男女共同参画サークルDKSC部長。鳥取県北栄町出身。幼い頃に両親の離婚を経験し、母親と二人で暮らす。小学校の頃は、放課後は近所の公民館でボランティアの高校生男子たちに遊んでもらって育った。のちに「男子高校生だけで子どもたちの面倒を見る」というボランティアが全国的ではないと知り悲嘆する。大学進学後「日本中の男子がみんな北栄のお兄ちゃんだったら幸せになれるのに」と一念発起しサークルを旗揚げ。だが、彼女が立ち上げたのは、単なるボランティアサークルでは無く、ボランティア精神や男女共同参画の精神を育成するために活動する、フロンティア・スピリット溢れるサークルだった——。

なんとも物々しい、安いドラマのイントロダクションのような紹介である。記事によると、九嶋は都内で行われる各種の男女共同参画のイベントに招かれ、ディスカッションのパネラーをしたり、サークルを率いて活動を行っているという。その活躍を端的に表すフレーズは、なかなか小気味が利いている。

「東でセクハラがあれば相談に乗るために飛んでいき、西でDVがあればこん棒を持って駆けつける」

廣子は堀田をあおる九嶋を思い出し、思わず笑みを浮かべた。

廣子は興味を覚えた。DKSCいうより、九嶋由加への興味である。

廣子は九嶋のメールに「うかがいます」と返信した。

廣子が教えられた時間に学生会館の二階を訪れると、すでに部員たちはあらかた集まっていた。全部で二〇名ほどで、半分以上を男子が占める。女子は腕組みをして男子に椅子やテーブルを運ばせている。

「すえかわ・こうこさん？」

一人の女子が近づいてきた。

「そうです」廣子はうなずいた。

「部長から話は聞いてるわ」

先輩部員は廣子を輪の中にいざなった。廣子は先輩部員にしっかり挨拶した。先輩の言うには、新入生の女子は廣子一人だという。あとの女子はみな二年か三年。男子は全員一年生である。廣子の同期はみんな男子ということだ。

――だとするとおかしいわ。

廣子はラウンジの様子を改めて眺めた。男子らは先輩女子の采配に従い、新歓の会場づくりに追われている。その男子らこそ、本来新顔として歓迎される側なのではないか。

男子の中に、あの堀田の姿もあった。

「堀田、そこの椅子並べなおして！」

「はい！」

痩せっぽちの黒縁眼鏡で優等生然とした堀田は、お人好しらしい雰囲気につけこまれて、まるで使用人である。

「急げ、堀田！」

「ハリー・ホッタ！」

「あははは」ラウンジに笑いが起こる。

悪いと思いながら廣子もつい吹き出した。彼女は、両腕にパイプ椅子を抱えてえっちらおっちら歩く堀田のそばに近づき

「この間はありがとうございました」と礼をした。

堀田はパッと顔を起こし

「こちらこそ、どうも」

何が「どうも」なのか分からないが、彼はそう言っていびつな笑顔を浮かべた。見るからにテンパっている。廣子は両腕を差し伸ばし

「私も手伝いましょう」

すると、

「廣子ちゃん、それは彼の仕事よ！」二年の女子が制した。

――もう「ちゃん」付けか！

「でも、私も新入りですから」

といって、まだ正規入部はしていないことを思い出した。けれども、堀田はじめ同じ一年生が四苦八苦しているのを見て、黙っていることもできない。

「いい？　廣子ちゃん。私たちは男女共同参画サークルなの」

二年の女子は言った。

「男女が等しく参画できる社会づくりが、私たちの活動の目的よ。だけど『等しく』とはいっても、公

平と公正は違うわ」

「はぁ」

「男子と女子は、身体が違う、脳の構造が違う。だから、社会に出てからの役割も違う。堀田には堀田の役割がある、廣子ちゃんには廣子ちゃんの役割がある。男子の仕事は男子にまかせて、こっちにおいで」

廣子は九嶋部長もどきの先輩女子に引っ張られ、テーブルに連れていかれた。そこには二年三年の女子が固まっており、廣子は面通しとなった。先輩たちはみな優しく明るく、いい人たちだった。廣子は初々しく挨拶したが、背中にじっとり汗をかいていた。

しばらく無駄話が続いた。

そういえば九嶋部長が見当たらない。その事を先輩に尋ねると、

「こういう集まりにはいつも遅れていらっしゃるわ」

「忙しい方だからね」

「でも決して欠席はされないのよ」

廣子は呆れた。なんでそんなに敬語なの？　それに、九嶋の話をする時の女子らの瞳ときたら！　光がたたえられ、さながら少女漫画のように輝いている。九嶋は彼女らにとってあこがれの、カリスマ的存在なのだろう。

それから五分くらい経った。

堀田が女子のところにやってきて
「九嶋部長がいらっしゃいました」と告げた。

と同時に、

「みんな！　聞いて！」

九嶋の声がラウンジに響いた。

先輩女子らはガバと立ち上がり「気をつけ」の姿勢をとった。廣子もそこまでのキレは無かったが、同じようにした。男子らは畏れ多い様子で離れたところに直立している。

九嶋は男子が並べたテーブルの傍らに立っていた。黒のブラウス、黒のパンツ。長い黒髪の間に覗く白い額。

彼女は挑戦的な目付きで部員を一望して言った。

「二週間後の日曜日、区主催イベントへの参加が決まったわ。全員出席よ。男子は会場設営もあるから、ジャージとスーツ両方持参ね」

「先輩」

ある二年の女子が尋ねた。

「どんなイベントなんですか？」

「タイトルはまだ仮だけど、『ワークライフバランス報告会』。社会学の教授と企画書を書いて、労働厚生省から補助金をとったの。区のイベントに落としこんだんだから、今後、区はＤＫＳＣに頭が上がらないはずよ」

「素敵です、九嶋部長」女子は胸の前で手を組んだ。

九嶋は変わらぬ厳しい目で
「ただ、私がステージに上がっちゃうといろいろ面倒だから、あくまで参加はＤＫＳＣ。そうね……今回は一年生で報告をしてほしいの。報告者は……そこのキミ」

そばにいた男子が指さされた。

「お、俺っすか？」男はどぎまぎして言った。「俺、まだ入会したばっかりで、男女雇用機会均等のことも何も分からなくって」

九嶋の目に怒気が走った。

「『男女共同参画』よ。根本的に分かってないわね。よろしい、うってつけだわ。勉強を兼ねてやんなさい。他の男子も協力してやるのよ。発表原稿をまとめたら一度私に見せること！　いいわね」

「はい」男子らは弱々しく返事した。

「まったく。少しは骨のあるやつはいないのかしら」

場の空気が張り詰めた。

部員をしらじらと眺めていた九嶋は、廣子の姿に気が付いた。

「廣子、来てくれたのね」口調がにわかに明るくなった。

廣子は固くなっていたが、なんとか一歩進み出て、

「き、きました」

そう言うので精いっぱいだった。

(6) DKSC

——まあ、ひとりぼっちの大学生活もなんだし。

廣子は正式にＤＫＳＣに入会した。毎放課後、学生会館二階ラウンジを訪れると、ＤＫＳＣの誰かが、少なくとも五人はいた。九嶋がいることは少なかったが、そのお陰で廣子は女子の反感の対象にならずに済んだ。


男子らは、みな廣子に敬語で話した。

「私、みんなと同級だよ」

そう言っても男子らは
「いや、もう、ここは、はい」苦笑して口を濁す。

女子は女子であるというだけで、すでに高い位相に就いているといわんばかりである。

日を経るにつれ、廣子は徐々にサークルの現況と風土を理解していった。その過程でＤＫＳＣにまつわるいくつかの疑問も明かされていった。

大きな疑問は二つある。

まず、一つ目の疑問を解き明かそう。

【ＤＫＳＣは、部長が有名で官庁から補助金を引っ張り出せるほどなのに、なぜ部室が無いのか】

理由は簡単だった。サークルが立ち上げられてまだわずかだからである。ＤＫＳＣは設立一年半だが、とある先輩の話によると、サークルとして大学に申請したのはほんの半年前で、いまだに正規の認可は下りていないとのことだ。その申請についても、ＤＫＳＣが東京都のイベントに参加するにあたり、東京都から「申請中でもいいから学内の正規サークルの形式をとって欲しい」と頼まれ、しぶしぶ出したのである。

もう一つの大きな疑問。

【なぜかくも男子が弱いのか】

この疑問に迫るのは、廣子にはなかなか容易では無かった。なにせ廣子が女子だから、男子に直接尋ねてもまともな答えは返ってこない。先輩女子が男子に行う仕打ちや、春から延々と続いている勧誘のスタイルを見て、時間を掛けて徐々に理解していくしかなかった。

一つには、そもそもこのサークルに近づく男子らの心掛けが良くなかった。男子らはサークル勧誘の時に「男女共同云々」と聞き、「男女が集まって何やら楽しいことを行う集まりでは？」とおおむね勘違いをした。鼻の下を伸ばして近づくと、ひときわ見栄えのする九嶋の姿がある。男子らは「あわよくば」とよこしまな希望を抱き近づく――そして食虫植物の餌食となる虫のように絡め取られたのである。

初顔合わせの部会で九嶋が指示した『ワークライフバランス報告会』も、結果として男子が散々な目に遭うイベントであった。

そもそもこのイベントは九嶋が持ってきた時点で微妙な点があった。会は二部構成。前半に地区のＰＴＡ会長（男性）が登壇し、男女平等の社会について語る。後半、ＤＫＳＣが上がり、男女共同参画に照らしたワークライフバランスについて語る。報告者がＰＴＡ会長と学生風情で、釣り合いがとれるのだろうか。

翌週、ＤＫＳＣの一年男子の間で打ち合わせが行われた。九嶋から担当を命ぜられた男子を中心に、堀田ら他の男子が頭を寄せ合い、手探りで会議を進めていく。

「そもそも『ワークライフバランス』って何かな」

誰かが言うと、堀田が「ぼく、調べてきたよ」とノートを開いた。

「働く上で男女差が無い、昇進や給与、育児や介護の休暇など、そういう点で平等にするべき……ってこと」

「ほーん」男子らはぼんやりと相槌を打った。

女子らは少し離れたところに集まって、おしゃべりに興じていた。だが九嶋の耳はしっかり男子に向いていた。

「あの堀田って子、新人の中では『当たり』ね」彼女は廣子に言った。「ぽかんとしているけど、事前に調べたり、尋ねられて答えられるくらいに勉強している点は、買ってあげてもいい」

「私、思ったんですけど」廣子は尋ねた。

「今度のイベント、前半のＰＴＡ会長さんが男女平等について語るのは、まあ熟年者の発言ですから問題ないとして、私たち大学生が、せいぜいアルバイト程度しか経験が無いのに、ワークライフバランスについて語るのって、正直なところ説得力があるんでしょうか？」

「あるわけないでしょ」九嶋はあっさり言った。

「分かっていてやらせてるんですか？」廣子は青ざめた。

九嶋は廣子をまじまじと見て、

「そもそも、正しいことを言うのに説得力が必要っておかしくない？　真実は誰の口から出ても真実でしょう？　聞き手が話者を値踏みして、信じるかどうかを決めるの？　学生の私たちは、それを怖れていては何も言えなくなる。それを押しのけてでも前に出るエネルギーが必要よ」

確かにそうだ。廣子は腹の底まで納得した。九嶋が輝いて見えた。学生ながら場数を積むと、それなりに重みのある事が言えるようになるのだろう。

二週間後、報告会の日がやってきた。場所は市の公会堂。収容人数四百人のホールはほどほどに席が埋まっていた。

前半に登壇したPTA会長の話は穏やかに進んだ。

「――PTAという母親ばかりになりがちな保護者の世界に、男性の自分が参加して何があったか、周囲の信頼をいかに勝ち取ったか、その結果どのような良いことがあったか――」

熟年の貫禄も手伝って、会場は納得に包まれた。廣子も舞台袖で聞いていていて胸がすっきりした。男性が学校に関わるメリットを教えられた気がした。

それにひきかえ、我がDKSCの講演は――思い出すだけで胃が痛む。

例の男子がステージに上がり、おぼつかない口調で演説を行った。

「えぇと、男性も育児に協力するために、そのぉ、育児休暇を取るべきだと、思います。……でぇ、その人の抜けた分を、ワークシェアで、他の人が、補うのがいいのではないか、と……」

発表内容は男子が頭を寄せ合い九嶋がOKを出したものである。至極もっともな提言だった。だが、彼のおぼつかない口調が、発言内容まで頼りないものに聞こえさせ、質疑応答は荒れに荒れた。

「声が小さい！」

「前を向いて話しなさい！」

こんなのはいい方で、

「キミたちは世間を知らないからそんなことが言えるんだよ」

とある中年男性の苦言は手厳しいものだった。

「育児休暇の件だけど、実際の現場はそんなもんじゃないよ。私は町工場を経営してモノづくりをしている。何人かの技術者を抱えているが、みなそれぞれ専門が違う。一人の技術者が育児休暇を一年も取ったらどうなる？　その技術を補える技術者を、日頃からもう一人雇っておけというのかい？　そんな余裕は中小企業にはないよ。それどころか、その一人がいなくなるだけで、生産が止まり、会社は潰れてしまうよ！」

壇上の男子はシュンとした。男性はその他にも学生のアラを探して攻撃した。時に胸のすくようなことを言って満場の喝采をさらった。一体どっちが報告者か分からない。

イベントが終わった。当の男子はぐったりしていた。他の男子らも肩を落としている。

九嶋は歩み寄り「未熟ね」と言った。

男子らは「たはっ……」と息をつき、苦笑を浮かべた。

廣子は男子らの苦笑に悲観した。

――壇上でひどい目に遭って、今もコケにされて、それで笑ってられるの？

男子らは変な意味で強くなっている。それが強靭さなのか鈍感さなのか。廣子には後者のように思われてならなかった。

と、このように、ＤＫＳＣは男女部員の不可解な不均衡の中で、日々の活動を行っていた。一体どこが男女共同参画なのか。廣子は理解に苦しんだ。しかし、毎日の生活やサークル活動に追われるうちに、あまり考えなくなった。初めての仕送りで夏向きのワンピースと靴を買う頃には、もう何も感じなくなっていた。

第2章　不思議なキャベツとストーカー

（1）意外な届け物

もうすぐ夏が来る。

廣子はバイトをしないことに決めた。

大学一年目、一人暮らし元年の夏くらいは学生気分でいたい。それにDKSCの活動が楽しい。廣子は九嶋部長のパワフルさに感心していた。それでなくても男女共同参画への関心は人一倍強い。もとはといえば、男女共同参画を学びたくてこの大学に進学したくらいである。

夏休み前のある日曜日。廣子が窓を開けて部屋の掃除をしていると、チャイムが鳴った。ドアの覗き穴の向こうに宅配便が見えた。一抱えほどの白い箱を持った男性が

「お届け物です」

廣子はドアを開けた。宅配が来る覚えはない。

「どこからでしょう？」

「ここに送付票がついてます」

男性は箱を回した。弱い筆圧で【堀田慧（ほったさとる）】【食品】。その脇に【受け取り拒否の場合、廃棄してください】。

廣子は丸眼鏡の痩せっぽちなサークルメンバーの顔を思い出し、顔をしかめた。堀田慧。そう、廣子がサークルに勧誘された日、履修届けを事務方に届けてくれた男子。ワークライフバランス報告会の準備で九嶋に唯一褒められた男子としても記憶に残っている。

実は堀田から宅配便が届くのは初めてではない。

「なんでしたら受け取り拒否も可能ですが」

「いや、いただきます」

廣子は手渡されたボールペンでサインをし、荷物を受け取って宅配を見送った。箱は腕に思ったよりズシリと来た。

——今度は何かな？

箱をテーブルに置き、包装紙を剥がすと、立派な桐箱があらわれた。いかにも高級品である。ただちにマスクメロンを想像した。この大きさ、重さは、かなりの上等品に違いない。そう、これはきっとメロンだ。両の頬がひとりでに持ち上がる。彼女は両手で丁寧に箱の蓋を開いた。

「――へ？」

箱の中にデンと鎮座していたのは――キャベツ。

よく肥えた、青々としたキャベツだった。

廣子は箱の中に手を差し入れ、指で緑の塊のてっぺんをグッと押してみた。固い。中身がぴっちり詰まっているのが分かる。キャベツと箱の間に一枚の紙が挟み込まれている。取り出すと、特産品などについている説明書きのようなものだった。

「ＱＩ（キューアイ）キャベツ？」

廣子は書かれた文字を読み下した。なんだそれ？　初めて聞く言葉だ。剥ぎ取った包装紙を拾い上げてよく見ると、さっきは気付かなかったが、キャラクターのイラストが描かれている。緑色の球体に手足の生えたそいつの横に「キャベつまちゃん」、と名がしたためてある。

キャベつまちゃんのビジュアルにオーバーラップして脳裏に堀田の顔が浮かんできた。

――どうしてキャベツなんか送ってきたんだろ？

旅先からの贈り物なら、気の利いたものがいくらでもあるだろう。よりによってなぜキャベツ？――とは思うものの、廣子はひとりでにニンマリした。何であれ、食べ物の到来物は一人暮らしの食卓に助かる。最近、野菜は高値だし、不足しがちなビタミンも摂れる――。

堀田慧はどうやら廣子に気があるらしい。

先輩たちがそんなことを言っていた。日頃男子らを蹂躙しているＤＫＳＣ女子でもコイバナには関心があるようだ。

確かに廣子にも思い当たる節があった。部会など集まりがあると、堀田は必ず自分の横に座ってきた。大学の手続きで事務室に取りにいかねばならないものがあると、廣子の分まで取ってきてくれる。それがあまりにあからさまなので、先輩女子に「なんで私のはないの？」「平等にしなさいよ」とえり首を掴まれていた。

廣子としては、好かれて悪い気はしないが、正直、堀田に何の感情も無かった。むしろ、弱々しくて頼りないので、恋愛対象には絶対にならない。童顔、丸眼鏡、揃えた前髪、痩せっぽち。いかにも軟弱な見た目である。性格は真面目で素直、おとなしく、人が良くて几帳面——どれも素晴らしい要素だ。この若さなら女子の尻ばかりおいかけているのが当たり前だが、堀田に関してはそんな素振りは一切見られなかった。仮に交際しても浮気をしたり女性をぞんざいに扱うことはないだろう。しかし二十歳前後の若い女性には、かえってそれは物足りない。

堀田は都内に一人暮らしだと、他の男子が言っていた。そのわりに、実家は世田谷の私鉄沿線にあるという。実家から通えばいいのに、なぜわざわざ一人暮らしをするのだろう。お金がもったいないではないか。

九嶋によると、堀田の入会したのは廣子の前日だったという。

「堀田が最初に勧誘ベースに来た時、ちょっとからかってみたの」九嶋は思い出し笑いをこらえていった。「彼、男女共同参画って聞いて、『男女は分かりますが、キョードーって何ですか』って言うから、『知らないの？　世田谷にある駅よ』って言ったの——私なりのジョークのつもりよ。そしたら大真面目に納得しちゃって」

どうやら「経堂」と勘違いしたらしい。

「しかもね、男と女と経堂駅を結んだ三角形が『男女・経堂・三角』だと思ったみたいで、『その三角形の内側でボランティアでもするんですか？』って。もう大笑い。面白いから入会させた」

堀田も堀田だが九嶋も九嶋だ。後から堀田に「字義の通り男女が共同で参画する社会のことだ」と説明すると、意味がつかめずポカンとしていたという。それでも辞めるとは言わなかったらしい。

その堀田が自分を好いている——なぜ？　廣子は考えた。サークルでただ一人の同学年女子だから？　私が積極的に活動しているから？　それとも……？　いろいろ考えたが、そのうち面倒になって止めた。


その晩、廣子は「QIキャベツ」をロールキャベツにして食べた。レシピはネットで見た。手間は掛かったが、料理は好きなので苦にならない。

「やわらかい！」

葉肉一枚一枚が厚く、葉脈のしっかり通ったキャベツは、煮ると甘くとろけるようだった。

——モノもいいけど、私の腕も良くなった。

その夜は、美味しさと幸せ心地に過ぎていった。

(2) 怪しい影

ロールキャベツに舌鼓を打ったのが、はたして幾日前の晩だったか曖昧としはじめた頃、廣子の身辺におかしなことが起こり始めた。

ふとした時、背後に視線を感じるのである。

たとえば大学の帰り道、ふとした気配を感じて振り返る。何もないのだが、一瞬怪しい影が物陰に身を隠したように思う。家の中でも誰かに見られている気がする。厳重に戸締りした部屋に侵入者があるとは思えないから、さすがに気のせいかと自分に言い聞かせる。しかし、最近では盗撮・盗聴など、物騒な犯罪もあるから油断はできない。

視線を感じる現象は、一日に少なくとも二、三回はあった。なぜか授業中やサークル活動中にはない。家の中ならともかく、一人の帰宅中に襲われはしないかと一抹の怖さはある。

――もしかして、これが噂のストーカー?

廣子は思案した。さすがに大都会東京だ。鳥取ではそんな目に遭ったことは無い。テレビやネットでしか知り得なかったことが、現実に我が身に起こるとは。東京は気の抜けない街である。

だが、腑に落ちない点もある。ストーカーというのは、生身の人間が誰かに執拗にまとわりついて迷惑をかけることである。けれども廣子のそれは、ストーカーというにはむしろ超常現象じみた側面もあった。言うなれば怪談、オカルト。物々しく言えば「ポルターガイスト」だ。

たとえば、ある晩、廣子が台所で夕食の準備をしていると、隣の部屋で何かが落ちる音がした。行ってみると棚から写真立てが落ちている。その時、窓は閉まっていた。エアコン・扇風機、加湿器・除湿器など、空気を揺るがすものは何一つ動いていない。

このおかしなストーカーは、野外ではおとなしいくせに、家の中では盛んに活動するようだ。勝手気ままな幽霊もどきである。

それから数日が経過した。おかしな気配や現象は、相変わらず続いていた。エスカレートしないので危険は無さそうだが、気味悪さは募っていった。廣子はほとほと嫌になり、それが顔に出るようになった。さすがに先輩女子らが気付き「顔色悪いよ」「どうしたの？」と尋ねた。廣子は告白した。

「どうやらストーカーがいるみたいで……」

「なんですって？」先輩は驚いた。

「そういうことはもっと早く言いなさい。ストーカーは男女共同参画社会を妨げる悪質行為で、私たちのサークルがもっとも警戒する問題の一つよ」

「あの、先輩」廣子は苦しげに笑みを浮かべて言った。

「ストーカーと決めつけるには、まだ早いかもしれないんです。姿を見たわけじゃありませんし、実害もありません。どちらかという心霊現象に近いような――」

廣子は詳しく事情を説明した。妙な気配、動く家具、勝手に噴霧するスプレー。先輩は全てを聞き届けると、廣子に優しく目を向け、

「廣子ちゃん、初めての一人暮らしで疲れてるんじゃない？　自分で気づかないうちに心を病んでいるのよ。この時期はそういう人多いよ。大学の健康相談保健センターで無料診断をしているから、行ってみたら？」

病人扱いされた――。

他人に相談したことで少しは気が緩んだのか、廣子はだんだんと状況に慣れはじめ、あやしい気配に動じなくなった。


しかし、ある時、はっきりと見た。帰宅の途中、背後の気配に振り返った時、ふっと物陰に隠れた人影の頭に、ニョキッと何か歪な影が突き出ていたのを。それでもまったく驚きはなかった。が、冷静にこう思った。

――ああ、私、疲れてるわ。


ストーカー問題と時を同じくして、サークルでちらほら話題になっていたことがある。

部員・堀田慧の失踪問題だ。

失踪という仰々しいが、要はここしばらく姿を見ないという話である。サークルのみならず、通常の授業にも出席していないようだ。

もっとも、これについては、廣子は事情が分かるので、問題が大事にならないうちに真相を伝えた。

「こないだウチに旅先からの届け物があったんで、いつものように旅行に行ってるんだと思います」

「えっ？」集まっていた先輩女子らの顔に不快の色がよぎった。

「ちょっとそれどういうこと？」

「あたしんところには何も届いてないんだけど」

「堀田のヤツ、帰ってきたら締めないとね」

想定された返答が全て出揃ったところで、廣子は言った。

「とにかく、そういうわけですから、心配ないと思います」

「で、堀田はどこから何を送ってきたの？」

「送ってきた場所は覚えていないですが、物はですね、キャベツなんですよ」

「は？」

居合わせた全員が拍子抜けした。

「何でキャベツ？」

「さあ」廣子も苦笑を浮かべた。

「たぶんキャベツが産地の場所にいるんじゃないでしょうか。私、送り状もロクに見なかったので。ただ堀田からだなあ、と」

「何か変わったキャベツなの？」

「甘くて美味しかったです」

「そうじゃなくってさ。いわくつきのキャベツだとか」

廣子は記憶をたぐった。

「そういえば、『ＱＩキャベツ』とかいう名前がついていました」

「は？　何それ」

「・・・？」

先輩らは失笑を禁じ得なかった。

「それ、面白そうね」

にわかに九嶋の声がした。部員らは一斉に振り返った。

「お疲れ様です！　部長」一人の先輩が前に出た。

「実は廣子がストーカーにあっているらしく……」

九嶋は話を全て聞いた。彼女は動じず、

「廣子がストーカーに遭ってるかもしれないって話も、何かの幻覚を見るって話も、以前から聞いていたわ。私も思う……きっと疲れよ。もう少し様子を見なさい。堀田のことは心配していたのだけど、旅行なら安心ね。その変なキャベツは――ええと、何て名前だったかしら」

「ＱＩキャベツです」廣子は答えた。

「いつごろ届いたの？」

「一週間くらい前でしょうか」

「それって、廣子がストーカーの視線を感じ始めた頃よね？」

確かにそうだ。廣子は重たい唾液を飲んで、うなずいた。そういう言い方をされると何か気味が悪い。

九嶋はニヤリとし、

「もしかしたら堀田は、廣子があんまり自分に脈が無いから、呪いをかけたキャベツを送ったんじゃない？」

呪われキャベツ！　廣子の頭にそんなフレーズが閃いた。でも、惚れているんなら惚れさせる呪いをかけるべきで、ストーカーまがいの幻覚を見るようなキャベツは、相手を不幸にするだけではないか。堀田は一体どんな了見なのか、好きがほとばしるあまり愛憎入り混じったというのか——いや、そもそも、部長の発言がおかしい！　この科学の時代に呪いなんて馬鹿げてる！

その線はないですよ——廣子はそう思ったが口には出さなかった。

「あのう」

不意に、先程まで話を聞いてくれていた先輩女子が言った。

「今私、スマホでＱＩキャベツを検索してみたんですけど、一つも結果がでてこないんです」

彼女はスマホの画面を前に向けた。

〝検索条件と十分に一致する結果が見つかりません。〟

「なにそれ？」

「普通にブキミなんだけど……」

他の先輩女子らは、怖がるような茶化すような声をあげた。廣子もゾッとした。ご当地のお土産なら、ネットに記事が無いってことはないはずだ。それなのに何一つないなんて——完全なアングラ案件だ。もしかして、私が見たキャベツがそもそも幻覚？　でも、食べたよね。……あ、もしや今この時が幻？

——ああ、もう分かんない。

その晩、廣子は家に帰ると、例のキャベツの桐箱を収納から取り出した。確か、中に説明書きが入ったままだ。開けると紙は箱の底に貼りつくように落ちていた。ＱＩキャベツ。筆文字とも教科書体ともつかない書体で書かれている。

廣子は紙を取り出し、裏返して産地を見た。

群馬県嬬恋村。

——つまごい？

妻に恋をするのか、妻が恋をするのか、どちらにしろ恋にちなんだ地名だ。男女共同参画や夫婦問題に関心のある廣子は、その名前に興味を持った。どんなところなのだろう？　堀田はここへ何をしにいったのだろう？

廣子はスマホを開き、九嶋にメールを打ち始めた。

件名　お疲れ様です。
本文　ＱＩキャベツの件、説明書きに嬬恋村と書かれていました。

そこまで書いて指が止まった。

これを九嶋に伝えてどうするのか。

けれども今日、九嶋がキャベツに興味を持ったのは事実だ。実は廣子にはそれがきわめて意外だった。あのクールな先輩が、オカルトじみた話題に関心を向けるなんて。それゆえに、ほんの些細なことでもお知らせしたい気がした。

廣子はしばらく躊躇していたが、そのまま送信した。

するとすぐ

件名　Re：お疲れ様です。
本文　へー。ありがとね。おやすみ。

――ほらね、やっぱりあっさりだ。

あの時はああ言ってたけど、どう考えたってキャベツの話になんか興味を持つはずがない。

でも「ありがとう」と書かれているからには、いくらか関心に応えることはできたのだろう。

廣子はメールに向かって「おやすみなさい」と呟くと、その日はストーカーも幻覚も忘れて眠りについた。


翌日は講義がなく、夕方にサークルに顔を出すだけだった。日中、家に居ても仕方が無いので、廣子はとりあえず外へ出た。ショッピングモールをぶらぶらしたり、商店街をウロウロするつもりだ。

家を出たのは昼過ぎだった。道々、いつものように背後に気配を感じた。振り返っても何も無い。廣子はすっかり慣れっこになっていたので、別に逃げも走りもしなかった。とある交差点を赤信号で立ち止まった。その時も背後に気配を感じた。廣子はじっと立ったまま、眼球だけ右にぐーっと動かした。傍らに路駐している車があった。その車の窓に、廣子の背後がうっすらと写りこんでいる。窓面が湾曲してはっきりとは分からないが、明らかに人影が見えた。

半日モールをぶらつき、三時頃、フードコートでハンバーガーを食べた。遅い昼食である。その時間、客はほとんどいなかった。壁に掛けられたテレビを眺めていると、画面に大きく文字が出た。

【神隠しか？　嬬恋村で消え去る男たち】


昨日、目にしたばかり村の名前だ。廣子は釘付けになった。

『私は今、群馬県嬬恋村に来ています』

丸々肥えた愛嬌のある女性レポーターが、田舎の畔道を歩きながらレポートしている。

『最近、当地では、村を訪れた男性が次々と消息を絶つという、奇妙な噂が広がっています』

画面は群馬県の地図に切り替わり、男性のナレーションが続いた。

『鶴が翼を広げた姿に似た群馬県。嬬恋村（つまごいむら）はその尾の位置にあたる、県北西の村です。面積は村としては全国で一位と非常に広大。主要産業は農業・観光業で、その他、別荘地からの固定資産税など――』

廣子の耳はこれらの雑多な情報を聞き流した。頭の中にはキャベツと堀田が浮かんでいる。

そのうちに画面は再び現地のレポーターに戻った。

『消えていくのは男性ばかり。しかも現地の男性ではなく、観光や仕事で訪れた男性が、手紙も何も残さずこつぜんと消えているそうです。村のキャベツ農家の方に聞いてみました』

帽子を被ったおばさんが大写しになった。背後は延々と畑で、何人かの人影がゆらゆらと動いている。農作業中らしい。

『まあよく分からないけど、神隠しなんじゃない？』

おばさんはあっけらかんと言った。

『神隠しというと、誘拐ですか？』

『最近ここいらで、背の高い、頭にツノの生えたバケモンを見たという噂があってね。もしかしたらそのバケモンが連れ去っとるんじゃないかな』

『頭にツノって、まるで鬼ですね』

『まあね。でもここは今でもおとぎ話を地で行くような村だから。鬼が出ても不思議ではないよ。ほら、浅間山に「鬼押し出し」って地名もあるくらいだしさ』

廣子はゾッとした。それってもしかして、私が見ている幻覚と同じ――？

ふと、廣子の目が、画面のとある一部分に引っ張られた。

「あっ!?」

おばさんの後ろに立っていた数名の人影のうち、不明瞭な一人の顔が光の加減ではっきりと映し出された。

その人物はまさしく堀田慧だった。

次の瞬間、画面が切り替わり、嬬恋村のニュースは終わってしまった。廣子は呆然とした。一分、二分と過ぎて、だんだん「気のせい」にも思えてきた。世の中にはよく似た人もいるものだ――必ずしもあれが他人という確証もないけれど。

それにしても恐ろしい話である。この科学の世の中にバケモンだの神隠しだの。しかも、「鬼」などと言われると他人事とも思えない。

夕方、サークルに到着した。今日は人が少なく、九嶋のほかに三名の先輩がいるだけだった。

「男子らは女子テニス部のグラウンド整地作業にレンタルしたわ」

九嶋はそう言ってにっこりした。他の大勢の女子先輩たちも、それぞれ都合で出払っているという。

廣子は安らかな気持ちになった。今日は九嶋とじっくり話ができそうだ。残っている先輩たちも、控えめでおとなしい人たちばかりで、いつものように騒々しい面子はいない。

廣子はさっきテレビで観た嬬恋村の話をした。ニュースの内容、鬼の目撃情報、さらには堀田らしい人が映っていたことも。

九嶋は苦笑し、

「馬鹿ね。ワイドショーの言うことなんて真に受けちゃだめよ」

「でも」

「そんなに何件も神隠しがあるんなら、今ごろとっくに自衛隊が山狩りをして、連日ニュースになってるわ」

「確かにそうですが、でも堀田くんが映っていたのは——」廣子は腑に落ちない顔をした。

「気にし過ぎよ。こないだ誰かがキャベツのことを堀田の呪いだなんて言ったから、それが気に残って全然知らない人が堀田に見えたのよ」

それを言ったのはあなたでしょ——舌先まで出掛かったが飲み込む。とはいえ、廣子は思うところを述べ続けた。

「あんな丸眼鏡の痩せっぽち、堀田くんしかいないような気がします」

「丸眼鏡で痩せてたら全部堀田なの？」九嶋は意地悪く微笑んだ。

「ほんと、廣子ってかわいいわね。これだから同郷の人は純朴で好き。気にしていることを気にしているうちに、だんだん好きになっていくかもよ。一度、堀田とデートしてみたら？」

「よしてください」廣子は戸惑うような顔をした。

「まあ、それはともかく」

九嶋は鞄からタブレットを取り出し、画面をスワイプした。

「例のキャベツの件、気になっていろいろ調べてみたの」

「ほんとですか？」廣子は九嶋の顔を二度見した。

「こないだ2年の女子がスマホで調べた時は、検索結果ゼロだった。でもあの子は調べ方が甘かったのよ。あるいは、検索ワードを入力し間違えたのかも。私がいろいろ調べてみたら、ちゃんと記事が出てきたわ。ほら」

廣子は画面を覗き込んだ。

「文字だらけのページですね」

「個人サイトよ。公式サイトや観光情報サイトではないから、デザインセンスはないね。でも、とても分かりやすくまとめられている。これを見つけ出すの、結構苦労したんだから」

日頃忙しい人が、こんなことに苦労を惜しまないとは。やっぱり興味津々なんだ――廣子は訳が分からなかった。九嶋は調べ上げた情報をかいつまんで説明した。簡単に言うと、ＱＩキャベツとは、愛を叫ばれたキャベツだという。

「求愛されたキャベツってことですか？　そんなモテモテな野菜、聞いたことがありません」

「全ッ然、違うわ」九嶋は切り捨てた。

「人間がキャベツに愛を語り込むの。それを好きな人に送るのよ。ややこしい言い方をすると、キャベツ自体は媒体ね」

「媒体？」廣子はますます分からなかった。

「どうやってそんなことが可能なんですか？」

「キャベツ畑に舞台が設けられていて、そこから大声で『○○好きだ―』『××愛してるー』って叫ぶの。キャベツは求愛されている。それでＱＩキャベツ」

「唾が飛んで汚そう」

「まあね。唾ばかりじゃなく、愛とか念とか、そういうものがキャベツにまとわりつくわけよ。叫ばれた人がそれを食べたら、叫んだ人のことが好きになるとかならないとか。一種のおまじないね。廣子はそういうの信じるタイプ？」

「いいえ」廣子は毅然と答えた。

「そうよね」九嶋はいかにも分かっていた風にうなずいた。廣子はやや不快にも感じたが、九嶋はお構いなしに続けた。

「そのキャベツって堀田から送られてきたんでしょ？　だとしたら百パーセント疑いなく、そのキャベツには堀田の愛が叫びこまれている。で、あなたはそれを食べた」

廣子はしかめっ面をして舌を出した。

「なんだか気持ち悪くなってきました」

九嶋は神妙な面持ちで
「廣子、あなたは堀田の愛を飲み込んだ。それ以来、ストーカーや幻覚が見え始めた。これって実在する呪術そのものじゃない？」

「もう、ほんとにやめてください」廣子は目を白黒させて抗議する。

「あはは、ほんと、かわいい」

九嶋はカラリと笑った。

「――でも、ＱＩキャベツを調べたおかげで、男女共同参画につながるユニークなイベントを知ることができたわ。それだけでも廣子の受難は無価値じゃなかった」

「ユニークなイベント？」廣子は首を傾げた。

九嶋はタブレットを脇に置き、

「その『キャベツに愛を宣言するイベント』って、毎年孀恋村で行われているらしいの。男女の恋愛について、いろいろな想い・願いが凝集して、恒例化しているようね。毎年大勢の参加者があるんだって。でね、今度の連休にこの地域を調査して、愛とか男女共同参画について、いいアイデアがあったら頂きたいと思ってるの。廣子も行こうよ」

「え？　私もですか？」廣子は自分を指差した。

「本当はイベントそのものを見たかったんだけど、今年はもう終わっちゃったらしいわ。でも、行って損はないと思う。観光担当の方にお話を聞くことで、学びはあるはずよ。それに、あなたがワイドショーで観た事件についても、何か分かるかも。神隠しとか鬼とか、なんだか面白そう。今度の連休はミステリーツアーってとこかしら。ついでに堀田も見つかればいいわね」

九嶋はそう言うと、何かを思い出してスマホを覗き込み、

「もう行かなくちゃ。じゃあ、スケジュールつくっといて」

そう言い残して、ラウンジを去っていった。

――あー……。

遠くで四限目の終わるチャイムが聞えた。

「廣子ちゃん、部長と行っておいでよ」残った先輩が言った。「私、連休は実家に帰らなきゃいけないから、ご一緒できないわ」

「私もバイトなの」

「部長のお世話をよろしくね」

「あ、えと、はい」廣子はかしこまって先輩たちに頭を下げた。

――九嶋部長と、ふたりっきり……！

廣子は胸がどきどきした。確かに自分が九嶋に憧れている自覚が若干はあった。二人で旅行となると、それが増幅されて、例えようもなく緊張する。九嶋の無茶振りには閉口するが――なんだろう、この不思議な、キュンキュンした感覚。

――もしかして恋？　まさか！

廣子は耳たぶに熱っぽさを感じた。手うちわで頬をあおぐ。


翌日から廣子は、図書館やネットで嬬恋村を調べ、民宿ガイドやJRの時刻表を漁った。スケジュールを組み立てるための情報収集である。それにしても、民宿はどこも思いのほか高かった。

――こういうのって部費から出ないのかしら。

とりあえず安価な所を十軒くらいリストアップした。次に旅程である。向こうに着いたらどういう順番でどこへ行くか――これは観光旅行ではなく、調査旅行なのだ。廣子は村の資料館、観光案内所など、気付いたところをリスト化していった。まとめてみて、はたと気付いた。これ、どこも結構離れているけど、どうやって移動しよう？　バス？　タクシー？　レンタカー……って、私、免許持ってない。まさか部長に運転してもらう？

ちょっと考えては、すぐにつまずく。だが廣子は、そのひとつひとつの迷いのうちにも、九嶋との旅行を想起し、楽しい気分になるのだった。そして次の瞬間には重い緊張を感じ、生唾を飲み干す。

そうして三日ばかりかけ、スケジュールが形になってきた頃、九嶋から急に電話があった。

『ごめん、私、今度の連休に予定があったの忘れてたわ。市のイベントの事前打ち合わせがあって、どうしてもはずせないのよ』

「えっ？」

廣子は呆然とした。思い描いていた旅模様は靄が掛かって一瞬のうちに消えた。

「じゃあ、延期しますか」淡々と訊いた。

『いや、調査は調査よ。廣子、あなた一人で行って調べてきて』

「えっ？　一人で？」

『そうよ』九嶋は諭すように言った。『こういうのは思い立ったら行動よ。延期したら永遠に延期になっちゃうわ。宿泊と交通費は部費で負担するから』

「えと、でも」

『戻ったらレポートを書くこと。じゃ、よろしく』

電話が切れた。

頭が真っ白のまま、何分くらい経っただろう。ようやく我に返り、手にしたスマートフォンを耳から離す。現実がのしかかる。楽しみだった旅行が、単なる出張（しかもレポートの宿題付き）になってしまったのだ。

――一体どうして私がこんな目に！

第3章　廣子、嬬恋村へ

（1）観光案内所

連休初日、廣子は電車に揺られていた。

東京からＪＲ高崎線・上越線を渋川まで乗り、そこから吾妻線に乗り換える。車窓は都会から郊外へ移り変わり、いまや見渡す限り山野である。

ほとんど乗車客のいない自由席で、廣子は一人、車窓を向いてたたずんでいた。

「いいところじゃない」

廣子は呟いた。誰に聞かせるでもない。自分に言い聞かせている。そうすることで、この旅の必然性を自分に無理やり刷り込んでいる。

正直なところ、廣子はこの旅を快く思っていない。九嶋の土壇場のキャンセルは、廣子の胸をさいなんだ。いくら男女共同参画の調査だからって、何も突然こんな田舎に送り込むことはない。呪われキャベツだの鬼だの、オカルト話はうんざりだし、ましてや堀田を探すなど、動機にすらなりえない。

電車がプラットフォームに停まった。三分後、廣子は駅舎の外にいた。振り返ると「万座・鹿沢口駅」の太文字が目に飛び込む。駅の裏にはのっぺりとした断崖が東西に広がっている。影が駅を覆い、空気をひんやりとさせている。

一応、一日目だけ宿をネットで予約した。地図によると、川を渡り、道なりに進んだ先の旅館である。歩いてどのくらいか分からないが、そう遠くはなさそうだ。もし旅が二日目以降も続きそうな時は、延泊を申し込むつもりだ——。

あたりを見渡す。駅前は片側一車線、はす向かいに食堂やふとん屋の看板が見える。いずれもシャッターが閉まっている。人通りは無い。空を仰ぎ見ると、いかにも高地らしい薄水色の空に、きれぎれの雲が流れてゆく。

「さて……と」

廣子はとりあえず駅から左手へ歩き出した。

まもなく前方に二階建ての真新しい建物が見えた。軒先に「嬬恋村観光案内所」と記されている。

廣子は中に入ってみた。

そこは、名の通り、観光案内とお土産販売を主とした物産館だった。壁面に自然や史跡の写真パネルが掲示され、棚には各種リーフレットが取り揃えられている。廣子はそのうち一つを手に取った。紙面には、青々とした山野の写真とともに、嬬恋村の名称の由来となった伝説について触れられていた。

『第十二代景行天皇の皇子・日本武尊（やまとたけるのみこと）の東征中、皇子の愛妻・弟橘媛（おとたちばなひめ）は海神（わたつみ）の怒りを静めるために、その身を荒海に投じられました。皇子は東征の帰路、碓日坂（うすひのざか）（今の鳥居峠）にお立ちになり、亡き妻を偲ばれ「吾嬬者耶（あずまはや　訳：ああ、わが妻よ、恋しい）」とお嘆きになられたと伝えられています。当地はこの故事にちなみ、嬬恋村と名付けられたと――』

ヤマトタケルノミコト。

廣子も聞いたことのある名前だ。けれども、その人物のエピソードは何一つ知らない。

――ヤマトタケルは本当に奥さんのことが好きだったのね。

廣子はそのリーフレットを鞄にしまった。

その後しばらく、店内をぶらぶらと見て回った。写真パネルで紹介されているいろいろなイベント情報を眺めるうちに、とあるパネルに目が止まった。デカデカと「愛を宣言する」と書かれている。

――これだわ。

廣子はそのすぐそばに積まれたパンフレットを手に取った。それによると、嬬恋村では毎年「愛を宣言する」イベントが開催され、全国から大勢の人々が訪れて、元気いっぱい、情熱いっぱいに、愛を叫んでいるという。壁に掲示されたパネルには、木組みの台と、その周辺に広がる一面のキャベツ畑が写し出されている。青空のもと、緑の眩しく輝く、胸のすくような大パノラマ。来訪者はその台の上で、

「○○、好きだー」「××、愛してるー」と叫ぶのだ。

ちなみに、台には正式名称がある。「妻に愛を叫ぶ専用宣言台」。「妻に」となっているが、性や既婚者を問わず、誰が誰へ叫んでもよい。未婚のカップルが訪れて、「結婚してくれー」とプロポーズを絶叫し、成就した例も多いという。

おそらく九嶋が称賛したのはこの点だろう。廣子も同感だった。夫婦愛が経済を救うという廣子独自の理想は、大前提としてまず「夫婦」が存在していなければならない。このイベントは、普段奥手な現代人に、結婚のきっかけを提供してくれている。素晴らしいことではないか——。

廣子は地図に目を移した。宣言台の場所は「つまごいパノラマライン」という道路沿いで、広大なキャベツ畑のど真ん中に位置している。そこは「妻恋の丘」と言うらしい。観光案内所からは、かなり遠い。


廣子はパネルの前を離れ、再び店内を歩いた。

案内所内を一巡して戻ってきた入り口付近の展示ブースに、見覚えのあるキャラクターのカッティングパネルが置かれている。その脇に、通販用のパンフレットが積まれている。廣子は近づいてハッとした。例の「QIキャベツ」に入れられていたものだった。壁のポスターには、こんな文句が書かれていた。

【宣言台の周辺で育ったキャベツには、多くの人々の愛が甘く振りかけられています】

——なるほど、それであのキャベツは甘い味がしたのか。いや、まさか。

堀田はどうやらここでキャベツを購入し、廣子の住所に送り届けたらしい。してみると、あのキャベツに叫ばれた愛は、別に堀田個人の念だけではなく、不特定多数の愛がこめられている、ということだ。廣子は気の抜けたような、ホッとしたような気がした。

裏をめくると値段が書かれていた。

一玉　二，〇〇〇円（税別）

「高っ！」

思わず声が漏れた。奥にいた女性スタッフが、反射的にこちらを見た。廣子は恥ずかしさから顔を両手であおぎつつ、スタッフに近づいていった。

「あのう、あそこの壁に貼ってある『愛を宣言するイベント』なんですけど……」

スタッフは五〇歳くらいの、人の好さそうな、ふくよかな顔つきをした女性である。彼女は優しそうな瞳を廣子に向け
「あらあら、残念ですが、今年はもう終わってしまったんですよ」と答え、口の端に笑みを浮かべた。どうやら廣子が恋人の名前を叫びに来たと思ったらしい。

「や、そうじゃなくて」廣子は早口で言った。

「イベントについて知りたくて……。私、今日東京から来たんです。サークル活動の参考に、できれば

と……」

「ここへは学生さんもよくいらっしゃいますよ」スタッフの顔はみるみる確信に変わっていた。彼女は奥の階段を指差し

「この建物の二階が村の商工・観光課で、イベントについてはそちらで聞いてください。喜んで話してくれますよ」

廣子は礼を言い、そそくさと階段を上がっていった。

二階は一階と異なり、いかにも役所らしいフロアだった。窓付きの仕切りの向こうに、数人の男性職員が見えた。ＰＣを操作したり書類をめくっていたりしているが、一人としてこちらに目を向けるものは無い。

「すみません……」

廣子は窓を開けて仕切りの向こうに顔を出した。

すると、職員たちの顔が一斉にこっちを向いた。みな眩しい表情をしている。

「おぉ。嫣恋村にようこそッ」

一人の男性職員が声を上げた。彼はこちらに歩み寄り、

「最近は女子の一人旅も多いですよね。どうぞご案内します」と、爽やかに声を掛けた。

「いや、その……」廣子は気圧され気味に答えた。

「私、東京から来たんです。嫣恋村で行われている『愛を宣言する』イベントについて、ちょっと伺い

たくて」

「ああ、残念です。今年は終わってしまいました」

男はややオーバーに顔をしかめた。が、すぐに笑みを戻し、

「でも、台で叫ぶのはいつでも構いません。今から行きます？　叫ぶのはカレシさんの名前とかですか？」

「そういう質問はかわいそうだよ」

奥にいた初老の男性が注意した。彼は顔を回し廣子に向かい、バツの悪い表情で頭を下げ、

「すみません。ここにはあまり、若い女性は来ないから、対応に不慣れなんです」

「私、叫びに来たんじゃないんです。イベントのパンフレットとか資料があったら、いただきたいと思いまして」

「そういうことでしたら」

先程の職員が、手元のクリアファイルから手早く二、三枚抜き取って重ね、

「これだけあれば、あなたはもう愛を宣言するイベントの立派な博士になれますよ」

廣子は礼を述べて受け取った。その時、ふと、視界の端に大型テレビが見えた。

「あのう」

「何でしょう？」

「イベントの様子を記録した映像とか、ありませんか？」

職員は苦い顔をし、

「商工・観光課の記録として撮影しているのはあるんですが、一般向けのＤＶＤは無いんですよ」

「記録で結構です。ちょっとでも拝見できませんか」

「今は個人情報保護がうるさくって。昔ならお見せできたんですが」

「ここで視るだけですので」

「いやしかしコンプライアンスが――」

「見せてあげてもいいじゃないか」

初老の男性が口を挿んだ。

「イベントに興味を持って、わざわざ東京からやってきたんだ。そういう固いことを言ってるから、観光促進もままならなくなる」

「うッ……」

「それに、記録映像は今までだってテレビ局に貸している。何度も公共で視聴されてきた。今さら問題にはならないと思うが」

初老の男性は腰を上げてテレビのそばに向かおうとした。

「わ、分かりましたよ」

若い男性は大型テレビのそばへ行き、準備を始めた。

「はじめからそうすればいいのに。――こちらへどうぞ」

初老の男性は廣子を手招きした。

「私は村で観光組合の役員をやっている澤瀧（さわたき）と言います。ようこそ孀恋村にいらっしゃいました。さあ、ＤＶＤを観ましょう。いや、先ほどの職員、保久（やすひさ）係長のことは気にしないでください。そもそもこのＤＶＤは、私たちの税金でできているんですから」

廣子と初老の男性は二人並んでテレビの前に座った。職員はデッキの操作がうまくいかず難儀していた。その間、別の職員が一綴りの資料を見せてくれた。

「ほら、今回はこんなにたくさんの方が叫ばれたんですよ」

それは叫んだ人々の氏名が記されたリストだった。廣子はさりげなく堀田の名を探した——あった。堀田慧。わりと早い順番に見つけることができた。廣子はリストを職員に返し、

「何を叫んだかまではリスト化されていないんですね」

「さすがにそこまでは」職員は苦笑した。「でもＤＶＤをご覧いただいたら、誰が何と言っているか分かりますよ」

ＤＶＤが起動し、モニタに愛の宣言台が映し出された。人が次々に壇上に上がり、あらん限りの声をキャベツ畑にぶちまけている。

『〇〇、愛してるー！』

『××さん、結婚してー！』

男も女も顔じゅうを口にして叫ぶ。

「みんないい顔してるよね」観光組合の役員は目を細めた。

「普段人前で出せない大声を出した上、封じ込めていた想いを発散させるわけだから、このイベントは人間の免疫力向上にも一役買っていると思うよ。今度どこかの医学部に依頼して、そっちの分析をやってもらうのも良いかもしれない」

「はあ……」

廣子はつい生返事になった。

無理もない。画面に堀田があらわれたのである。

丸眼鏡の堀田は壇上にあらわれると、普段の落ち着きのなさを二倍にも三倍にも増幅させ、係の人に指示されてようやく叫ぶ方向に身体を向けた。そして、胸いっぱいに息を吸いこむと、大口を開け、

『コーコさんっ、あの、えっ、……うわぁーッ！』

廣子は茫然とした。

「ああ、この青年、覚えているよ」役員は笑いを噛み殺して言った。

「台に上がったら緊張して、何を言うんだか分からなくなったんだ。今大会で一番真剣な人だったかもね。おや、もしかして知り合いとか」

「いやその」廣子は作り笑いし
「実はこの人、大学の同級生で……」

「えっ？　そうなの？」

「わ、私はこの人をほとんど知らないんですけど」廣子はそう前置きして言った。

「彼の入っているサークルの先輩から、『最近サークルに顔を見せない』『嬬恋村にいるらしい』『もし会ったら帰ってくるように言っといて』と、言い付けされまして」

口から出まかせに言い立てる。妙に早口になったので廣子の口内はたちまち乾いた。

「その青年なら私も覚えていますよ」保久係長が言った。

「この時期、嬬恋村では、キャベツの収穫の住み込み短期バイトの募集があるんです。なかなか高給なことから、関東・近畿・東海の大学生が押し寄せて、小遣い稼ぎに励みます。たぶんこの青年も、それに申し込んでいたんでしょう。叫んだ後、係員として参加していた私に『キャベツ農家の金子さんの家はどこですか』と尋ねてきて、私、車で連れて行ってあげましたから」

「ほんとですか?」

廣子は驚いた。嬬恋村に来てわずか三〇分足らずで、もう堀田の情報にありつけた。

「金子さんのお宅に伺えば、彼に会うことができますか?」

「ええ。たぶん、まだいると思います」

一〇分後、廣子は保久係長の運転する軽ワゴンの助手席に揺られていた。行く先は「金子さん宅」。無理を承知で願い出たら、二つ返事で連れていってもらえることになった。

窓の向こうは行けども行けども見渡す限りのキャベツ畑。廣子は道々で驚くべき光景を目にした。路肩に人が点々と倒れている。ほとんどが男性だった。

「この時期の風物詩ですね」保久係長は平然と言った。「毎年多くの若者が収穫のバイトに来ますが、決して楽な仕事じゃありません。朝は早いし、一日中中腰だし。なかでも、箱詰めとトラック積み、これが本当にキツイ。キャベツの個数は百や二百じゃないですよ。何千個、何万個ですから」

「そんなに！」廣子は目を丸くした。

「実家が農家とか、経験のある人じゃないと、ちょっとやそっとの力自慢でも、三日で逃げ出しますよ」

廣子は倒れている男性たちに目を遣った。よくよく見ると、彼らはぴくぴく動いており、死んだり失神したりしているわけでは無かった。手足をぎこちなく動かし、地を這っている。あれは筋肉痛に苦しんでいるのだと保久係長は言った。

——堀田はどうしてこんなきついバイトをしようと思ったんだろう?

堀田は一人暮らしだが、実家は近いし、経済的には裕福そうだった。廣子の方がよほど困窮している。何かお金が必要な理由があるのだろうか。

その後、車内の話題は「愛を宣言するイベント」に移った。

「あのイベントを考え出した人は、東京の会社員の方なんですよ」

保久係長は自分のことを語るように嬉々として言った。

「その人は避暑シーズンに毎年こっちにある別荘に来ていたんです。やがて嬬恋村好きの仲間と語らって、キャベツ畑の真ん中で愛を叫ぶという冗談みたいな催しを始めました。それが話題を呼び、今や全国区の——時には海外から取材が来るほどの、一大イベントになったんです」

「海外からも来るんですか？」

「はい。年々イベントの規模が大きくなっていくと、有志だけではまとめきれなくなりました。それで彼らは『ジャパン愛妻協会』を設立し、私たち行政と組んで、イベントを安定的に開催するようにしたんです」

「ジャパン愛妻協会？」

「面白い名前でしょう？　その後、イベントは『愛妻宣言』という名称になり、趣旨として『男性が妻に、普段生活では口にできない愛する気持ちや感謝の言葉を叫ぶ』ことを掲げました。つまり、この頃までは、夫視点のイベントだったんです。けれども最近は、叫び手は必ずしも男性で既婚者とは限りません。男女共同参画の時代ですから。叫ぶ場所も、第三回までは平地で行われていましたが、各所の協力を得て、第四回から宣言台が使用されるようになりました」

　ジャパン愛妻協会――廣子はその名が気に掛かった。保久係長の話を聞く限り、実に崇高な理想を掲げた協会である。ぜひ頑張ってもらいたい。もし協会の活躍で日本中に宣言台ができ、各地の男性が妻への愛を叫んだら、日本中の夫婦愛が豊かに実るのではないか。嬬恋のキャベツのみならず、全ての作物が『QI〇〇』になる。北海道のジャガイモ、鳥取県のスイカ、熊本県の海苔――。

「金子さんのお宅はもうすぐです。もっとも、この辺は全部金子さんの畑ですけどね」

　軽ワゴンはスピードを上げた。五センチほど開けた窓から風が吹き込み、廣子の髪を揺らした。廣子は覚えている。金子さんといえば、ワイドショーで神隠しについてインタビューを受けていた人だ。あの時の字幕の名前が「金子さん」だった。

廣子はさりげなく、かつストレートに尋ねた。

「神隠しの話って、本当なんですか？」

保久係長は表情を強張らせ
「まさか。あんなの、マスコミのつくったネタに決まってるじゃないですか」と言った。

「ただの冗談とは思えないんですよ。テレビでは金子さんも否定はされていなかったし、火の無いところに煙は立たないって言います」

保久係長は少し考え、

「まあ、せっかく嬬恋までお越しいただいていることだし、あなたはちょっと普通の観光客とは違うようですから、少し詳しい事情をお話しましょう」

彼は一つ息を飲み
「まず、人がいなくなるという話は事実です」

「やっぱり！」

「そして、いなくなるのは決まって愛を叫んだ男性です」

「えっ？」

それは初耳だ。

廣子は嬬恋村の神隠しについて、ネットで情報をサーチしていた。神隠し説、ＵＦＯ説、パラレルワールド説など、どれもオカルト色が強く、眉唾だった。それというのも、この話題には何一つ具体性が無く、噂の範疇を超えられなかったからである。誰が、いつ、どこから、どのように消えたのか。きちんと把握している人はおらず、証言も得られていない。

それが今のひとことで、にわかに現実味を帯びた。保久係長はものものしく抑えた口調で続けた。

「実は、どういう人がいなくなっているのか、私たち商工・観光課とジャパン愛妻協会で調査をしたことがあるんです。調査方法は、失踪者の同行者の追跡取材です。愛を叫ぶ訪問客のほとんどは、友人や同僚、ご家族と一緒ですから。アプローチ方法は、メール、手紙、再訪問時の直接取材などです。質問すると、みなさん神妙な顔になりました。そうして分かったのは……」

廣子は唾を飲んだ。

保久係長は人差し指を立て、

「失踪者の多くは、旅行後に離婚したり破局したりしているんです。つまり、愛を叫んでおきながら、その志を履行しなかった人が、姿を消しているんです」

「そんなまさか」廣子は呆れかえった。

「誓いを破ったら消えるなんて……愛を宣言するイベントって、そんな神秘性を帯びているんですか?」

「いやいや」保久係長は笑みを浮かべた。「神代の昔からある行事ならともかく、そんなに古いイベントじゃありません」

「じゃあどうして」

「考えてみてください。確かにありえる話なんですよ。離婚や破局って、基本的にバツの悪いものです。同行者に愛を叫んだのを見られておいて、後でそんな不体裁になったら、誰だって顔を合わせにくいでしょう？　それでちょっと疎遠になる。連絡も途絶えがちになる。すると、消息が絶えた、失踪したってことになる――これが真実のようです」

「なあんだ」廣子はちょっとがっかりした。

「でも、かといって、その人たちが後から帰ってきたという話は聞かないんですよ」

「えっ？」廣子の顔に薄影が戻った。

「それと、もう一つ判らないことがあるんです。叫ぶ人の中には、おふざけを叫ぶ人もいるんですよ。たとえばアイドルの名前を叫んだり、知り合いの奥さんだったり――はじめから叶いっこない愛を宣言するのは、前々からあったんです。悪乗りには違いないけど、仲間同士の旅行では、こういったことも一つの楽しみですからね。問題は、そういうことを叫んだ人たちも、いなくなっているということです」

「じゃあ、やっぱり神隠しはあるってことですか」

「否定はできません」保久係長はきっぱり言った。

「今言ったことは内緒です。まだ調査中なので、事情が知られるといろいろ支障がありますから」

「分かりました。言いません」

廣子は、恐れたのと同時に、神隠しで消えた連中にも憤りを覚えた。

――悪乗りは別として、離婚や破局で消える人たちなんて自業自得よ。

夫婦愛を理念に掲げる廣子の思考は、最終的にそこにたどりつく。愛を叫んだなら、その愛を全うしなければならない。世の中には不誠実な人間がどれだけいることか。むしろそういう人間が駆除されるだけ、神隠しは世間にとって好都合かもしれない。

(2) 金子さん宅

軽ワゴンは、金子さんの敷地の庭で停車していた。

「ねえ、誰か堀田君を見た？」

麦わら帽子の金子さんは、太い首を窮屈そうに回し、十五、六人の若者らに尋ねた。みな首をゆっくり左右に振る。疲れて声を出す気力も無いようである。

金子さんの家は、広い敷地に平屋の家屋のある、いかにも農村の邸宅だった。だだっ広い砂地の中庭に農具倉庫が二棟。一棟はシャッターを開け放たれ、耕運機や軽トラックが停めてある。もう一つの棟には4トントラックが停めてあるらしい。荷台には網かごが満載している。つい先程キャベツを集積して帰ってきたところだった。

若者たちは中庭に寝転がり、息も絶え絶えにしていた。奥から放し飼いの鶏が数羽やってきて、丸い目玉をくりくり向けた。

「お嬢ちゃん、ごめんねぇ」

金子さんは首に巻いたタオルでうなじを拭い、もっちりした顔に深い皺を寄せて言った。

「私の記憶では、ゆうべは見たんだよ。でも、逃げ出す子も多いから」

「堀田も逃げたんでしょうか？」

「どうかねえ。頑張り屋さんという印象はあったけど、そういう子の方がかえってポッキリ折れちゃうからね。今、ここにいる子たちは、とことん現代っ子で、隙があればどうにか楽をしようって子ばっかり。でも、できないくせにプライドだけは高いから、逃げようとはしないんだよ」

金子さんの声は庭中に聞こえる音量だったが、中庭の若者たちは言われるにまかせて無反応である。

金子さんと話している間にも、ぐったりした若者たちが一人また一人と門扉をくぐってくる。彼らはトラックに乗りきれず、畑から歩いて帰ってきた連中だった。何ヘクタールもある広大なキャベツ畑を、太陽を目印に、屋敷にたどりついたのだ。

「あれ？　あんた、ゆうべはどこにいたの」

金子さんに声を掛けられた男は、顔を歪ませ
「畑で野宿したんです。まさか電波が通じないとは思わなかったんです」と言ってヨヨと泣きはじめた。

——なんて仕事だ。

廣子は唖然としつつ、もしかしたらこの男性のように、堀田も帰ってくるかもしれないと思った。

「ここでしばらく待たせてもらってもいいですか」

「好きになさい」

金子さんは母屋に入っていった。

門扉のところで待っていた保久係長が言った。

「今、上司の澤瀧から電話が入って、もう観光案内所に戻らなくちゃいけません……。もし駅に帰るなら、乗せますけど……」

「ありがとうございます。でも、ちょっと待ってみますんで」

「どうやって駅に戻るつもりです？」

廣子は思案した。確かにここまで来るのに車でもかなり時間が掛かった。歩くのは無理だし、バスも走っている様子はない。

甘い考えだが――ここの人が乗せてくれたりしないだろうか？

「多分、何とかなると思います」廣子はあっさり答えた。

保久係長は不安げな顔をしたが、「それじゃ」と身を翻し、軽ワゴンの方へ歩いていった。

廣子は母屋の縁側に腰を下ろし、出された麦茶を飲んでいた。へばっている若者の中に、一昨日の晩に堀田と話をしたという二五、六歳の男がいた。

「東京から来てる丸眼鏡の学生ですよね？」

堀田は日帰り旅行のつもりで嬬恋村を訪れたという。目的はもちろん愛を宣言するイベントに参加し、妻恋の丘で片思いの女子の名を叫ぶこと。堀田はまず駅前の観光案内所を訪れた。そこから無料臨時バスが出ていて妻恋の丘へ行ける。バスを待つ間、観光案内所の中で例のキャベツを発見した。

「堀田くんは言っていましたよ。『女の子は占いとか願掛けって好きですからね』って。ものすごくわけ知り顔で」

堀田は二〇〇〇円と送料を払い、QIキャベツを購入し、片思いの女子の家に直送した——信じられないことだが、堀田はそれで財布の中身を使いきった。帰りの電車賃もなくなったのである。全線各駅停車に乗ったとしても足りない。廣子は堀田が以前こう言っていたのを思い出した。「ぼく、財布を落としたら怖いので、旅行ではキャッシュカードもクレジットカードも持っていかないんです。現金も最小限にとどめます」。

お金を失った堀田だが、旅の目的は忘れなかったらしい。彼は臨時バスに乗り込み、妻恋の丘に到着。片思いの女子の名を叫んだ。仕事が済むと、堀田はイベントスタッフの一人をつかまえ、金子農場の道を尋ねた。堀田は観光案内所で、金子農場の短期バイトの募集チラシを見ていた。これに参加して電車賃を稼ぎ、帰京するつもりだったのである。

「だから、逃げたってことは無いと思いますよ」と、男は言った。「だって、逃げようにも電車賃がない。バイト代は最終日に手渡しですから。彼はいま無一文のはずです」

それから一時間ほど経過した。門扉をくぐる帰還者は、三〇分程前から止まっていた。西の空がほんのり茜色に色づいてきていた。

「帰ろうかな」廣子は呟いた。宿のチェックイン時間も気になる。

廣子は金子さんに、今から駅に向かう車は無いかと尋ねた。ところが、車はあるのだが、若い人の中に運転免許を持っている人が一人もいなかった。

「車を転がせる人は、みんな出払ってるよ。今もどこかで積み込みをやってるはず。……済まないねえ、私は免許があるんだけど、この子らに食事を出さなきゃならなくて」金子さんは、縁側に賄いの土鍋を並べながら言った。

「そのうち誰か、運転できる人が戻ってきますか？」

「どうだろうねぇ。この時期は、よその畑と助け合いだから。積み終えたお宅でご馳走になってそのまま泊まっちゃうってこともある」

廣子は絶望した。

と、その時、中庭に一台の白い軽トラが入ってきた。

「ああ、よっさんだ」金子さんは軽トラを指差した。「あの人なら駅まで送ってくれるかもしれないよ。私が話をしてあげよう」

軽トラは中庭の真ん中で停車した。開け放たれた窓から、広い前ツバ帽子を被った赤ら顔の男が、大きな目をギロリとさせてこちらを向いた。

廣子は目を見張った。その男の容貌がなんとも独特だったからだ。男の黒々とした瞳は、落ち着きなく揺れていたが、やがて「ニパッ」と音がするくらい満面の笑顔になった。もみあげから顎に掛け、黒ひげがもじゃもじゃしている。大柄で腕も肩もパンパンに膨らみ、筋骨隆々。素地なのか日焼けなのか、肌が赤々としている。

「よっさん」金子さんは気さくに声を掛けた。「こんな時間に珍しいね。あっちの手伝いはもう終わったの？」

「へい。もう、余裕でさぁ！」

男の声は地に重く響くが、その口調には下っ端的な軽さがあった。

「たまたま前を通りかかったんで、ちょっと寄ってみたんです。こっちで何か手伝いはないかなぁって」

「それはありがたい」金子さんはニヤリとした。「あんた、こないだウチのバイトを畑まで乗せてくれって頼んだら、急に腹が痛くなったとか言って帰ったけど、後から聞いたらそのあと青年団の連中と朝まで――」

「おっと待った」男は首をブンブン振った。

金子さんはカラカラと笑った。

「ところでよっさん、頼みがあるんだが。今から駅まで行かんかね？」

「へ？」

「この娘を、駅まで送って欲しいんだよ。ウチの免許持ちはみんな出払ってしまって」

「なるほど、了解しました」

「それはよかった」金子さんは廣子を向き

「よっさんは、顔は怖いけど優しい人だから」

「え……ええ、はい」

廣子は返事をしてよっさんを見た。

真っ赤なごつごつした顔は、まるで屋根の鬼瓦のよう。だがその柔和な笑みは人懐っこくも見える。大きな目はくりくりしていて、不思議な愛嬌がある。

「さあ乗って。今なら暗くなる前には着く」

よっさんは親指を立てて肘を上げ、肩越しに助手席を差した。

「よろしく、お願いします」

廣子は、無理矢理に笑みを作り、助手席に回った。


「嬬恋はキャベツでも有名ですが、なんつっても温泉ですよ」

車中、よっさんはしゃべりっぱなしだった。さながら「音声パンフレット」のように村の観光地を説明してくれた。嬬恋愛と人の好さであふれている。だが端々に、車中に無言の間をつくりたくない様子も感じられた。要するに、世話焼きで繊細なのだ。

――ほんと、いい人。

廣子は適当に相槌をうちながら、よっさんの横顔を眺めていた。とにかく巨体で、帽子のてっぺんが車の天井にくっついている。全身の筋肉がもりあがっている。服がパツンパツンに張り詰めている。

廣子はふと、あることに気付いた。よっさんの帽子が不自然に浮いているのである。

「君も一人旅なんて、やるねえ」よっさんの握るハンドルはやけに小さく見えた。「大学生でしょ？」

「はい。一年です」

「そうかあ。大変だね。鳥取の田舎から出てきて一人暮らしなんて」

「え？」廣子は目を丸くした。「どうして私が鳥取って」

「え、いや。その」

軽トラックは不自然に加速した。

「さっき言いませんでしたっけ？」

「言ってないと思いますが――」

「あ、訛（なまり）がね、ほら、独特の」

「私、訛ってました？」廣子は考えた。

「東京に来て田舎言葉を話すのが恥ずかしかったので、ずっと抑えてきたんですけど、出てました？」

「ええ！」よっさんは赤ら顔に汗を浮かべていた。

「そりゃあもう、だくだくと」

「だくだく！」廣子も汗を浮かべた。

「それに、一人暮らしって、言いましたっけ？」

「まぁ。大学生といったら一人暮らしかなあ、なぁんて、勝手に思っちゃったりして……」

よっさんはしどろもどろである。車はちょうど細い畔の丁字路に差し掛かった。よっさんはウィンカーを出すべく、方向指示器のバーに手を掛けた。焦るあまり力が入り、バーは根っこから折れた。

「……。こりゃ、また弁償だよ」

よっさんはゆるゆると車を路肩に停めた。大きな体を屈めて足元に落ちたバーを拾い上げると、くっつくわけもないのに元の場所に当てている。

廣子は呆れた。この男、心の中がモロに出る上、馬鹿力だ。

「ああ、ダメだ」

よっさんは折れたバーをダッシュボードに放った。

「交差点を曲がる時は、窓を開けて手信号で合図ですね。ああ、遅くなったらいけません。車、出しますから」

「あっ、ちょっと待って」

廣子は制した。彼女の目はフロントガラスの先の、とあるものに釘付けになっていた。目前の丁字路に、うずくまっている人影がある。もそもそと動くそれは、金子さんの家に向かう途中で無数に見た短期バイトの残兵たちと同じようだった。だが廣子には、その人影の背格好や動き方に見覚えがあった。

廣子は車外に出た。廣子は驚きのあまり口の左右に両手をそえ、声を飛ばした。

「ちょっと！　堀田くんじゃない？」

するともがいていた影はむくりと体を起こした。顔かたちは判然としないが、顔らしい位置に丸く二つ、茜色の夕陽を照り返す円形が見える。

「その声は――」影が返事をする。聴き覚えのある声は、かすかに震えている。「その声はもしかして、末川さん？」

「やっぱり！」

「どうしてここへ！」

影は勢いこんで起き上がろうとし、足がもつれてへたりこんだ。

「おっ？　知り合いですか？」

運転席からよっさんが出てきた。地に二本足で立つよっさんを見るのは初めてだ。二メートル近くあるのではないか。廣子は仰ぎ見るようによっさんを見上げ、

「すっごい偶然なんですけど、私、あの人と同じ大学で、彼を大学に連れ戻すようにサークルの部長から指示を受けたんです」

「もしかしてカレシ？」

「全ッ然、違います！」

バッサリ切り捨てた廣子の口調には、いささか剣があった。

堀田は生まれたての小鹿のように手足を震わせて立ち上がり、二足歩行で廣子の面前まで歩み出た。無理な笑顔をつっぱらかし、擦り切れそうな声で言った。

「末川さん、こんなところでお会いするとは奇遇ですね」

「はあ？」廣子の片方の眉が吊りあがった。

「奇遇？　長いこと行方をくらましといて、奇遇はないでしょう？」

「もしかして、ぼくのこと、探しに来てくれたんですか」

「違うから！」廣子はムキになって言った。

「私は九嶋部長に言われて、嬬恋村のイベントを調査に来たの。それと、もし、あなたが見つかったら、ついでに連れて帰れって」

「よくここにいるのが分かりましたね」

「自分でキャベツ送ったの覚えてないの？」

「ああ、そうでした……あれを買ったら電車賃がなくなって、帰れなくなったんです。疲労のあまり、何もかも忘れてましたよ」

あははと笑う堀田に、廣子はムッとした。こんなどうしようもない男のことを少しでも気にしていたかと思うと、腹が立つ。

「ところであなた、こんなところで何をしていたの？」

廣子の問いに、堀田は答えた。

「実は今、住み込みでキャベツ収穫の短期バイトをしているんです。昨夜の収穫に参加して、帰りにキャベツ満載のトラックの荷台に載せられた時、揺れで落っことされて。そのまま寝ちゃったんです」

「寝ちゃった？」

「末川さんもこの仕事を経験したら分かります。精神と肉体の極限状態では、トラックの荷台から振り落とされても即就寝できるんです。今朝、顔に朝日が差して目覚めた時は、全身筋肉痛で、一ミリも動けませんでした。それでも何とか這いつくばって人里に出ようと頑張っていたら、こうやって末川さんに見つけてもらったわけです」

「馬鹿馬鹿しいわ！」廣子は腕組みをした。

「電車賃なら私が貸すから、東京に帰りましょう。あなたがいないせいで、他の男子の仕事が増えてるんだから」

「九嶋部長、怒ってます？」

「そりゃもう」

「あの、二人とも」よっさんは先程から二人のやりとりを眺めていたが、西の空の色が徐々に変わっていくのを見て口を挟んだ。

「ここでおしゃべりしていても仕方がない。もう日が沈みます。チェックインは何時ですか」

「ハッ、そうだった」廣子は堀田を見た。

「あなたはどうする？　お金ないんでしょ？　駅のベンチで寝るの？」

「心地良いくらいキツイひと言だなあ」堀田はうっとりと言った。

「バイト先のお宅に荷物を置きっぱなしなんです。それに、せめてバイト代はもらわなきゃ」

「金子さんちね」廣子はよっさんを振り返った。

「すみません。私たちを乗せてもう一度引き返してもらえませんか？　さらに無理なお願いですが、その後、私を駅まで連れていってほしいの。時間通りのチェックインはもう無理だわ」

「問題ないですよ。さあ、乗った乗った」

廣子は助手席に、よっさんは運転席に戻った。

堀田は自分で荷台にあがることができず、再び外に出てきたよっさんにひょいと担がれ、荷台に放られた。堀田はよっさんの巨体と怪力に驚いたが、車が動き出してまもなく、いびきをかきはじめた。

軽トラは薄闇の中を、もときた道に戻っていった。


軽トラが金子さん宅の門扉をくぐった時、東の空はすでに真っ暗で、西の山際にうっすらと光の帯びが残っているだけだった。

金子さん宅では、住み込みのバイトたちが座敷で夕食を摂っていた。

軽トラのエンジン音を聞きつけ、金子さんが庭先に出てきた。

「よっさんとお姉さん、また帰ってきたの？　おや、荷台にいるのは堀田くん？　あんた、今までどこにいたの？」

「すみません……」堀田は荷台に載ったまま顛末を話した。

「呆れた。丸一日外に転がってたわけ？」金子さんは堀田の顔をまじまじと見た。

「まあ、帰ってきたんなら何よりだわ。ちょうど食事が用意できているから、みんな食べていきなさいよ」

二人とも車から降りていた。廣子は気がかりな表情を浮かべ、

「ありがとうございます。でも、私、旅館のチェックインを……」

「電話すればいいわ。――そうだ、今夜はうちに泊まんなさい。一人増えるくらい、何でもないよ。女子は珍しいから話し相手になってよ」

食事が済むと、堀田を含むバイトたちは交代でシャワーを浴び、床を敷いて眠りについた。よっさんは軽トラに戻り、方向指示器を直そうともがいていた。

廣子は金子さんとダイニングでお茶を飲んでいた。

「堀田君が見つかってよかった」金子さんはしみじみ言った。

「最近、この辺じゃ神隠しの噂があるでしょう？　ああいうのはいい評判じゃないからねぇ」

廣子は湯呑を卓に置き
「私、金子さんの出ているテレビ、観ました。神隠しの噂って本当なんですか？」

「あれはテレビがそう言えと言うから言っただけで、ホントのところは分からないよ」

金子さんはいともたやすく暴露し、廣子を横目で見て続けた。

「私は少なくとも神隠しじゃないと思うよ。神隠しってのは、誰かが忽然と消えたのを、残された人が納得するために、山の神が連れて行ったことにして、辻褄を合わせているんだ。しかしそんな言い方がこのご時世に通用するかね？

今、嬬恋で起こっていることには、何か理由があると思うよ。ちゃんと調べていないだけで。

もっとも、変な噂が出るのは、地元住民としては困りもんだね。噂の域を出ないから、警察も役場も動かない。マスコミは面白がって騒ぐばかり。アンタや堀田くんみたいな若い人が頑張って謎を解いてくれたら、助かるんだけどねえ」

「わ、私たちが謎解き？」廣子はたじろいだ。

「何をどうしていいか、雲をつかむような話です」

「だからいいんじゃないか」

金子さんは軽く笑った。

「私がもう少し若かったら、とびつくようなミステリーだけどね」

第4章　全ジャパン愛妻協会

（1）廣子と堀田

九嶋は激怒していた。

「あなたたち、どれだけ心配したと思ってるの！」

ＤＫＳＣが根城としている学生ラウンジ2Ｆ共有スペースは、ピリピリした空気で張り詰めていた。

両手を腰にあて、正面を見据える九嶋。

視線の先で並んでしなれる廣子と堀田。

両者の間に置かれたテーブルには、青々とした大玉のキャベツが十数個並んでいる。その周囲を、怖気づいた表情の部員たちが、息を飲んで取り囲んでいる。

「実は私もお金が無くなっちゃって」廣子は口籠るように言った。

「嬬恋村に行く前に、財布に確かに一万円札を入れたつもりだったんです。けど……それ、五千円札だったんです。クレジットは持ってないし、預金は家賃を引き落とされてて残金46円……」

「ぼくも無一文でしたから、末川さんにお金を貸すことができませんでした」

「それで二人とも、その……金子さんとかいう人の畑の手伝いをしてたわけ？」九嶋は確かめるように尋ねた。

「はい」

廣子は苦しげにほほ笑み、目の前のキャベツを指差した。

「でも、おいしそうなお土産をこんなに」

「こらっ！」九嶋は声を荒げた。

「堀田だけならいざしらず、廣子まで神隠しに遭ったかと思って、私、どれだけ心配したか――」

「すみません……」廣子は肩をすぼめて委縮した。

九嶋は諭すような目で二人を見据え、

「二人とも無事に帰ってきたから、これ以上は何も言わないわ。とにかく、忘れないでほしいの。私たちは、男女共同参画を推進する同志だっていうことを！」

「……はい！」

「ったく。大学生にもなって財布が空っぽなんて、ありえないわ」

九嶋はソファに腰を下ろし、テーブルの隅に置かれたクリアファイルを手に取った。先ほど廣子から手渡された資料――嬬恋村商工・観光課の保久係長からもらったイベントパンフレットの束――である。

その中には廣子が今回の調査をまとめたメモも含まれている。

九嶋はそれらに目を通し、

「うん。よく調べられてる」

そう言って資料を傍らに置いた。そして尖った表情を和らげ
「私がいなくても、ちゃんと調査やれたわね、おつかれさま」

廣子に向かい、ほほ笑んだ。

——九嶋先輩……。

廣子は胸のつかえが落ちる思いがした。

「早速だけど」

九嶋は微笑を顔から消し、冷然とした目で廣子を見た。

「あなたのメモに、ジャパン愛妻協会の住所が書いてある。都内だし、結構近いようね。早速だけど、アポを取って話を聞いてきてくれない？　今後の活動のヒントをもらえると思うの」

「分かりました！」廣子は歯切れよく返事した。

「訪問日はいつにしましょう」

廣子の胸はときめいていた。本当なら一緒に行くはずだった嬬恋旅行。部長は行けなくなり、廣子の一人旅となり、おまけにひどい顛末となった。今度の行き先は都内である。忙しい部長も都合をつけやすい。今度こそ憧れの先輩とタッグを組める——そう思うと嬉しくて仕方がなかった。

ところが、

「何言ってるの。私は行かないわ」九嶋は同行を拒否した。

「へ?」廣子の目が点になる。

「この件はあなたが担当。——堀田、あなたも同行して」

「ぼ、ぼくですか?」

堀田は急に指名され、ピョコンと頭を上げた。

「あなたは今日から廣子のサポートよ。嬬恋村まで探しに来てくれた恩を忘れず、せいぜい頑張りなさい」

「やっぱり探しに来てくれたんですね!」

堀田は廣子を向いて叫んだ。

「たまたまよ!」廣子は否定した。

(2) 協会と神隠し

全ジャパン愛妻協会——協会の正式名称である——の代表は、五〇代のグレーのスーツをまとった中肉中背の男だった。物腰が柔らかく、丁寧で、若者相手にも紳士な対応をしていた。彼は親愛の笑みを浮かべて二人を迎えた。

「はじめまして。いただいたメールでは『会長宛』となっていましたけど、実は私の役職は、主宰というか、事務長というか——そんなところでして、正式な会長はヤマトタケルノミコト様なんです」

「はあ……」

廣子と堀田は、テーブルを挟んで会長の前に並んで腰かけた。

会長は気さくな人で、二人が尋ねなくても、様々なことを語ってくれた。ジャパン愛妻協会を立ち上げるきっかけとなった自身の離婚の苦い思い出。後から気付いた愛と家族の大切さ。結婚について語る会長は、悟りきった目をしていた。

「男という生き物は実に不器用で、中高年になると、仕事ばかりになり、妻や家族を置き去りにしがちです。自分に都合よく『分かってくれているはず』なんて思ったりしてね。でもそれじゃいけない。男は、仕事を言い訳にしてはならない。夫婦とは極めて現実的な人間の営みですから、男も女も常に愛を意識して生活する必要がある」

「はあ」堀田は茫然と相槌を打った。

その隣で、廣子は食い入るように話に集中している。完全に賛同の構えである。

そのあとしばらく、『愛妻宣言』——愛を宣言するイベント——について説明があり、廣子もいくつか質問をした。ひととおりのやりとりが済んだところで、廣子はついにこの問いを持ち出した。

「イベント後に男性が消息を絶つという噂がありますが、これについてどうお考えですか？」

あまりに真っ直ぐな切り込み方に、堀田は唖然とした。ところが会長は少しも物怖じせず、にこやか

に

「もしかして、私どもを疑っているのではないでしょうね？」と冗談めかしく聞き返した。

「もちろん、シロだと思っています。だって、ジャパン愛妻協会さんには何のメリットもありませんから」

「その通り。どちらかというと、私どもは風評被害者ですからね」

「商工・観光課の方に聞きました。合同で調査をされたとか」

「おや？　彼らが話しましたか？　まだ秘密のはずなのに」

会長はちょっとびっくりしたようだったが、淡々と語った。

「商工・観光課はきっとあなたを信用したのでしょう。確かにその通りです。調べられる範囲で調べました。結果、確たる情報は何も得られませんでした。そもそも、噂自体が非常にいい加減で——誰がいつ消えたか、それすら分からないんです。この問題の奇妙なところは、その噂がなかなか沈静化しないこと。人の噂も七十五日といいますが、この噂はかれこれ二年以上続いています」

「そんなにですか？」

「しかも、徐々に拡大しています。最近になって、ついにテレビやネットに漏れ聞こえてしまった、というところですね。この件について、立場上、いろいろなところから取材を受けます。あなたがたには失礼かもしれないが、その時に記者さんらに伝える内容と同じことを、この質問への回答に代えさせてもらいますね」

会長は内ポケットから紙片を取り出し、広げて読み始めた。

「協会としては、噂の是非について関知しておりませんし、今後関与していくつもりもありません――」

会長は頭を上げ「これだけです」

廣子はキョトンとした。

「そんな顔をしないでくださいよ」会長は苦笑した。

「実際に無関係だから、特別に言うことは何も無いんです。敢えて個人的なことを言いますと、人が消えるなんて事件は、許し難いことだと思います。犯人がいるなら、絶対に捕まってもらいたい。しかし、多くの愛を叫ぶ人々に言いたい。愛は本来、生死を懸けるほどの覚悟を要するものです。世の人々は愛を宣言することに責任を持つべきだと思う。特に、仕事に逃げ込みがちな中年男性諸君は」

「つまり」廣子は口を開いた。

「愛への不誠実に対して、罰としてその人が消される現象は、自業自得でもある……、と」

会長はそっとほほ笑み「そこまで私は言い切りませんが、ニュアンスとして、外れではないです」


会談は和やかなうちに終わった。

「ジャパン愛妻協会はシロだね」

帰り路、街路を半歩遅れてついてくる堀田が言った。

「そんなのは初めっから判っていたことよ」

廣子は振り返りもせずに答えた。

——しかし……。

結局、謎は残った。正直なところ、廣子はジャパン愛妻協会に対し、神隠しの犯人とまでは思っていなかったものの、何かしら関わりあいがあると疑っていた。会長と話をすれば、かすかな目や手指の動きに、隠している事実が見えてこないか——そう念じて会談に臨んだのだ。しかし収穫はゼロだった。

——まあ仕方ないわ

廣子は開き直った。

——今回の会談の目的は、ＤＫＳＣから協会へのはじめましてのご挨拶。噂の解明ではない。それに、私、別に探偵じゃないし！

そう。こんな事件、忘れてしまっても構わないのだ。

第5章　嬬恋村ふたたび

（1）夜のキャベツ畑

大学に戻った堀田は、ごく当たり前のようにサークルの奴隷階級に復し、先輩女子の顎先で右へ左へ走り回った。どうしたことか、帰京後の堀田は、男子らの中で「ひとかどの人物」として扱われるようになった。一人でキャベツ畑に働きに出る蛮勇、九嶋部長の抜擢で廣子の補助についた実績が、彼の存在感を鮮明に描き出したということもあるが、それよりも堀田が男として嬬恋村で愛を叫んだという事実が、ヤワな男子らの憧憬を集めたらしい。

「とにかくだだっ広いところだよ。一面緑のカーペット」

堀田が余裕の態度で宣言台の思い出を語る時、男子らは虚空にその情景を思い描いた。むろん、彼らがそこに具体的な対象を見出すことは無い。ただ堀田だけが廣子の面影を思い描くことができる。この差は大学初年度のうぶな男子たちにとって、どれだけ大きな男の度量の違いを生ぜしめたことだろう。

「ねえ、最近男子らがヘンな目で空を眺めてるわね」

先輩女子らがそう言うのを、廣子は「へえそうですか」と聞き流した。

今や堀田が廣子を好いていることは明白である。廣子は堀田とどのように接するのがいいか考えた。その結果、「変に勘違いさせてはいけない」という結論に至り、強気で接することに決めたのである。同期の男子をぞんざいに扱うなど、高校時代の廣子は考えられなかった。堀田の一途な想いを受けて、廣子は女子としての自信をつけていったのである。

しかし、今、廣子はとある出来事で頭がいっぱいであった。例のストーカーまがいの現象が、彼女の関心を再び席巻した。何と彼女は、つい最近、ストーカーの影法師をスマホの写真に収めることに成功したのである。

撮ったのは夕方、大学がひけてスーパーに立ち寄った帰り道。まだ明るい時間帯で、西日を背にして歩いていると、背後にいつものように視線を感じた。振り返ろうとしたが、ふと思い直し、足を止めた。足元に目を遣ると、おかしな影が見える。低い夕陽に伸びる影。彼女の足元まで達するということは、距離はそう離れていない。影は廣子が突然足を止めたので動揺しているらしく、ヒクヒク小刻みに揺れている。その隙に廣子はポケットからスマホを取り出し、メールを打つ振りをして足元の影を写真に収めた。その後、勢いよく振り返ると、気配は影とともに消えた。

数日後、廣子は先輩女子にその写真を見せた。何日か時間をおいたのは、自分でもその写真の真偽をはかりかねたからだ。

「うわあ、マジ鬼だ」

先輩らはスマホを数人で回し見した。写真に写る影の頭には、タケノコを二つ乗せたように、ピョコンとツノが飛び出ている。

「所詮影ですから」廣子は苦しげに笑みを浮かべ
「たまたま後ろの何かと重なったんでしょう」

「でもそれなら本体とツノのボケが違ってくるはずよ。これはどう見ても同一体の影。当人のツノだわ」

写真に少々詳しい誰かが言った。

「でも鬼なんて――」

廣子が何か言おうとしたが、先輩らのオカルト興味と好奇心はとどまるところを知らなかった。先輩らは口々に言った。

「いないものがいるとすると、やっぱアイツの生霊じゃない?」

「そうよ! きっとそうよ!」

「怪しいものは片っ端から洗ってみよう」

「さあ、廣子もおいで!」

先輩女子らは待ち伏せして堀田を捕まえると、廣子ともども近くの神社に連れていった。そして、神主に頼み込んで無理やりお祓いをさせた(玉串料は堀田に支払わせた)。寺と教会へも連れていった。教会は「カトリックの除霊は法王庁の許可が云々」と、早い話が面倒がられて断られた。怪しい新興の神道にも行ったが逆に怪しがられた。身近な工夫もした。方角を見てお神酒（みき）を置き、塩をまき、お札を張り、ニンニクを飾った。ところが、いかなる除霊をもってしても、廣子の身の回りの異状はおさまらなかった。

「もしかして、堀田の生霊じゃないのかしら？」

学生ラウンジに戻り、先輩女子は首を傾げた。

「まあいいですよ。実害が出ているわけでは無いし」

廣子はそう言って暗にお節介を止めてもらおうとした。

しかし
「うら若い女子がそれじゃ危ないわ。——ちょっと男子たち。毎日交代で廣子の行き帰りをガードしなさい」

「はいっ」

離れたところに立っていた男子らは歯切れよく応えた。廣子はほほ笑んで見せたが内心は、——迷惑なんだけど。

廣子は限界ギリギリの愛想笑いで切り抜けた。

男子らは警備の話を素直に了承した。彼らは毎日なにかと理由をつけて、堀田をガードマンに差し向けた。彼らは一致して朋友の恋愛成就に手を貸したのである。毎日堀田がガードマンをしているのを見て、女子らは彼が男子の中でいじめにあっている可能性を疑った。しかし当の堀田は、いつも通りぼんやりした調子で、うれしそうに廣子の後を付き従っている。まるで飼いならされた犬である。

「まったく――」

廣子はうんざりした。とはいえ習慣とは不思議なもので、しばらくすると堀田の存在はとことん常体化した。ふとした拍子に堀田の姿が見えなくなると、自然とあたりに丸眼鏡を探すようになる。まるで本当に自分の一部のようだ。

そうなると周囲の見方も変わってくる。わけを知らない人々の目に、二人は完全にカップルに見えた。実際は主人と奴隷、飼い主とペット、スーパーにおける客とカート……のような関係なのだが。秋深まった十月頃には、廣子はストーカーにも堀田にも慣れ、大学生活を可も無く不可も無く過ごしていた。

かといって、二人がお互いの部屋を訪れたことは一度も無かったし、サークルの用でもない限り、休みの日に落ち合うことは無かった。そこは律儀に「キャンパス内主従」の域を出なかったのである。

§

秋も更け、朝晩冷え込むようになった十月中旬。廣子のもとに、嬬恋村商工・観光課から電話があった。

『末川さん、こないだはどうも』

久し振りの保久係長の声。こないだ、というにはあまりに時間が経っていると思いつつ、廣子は用件を伺った。

『今度の連休に、小学生の農業体験がありましてね。毎年、大学生が手伝いをしてくれてたんですが、今回は都合がつかないらしくて。ウチも学生さん頼みにしていたところがあって、困っているんです。そこで末川さんのことを思い出しまして。――どうです？　遊びがてら手伝いにきませんか？　バイト代ははずみますよ』

「はあ」廣子はためらった。

「でもウチのサークルはアウトドア派がいないし、人数は少ないし」

『大丈夫です』保久係長は軽々と答えた。

『カリキュラムは出来上がってて、雑用は職員でやります。やってほしいのは、小学生たちと一緒に、体験したことを分かりやすく驚いて、笑って、友達になってあげること』

「ほとんど遊びなんですね」廣子は驚いた。

『そこが大事なんですよ。職員の言うことだと聞かない子どもも、自分たちと一緒に遊んでくれるおにいさん・おねえさんの意見なら聞くんです。だから大勢はいらない。二人くらいで十分です。日当とは別に、交通費・二泊三日の宿泊費は出します』

「今度の連休って、土・日・月でしたっけ？」

廣子は昨今の若者の多聞に漏れず「連休は一人でのんびりしたい派」だった。いかなる他人によっても神聖な休みを奪われてたまるものか。そう思っていた。ところが廣子は人から物を頼まれて断るのが得意ではない。彼女は通話口でわざとらしく独り言をぶった。

「うーん、前日の金曜入りだったら」

『はい、三泊で宿を押さえます』

「ＪＲは」

『途中まで新幹線を』

「ええと、東京の平均時給は」

『日当プラスお土産、あと温泉無料入浴券を』

何もかも受け入れる保久係長に廣子は傾きかけた。そこにダメ押しの一言が飛び込み、廣子は屈した。

『欲しいならキャベツも』


早くも週末は訪れた。

快晴の万座・鹿沢口駅の前で、堀田は大きく伸びをした。

「うーん、なんだか久々に故郷に帰ったような気持ちがする」

堀田は笑顔で廣子を振り返った。

「ちょっとキャベツの収穫のバイトをしただけで、もう故郷なわけ？」

廣子は不機嫌にそっぽを向き、駅の左手へスタスタ歩きはじめた。

「ちょ、待ってください」

――ったく、ＤＫＳＣにも問題があるわ！

廣子は歩を進めつつ、ここ数日を思い出して憤った。

手伝いの依頼の電話を受けた翌日のこと。九嶋に依頼の件を伝えると「そういうことなら、ぜひ、ＤＫＳＣとして参加するように」との指示だった。廣子はすかさず

「商工・観光課はもう一人スタッフが欲しいそうですが、九嶋部長、ぜひ――」

と部長に誘いをかけたが、九嶋は彼女が全て言い終わるのを待たず、

「堀田、分かっているわね。あなたも商工・観光課の手伝いに参加して、同時に廣子の身辺を警護しなさい」

こうして図らずも、堀田と二人旅になってしまった。堀田とは始終顔を合わせているだけに、たまには一人になりたかった。しかし、惚れた弱みに付け込んで「こき使うことにしよう」と悪意満々でもある。

万座・鹿沢口駅前の風景は、夏と何も変わらないのどかな風景であった。

その日は、廣子の注文どおり前乗りしただけで、なんの予定も組まれていない。昼過ぎとも夕刻ともつかない時間に到着したので、観光するには時間が足りず、長々お茶をするにも退屈で、時間は無為に流れた。

――明日来ればよかった。

廣子と堀田は観光案内所二階の商工・観光課を訪ね、男性職員に再会した。明日の説明を受けた後、地元温泉に連れていってもらい、その後、旅館に送ってもらった。それでもまだだいぶ日は高かった。

二人にはそれぞれ別の部屋がとられていた。廣子は自分の荷物を入れると、フロントに戻り、スマホで堀田を呼び出した。堀田は浴衣姿で廊下にあらわれた。

「さあ、がんばって仕事しましょ」

堀田は呆気にとられた。

「仕事は明日だよ。今から何をするの？」

「明日の準備を今日のうちにして、明日を少しでも楽にするの」

「楽ったって、ほとんど遊びでしょ？」

「だって、いままだ午後六時よ。何かしないと退屈で死んじゃうわ」

フロント脇にラウンジがあった。真ん中に飾り物の大火鉢が置いてあり、周りに椅子が並べてある。

廣子は火鉢の脇に積まれた近隣ガイドマップを手に取り、広げて目を走らせながら言った。

「明日の農業体験は、この近くのキャベツ畑って言ってたわよね」

「うん」堀田はガイドマップを覗き込み、廣子の指差す地点を確かめた。「ぼくがこないだ働いた畑の近くだ。愛を宣言する台にも近い。あの辺のキャベツが一番『求愛』されてるかもね」

廣子は堀田を睨み、

「そんなことはどうでもいいわよ。私は今夜のうちに一度その畑を見ておきたいの」

「どうして？」

「予行練習よ。私、キャベツのことは食べる専門で、何も知らないの。ぶっつけ本番で小学生に知識で負けたら恥ずかしいでしょ」

「そんなもんかなぁ」堀田は首を傾げた。

「それと、例の宣言台が近いなら、ますます行ってみたいわ。もしかしたら、誰かさんみたいに変な人が、夜こっそり叫んでいるのを拝めるかもしれないわね」

堀田は苦い顔をした。そして地図を指差し、

「近いといっても、そこそこ距離はあるし、第一、あの辺は夜になると、右も左も分からないくらい真っ暗。一晩過ごした時のあの怖さと言ったら――」

「こんな田舎のどこが危ないのよ。それに、ガードマンでしょ？」

堀田は言葉に詰まった。

「夕食を摂ったらすぐに行きましょう」


堀田には言っていないが、廣子は嬬恋村に来てすぐに気付いていることがある。

――ストーカーがこっちに来ている……？

あの怪しい視線と気配は、駅前広場、観光案内所、温泉の駐車場、旅館のフロント――いたるところで感じられた。まさか東京からＪＲでついてきたのか。そう考えるとゾッとするが、廣子は冷静さを持

ち合わせていた。普段ストーカーを感じる生活をしているから、きっと旅先にもその感覚を持ち込んでしまったに違いない。たとえば、木目を眼に感じて視線と錯覚したり、壁の模様が顔に見えたり。パレイドリア効果だったか、シュミラクラ現象だったか、心理学の講義で聞いた気がする。

——気のせい、気のせい。

そう考えるといくらか気分が楽になった。堀田とそこそこ豪勢な郷土料理を堪能する頃にはほとんど気にならなくなっていた。

農業体験の畑は旅館から歩いて三〇分くらいのところにあった。意外に遠く、道のりは寒かった。辺りは一面の畑。強い風が廣子と堀田に吹きつけた。懐中電灯は無いので堀田がスマートフォンのライトで足元を照らしている。

「この辺だと思うけど……」

堀田は足を止めた。廣子は怪しがった。どこを見ても同じような畑で、何をもってこの辺なのか、何の手掛りもなかった。堀田の目にムスッとした廣子の顔が映った。

「なに、ここ?」

「キャベツ畑だよ」

「今の時期は収穫のバイトもいないみたいね」

「そうだね。この間おおかた収穫しちゃったから」

「宣言台は？」

「あっち」

堀田は指差したが、廣子の目には暗闇しか映らなかった。

「戻りましょう」

「え？　今来たばかりだよ？」

廣子は声を尖らせ
「考えが変わったの。あんまりここに長くいてはだめ。キャベツ泥棒に疑われかねない」

「そう？」堀田は首を傾げた。

「単なるカップルの散歩くらいに思われるだけだと思うけど……」

と、その時、彼女は感じた——あの視線だ。

背中に注ぐ、沈黙のベクトル。いつもの怪しいまなざし。

彼女は首を回して振り返り、あたりを見た。先の方でザザッと地面を擦る音がした。明らかに廣子の振り返るのに反応した音である。二人の位置から二〇メートルほど離れた畔道脇の茂み。そこに何かが潜んでいる。

音は堀田の耳にも届いた。彼はビクリとして何か言おうとした。

「静かに」廣子は声を殺して言った。

「やっぱり生霊でも幻覚でもなかったのよ。今ここでストーカーの正体を暴いてみせるわ」

「ストーカー？　嬬恋村までやってきたっていうの？　まさか！」

「ほんとのところは分かんないけど、とにかく、怪しいわ。キャベツ泥棒かもしれない。何か出てきたら、……いろいろ頑張ってね」

「え？」

堀田は弱々しく答えた。その時、畑のそばで黒い影が動いたのを、廣子は目ざとく見つけた。

廣子は胸いっぱいに息を吸い込むと、

「そこのあなた、出てきなさい！」

声を大にして呼び掛けた。

「わわっ、末川さん！」

堀田は慌てて制止した。が、廣子は止めない。

「あなた、分かってるのよ！　ストーカーでしょ！　わざわざ東京から追いかけてきて、一体どういうつもり？」

沈黙。

「そっちがその気ならいいわ！」廣子は声を一層張り上げた。

「今から携帯電話で警察に電話する。キャベツ泥棒として！」

「ち、ちょっと待ったッ」

藪の中から人影がにゅっと立ち上がり、両手を振った。堀田はスマホのライトを向けた。

「あっ」

廣子と堀田は目を見張った。

光の輪の中に、二メートル近い大男が映し出された。帽子をかぶり、筋骨隆々。その男は、二人が忘れもしない人物だった。

「よっさん！」

堀田は声を上げた。廣子は身を乗り出す堀田の肩をとらえ、

「知り合いだからって気を許しちゃダメ。隠れていたのよ。何か後ろめたいことがあるに決まってる」

「でも……この間お世話になったし」

「甘いわ。――まあ、ストーカーかと思ったら当てが外れたけど、キャベツ泥棒を見つけたとなればお手柄じゃない？　地元警察に突き出して金一封にあずかるのも悪くないわ」

「金一封？　それはいいね」

二人が算段をしていると、よっさんは藪の影からか細い声を投げかけた。

「警察は勘弁してくれぇ、俺はキャベツ泥棒じゃないよ」

「じゃあどうしてそんなところでコソコソしてるの？」

「いや、その……」よっさんは戸惑い
「こ、ここは実は、俺の畑なんだ。キャベツの様子を見に来たんだよ」

「はぁ？　何言ってんの？　ここは商工・観光課の課長のご実家の畑よ」

「えっ……？」

よっさんは言葉に詰まった。堀田は廣子を振り返り
「そうなの？」

「うそよ」

よっさんは顔を歪めた。廣子は吹き出し、

「嘘はお互い様。こんなたわいもない嘘で言葉に詰まるくらいなら、最初からつまらない嘘はつかないことね」

廣子がそう言ったその時。

突然強い風が吹き、広大な畑をなぎ払った。無数のキャベツ葉が音を立ててはためき、畔道の砂塵が舞い上がる。

「いたたたッ」廣子と堀田は腕で顔を覆った。夜の冷気に沁みる眼球の表面を、砂粒がちくちくと突き刺した。

風はすぐに止んだ。廣子は顔から腕を解き、足元を見た。月明かりの描くよっさんの影がちょうどつま先の前までのびている。廣子は影の形を見てハッとした。

頭の上にタケノコのごとく生えた二本のツノ！

大学帰りに写真に抑えたストーカーの影と同じ！

顔を上げる——すると、風で帽子を飛ばされたよっさんが、頭のツノを露わにし、呆然と立ち尽くし

ている。

「よっさんがストーカーなの？」

廣子は声を裏返して言った。

「――っていうか、鬼ってホントにいるわけ？　伝説じゃなかったの？　ワイドショーで言ってた『人をさらう鬼』って実話なの？　どういうこと？」

堀田は言葉を失い、丸眼鏡を上下させている。

よっさんはもはやツノを隠さず叫んだ。

「ストーカーじゃない！　人なんてさらわない！　ホントだって！」

廣子は二本のツノをジッと見据え、

「信じられないわ」

「じ、じゃあ……。人さらいじゃないってことを証明しましょう」

「どうやって？」

「二人が活動している男女キョードーサンカクってやつの、手伝いをする。そしたら人間の味方だと分かってくれますよね？」

廣子はギョッとし
「どういうこと？　なんで私たちがそういう活動をしているって知ってるの？」

よっさんはハッとしたが後の祭りである。廣子は汚いものを見るような目でよっさんを見据え

「やっぱりストーカーなんだ。私をいつも付け回して……だから知ってるんでしょ？」

「と、とにかく俺は悪い鬼じゃないんです、信じて欲しい！」

「鬼だということは認めるのね？」

「鬼だっていろいろあるでしょう？　仕事の鬼とか、鬼教師とか」

「でもあんたは本物でしょ」廣子はツノを指差して言った。

やりとりをするうちに廣子は落ち着いてきていた。どうもこの鬼は怖くない。そもそも、あのよっさんなのだ。車に乗せてくれた親切な大男なのだ。人なつっこく、どこか鈍くさくて、あたたかい――。

でも、鬼は鬼。人ではない。

「鬼の手助けなんて、借りられないわ」

廣子は厳しく言った。

よっさんは愕然とし、堀田に目を遣り
「あんたからも頼んでくれよ！」

「え？　な、何でぼくが？」

堀田は腰が引け、膝が震えている。廣子を振り返り、

「末川さん、どうしよう。断ったらぼくら食べられちゃうかも」

彼がここまで怯えるのには訳がある。堀田には例の迷信が効いていた――愛を叫んで未だ実現できていない人間は、神隠しに遭う――。

「馬鹿なこと、言わないでよ」廣子は毅然と言い放った。

「鬼の言うことなんて聞いたらダメよ。鬼は多くの物語で悪者として描かれているわ。仲間にするなんてもってのほか」

「そんなの偏見です。一部の鬼の素行です……」

よっさんがそう言って打ちひしがれていると、不意に風の唸るような不穏な音が、どこからともなく聞こえてきた。

「……ぉぉぉおおおッ！」

不気味な雄叫びである。よっさんが身をひそめている藪のさらに先の影から、立ちのぼるように聞こえてくる。

廣子はぞっとして堀田の襟首を掴み、自分の前に楯のように引きずり出した。堀田は冷や汗にまみれ、丸眼鏡を曇らせている。よっさんもぎょっとして闇の奥を見つめ、奇声の正体を探っている。

やがて、闇の奥に、月明かりに輪郭を照らし出された新たな影が浮かび上がり、こちらに近づいてきた。背はよっさんより低く、肩と腰が横に張り出している。ガニマタでのっしのっしと闊歩（かっぽ）する様は、どこかユーモラスであった。ガニマタはよっさんと廣子・堀田のちょうど中間地点に立ち止まると、顔を強張らせて牙を剥き、夜空に向かって吠えた。

「うぉぉぉおおっ！」

声の主は、よっさん同様頭に二本のツノを生やしている。

「仲間を呼ぶとは卑怯よ！」

廣子は怒りのまなざしをよっさんに向けた。

「違う、違う」

よっさんは首を振って否定する。月の光を受けたガニマタの顔は、青々として不気味だった。赤ら顔のよっさんを赤鬼とするなら、このガニマタは青鬼だろう。目鼻の造りは大きく、丸々として愛嬌がある。よっさんとよく似ている。鬼という生き物の顔かたちみなこうなのかもしれない。

青鬼は闇の中を早足でやってきたためか、しばらく息をきらせて肩を上下していたが、呼吸を整えるとよっさんを見て片方のまぶたをパチリとした。

「あ、ウィンクした」堀田は呟いた。

「やい人間ども！」青鬼は若い二人に向かい啖呵を切った。「この畑はオレの畑だ。よくも土足で入り込んだな」

吠え声のわりに甲高い、耳障りな声だった。

「あの、ええと……」よっさんが口をはさもうとしたが、青鬼はキッとにらみ返して黙らせた。そうして再び二人に目をむき
「よーし、二人とも喰ってやる！」

そう言って一歩、また一歩と、廣子と堀田に近づいた。

「こっちは本物の人食い鬼かな？」堀田は青くなった。

「あなた、しっかりして」廣子は堀田の肩を叩いて鼓舞したが、彼はまったく腑抜けだった。正直、廣子もいくらか怖じ気づいていた。人食い鬼の出現を真に受けて怯えているのではなく、正真正銘の変質者があらわれたのではないかと思ったのである。

青鬼はにじり寄り「さあ、喰うぞ、喰うぞ」と脅しつつ、なかなか近寄ってこない。青鬼はよっさんを振り返り、何やら目くばせした。おそらくまたウィンクしたのだろう――その様子は廣子の位置から見えなかったが、何か合図したのは明白だった。よっさんが何かに気付き、ハッとした表情を浮かべた。

「おーう！」

突然、よっさんが雄叫びを上げた。そして青鬼に歩み寄り、

「悪い鬼めェ。俺がやっつけて、人間を助けるぞォ。成敗してくれる！」

そう言うと、よっさんは青鬼とがっぷり四つに組み合った。

「は？」

廣子は呆気にとられた。今の棒読みの文句は何？　いかにも人間の味方であるようなセリフは？　それに、ホントの喧嘩でレスリングのように四つに組み合うものなの？

「これ何？」

廣子は堀田に尋ねた。堀田は曇った眼鏡を拭き、鼻の上で幾度も位置を調整していたが、結局「なんだろね？」と言った。

「私たち、こういう時どうすべきなの？」

「ええと、ううん……」

赤鬼のよっさんと青鬼は、畑の上で乱闘を繰り広げた。それは人間の戦い方とはまるで違っていた。とにかく二人とも筋力が強いらしく、相手を持ち上げる時は頭より高くかかげ、放り投げると五メートルは宙に舞う。跳躍すればゆうに相手の頭上を越える。

廣子と堀田は畔道に腰を下ろし、面白がって観戦した。

長々と闘いが続くうちに、廣子が大あくびをした。戦いながらそれに気付いた青鬼は、「よし、ここまでだ」と、パッと飛びすさり、よっさんから身を離した。そして調子をひとつあげ
「赤鬼よっさんはァ、ホントに強いなぁ！」

そう言って、元来た方へ走った。あっという間に闇に溶けた。

夜のキャベツ畑はぐっと冷え込んだ。

「いやあ、良かったですねえ」

汗と土にまみれたよっさんが、くたびれた様子で二人の元に近寄ってきた。東の山稜がうっすらと青白い光を帯びていた。そのかすかな光に、よっさんの身体から湯気がたちのぼっているのが見えた。

「何が良かったの？」廣子は呟いた。

「や、その」よっさんは視線を落とし
「悪い鬼に、食べられずにすんだ——じゃないですか」

堀田の目に、廣子の頬がヒクヒクしているのが見えた。堀田はブッと吹き出した。

廣子は畔から立ち上がり、腰に手を当て、東の空に目を遣り、フンと一つ鼻息をついた。

「よっさん」彼女は鬼に目を向けて言った。

「さっき、キャベツ泥棒でも人さらいじゃないことを証明するって言ったわね」

「はい」

「明日——っていうか、もう今日なんだけど、ちょっと時間あったりする？」

よっさんは顔を上げた。その瞳は朝の海を眺めるようにキラキラ輝いていた。彼は大きくうなずき
「はい、いくらでも！」

「その馬鹿力に免じて、仲間入りのテストをしてあげるわ」

「本当ですか！」よっさんは身体をふるわせた。

「そんなことして大丈夫なの？」堀田が言った。

「まあね」

廣子は堀田にちらりと目を向けた。何か考えがあるような目つきである。廣子はあたりの畑を手で示し、

「今日、お昼前に、この畑で子どもたちの農業体験があるの。よっさんにはそれを手伝ってほしい」

「了解しました！」

「さっきの乱闘騒ぎで、畑がめちゃくちゃになったわね」

「あっ、これは責任を持って全部元に戻しておきます！　えっと、農業体験は何時からですか？……はいっ、大丈夫です。問題ありません！　ありがとうございます！　何でもお任せください！」

堀田は胸を撫で下ろした。

――どうやらぼく、食べられずに済みそうだ。

「さ、帰りましょ」

廣子は大きなあくびをひとつした。ほの白い空にもやのような息が浮かんで消えた。

(2) よっさん、昔語り

その日の正午前、廣子と堀田が畑にやってくると、商工・観光課の職員、地元農家、それに二〇名ばかりの子どもたちが勢ぞろいしていた。空は秋晴れ、雲一つ無い。風は冷たかったが、日差しはポカポカしている。

まもなく、農業体験の開所式である。

「お疲れ様です」

あらわれたのは、大きな帽子に作業着姿のよっさんである。保久係長が出迎え、ひとことふたこと交わすと、二人のところに連れてきた。

「実は今朝、急に、こちらの通称『よっさん』が手伝いを名乗り出てくれて。きみたちは面識があったっけ？」

「ええ、夏に金子さんのお宅で」廣子は明るく答えた。

「それはよかった。じゃあ、自己紹介はいいね」

よっさんは鼻息も荒く、「さっそく何か仕事をしましょう！」と言った。保久係長は畔道の軽トラを指差し、荷台に積まれた収穫用のカゴや農具、お昼のお弁当や飲み物を全部おろしてくれるように頼んだ。よっさんは軽トラまで駆けて行って、ものすごい勢いで荷物をおろし始めた。集まっていた子どもたちは、急にあらわれた大男の怪力を遠巻きに注目している。

保久係長はそれを横目に見つつ、廣子と堀田に言った。

「意外だよ。よっさんは、村では怪力・ひょうきんもの・ムードメーカーで通ってるんだけど、村の手伝いはなかなかしてくれなくて。仕事嫌いで、まともな職にも就いていないらしい。どうやって食べているのか、どこに住んでいるのか、誰も知らないんだ。その彼が、どういう風の吹き回しだろう？　急に手伝いに名乗り出たんだ。何か事前に話があったのかい？」

二人は揃って首を横に振った。

「そうだよね。知るわけもないよね」保久係長は唇を噛んだ。

キャベツ畑で収穫体験が始まると、子どもたちの笑顔が畑一面にちりばめられた。子どもたちは大はしゃぎだったが、素直に保久係長の指示に従ったので、何もかも予定通りに進んだ。ひとえに二人の大学生のおかげである。二人は子どもたちと仲良くなり、一緒に行動しつつ、見事に操縦した。農家も商工・観光課も大いに助けられた。

イレギュラーといえば、キャベツ畑からジャガイモ畑に移動した時である。そのジャガイモ農家は体験農業初参加だった。自分の畑の周囲にシカ除けの電気柵を設けていたが、体験農業に畑の一部を解放するにあたり、そこだけ柵を外しておくよう電気業者に頼んでおいた。しかし、いざ当日、行ってみると柵は設置されたまま。しかも通電している。これでは中に入れない。テンションの上がりきった子どもたちを前に、保久係長と農家は弱った。ジャガイモ畑体験はこの日の目玉の一つだった。掘ったジャガイモを揚げ、みんなでお昼に食べることになっている。

職員らが困っていると、よっさんが進み出た。

「任せてください」

彼は柵の前に歩み寄ると、地を這うように身体をかがめ、電気柵の一番下に肩を差し入れ、背をぐっと伸ばした。電線が引き上げられ、柵の下に小学生が通行できるくらいのスペースができた。

「いでででで」よっさんの目が白黒に光る。

「おい大丈夫か？　かなりの電流だぞ！」

農家の人が驚いて近寄った。よっさんは手で制し
「大丈夫です。さあ、子どもたちを通して」

「イノシシですら気絶するのに」

「なんのこれしき。イノシシのようにヤワじゃありません」

職員と農家は子どもを囲んで柵の中に入っていった。

その様子を後ろの方で見ていた廣子はすっかり感心した。

「よっさんって、身体も強いけど、心根も優しいのね。ちょっと見直したわ」

子どもたちが全員通り抜け、最後に廣子と堀田も――と歩を進めた時、よっさんは肩から電線をおろし、柵の中に入ってしまった。

「ちょっと、私たちのことを忘れないでよ」

「あは、こりゃ失礼。まだいましたか」

「これは減点ね！」

「すみません」

よっさんは帽子の上から頭をぼりぼり掻き、手で柵の下をこじ開けた。廣子はブツブツ言いながら下をくぐった。

どうやら鬼という生き物は、優しく親切だが、あまり気は利かないらしい。

午後の日差しは温かく、心地良い疲れと軽い睡眠不足から、廣子と堀田は畔道に並んで腰を下ろした。目の前の畑では、子どもたちが夢中で芋を掘っている。虫が出たと言っては声を上げる。よっさんが大きなカゴを担いで畝を回っている。時折子どもと言葉を交わし、笑い声をあげる。

「こうして見ると、ただの愛想のいいおっさんだね」堀田は呟いた。

「そうね」廣子は微笑ましく眺めている。

「末川さん、鬼は怖くないの？」

「当たり前よ。あなたは怖いの？」

「いや——別に」堀田は苦笑いを浮かべた。よっさんを怖いとは思わないが、あの台で愛を叫んで成就していないことへの迷信的な不安は心のどこかにあった。

「鬼は本当は怖くないのよ」廣子は言った。


廣子の言葉には、彼女なりの真実がある。

昨今、鬼は完全におとぎ話だけの住人で、現実に恐怖の対象として扱われることはないが、ごく小さい子どもの場合、今でも多少の脅しとして通用している。

「早く寝ないと鬼が迎えに来るよ！」

「言うこと聞かない子は、鬼が食べに来るよ！」

地域によっては、なまはげなど「鬼」イベントが行われ、例年その時期になると、テレビで鬼と泣きじゃくる子どものツーショットを観ることができる。無邪気な子ども前に、鬼はまだ実在するのである。

ところが廣子は、ごく小さい頃から、鬼を恐れる気持ちは無く、むしろ親しみすら感じていた。廣子の生まれ育った鳥取県伯耆町の子どもたちは、みな同じかもしれない。というのも、伯耆町では長らく鬼を使った町おこしが行われ、街路のいたるところに鬼を模したものがあった。オブジェやポスターに、デフォルメされ可愛く造形された鬼が描かれており、子どもたちの感覚に恐怖の対象として刷り込まれなかったのである。

元々、鳥取県伯耆町には鬼退治の伝説がある。悪さをする鬼の兄弟が、第七代孝霊天皇に退治されたという話で、これが町おこしのモチーフの下敷きになっている。廣子は昔、この話を聞いて、幼心に思ったものだ。

「鬼は悪い奴だが、人間には勝てないんだ」

小学生高学年までには、街路に配置された全ての鬼の彫刻の、目の角度から歯並びまで全て知り尽くした。一〇体の鬼ブロンズ像、鬼守橋、鬼がランドマークの遊園地。鬼をかたどった公衆トイレもある。なるほどこの鬼たちが、伯耆町の対外的な印象を形づくっている。鬼のおかげで町は繁栄している。昔話では悪者として描かれがちな鬼だが、現代では郷土と外部から来る人の仲介者であり、観光資源であり、富の象徴なのだ。

――鬼ってむしろいい奴ね。

一見悪い奴だが人間には勝てず、郷土の繁栄を担う良き存在。それが廣子のもつ鬼の印象である。

もっとも、よっさんがそういう鬼かどうかは、まだ未判定である。

§

その夜。万座・鹿沢口駅の旅館近くの大衆居酒屋の個室で、大学生二人によっさんを加えた三人は、「お疲れ様」の言葉を合図にグラスを鳴らした。よっさんはビール、大学生はソーダである。

「まあ、今日のところは補欠合格ってところかしら」

廣子は強気な笑みを浮かべて言った。

「補欠……ですか?」よっさんは眉を八の字にする。

「そう。補欠。DKSCはエリート集団だからね」

廣子はあくまで上から目線を保っている。

「まあ、明日もあるから頑張ってね」

「はい。よろしくお願いします」

よっさんは律儀に頭を下げた。堀田は苦笑を浮かべて見ている。

その後、よっさんはビールを次々におかわりし、ご機嫌に酔いしれ、学生二人に心を許すことこの上なかった。話は濃く深くなっていき、ついには打ち明け話をはじめた。彼はかぶっていた帽子をとり、ツノを露わにして言った。

「実は、俺の右のツノ、模造なんですよ」

彼は自分の右角を掴み、キュキュッと捻った。尖った円錐がポロリと外れた。

「これについては、ちょっとつらい思い出がありましてね。聞いてくれますか？」

二人は居ずまいを正した。

「まず、俺の生まれ故郷なんですが、嬬恋じゃないんです。実は廣子さんと同じ、鳥取の伯耆町なんです——」

「へえ、そうなんだ」

廣子は身を乗り出して聞きはじめた。

以下はその晩、よっさんが酒に酔って進んだり戻ったりしながら語った昔話の要約である。

伯耆町が町おこしに「鬼」を推していたのは先述したが、実は本物の鬼も手を貸していたという事実を知る人間は、おそらく一人もいないだろう。古老も郷土研究家も行政も知らないはずである。鬼の善行は、あくまで鬼の自発的な活動で、ひっそりと陰徳のごとく進められた。鬼たちは人里隔した山中に棲みつつ、町をもりたてようと、影になって地域活性化につとめた。鬼たちのこのような行動規範は、よっさんもそのルーツを知らない。鬼は生まれながらに「鬼は人間と共生すべきもの」と、鬼世界では教育されているのである。

よっさんはまだ幼い頃、人間から危害を加えられたことがある。山に遠足に来た中学生に絡まれ、右のツノを折られた。泣きながら家に帰ると、親に「おまえがまだ何も分からぬのに人間の前に出るからだ」と叱られた。鬼にとってツノを失うことは恥である。親は義角をこしらえて息子に与えたが、よっさんは子どもながらに自分が「ツノ欠け」であることに傷心し、憎き中学生への恨みはいつまでも消えなかった。

時が経ち、よっさんが鬼の高校に通いだした頃、伯耆町の東、大山（だいせん）の麓に人間向けのテーマパークがオープンした。大山は中国地方最高峰で、日本の名峰ランキング三位に選ばれる霊峰である。麓のテーマパークは、例によって鬼がモチーフになっていた。若く好奇心の強いよっさんは、帽子をかぶって人のふりをし、そこでアルバイトをはじめた。

高校生といえ、人間から見て圧倒的にガタイの好いよっさんは、警備担当になった。ある日、来園した中学生数名が園の柵を乗り越え、外の沢へ行こうとした。そこはうっそうたる木々とごつごつした岩だらけで、危険区域と定められていた。よっさんは戻るように注意をしたが、服装などいかにも不良らしい中学生らは反抗的な態度を取って聞きいれなかった。この時、彼らが人間の中学生であったことが、よっさんのトラウマにどれだけ影響したかは分からないが――結論として、よっさんは中学生への制止を中途半端なところで止めた。完全に制止しなかったのである。結果、中学生らはそのまま遭難。翌日発見されたが一名は死亡。全国ネットでニュースになり、パークは一時閉園等の処分を受けた。バイトのよっさんが責任を追及されることは無かったが、とても居続けられたものではなくバイトを辞めた。

人間社会はそれで済んだが、鬼社会ではそうはいかない。伯耆町の鬼の長老や役付きたちは、よっさんとその家族を追及した。

「我々鬼は、かつてより人間を助け、町を興そうとしてきたのに、一体どういうつもりなのか」

鬼のルールは人間界の法律とは違う。不文律の上、罰が非常に重い。よっさんの家族は死罪こそ免れたが、伯耆町追放となった。家族は親戚を頼って嬬恋村に移り住んだ。

失意の家族を、嬬恋村の鬼社会はあたたかく受け入れてくれた。掟の厳しさ、上下関係は伯耆町と変わらなかったが、失敗者に対しチャンスを与えてくれる文化がそこにはあった。

そこで数年が経過した。よっさんは人間に変装し、嬬恋村の人間社会に降り立った。鬼は人間を助けるものという考え方は、伯耆町時代から彼の血肉となっていて、じっとしていられなかった。最初は個人の畑の手伝いをした。知り合いが増えるとそのつながりで配送や祭りの手伝いに呼ばれるようになった。村内で「もっさりしているが力持ちで気のいい大男」の噂は広まった。嬬恋村商工・観光課が、よっさんに『愛妻宣言』――キャベツ畑の中心で愛を宣言するイベントへの協力を依頼したのは、自然の流れであった。

今年行われたイベントで、よっさんは宣言台に並ぶ列の整理を担当した。その時、あまたいる「叫び客」の中からこんな叫び声を聞いた。

「同じサークルのスエカワコーコさーん、好きでーすー」

振り返ると、丸眼鏡の痩せっぽちが叫び終わったところだった。彼こそ我らが堀田慧である。よっさんが彼を目にするのはこの時が初めてだった。

さて堀田は、叫ぶ前、呆れるほどの狼狽ぶりで周囲の失笑を買っていた。順番が来て台に上がったものの、どうしていいのか分からず、あたふたするばかり。見かねた係の人に「名前と気持ちを叫ぶんです」と教えられ、あろうことか先に自分の名前を叫ぶという大失態をしでかした。スエカワコーコの名前が聞こえたのはその後だ。

——どっかで聞いたような名前だなあ。

よっさんがそう思っているさなかにも、叫び声は続いた。

「彼女はっ、鳥取県伯耆町の出身でっ、大学で上京してきて……」

「名前だけで結構です」担当の人が制する。

堀田は振り返り、「同姓同名がいたらどうするんです？」

台の周りは爆笑に包まれた。

だが、よっさんだけは違った。

スエカワ・コーコ、鳥取、伯耆町——間違いない。

あれは十数年前——よっさんが伯耆町のテーマパークでアルバイトをしていた時のこと。警備で園内を見回っていると、一人の泣いている少女を見つけた。五歳くらいの迷子である。その子の手を引き、連絡係に連れていった。係の女性が手慣れた調子で

「お名前は？」「スエカワコーコ」。

「おうちは？」「ほーきまち」。

『お客様のお呼び出しを申し上げます。伯耆町からお越しのスエカワコーコちゃんが、ご両親をお待ちです。お近くの係員までお尋ねください——』

アナウンスを聞きつけ、両親はすぐにやってきた。親はよっさんを見て、ガタイと赤ら顔に驚き一歩身を引いた。しかし廣子は

「おじちゃん、ありがとーね」

目を輝かせて手を振り、両親とともに去っていった。

——おじちゃんって……まだ高校生なんだがなあ。

よっさんは苦笑しつつ、そのかわいらしさと優しい眼差しに、心の洗われる思いがしたものだった。

あれから幾年月。伯耆町から嬬恋に来て、穏やかに暮らす日が続いている。しかし心の中ではしばしば荒んだ記憶が掘り起こされる。ツノを折られたこと、中学生が遭難死したこと、郷土を追われたこと。穏やかな日が続けば続くほど、過去の嫌な記憶が浮き彫りになる。

——あの子の無垢な笑顔、眼差しをもう一度見たい。

よっさんはそう思った。そうすれば再び心が洗われ、気持ちを切り替えられるような気がしたのだ。

その日、宣言台の仕事が終わり、次の仕事をしに駅前の観光案内所に行くと、集荷の荷物が揃っていた——よっさんはそれらをまとめて宅配便の集配所に持っていく手伝いをしていたのである。そこで送り主が堀田慧となっている荷物を見つけた。

——これはさっき台で自分の名前を叫んだ奴だ。……おや？

受取者は「末川廣子様」となっていた。よっさんの目は引っ張られるように住所を見た——いけないことだと分かってはいたが、自分を止めることができなかった。

よっさんは、キャベツを追って東京へ向かった。彼は用いうる限りの鬼の幻術を駆使し、ついに久方ぶりに末川廣子の姿を見た。だいぶ大人になっていたが、面差しに迷子の頃の雰囲気が残っている。

「ちょっとあんたたちに言いたいことがあるわ」

よっさんの打ち明け話をさえぎり、廣子は怒気を含んで言った。居酒屋は客が次々来店し、賑やかなことこの上なかった。奥の個室までざわめきが流れ込んでくる。

「まずあなた。マジで私の名前を叫んだわけ？」

廣子は堀田を見据えた。堀田は背筋を伸ばし「はい」と言った。

廣子は頭痛持ちのように額に手をやり

「はぁ。なぜか怒る気も起こらないわ」

「どういうこと？　なんでぼくが怒られなきゃならないの？」

廣子はもどかしいような表情を混じらせ、

「――ったく。もし今の私の言葉で赤くなってうつむいたり、キザな目でにやけたりしたら、今すぐこの箸で突くんだけど、その淡白な『はい』って答え方――本気が感じられないわ。まるで子どもが『ハンバーグ好き？』『怪獣戦隊好き？』って訊かれて答える時の『はい』と一緒じゃん」

「そんなことないよ」堀田は素直に言った。

「ぼくは本当に、廣子さんのことが好きなんだ」

堀田の顔面におしぼりが叩きつけられた。

「次、よっさん」

「はい」よっさんはびくりとした。

「あなた、それ、完全に変質者じゃない。人間だったら捕まってるわ。ストーカー防止法違反、個人情報の私的流用、コンプライアンス違反。重罪ね。アメリカなら三〇〇年くらいの懲役になるんじゃないかしら」

よっさんは目を伏せ、口を一文字に結んでいる。

「夏に私がこっちに来た時、トラックに乗せてくれたよね？　あれも待ち受けていたわけ？」

「あの時は、そうじゃないです」よっさんは頭を上げた。

「それ以前に、元々こっちに来ることを知っていたので」

「ますます気持ち悪いわ」廣子は不快な顔をした。

「私のことをどこまで嗅ぎつけてるの？――まさか、私のアパートのタンスの中とか、おフロとか」

「さすがにそれはありません」よっさんは大袈裟に首を振った。

「一つ言っておきます。たしかに、最初のうちは廣子さんの様子を見に来てました。でも、途中から、二人の入っているデーケーエスシーというサークル活動に興味を持ちまして……」

「へ？」堀田は首を傾げた。

「いっそ姿をあらわして入会させてもらおうかと思ったくらいです。でも、このなりですし、だいたいが学生じゃありませんからね。怪しまれて怖がられるのがオチかな、と、諦めたんです」

「散々ストーカーをしておいて、何その諦めの良さ」廣子は呆れかえった。

「それに、サークルを覗いているなら、男があそこに入ったらどんな待遇になるか、分かっているでしょう？」

「別に趣味で言ってるんじゃないです。男女が仲良く、共に長く生活する――これは私たちの未来にとって、重要なことです。俺はその手伝いをしたいと心底思ったんです」

「ふーん」廣子は目を細めた。

「実はこれは、鬼にとってすごく重要なことで――そのことはまたいずれお話しましょう。本当に重要なことは、お酒が入るとうまく語れませんから」

よっさんはそう言うと、廊下の向こうにビールのジョッキを軽くかざしてお代わりを求めた。

「とにかく、俺はデーケーエスシーの活動をしたいと思い、そのきっかけを掴もうとタイミングをはかっていました。すると、二人が農業体験の手伝いでこっちにくることを知り、ゆうべ畑でお会いしたわけです」

「お会いって――あれ、完全にストーカーみたいだったけど、あれもワザとなの？」

「えっと、その……うう」よっさんは面を伏せた。

「ところで、ゆうべ突然襲い掛かってきたあの青い鬼は、一体誰だったの？」堀田が尋ねた。

「青い鬼？　うーん」よっさんはわざとらしく顔をしかめ

「さあねえ。まあ、とにかく悪い鬼だよ。ああいうのはやっつけとかないとね」

(3) 友情

三人はしきりにしゃべり、飲みかつ食べ、夜十時頃に大衆居酒屋を出た。大学生の旅館はその近くである。

「じゃあ、また明日」

よっさんは店の前で二人を見送った。二人の背中は小さくなり、まもなく旅館のエントランスの光に溶けた。

――あの二人の後ろ姿、日本武尊と弟橘媛の伝説を感じさせるじゃないか。

酔狂でそんな妄想が浮かぶ。嬬恋に来て久しいことから、自然と当地の言い伝えが頭にのぼる。

――しかしよかった! ほぼ仲間にしてもらえた!

よっさんは足取りも軽く、涼しい夜道を歩いた。

――ゆうべのことは、仲さんにお礼を言わなきゃなあ。

脳裏に青鬼の面影が浮かんでいた。昨日、夜通し畑で取っ組み合いをしていた相手、あれが仲さんだ。

仲さんは嬬恋生まれの青鬼で、よっさんとは遠い親戚にあたる。互いを紹介する時は簡単に「いとこ」

で済ますが、本当はもっと遠い。縁は遠いが、気の合うところはまるで双子の兄弟である。とはいえ、性格はまるきり違う。よっさんが神経質なわりに現実生活に横着、一方の伸さんは熟慮型。普段は口数少なく、一人で静かにしているのを好む。けれども内心は大らかである。

昨日の夕刻、よっさんは大はしゃぎして、伸さんに「いつも話している嬬恋村の二人が今日来るんだ」と伝えた。伸さんはそれを聞き、「またいつものが始まった」と眉をひそめた。毎度聞かされるよっさんの決意。「大学生のサークルに入るために直訴する」「今度会ったらちゃんと言うんだ」。このくだりを一体何十回聞かされただろう。そう言っておきながら、いつも怖じ気づいて実行せずじまいなのだ。

——これはぼくが背中を押さなきゃだめだな。

伸さんは常々そんな風に考えていたが、かといって策があるわけでもない。

よっさんは興奮を押し殺して言った。

「さっき旅館のフロントで、二人が話をしているのを聞いたんだ。今夜、キャベツ畑をリサーチすると言っていた。その時がチャンスだよ。直訴して、今度こそ活動に加えてもらうんだ。伸さん、一緒に来てくれ」

「よしてくれよ」

伸さんは手首を掴もうとするよっさんの手をはねのけた。

「ぼくが行って何ができるんだよ。活動に入りたいのはよっさんだろ？　そんなら一人で行きなよ」

「そう言わずに、ついて来てくれよ」

人懐っこいよっさんの目がまとわりつく——伸さんは情にほだされてしぶしぶ同意した。そうして昨晩、大学生を先回りし、キャベツ畑の畔の脇、小さな藪の影に身を潜めた。

「別に隠れなくてもよくないか?」伸さんは呟いた。

「堂々と出て行って、入れてくださいとお願いすればいい。だいたい、面識はあるって言ってたじゃないか」

よっさんは藪の向こうの闇を見据えたまま答えた。

「面識があるっていっても、一度か二度だ。覚えていない可能性の方が高い」

「その図体で覚えていない人間なんかいないよ」

「シッ、来た」

「これじゃまるでストーカーだ」

やがて畦道の向こうに二つの影が見えてきた。廣子と堀田である。よっさんは固唾を飲んで見守っている。伸さんはよっさんの背後に身を潜めてじりじりしていた。よっさんの背中に、出て行って直訴する気配は一向にない。

——チッ、さっさと出て何か言えばいいのに! なんでぼくまでこんなストーカーまがいのことを……。

伸さんは相棒に対し無性に苛立ちを覚え、「えいっ」とばかり、両手を突っ張ってよっさんの背中を押した。不意を突かれたよっさんは、前につんのめって藪の外に身体を転げ出した。よっさんの巨体は、倒れざまに藪に擦れ、ガサガサと物騒な音を立てた。

「――そこのあなた、出てきなさい！」

闇の中を廣子の鋭い声が聞こえた。

(何するんだよ！)

よっさんは声を殺して伸さんを責めた。伸さんはよっさんの耳元に口を近づけ
(ほら、行けよ、呼んでるぞ！　今いかないと、いつ出る？)

それでもよっさんは息を殺している。やがて廣子が
「今から携帯電話で警察に電話するからね、キャベツ泥棒として！」

よっさんはギョッとし、「ちょっと待ったッ」と叫んで藪から出て行った。

――これでいいんだ。

伸さんは藪の中からよっさんの背中を見つめていた。あとは自分でうまくやってくれればいい。

しかし、伸さんの願いと裏腹に、状況はどうも芳しく無いようだった。廣子がいろいろ問い詰めれば、よっさんは答えに窮して言いよどむ。廣子の徹底的な追及に、よっさんはすっかり固まってしまっているのだ。

――仕方が無い。

伸さんはいとこの憐れな醜態に、
と、ひとつの決意をした。いとこを救出するために狂言をすることを。筋書きは単純だ。自分が悪者になり、よっさんを善に仕立て上げる。そして大学生二人の気持ちに変化をもたらす。

こうして赤鬼と青鬼の寸劇じみた「畑プロレス」が開幕したのである。仲さんはよっさんに見せ場を作りながら延々闘い、最後は負けて逃げ出した。

――あとはうまいことやっておくれ。

仲さんの背中は、あさぼらけの霞の中に消えていった。

よっさんは走りゆくいとこの背中を見つめ、一人土の匂いに包まれながら

――ありがとう、仲さん……。

心の中で深く頭を下げた。

「このお礼はなんとしてでもしなきゃなぁ」

よっさんは夜道を千鳥足で歩きながら、ハッキリと独り言をした。

（4）郷土博物館の古文書

翌朝、嬬恋村は好天に恵まれた。

子どもたちのカリキュラムは今日で修了する。午前中に嬬恋村郷土博物館を訪れて展示を見学し、その後、農道のピクニックコースを歩き、丘でお弁当をとり、そのまま解散式となる。

一行を乗せたバスが嬬恋村郷土博物館に到着した。子どもたちがぞろぞろ館内に入り、最後に、大学生二人とよっさんがついていく。

資料館は主に二つのエリアで構成されていた。一つは嬬恋村の歴史と地形、加えて浅間山の噴火に関する資料エリア。もう一つは主要産業であるキャベツについて。一つ一つ丁寧に見て回る。要所で学芸員が子どもでも分かる言葉で説明してくれる。ここを訪れた人は、子どもでも大人でも嬬恋村について十分知ったつもりになれる。それだけ展示物も学芸員の説明も非常によく練られていた。

薄暗い空間で、耳に心地良い説明を聞いているのは、昼食後すぐの大学講義に等しく、眠気を誘った。うっすらと流れるＢＧＭや空調も、目蓋を押し下げてくる。子どもたちの列の最後尾をついて回る廣子は、歩きながらうとうとするほどの眠気に襲われた。昨夜飲んだお酒が少し残っているのかもしれない。廣子は展示書架のそばにソファが置かれているのを見つけると、吸い寄せられるようにソファに向かい、腰を下ろした。そして書架の柱に軽く背をもたれかけた。

すると、かすかに書架が揺れ、一冊の本が床に落ちた。静かな館内にパターンと音が響き、廣子は目の覚める思いがした。慌てて本を拾い上げる。今時珍しい和装綴じで、随分と古ぼけた本である。指先でトントンと叩くだけで埃のあがりそうな代物だ。

「末川さん、何か見つけたの？」音を聴きつけて堀田がやってきた。

「う、うん？　ちょっとね」

居眠りしようとして本を落としたとは言えない廣子は、いかにも関心ありげに本の表紙に目を遣った。

【嬬恋村伝承随聞集】

「すごいな、末川さん、そんな本も読むんだ」

「まあね。ちょっと気になったから」

「何が書いてあるの」

「ええとね」

廣子は本を開いた――小筆の先でつらつらと、続き文字が連なっている。しかし、達筆すぎるというか、強い崩し字で、何が書かれているかさっぱり分からない。

廣子は隣で覗き込んでいる堀田の顔を押しのけ、

「とにかく。何かおもしろそうなのよ」と、強がるように言った。「私もこの村と縁ができたのだし、少しくらい歴史を知っておきたくてね。この本、借りられるのかしら？」

書架に貼紙がしてあった。村民のみ貸し出し可能、とのこと。廣子は子どもたちと一緒に展示を見ているよっさんを呼んで、

「私、この本を借りたいんだけど、村民じゃないから……。鬼の魔法か何かでなんとかならないの？」

よっさんは苦笑を浮かべ
「さすがにそんな魔法はありませんよ……でも、本を借りることくらい、お安いご用ですよ」

そう言うと、尻のポケットから長財布を抜き出し、一枚のカードを示した。

「俺、村民なので、貸し出し可能です」

「よっさん、本当に村民なの？」廣子と堀田は目を丸くした。

「ええ。以前、村民全員に証明書が発行されるってことがあって、どさくさに紛れて申請したら交付されたんです。いやあ、なんでも顔を突っ込んでみるものですね」

「そういうことはあんまり大きな声で言わない方がいいわ」

廣子は本をよっさんに預けた。よっさんは受付の方に飛んで行った。

「文化系サークルの古典研究会が専門の教授と古文書の解読をやっているって聞いたわ。そこにもっていったら読めるかもしれない」

「末川さん、やっぱり読めてなかったんだね？」

「うるさいわね。あの研究会がちゃんと活動してるかテストするの」

本は問題なく貸し出され、廣子の手に渡った。返却期限は二週間後。まぁ、返却もよっさん経由でなんとかなるだろう。

お昼過ぎに修了式が終わり、子どもたちを乗せたバスを見送った。大学生二人とよっさんは、農業体験の実行委員、商工・観光課の職員とともに、駅前の商工・観光課に移動した。学生二人は約束のバイト料をもらい、用意された領収書に判をついた。よっさんにも謝礼が支払われた。

「また来年もお願いしますよ」

「ええ、また機会があればぜひ」

四人が歓談していると、ふと脇から

「あらあんたたち、村に来ていたのかい。おや、よっさんも」

聞き覚えのある声に振り返ると、農家の金子さんだった。QＩキャベツの出荷で商工・観光課に立ち寄ったところ、見覚えのある顔に引かれて声を掛けたのだった。大学生二人は明るく挨拶した。ほんの一、二回の出会いだが、金子さんのことが「嬬恋村のお母さん」のように思えて慕わしい。

「これも縁だねえ。ちょうど若いあんたたちにおねがいしたいことがあるのよ」

「なんでしょう？」堀田は尋ねた。

「来月トウモロコシの収穫があるの。またウチにバイトに来ない？　バイト代ははずむわよ。あんたたちいい子だから、遊びに来るつもりでさ」

金子さんが提示したバイト料は――破格だった！　廣子の感覚では都内でバイトするよりずっとよく、堀田の感覚では先日のキャベツ刈りより数段いい。

「ぜひ、うかがいます」

学生二人は元気よく返事した。ワンテンポ遅れてよっさんも「俺も手伝います！」と叫んだ。

「ありがとね。じゃあ、よろしく頼むわ。詳しいことはまた連絡するから」

第6章　鬼の伝説

（1）日本武尊《ヤマトタケル》の伝説

廣子と堀田は、翌日から大学に戻った。

廣子は午後の講義が終わるとすぐにサークルへ赴き、堀田と共に先輩らに嬬恋村での活動を報告した。

もっとも、廣子は疑問に思った

――そもそも報告の義務があるのだろうか。商工・観光課のバイトは廣子個人に直接もたらされたもの。ただ、人数調整の関係でサークルに話を通し、自分以外に一名を選出したからには、報告が必要かもしれない。とはいえ、その一名が誰あろう堀田慧であると思うと、そこに義務感がまとわりつくのが馬鹿馬鹿しく思えたのである。

「――ということで、子どもたちは満足して帰っていきました」

廣子の話を聞き、先輩女子らは「ふーん」とあっさりしていた。その中には九嶋の姿もあった。男子部員らは拍子抜けしていた。堀田が向こうでガッツリ廣子に告白してくると思っていたからだ。

「じゃあ、その『よっさん』とかいう鬼男が、仲間に入りたいっていうわけね」九嶋は言った。

「『鬼男』じゃなくて、純粋に『鬼』です」堀田が答えた。

九嶋は腕を組み、目を細めた。

「鬼の存在に関して、あなたたち二人の意見は一致しているようだけど、私は真に受けることはできないわ」

「どうしてです？」廣子は尋ねた。

「だって『鬼』よ？　『鬼』なのよ？」九嶋は呆れ果てている。

「あなたたちは誰かが『幽霊を見た』と言ったら、すぐに鵜呑みにする？」

廣子と堀田は何も言えなかった。

「まあ、構わないわ。鬼かどうかはさておき、その怪力男が私たちに協力したいというなら、大いに結構。何か用がある時には呼び出して、お願いすればいいわ」

思ったよりも部長の反応が芳しくなかったことは、廣子をいささか暗くした。例会が終了すると、彼女は一人身を返し階段を降りていった。

「末川さん」堀田が追ってきた。

「何？」廣子は振り返りもしなかった。

「だから言ったでしょ？　活動報告するにも、鬼の話だけはパスしようって」

「後の祭りよ」廣子はため息をついた。

「先輩たちの目を見た？　私の評価、ガタ落ちだわ。鬼のところだけあなたに話させればよかった」

堀田はポンと手を叩き
「そうだね。ぼくなら最初から評判が底だから、これ以上落ちない……って、なんで！」

廣子は何も言わず踊り場を曲がっていった。廣子を楽しませるつもりの堀田の「ノリツッコミ」は、完全に殺されてしまった。

「待って」堀田は足を早めて言った。「どこにいくの？　まだみんな上にいるよ」

「これよ」廣子は腕を上げて一冊の本を示した。嬬恋村の資料館から借り出した**【嬬恋村伝承随聞集】**である。

「古典研究会のサークル室は、確か下の階の一番奥よね」

「あ……やっぱり読めないんだ」


廣子の抱いていた古典研究会の活動内容には、大きな勘違いがあった。古典研究会は実際のところ、百人一首と落語の天狗連活動を通じて「古典の求道者」を自称するだけの、ほとんどお遊びのサークルであった。その顧問を務める国文学の准教授が、古文書の解析を専門にしていたことから、「あのサークルは古文書の分析をやるのだろう」と勝手に思われていた。実はこの准教授は、サークルに名前を貸しているだけで、活動に参加したことは皆無だった。

ところが廣子はそんなことなど知らない。研究会の部室に押し入るなり「三日で読んでください」と古文書を押しつけた。研究会は断ろうとしたが、学内で風を切って歩くＤＫＳＣの申し出を断ったら、今後どんな目に遭うか知れない。古典研究会の会長はおそるおそる本を受け取り、ほとんど会ったことのない准教授の元を訪ね、解析を依頼した。

「これ、学外の話だったら、お金とるところだよ」

准教授は渋い顔をした。

「ＤＫＳＣからきた話なんです」

「うッ、彼女か――」

准教授は随問集を受け取ってパラパラめくった。

「随分薄いね……おや、この本、半分しかないのか」准教授は顔をあげ「この分量なら一週間は欲しい」

「三日だそうで」

「無理だよ」

「先生、お言葉ですが」会長は苦しげに笑みを浮かべた。

「どうせあっちも読めないんです。大事そうなところだけ現代訳して、後は適当に……」

「キミ、何てことを」

准教授は怒りを覚えた――専門家に対してとんでもない注文だ。しかし、三日とお願いされたら、三日でやらねばならない。准教授は怒りを飲み込み、提言を受け容れた。准教授ですら九嶋の――彼女の背後にいる何者かの――影響を恐れずにはいられなかった。

　三日後、廣子の元に翻訳の要約のような原稿が届いた。会長は念を押した。

「末川さん。この本は、前半分しかなく、後ろ半分は最初からありませんでしたよね？　私たちが破損したわけじゃないことはご承知ですよね？」

「分かってますよ。はいどうも」

　会長は手渡すと逃げるように去っていった。

　廣子は原稿を手に取った。もともと大した興味もなく借りだした本なので、何一つ期待していることはない。今後、ＤＫＳＣが『愛妻宣言』など嬬恋村のイベントに便乗して活動するにあたり、村の歴史を一定程度知っておくのは無駄ではないと思い、翻訳を依頼したまでである。

　さて、廣子は原稿を一読した。その結果、廣子は体内に怒りを燃え盛らせることになった。

　何への怒りか――矛先は「よっさん」である。

　堀田は廣子の憤りに対し、よく分からない顔をし、

「例の古文書だね？　一体何が書いてあったの？」

「よくぞ聞いてくれたわ。あの中にこんな一節があったの。――かつて日本武尊が嬬恋村で妻への愛を叫ぼうとした時、付近に住んでいた鬼が邪魔をした。日本武尊はその鬼を大地に封じ込め、無事に妻への愛を叫んだ。それまで鬼はしばしば人を取って食べていたので、近隣の人々は喜んだ――　鬼はやっぱり人を食べていたのね」

堀田は廣子の剣幕をかいくぐって意見した。

「もしかして、末川さんはその本に書いてあることを真に受けてるの？　──百歩譲って本当のことが書いてあるとして、その鬼は封印されたんでしょ？　そんなら心配することはないんじゃないかな？それに、よっさんは関係ない。だって彼は鳥取の鬼なんだから」

「甘いわ。よっさん一家は鳥取を追放されて嬬恋の親戚をたよったって言ってた。親戚がいるなら、元は嬬恋ってことでしょ。それに、現に嬬恋村で神隠しが起きている。これってもしかして、鬼が人をさらって食べているってことじゃないかしら？　きっと何かの拍子に鬼の封印が解けたのよ。腹をすかして人間を取って食っている。日本武尊の時代はいざ知らず、今の日本は法治国家。人肉食なんて許されない。──とにかくね、よっさんは人食いの手先かもしれない。ああいう人の好い感じで『仲間になる』なんて言って人間に近づき、パクッといくつもりかもしれないわ」

「なんだかムチャクチャな理屈だなぁ」堀田は唖然とした。

「でもその本、後ろ半分がないんでしょ？　もしかしたら後ろに違うことが書いてるかもしれない。『というのはすべてウソで〜』みたいな」

廣子は無視し、決意を新たにした。

「九嶋部長はよっさんを利用すればいいと思っているみたいだけど、私は逆に鬼どもの罪を糾弾してみるわ！」

（2）鬼社会、その歴史と現実

十一月という月は、日本全国が文化的なイベントで目白押しになる時期である。芸術的なものから社会的なものまで、総じて教養系イベントと化し、学びの機会が市民に広く提供される。担い手は行政がほとんどだが、民間企業や地元大学の力を借りたりする。いわゆる産官学連携である。「学」においては大学生の出番が多くなる。

ＤＫＳＣにも、講演依頼やブース出展要請など、様々な案件が舞い込んだ。もっとも、九割は九嶋個人への講演依頼である。九嶋はそれらをサークル活動の一環とすべく、資料制作や運営スタッフに部員を割り当てた。そうすることで、部に行政からの助成や補助が与えられる。そのかわり、部員たちは休み返上で大忙しだ。毎日遅くまで準備に追われ、毎週末は現場に出される。九嶋は連日打ち合わせでサークルに顔を出せず、指示はスマホのメールや通信アプリがメインだった。

この忙殺状態によって、廣子は九嶋に会う機会をえられなかった。よっさんや古文書のことは棚上げ状態である。廣子は安堵を覚えた。このまま鬼と絶縁し、安全で平和なサークル活動を継続できればよい。鬼の罪は、個人的に、機会があれば糾弾するつもりだが、今はとりあえずこれでいい。

そうこうしているうちに、先月金子さんと約束したトウモロコシ畑の収穫の日が近づいて来た。廣子は先輩部員に説明し、イベント現場をいくつか免除してもらい、嬬恋村にいくことになった。むろん、堀田もだ。

「次はうまくやれよ」

堀田は他の男子らから背中を突かれ、気合を入れた。


十一月の嬬恋村は、もうすっかり冬の気温であった。金子さんは軽のバンで二人を駅に迎えに来た。

「明日の今シーズン最後のトウモロコシの収穫、バイトはあなたたちだけよ。あとは身内で足りそうだから」

後部座席の堀田が尋ねた。

「よっさんはこないんですか?」

「ああ、来るよ。はは、存在を忘れてた」

金子さんはげらげらと笑った。

その日は農具の準備で終わり、翌朝、暗いうちから畑に出た。広い畑に背の高いトウモロコシ。小さな森を刈り取るように、廣子と堀田は作業にかかった。収穫は午後三時前には終わり、後は自由時間となった。自由といっても仕事が無いだけで、遊びに行けるような場所も無い。畑仕事で身体は汚れている。金子さんの家の庭でウーンと伸びをした廣子は
「温泉に行きたいわね」と独り言をした。

すると後ろから、

「お連れしましょう」

振り返ると、誰あろうよっさんである。彼もずっと畑仕事をしていたのだが、畑があまりに広いので顔を合わせていなかったのだった。

二人との再会に、よっさんの目は嬉々と輝いていた。しかし、廣子は睨みつけるような目で、声を低くしてよっさんに詰め寄り
「ちょっと話があるんだけど」

「なんでしょう」よっさんの眉が八の字に垂れた。

「こないだ借りた本を返しに、資料館へ行きたいんだけど」

「お、お任せください。車を出します。その後、温泉へ」

「堀田、あなたもいっしょに」

傍にいた堀田はビクッとして振り返った。

「ぼ、ぼくは、この家の五右衛門風呂でもいいんだけど」

堀田は廣子の真意が分かっていた。鬼が人を喰うのか、よっさんを問い詰めるつもりだ。

「いいから、来て」

「そうだよ、そうだよ」よっさんが言った。その目は「頼む、来て」と言っているようだった。

三人は金子さんのバンを借りて郷土博物館に向かった。本を返すと、近場の温泉に移動し、仕事の汗

を流した。日が落ち始め、嬬恋村の空気は一気に冷えこんだ。三人は温泉の建物の中にある軽食コーナーの一角に座った。周囲に人影は無かった。

「あの本によると――」

廣子は唐突に話を始めた。その目は怒りをはらんでいる。

「鬼はやはり人間を食べるそうね」

「とんでもない」よっさんは即答した。

「実際に行方不明になっている人たちのことは、どう説明するの」

「俺じゃありません」

「あんたじゃなくても鬼の仕業であることは変わりないのね？」

「それは……」よっさんは歯切れが悪くなった。

「何？　言えないの」

よっさんは黙して答えない。目が泳いでいるが、何かしら胸に一物を抱えているようだ。それをみて堀田が口をはさんだ。

「末川さん、よっさんの言い分を聞いてみようよ。――ねえ、よっさん。何か知っていたら教えて欲しいんだ」

廣子は椅子の背にもたれ、目を細めた。

「いいわ。最後に何か言いたいことがあったら言って」

「最後？」よっさんは動転して言った。

「話の内容によっては、今日この場を持ってお別れよ」

よっさんはギクリとした。おろおろするように目を伏せると、もう一度顔を上げ、大学生二人を見た。

「分かりました、全部しゃべりましょう——。ただ、これだけは最初に言わせてください。俺は人間を食べない。あなたたち二人を食べる気はないし、これからも食べない。もひとつ——俺は今まで人を食べたことなんて一度もない。しかし、廣子さんの言ったことが、ある一部において事実であることは、否定はできません。確かに、鬼は、人を食べるんです」

よっさんはひと言ひと言しっかり区切って言った。そして、大きく息を吐き、ゆっくりと話し始めた。

§

嬬恋村の鬼は「鬼押し出し」に棲んでいる。ここは一七八三年の浅間山の噴火で溶岩が流れ出してできた地形で、景勝地として名高いが、山のエネルギーと鬼の妖力が相まって、特殊な結界を生じている。鬼はそこに棲んでいる。普通の人間には見えないし、鬼と共に行かなければ辿り着くこともできない。

元々鬼は、大地の申し子で、土と火の恵みに育まれた種族である。修練を積んだ鬼は、地震を起こしたり、火山を噴火させる力を持っている。これは洋の東西を問わない。日本の「鬼」以外にも、ヨーロッパなどのゴブリンやオーガ、サイクロプスも同様と言われている。このような性質上、鬼は土着性の高い種族であり、嬬恋村の鬼たちは、鬼押し出しが生じる以前から、火山の民として浅間山付近に暮らしていた。江戸時代に必要に迫られて、溶岩を噴出させて自分らの住まいを設けたが、それ以前は結界など設けず、堂々と山中に暮らしていた。人里から離れていたし、人を見つけたらそのまま獲ってしまえばよかった。そう、その頃の鬼たちは、平然と人を食べていた。

古文書の伝える通り、かつて鬼は日本武尊に力を封じ込められ、人を喰らうことが出来なくなった。日本武尊が嬬恋を離れた後も、鬼の力は封殺されていたが、どうしたことか、愛を離反する人間については封印の範囲外のようで、鬼たちは人間の村落を見張り、不倫不貞の輩を見つけては、襲って食すことができた。そのため鬼の人肉食の歴史は途絶えなかった。

もちろん、この説話は鬼の間でも伝承に過ぎない。人間の昔話の中にも、今は食べていないような動物を撃って食した話がいくらでもあるように、鬼にとって人を食べる話も全く同じ、単純に食文化の一側面を示しているに過ぎないのである。

実際、鬼の人間食は、地域によって差があり、長いところでは一九七〇年代あたりまで続いたという。

「俺が生まれた頃はもうありませんよ。」

よっさんが言うように、人間食は鬼の間でもコアな伝統料理の扱いで、彼が親に聞いたところによると、何百年か生きた古老が賀寿の祝いで生肝の吸物に少し口をつける程度だったそうである。ちなみに鬼の常食は人間と同じく米や麦、肉類はシカやイノシシである。

よっさんは幼少の頃、人間食に興味を持ち、親にどんなものか聞いたことがあった。親は苦い顔をして「まずいよ」と言った。

「昔の人間は、土地の物を旬に従って食べていたから、まだ四季折々の味わいがあったけど、最近はダメだね」

最近、というのは一九六〇年代あたりからだ。社会情勢に照らし合わせると、この頃から日本人の食生活は一変した。戦後のアメリカ食の流入、防腐剤・添加物の多用——これらは日本人の食習慣を便利で多幸感あふれるものにしたが、鬼にとっては最悪であった。脂肪過多で、添加物や薬の染みた人間の肉は、鬼の身体に悪影響を与えるのである。人間を頻繁に食べていた鬼たちの間に生活習慣病である「ヒト型糖尿病」が蔓延し、鬼世界で社会問題になったのは、一九六〇年代の後半である。それ以降、人間を食べる鬼はほぼいなくなったという。人間界隈では、浅間山近隣で「神隠し」的な行方不明者が激減した時期とちょうど一致する。

その頃を知る鬼にその話をすると、同族の悶死の情景を思い出し、今でも顔を覆う。ヒト型糖尿病は、四肢末端を腐敗させ、失明させ、脳細胞を破壊する。進行が速く合併症も多い。当初は原因不明で、介護者は感染を恐れて患者を放置し、多数の死者を出した。あとあとそれが人間食によるものだと分かった時は、人間を見るだけでも恐ろしがったものだ。ちなみに、いまだに治療の方法は見つかっていない。鬼の世界にも医者がおり、日々医療研究は進んでいるが、効果的な薬は開発されてない。薬効が得られないのは、人間の身体にたまっている抗生物質などの成分が原因とされている。

いろいろなことが分かってきて、嬬恋の鬼たちは人間を食べるのをまったくやめた。反動で健康志向が高まり、人肉にとってかわったのはキャベツであった。キャベツは様々な栄養素を含んでいる。CUKカリウム・カルシウム・ベータカロチンなどである。低カロリーで美容にも良い。なにより地元嬬恋が大産地で、入手しやすい。

しかし何ごとも変化を迎える時は、それに異を唱える者がいるものだ。鬼の中にも過剰に伝統を遵守しようとする一派が存在した。長老クラスの保守系鬼で、人間界よりも年功序列の厳しい鬼社会では、政治のほとんどを彼ら「古老派」が動かしていた。彼らは「人間食は古代から伝わる守るべき鬼文化」とし、キャベツの葉ばかりを食す鬼たちを「腑抜け」「ひ弱」「鬼は外」と一蹴、何があっても人間食を続けるべきと主張した。しかし、事実、現代日本人を食べるのは危険である。古老派たちは人間を家畜化して安心安全な食材を生産する体制を整えようとしたが、うまくいかなかった。現代人のオスは食生活が乱れ、無精子症が多すぎる。繁殖が困難で安定的な生産量を実現できず、牧場を作っても維持できない。

古老派もさすがに諦めはじめた。しかし、中でも急進的な連中——よりによって鬼世界の中枢を占める一派——が、無理を通し、二〇〇八年に人間食の復活を法制化してしまった。これが「改正伝統食推進法」、いわゆる「改正伝食法」である。改正前は単に「人肉食は鬼社会の伝統文化でありこれを尊重する」というぼんやりとした条文があるだけだったが、改正後は一新された。日本武尊の故事にてらし「人間のうちに恋愛関係・婚姻状態にありながらこれを破棄・ないがしろにする者があった場合、鬼は鬼文化の尊重と歴史的使命に則り、ただちにその男を食さねばならない」。くわえて罰則まで制定された。

鬼たちは焦った。人肉食が義務になっては、命の危険につながる。

「その時は大変でした」

よっさんは眉をひそめて回顧する。

「保険料が高くなった上、人肉食由来の疾病時の保険金が目減りしましてね……。俺、保険屋に言いましたもん。こんなに値上げして、あんた鬼かって」

廣子も堀田も、クスリとも反応しなかった。

「ま、そんな中で――」よっさんは続けた。

「嬬恋村でジャパン愛妻協会による愛を宣言するイベントが活性化したことは、鬼にとって朗報でした」

『愛妻宣言』が恒例化したのは、改正法通過の二年前、二〇〇六年である。人間が愛を叫び、その責任を自覚し、離婚率や離別率の低下につながれば、鬼たちは食べたくもない人間を食べずに済む。鬼たちは陰ながらエールを送った。

一方で問題もあった。とある男女一組を傍から観察していても、愛が破綻しているのか、細々ながら続いているのか分からない。けれども、この叫ぶという行為によって、それが「見える化」した。今までは、どう見ても破綻しているとおぼしきカップルを見つけても、「まだ分からないから」と決めつけて捕食を先送りできていたが、そうはいかなくなる。改正法のザルの部分であった「何を持って愛の不履行とみなすか」が、叫びを通じて鮮明になってしまったのだ。

さらに、イベント内部でも不合理なことが起きた。参加した男の中に不真面目な輩がいて、ウケを狙って複数人を叫んだり、興味のない人の名を叫んだり。鬼は憤慨したが、改正法に則って食さねばならない。

「その時人間を食べた三人の鬼のうち、一人は亡くなって、二人は今も入院しています」

人間食は月に一定数ずつ発生した。愛を破綻させた人間の男は、収監され、食われる時を待つのだが、鬼らは嫌がってなかなか手を付けない。どんどん数が貯まっていく。年老いた貧しい鬼が、飢えに負けて名乗り出てこれを食し、死んだ。いまわの際に彼は言った。

「こんなに苦しむんなら、飢えてる方がマシだった」。

この状況は、人間側からは行方不明事件として表面化した。昨今、マスコミによって行方不明者の話題がようやくもちあがりはじめたが、長きにわたり知られなかったのは、いささか腑に落ちないところである。これも鬼の不思議な力と何か関係があるのであろうか。

そもそも噂の漏れどころは、ＳＮＳであった。

「あそこで男が愛を叫んで成就しなかったら、消される」

――まことに物騒な噂である。これに便乗し、世の婚活女性たちが動き出した。愛を宣言するイベントは、婚活中の女子の間で「愛のダメ押し」効果が期待され、意中の男をここに無理やり連れてきて叫ばせる「シャウト婚」がはやりだしたのである。その時の男たちの顔色ときたら……。青ざめた顔で宣言台に臨み、消される恐怖に苛まれ、命懸けで愛を叫ぶ。鬼たちは隠れたところで愛の成就を祈り、同時に男の悲運を憐れんだ。

いまや孀恋には、シーズンになると、日本全国からそんな男女がわんさか集まる。行方不明者のうわさは愛を宣言するイベントを衰退させるどころか、逆に活況化させた。中には円熟期を迎えた中年夫婦もいた。観光旅行のついでに訪れ、夫が揚々と台に昇る。二人の関係に何の齟齬が無くても、男性の側にちょっとした隠し事――いわゆる不倫――でもあろうものなら、やはり男は消されるのだった。

「ちょっと待って」

廣子はよっさんの言葉を遮った。

「あなたたちがさらった人間は、貯めこまれた後、どうなるの。ちゃんと食べてるの？」

「とんでもない」よっさんは頭を振った。

「俺たち鬼が人間を食べたら命がいくつあっても足りません。実際は外国に輸出しているんです」

「輸出？」堀田は目を丸くした。

「驚くかもしれないけれども本当です。現代日本人の肉はヨーロッパで人気があるんですよ。向こうにはいろんな種類の鬼がいて、そのほとんどが一本ヅノなんですが、その種の鬼は遺伝的に胃袋が強いらしいんです。俺たちが食べて命を落としかねない現代日本人の肉を、彼らは平気で食べます。あっちの評判だと『最近の日本人は脂身が多くて美味しい。ちょっと前の日本人は筋ばかりでまずかった』とか。日本産のポン酢醤油で日本男性をいただくのが好きらしいです。これぞ日本食だ、と」

「ちょっと気持ちの悪い話ね」廣子は顔をしかめた。

「正直、どうかとも思うんですけど、まあ、こっちとしては食べなくて済むので、助かっています」

「外国にも鬼がいるんだね」堀田はボソッと言った。

「日本の鬼の口が現代日本人の肉と合わなくてよかったよ。ってことは、ぼくがよっさんに食べられるってことも、無いわけだ」

「当たり前だ」よっさんは堀田を一瞥した。

「キミなんか骨と筋ばっかりで、食べるところなんか無さそうじゃないか。外国にいったって売れやしない」

「なるほど、だいたい分かったわ」廣子は腕組みして言った。

「私の考えを言わせてもらうと、結論として、やっぱり愛を成就できない日本の男性たちも悪いのよ。キツイ言い方になるけれど、食べられちゃっても仕方がないわ」

「末川さん！」堀田は驚いて尋ねた。

「末川さんは鬼が人を殺して食べるのを怒っていたんじゃないの？　そのことを追及するために、よっさんを呼び出したんじゃないの？」

「そうだったけど、もう変わったわ。よく考えたら、不誠実な男の数を減らすことには意味があるわ。離婚率が下がり、女性の貧困による格差も解決できる。それに、私が食べられないのであれば……」

堀田は愕然とした。よっさんは誤解が解けたと思い、一瞬ホッとしたようだった。だが、神妙な表情を崩さず

「ここまでお話ししたついでに、もう少し聞いてください」

廣子と堀田は耳を傾けた。

「人間の輸出にはいろいろ問題があって、日本の鬼の本音として、できればやりたくないんです。自分たちで日本人の肉を食べなくて済むのはいいんですが、やはり輸出となると、加工だの冷凍だの船便だの、いろいろとコストがかかります。それに、やりとりはお金ですので、為替相場が影響して大損することもあります。肉の相場も不安定です。ヨーロッパでは、むろん昔からヨーロッパ人の肉が食べられているのですが、人気の日本人肉が入ってくると、あっちも都合が悪いんです。自国の産業を守らないといけません。関税が半端ないんですよ」

「どこの世界も似たようなものなのね」

「だから、俺たち日本の鬼としては、輸出してその場しのぎを続けるより、人間の愛が破綻しないように努めていきたいんです。これは鬼の社会の喫緊の課題なんですよ。そんな時、廣子さんらのＤＫＳＣの活動を知って、これに協力するべきだと感じたんです」

「なるほど、そういうことだったのね」

廣子は相槌を打ち、よっさんの顔の真ん中をじっと見た。これまで廣子が考えてきた「夫婦愛が経済を救う」という理想と、鬼の世界に蔓延している問題を照合すると、離婚率・離別率の低下という目指す方向は同じ——そのことがはっきりした。

「分かったわ」廣子は静かに口を開いた。

「日本の人間社会と鬼社会が目指しているのは同じものね。あなたが——あなたたち鬼が本気で考えるなら、今後、仲間としてやっていくことに、やぶさかじゃないわ」

「廣子さん！　分かってくれますか！」

よっさんは身を乗り出すと、廣子の小さな手を大きな両手で包むように掴んだ。

「何でもやります！　どうぞよろしくお願いします！」

「ビッシビシやるわよ、覚悟してね」

「はい！」

よっさんの心は幸福感に溢れた。——これで、鬼社会の未来のためにまっとうに働くことができる。

頭の中は一気ににぎにぎしくなった。

自分に何ができるか——人間とがっぷり四つに組んでの活動は、想像するだけで楽しみだった。すると再び、自分がこうして活動するきっかけをつくってくれた、いとこの仲さんへの感謝が湧き起こった。

青鬼の仲さん。秋の夜のキャベツ畑で、廣子と堀田を前に、彼と狂言プロレスを演じなかったら、このような展開はなかっただろう。悪役を演じてくれた彼の機知と大胆さが、新しい幕開けにつながったのだ。

——こうしちゃいられない。仲さんに礼を言わなきゃ。

（3）境界を越えて

よっさんは居ても立ってもいられなくなった。

彼は椅子から腰を上げ

「お二人とも、俺はちょっと大事な用を思い出したので、失礼ですが、お先にドロンさせていただきます」

「え？　ドロン？」堀田は面喰った。「待ってよ。ぼくたち車で来たんだよ。どうやって金子さんちに帰ればいいの」

回れ右して歩きはじめたよっさんの耳に、堀田の声は届かなかった。大きな背中が駐車場の方へ小さくなっていく。エンジンの音がして白いバンが走り出した。

「末川さん、どうして止めないの」

堀田は慌てた。廣子は澄ました様子で

「帰ろうと思えばどうにでもなるのよ、ここは温泉よ。タクシーだって呼べるんだから」

「でも……よくそんなに落ち着いていられるね」

「私、ちょっと面白いこと思いついたの」廣子は笑みを浮かべた。

「さっき、よっさんが言ってたわよね。鬼の世界は結界の中にあって、人は入れない。けど、鬼と一緒

「なら入れるって」

「そんなこと、言ってたかな?」

「こんな面白いこと、ざらには無いわ。急いでタクシーを拾って、バンを追うの。バンと一緒ならきっと私たちも鬼の世界に入れるわ」

「鬼の世界に行ってどうするのさ」

「どうもこうも……、面白そうじゃない。さあ、行きましょ」

廣子は立ち上がり、堀田の腕を掴んで歩き出した。堀田は引きずられるようにして温泉の建屋の外へ連れ出された。廣子は車寄せに停まっていたタクシーの後部座席に堀田を押し込み、自分も乗り込んだ。

「運転手さん、あそこに見える白いバンを追って」

「おお」運転席にいた初老の男は歓喜した。

「長年、そんな映画のようなお客さんが来るのを待っていたよ」

タクシーはびっくりするような初速で、畑の道を飛ばした。

「安全運転でお願いします！」堀田は悲鳴を上げた。助手席の後ろに座る廣子はフロントガラスの向こうのバンをじっと見据えている。

バンとの距離が近くなると、運転手は速度を落とした。それから二十分ばかり走った。車はいつの間にか、おどろおどろしい形状をした岩場の広がる溶岩道路に入っていった。鬼押し出しである。

「あれ？　こんなところにこんな道があったっけ？」

運転手は首を傾げる。廣子はほくそ笑んだ。いよいよ結界の中に入ったのだ。空は群青だか紫だか分からない複雑な色をしている。二つの色は重なって渦を巻き、まるで水彩の絵の具がにじんで溶け合うようである。道の左右は溶岩が壁のように迫り立っている。ところどころに四角い穴が開いている。人通りは無い。まるでゴーストタウンのように静まり返っている。

運転手は怖じ気づき「お客さん、引き返しましょうよ。ここいらで降りてもらえませんかね」と言った。廣子は「もう少しだから」と先を促した。目はフロントガラスの向こうの白いバンに注がれている。

バンは、とある筋を右に曲がった。そこは、そそり立った岩盤が幾つも天に向かって伸びているところで、まるで灰色のグランドキャニオンのようだった。岩盤の脇に小さな階段がこしらえてある。そこを伝って上へあがれるところをみると、どうやらそれらは高層建築らしい。各階にそれぞれ廊下らしき渡し路が巡らされていて、入り口らしき扉が等間隔に配置されている。さながら集合住宅である。

バンはそのうち一つの建物の正面に付け、エンジンを停止させた。

「運転手さん、ここでいいわ」

廣子が言ったのは、バンから随分離れた陰気な木立ちの横だった。車は静かに停まり、運転手はエンジンを切った。あたりは静寂に包まれていた。フロントガラス越しにバンの様子を見ていると、運転席からよっさんが降りてきた。彼は溶岩ビルの一階の奥へと向かった。

「行きましょ」

廣子は堀田を促し、後ろのドアを静かに開けて外へ出た。二人は足音を消して早足で移動し、溶岩ビルのそばまでたどり着くと、手近な壁面に背をぴたりと付け、気配を殺した。ビルの壁面は大きくうねるようにでこぼこしていたので、いくらでも身を隠せる場所があった。先を行くよっさんとの距離は二〇メートルばかり。向こうがこっちに気付く気配はない。

（ここって一体……？）

堀田は殺した声で尋ねた。廣子は小さくシッと音を立てよっさんは、とあるドアの前に足を止めた。廣子と堀田は身を固くして息をひそめた。

（私に分かるわけないでしょ）

「しんさーん、しんさーん」

よっさんが声を張りあげた。どんどんどんと、ドアを叩く。

廣子は陰から半身を乗り出し、じっとよっさんを見つめている。よっさんの横顔は真剣で、中から返事が返ってくるのを待っている。しかし扉の向こうからは何の反応もなかった。よっさんは首を傾げ、扉の上を仰ぎ見た。そして目をハッと見開き、バツの悪い表情で、一つ向こうのドアに歩いていった。

堀田は笑いを噛み殺した。廣子は表情一つ変えず、よっさんの動きを見ている。

よっさんは隣のドアに辿り着くと、すぐに何かに気付いた。ドアには紙が貼られているらしい。よっさんは手を伸ばし、紙を剥がして目を遣った。廣子と堀田はよっさんの横顔を見つめた。よっさんの表情が徐々に歪んでいく。しまいにはほろほろと涙をこぼし、

「しんさん、そこまで……」

そう呟くと、泣きに泣いた。彼はペンを取り出し紙に何やら書きつけると、元のようにドアに貼りつけた。そして回れ右をし、おいおい泣きながら今来た道を歩いて戻り始めた。隠れていた二人は慌てて物陰に身を潜ませた。涙するよっさんは周囲の気配を感知する余裕も無いようで、太い上腕で涙を拭い、バンの運転席に乗り込んだ。バンはゆっくり動き出した。

堀田は目を白黒させた。

「末川さん、やばいよ。鬼と一緒でなければ結界を出入りできないんだよね？　あの車についていかないと、末川さんもぼくもタクシーの運転手さんも、鬼の世界に取り残されちゃうよ」

「分かってる」廣子の目は興奮に燃えていた。

「でも、今はあの紙に何が書いてあるか、知りたいじゃない」

「そうだけど、読んでいる暇はない」

「ね、あのドアの前にちゃちゃっと行って、スマホのカメラで写真撮って来てよ。お願い」

「えっ、中から人が出てきたらどうするのさ？」

「お願い！」

廣子は堀田を自分の前に引っ張り出すと、背中をドンとついた。堀田はトコトコと駆けて行って、ドアの前に貼られた手紙をピシャリとスマホの写真に収めた。その時、背後で車のエンジン音が聞こえた。

「待ってよ！」

堀田は夢中で駆け出し、わずかに動き始めたタクシーの後ろのドアをこじ開け、中に乗り込んだ。

「で、何が書いてあったの」

廣子は悪びれもせず堀田に尋ねた。堀田はまごつきつつスマホの写真フォルダを開いた。鬼の文字は——現代日本文字と同じだった。意外に達筆であった。堀田は音読した。


よっさんへ。きみのことだからきっとここに来るだろうと思い、この手紙を残しておくよ。鬼と人間の垣根を越え、未来の為に頑張ってほしい。憎まれ役を演じたぼくの役割は、よっさんの理想が実現して初めて成就するものだと思う。よっさんが鬼と人間に分け隔てなく重宝され、与えられた使命を遂行しやすいように、ぼくはひとまず嬬恋を離れるよ。どこかでいつも君のことを祈っています。

きみのいとこ、馬頭鬼(めずき)伸雨(しんう)

記名の後に違う筆跡で乱暴に「ありがとう」と殴り書きされているのは、よっさんが書きつけた一文だろう。

「よっさんが泣くのも無理は無いね」手紙を読む堀田の声は掠れていた。「この、伸さんという鬼、なんと滅私なんだろう」

「つまりあの晩のあれは、全部、いとこの伸さんって青鬼のシナリオ通りだったわけね。この話『泣いた赤鬼』そのまんまじゃない」

「きっとよっさんは、そのお礼を言いに来たんだよ。今日初めて末川さんに認めてもらって、次の段階に進めることが決まった。一番に報告したいのは、伸さんだったんだよ。それなのに、その伸さんにお礼が言えなかったよっさんの気持ち……しかも、よっさんのために姿を隠すなんて。よっさんはつらいだろうなぁ」

「……おや、ここは見たような場所ね」

廣子が運転手の方を向くと、運転手は汗だくになって「そのようです」と言った。どうやらタクシーは、バンを追って人間界に戻ってくることができたようである。

(4) 蔵の片付け

堀田の早撮りが終わったあと、あのビルの一階は一層の静寂に取り込められた。まもなく、貼り紙のしてあったドアが、音も立てずに少しだけ開かれた。中から首を突き出したのは、例の青鬼、伸さんである。彼は上体を外に出し、あたりを伺うと、いたずらっぽく笑みを浮かべた。そして腕を伸ばし、ドアの紙を引き剥がすと、吸い込まれるように身を中に引き入れた。そしてぱったりと扉を閉めた。

廣子と堀田が金子さんの家に帰りついたのは午後五時前だった。農作業が終わったのが午後三時だったから、二時間弱の外出だった。結界の向こうに大冒険をしたわりには時間が経っていない。

「もしかしたらあそこは時間の流れが違うのかな」

堀田は言った。廣子は適当にうなずき、

「そんなことより、よっさんをＤＫＳＣでどう使うか考えなきゃ。彼には一度来てもらって、九嶋部長にも会わせたいわ」

「そうだね、そうじゃなきゃ、部長に信じてもらえない」

「あら、二人とも帰って来ていたの？」

母屋から金子さんが出てきた。

「よっさんは？」

「用事を思い出したとかで」廣子が適当に答えた。

「二人にもう一つ手伝ってほしいことがあるのよ」金子さんは二人を代わる代わる見つめて言った、「裏のおばあちゃんが、古い蔵の片付けを手伝ってほしいって言うの。ウチに若者が来ているって言ったら、『一人じゃ無理なので』って。お小遣いはずむそうよ」

「蔵の片付け？」廣子は言った。

「私たち、明日帰っちゃいますけど、半日で終わりますかね？」

「大丈夫よ。蔵っていっても、ほんの小さな倉庫みたいなものだから。行ってみるといいわ。面白い掘り出し物があるかも」

裏のおばあちゃんと言っても、広い畑を四、五面通過した先である。二人は金子さんの軽自動車に乗せられ、広い瓦屋根を持つ旧家にたどり着いた。

「おやまあ、あんたたちが東京の？」

顔じゅう皺くちゃのおばあさんは、皺の具合で笑顔だと知れる程度で、目も鼻の孔も分からないくらいシワシワだった。二人はおばあちゃんに連れられて、母屋の脇に回った。そこは昔ながらの土間で、今は使っていないかまどが二口並んでいた。その脇に、はしごの掛けられた穴があった。蔵というのは地下の土蔵だった。廣子と堀田は順に降りていった。

「電気は引いてある」上からおばあちゃんが言った。

「壁の横にスイッチがあるから」

廣子が押すと、チ、チ、チと音を立てて、オレンジ色の裸電球が灯った。十畳ほどの広さで、四方の棚に本がぎっしり並んでいる。

「結構きれいじゃない」廣子は腰に手をあてた。

「おばあちゃん、私たちに一体なにをしてほしいの？」

おばあちゃんは急に照れくさそうに言った。

「実はのう――」

おばあちゃんの望みは片付けではなく、探し物だという。

「金子さんはおしゃべりだからねえ。旅の人の方が都合がいいんだよ」

「で、何を探すの？」廣子は尋ねた。

「それはね――」

「驚いたなあ」堀田は感心して言った。

十分後、二人は土蔵の棚の本を片っ端から取り出してパラパラとめくっていた。

「まったくよ。まさか六〇年以上前のラブレターを探してくれだなんて、一体いくつまでロマンチックなことか」

「よっぽど素敵な旦那さんだったんだね」

「そうね。日本中の男どもがそんな風だったら、世にはびこる経済問題も、鬼の糖尿病もなかったことでしょうに」

おばあちゃんいわく、ラブレターは何かの本に挟んだとのことだった。娘が里帰り出産した時、ほこりっぽいのはよくないと、家じゅうの本を地下に移した。それっきりどの本に挟んだか忘れた。

二人は黙々と本をめくり続けた。本は、壁四面のうち二面全部の他、別棚二つ分あった。驚くべき本の数で、しかもどれもこれも随分古い。ひょっとするとプレミアムのつく高価な本もあるかもしれない。

「おや？」

堀田の声に、廣子は手を止めて振り返った。

「この封筒——まちがいなくラブレターだよね？」

彼の手には色褪せた縦長封筒があった。表には細い筆字で「松山マリ子様へ」とある。

「間違いないわ。はぁ、良かった！」廣子は表情を緩めた。

「変なことを引き受けて帰れなくなるかと思ったわ」

「へへ」堀田は嬉しそうに顔をくしゃっとさせた。

堀田は何気なく、ラブレターのあったところにもう一度手を伸ばした。そしてすぐ横の本を手に取り、

「この本、前の半分が無いよ。もしかして郷土博物館に返却した本の後ろ半分がこれなんじゃないかな？」

廣子は食い入るように見た。判型といい、古めかしさといい、確かに同じ本のようである。

「きっとそうよ。長いことラブレターを挟んでいたので、綴じ部分の糊が裂けて前後に割れたのね。どうして前半分だけ郷土博物館にあったのか分からないけど――ちょっと、貸して」

廣子は本をざっとめくり
「紙質も文字も同じだわ。この本、もらえないかしらね」

「どうかなぁ」

二人は土蔵から這いだし、見つけたものをおばあちゃんに示した。

「あらまあ……」

おばあちゃんはくだんの封筒を見て顔を赤らめた。両手で受け取り自分の胸に重ねあわせた。

「ところでおばあちゃん、この本なんですけど――」

おばあちゃんは廣子の手元の本を見てニッコリした。

「おやまあ、昔話の本、懐かしい。思い出したよ。誰も関心を持たんと思って、その本に手紙を隠したんじゃ」

「この本、私にいただけませんか」

「え？　そりゃまあ、お礼として構わないけど……お前さん方に読めるのか？　かなり古い字で書いてあるじゃろ」

「大学に持って帰って研究室に読んでもらいます」

「なんならわしが読んであげてもいいよ」

「え？　おばあちゃん、読めるの？」

おばあちゃんは自慢げに二つ三つうなずき
「読めるというか、覚えておるんじゃ。昔親戚に骨董屋の叔父がいて、わしが小さい時分によく読んでくれたんじゃよ。面白い話だったから、何度もねだってねえ。いまでもそらんじることができる」

「教えてください！」

おばあちゃんは目を閉じ、唄でも歌うように語りはじめた。その内容を簡単にまとめると――


東征のさなか、日本武尊は嬬恋の石舞台を見つけると、血気躍らせて上に駆け上がった。見ていた鬼たちは固唾を飲んだ。鬼にとって日本武尊は、神代より崇め奉る尊き血脈の御方。もし間違いがあっては鬼世界の失態となる。

日本武尊は石舞台に仁王立ちした。そして東南の方角に向かい、息を大きく吸うと――

「オ・ト・タ・チ……」

愛妻の名を叫ぼうとする。

「いかん」

鬼たちは飛び出した。鬼は、あの石舞台で愛を叫んで成就しなかった者を、食わねばならぬ。それはかつて浅間山の土地神と交わした約束事である。鬼たちは、日本武尊の妻の弟橘媛（おとたちばなひめ）が、東の海で亡くなったことを知っていた。いま日本武尊が妻の名を叫べば、永遠に成就しない愛を宣言することになり、鬼の餌食にならねばならない。

鬼たちは石舞台にかじりつき、下から日本武尊の足首を掴んだ。何も知らない日本武尊は、鞘で鬼の手を次々にはらった。それでも他方から鬼が群がる。

「貴様ら、何ごとじゃ」

日本武尊は怪しがりながら鬼をはらっていった。鬼らも、いくら尊敬する日本武尊とはいえ、命は惜しい。ひるんで石舞台を遠巻きにしていると、日本武尊はついに妻の名を叫び、山間に響かせた。

日本武尊が去った後、鬼たちは浅間山の土地神に知られぬように、石舞台を結界の内側に隠した。こうすれば、日本武尊が妻の名を叫んだ事実を隠すことができる。そして日本武尊を食べずに済む。

何も知らない日本武尊、近くの村に逗留した際、村人たちに鬼に邪魔をされたことを告げた。村人は「その鬼どもに毎年何人も喰われているのです。どうか討ってください」と訴えた。日本武尊は怒り、「やはり鬼どもは悪しき奴。二度と悪事を働けないようにしてやる」と、天地神明に願い、鬼の魔力を封印した。そうして再び旅の人となった――。

廣子は全てを聴き終えて嘆息した。

「前半だけ読んでいたら勘違いするところだったわ」

堀田はうなずき、

「まさか、隠したはずの宣言台が、二十一世紀になって復活するとは、鬼たちも思いもしなかったかもね」

「もしかしたら、よっさんが言ってた『過剰に伝統を遵守しようとする一派』の仕業かもね。ま、辻褄の合わないところもあるけれど」

「お伽話だから、その点はご愛嬌でしょう」

「お前さん方、何を言っているのかね？」

おばあちゃんは不思議そうな顔をして尋ねた。

「なんでもないです」廣子はおばあちゃんにほほ笑みかけた。

「それじゃ私たち、金子さんちに戻るわね」

「車を呼ぼうか？」

「まだ明るいから歩いて帰ります」

「それじゃ、この本を」

廣子は一瞬本に目を遣り

「もう大丈夫です。ありがとう」

翌朝、二人は万座・鹿沢口駅にいた。プラットフォームには上野行きの列車が入っていた。

駅へは金子さんが送ってくれた。彼女は「またいろいろお願いするから、これに懲りずによろしくね」と、麻袋いっぱいのトウモロコシをくれ、さっさと帰っていった。忙しい人なのだ。

「おーい」

改札に入ろうとする寸前に、野太い声がした。よっさんである。慌ただしく駆け寄って頭を下げると、

「昨日は急に帰って、すみませんでした」

「ほんと、あんまりよ」

廣子はいかにも大袈裟に腰に手を当て
「まあ、こうしてちゃんと見送りに来たから、許してあげる」

「ねえ、よっさん」堀田が口を開いた。

「こないだキャベツ畑で出くわした青鬼、あの後どうなったの？」

「あ、青鬼？」

よっさんは目を丸くした。

「そりゃもう、えっと……逃げていったよ。ずっと遠くに」

「逃げた？　遠くに？」

「俺がやっつけたから、もうこっちには当分来ないよ」

「ふーん、そうなんだー」

廣子が振り返って言った。彼女は含むような笑みを浮かべ、よっさんを見つめている。そして
「頼もしいわ、赤鬼さん」

唇を横に伸ばし、片方の口角を上げた。

「あ、赤鬼ぃ?」よっさんはビクッとした。

発車のベルが鳴り、大学生二人は乗車口に駆け込んだ。

第7章　ＤＫＳＣ活動開始

(1) よっさん、面接を受ける

十二月。街の商店はクリスマス商戦に総力を挙げる。そして若者は見事に煽り立てられる。粋名丘大学の学生は地方出身者が多く、仕送りの金、時間、何もかもふんだんにある。特に一年生は、「学生時代最初のクリスマス」という青春の一ページに、何色の絵の具を塗り込めようかと陶酔している。

十一月を文化系イベントに忙殺されたＤＫＳＣも、十二月になっていくらか落ち着きはじめていた。

「気を抜いたらだめよ」九嶋は緊張を求めた。

「私たちは男女共同参画をやってるの。クリスマスに堕落する男女は社会の害悪。クリスマスはイベントの予定だから、全員参加が義務よ」

メンバーたちは閉口した。陰口もまったく起きないわけではない。

「単に部長がリア充をひがんでるんじゃないの」

「まさか。あんなにキレイな人がモテないわけがない」

「そこだよ。あんなにキレイなのに相手がいない……つまりそこに問題があるんだよ」

みな憎まれ口をたたくものの、部長の禁を破ってまでクリスマスの狂騒に身を投じる者はいなかった。なぜなら誰一人、浮いた話が無かったからである。

「なんだよ、また告白しなかったのか」

嬬恋村から帰った堀田は、男子部員らになじられた。

「お前、嬬恋村に何をしに行ったんだ？」

「え？　トウモロコシの収穫だよ」

男子らはため息をついた。

十二月も中頃に差し掛かると、街はクリスマス商戦のきらめきの向こうに年末年始の予感を帯び始め、一層慌ただしくなる。雑踏する浦安駅のロータリー。行きかう人々は襟を立て、マフラーを巻き、白い息を吐いて先を急いでいる。そこに忽然と大男のシルエットがあらわれた。人ごみの水面を、季節外れの麦わら帽子が一つ、ぴょこんと飛び出している。大男はしばらく立ち尽くしていたが、やがてのっそりと歩き出した。迷う素振りのないところを見ると、道を知らないわけではないようである。

巨体は人々の注目を浴び、駅前、商店街を抜け、地元スーパーの前に至った。大男の目に、彼のよく見知った若い男女の姿が映った。女は見下ろすような視線にハッとして、大男を見上げた。

「もしかして、よっさん？」

「やっぱり廣子さんだ！」

大男はニカッと微笑んだ。廣子の後に従っていた堀田は口をあんぐり開けて驚いている。

廣子はよっさんの頭からつま先まで見た。麦わら帽子に、デニムのオーバーオール。分厚い甲高の長靴。背中には膨らんだ麻袋を背負っていて、巾着の口からトウモロコシの長いひげがはみ出ている。嬬恋村の農作業の恰好のままだ。

「……」廣子は顔をしかめた。

「今日はまたどうしてこっちに？」

堀田は尋ねた。よっさんは真面目な顔をして答えた。

「こないだ、仲間入りを認めていただいたものの、それ以来連絡をいただけないので、『これからどうなるのかなあ』と不安に思ってたんです。しかしよく考えたら、連絡先を交換してなかったんです。これはこちらからお伺いするしかないと思い――もっとも、住所は存じていましたから――、それでこのたび電車でやってまいりました。なにしろ正規のスタートですからね。これまでのように霊力で飛んだりするのはずるい気がして」

「律義なんだね」

行き交う人々が、巨大なよっさんを見上げてゆく。

「目立つわ。場所を変えましょう」

「すみません」よっさんは大きな体を少し折り曲げてうなじに手をやった。

その後、三人は喫茶店で一時間ばかり話をした。廣子は言った。

「ちょうどＤＫＳＣもヒマになってきたし、明日部長に会わせてあげる」

「どうかお願いします」

「じゃあ明日、この店に、今日と同じ時刻にね」

翌日、よっさんはその喫茶店に約束の三十分前に到着し、昨日と同じ席についてじりじりしていた。よっさんは口の中に湧いた唾を飲み干した。九嶋部長――あの廣子がおそれおののく人物である。よっさんは緊張を覚えた。彼はツノ隠しの麦わら帽子をかぶりなおし、時が来るのを待った。

予定の時刻になった。ドアから三人の若者が入ってきた。よっさんは若者の中に廣子と堀田の姿を認めた。一人、細身の全身黒づくめの女性がいる。目つきが鋭く、神経質な雰囲気を漂わせている。

――あの女性が九嶋部長かな？　失礼の無いようにしなければ！

「はじめましてッ！　よろしくお願いしますッ！」

よっさんは立ち上がり、直立不動で頭を垂れた。周りに客が二組ほどいたが、大男の突然の振る舞いに唖然とした。

三人は、よっさんの席までまだ離れていたが、面喰らって入り口付近で足を止めた。九嶋は苦い顔をして廣子につぶやいた。

「もしかして、あれが？」

「はい。言っていた赤鬼です」

三〇分後。若者三人と鬼一匹のテーブルには、空のグラス四つと、ガムシロップの殻が散っていた。

「大体のことは分かったわ」

九嶋は細腕を組み、目を閉じた。鬼と廣子と堀田は神妙な面持ちで九嶋の顔を見つめている。

九嶋は冷静を装っていたが、内心は波立つようであった。

——鬼ってマジでいるわけ？

鬼なんてお伽話の存在とばかり思っていた。でも、現に目の前に大きな赤ら顔の男がいる。さっき少し見せてもらったが、麦わら帽子の下には象牙色をしたツノが生えていた。オーバーオールの腰のあたりをめくって虎柄のパンツを見せてきた時は、まさかそこまでお伽話がリアルだとは思ってもいなかった。「ま、これはちょっとした仕込みサービスですがね」。そう言ってよっさんは笑い、廣子と堀田は馬鹿馬鹿しくて吹きだしたが、九嶋はいまいち笑えなかった。

このよっさんなる鬼、センスはさておき、ユーモアを志向するくらいのメンタリティはあるらしい。一般的な鬼の、恐ろしいイメージとはかけ離れている。

「——で、あなたは」九嶋は尋ねた。

「私たちの活動について、すでにいくらか承知のようだけど、一体どんな力添えができるのかしら？自己ＰＲを聞いてみたいわ」

よっさんは待ってましたとばかりに居ずまいを正した。

「実は今回みなさんにお会いするにあたって、便利な道具を持ってきたのです」

彼は麻袋からプラスチックの黒い小箱を取り出した。スマートフォンくらいの大きさ・形で、真ん中に親指の頭くらいのパイロットランプ、そばに小さな押しボタンが一つ付いている。

三人は、机上に置かれたそれに目を向けた。

「何これ？」廣子はまばたきした。

「鬼の研究所が最近開発した『携帯式破談探知機』です」

「ハダンタンチキ？」三人は異口同音に言った。

堀田は機械を見つめ、

「鬼の世界に『研究所』なんてあるの？」

「馬鹿にしないでほしい。鬼世界の研究は、本当に凄いんだから」

よっさんは堀田から女子二人に目を移し、自信ありげに言った。

「簡単に機能を説明しましょう。これは、愛の宣言台で叫んだ男性の交際をリアルタイムで追跡し、カップルの関係性が怪しくなると教えてくれる追尾型波動探知システムです。破談がおこると警告音を発し、その場所の座標を示してくれます」

三人はキョトンとした。

「あの……」九嶋はこめかみを抑えて言った。

「あんまりお伽話じみていてよく分からないのだけれど、それはどういう仕組みで動くのかしら？　遠い地域のカップルの関係が破綻してるかどうかなんて、分かるわけがないと思うのだけど……」

「それが鬼の科学技術では分かるんです」

よっさんは得意げに説明を始めた。彼によると、そもそも鬼は、火山の精として大地からエネルギーを授かり、火山の噴火や山鳴り、山彦など、山にまつわる様々な現象をつかさどる種族である。携帯式破談探知機は、大地のエネルギーを応用したもので、元来鬼が人間の愛の不体裁を見抜いて人食いを重ねてきた呪術的な手法を機械端末に落とし込んだものだ。

探知機は、愛の宣言台で登録された男性の「恋愛感情の基本波形」を記憶する。そして土中を貫流するエネルギーの流れを常時チェックし、異状を検知すると警告音を鳴らして、浅間山の山頂を中心とした座標を表示する。端末の動力源は、火山の精である鬼の霊力で、つまりは鬼が肌身に着けていないと働かない。といって、どの鬼でも完璧に働くかというとそうでもない。土中のエネルギーの流れは微量で探知が難しい。けれどもよっさんは、ツノを一本欠いていることから、ツノ一本に集約される霊力が効率的にはたらくので、逆に端末を使うのに適していた。ツノは、鬼が大地の力と連動する際にアンテナの代わりになるものである――云々。

「へえ」

よっさんの説明を聞き終え、三人は分かったような分からないような顔をした。

「で、私たちはそれを使ってどうするわけ？」

廣子は尋ねた。よっさんは悠然と答えた。

「警告音が鳴ったら現地に直行し、カップルの雲行きを改善するんです。だって、我々共通の目的は、男女の関係が破綻するのを阻止することでしょう？　そちらは男女共同参画のため、俺は鬼世界のＱＯＬのため」

「座標が分かったからって、どうやってそこに行くの？　近場なら電車でもタクシーでも行けるけど、県外ともなると簡単にはいかないわよ。どんなに急いでも間に合わない」

「問題ありません。座標さえ分かれば、鬼はその地点にまっすぐ飛んでいくことができます。以前こっちに来た時は、その方法でやってきたんです」

「全然意味が分からないんだけど」九嶋は少しイライラしている。

「それを説明するのは難しいですね。『どうやって息をするの？』って聞かれるのと同じくらい難しい。単純に説明すると、浅間山の力を借り、座標を念じ、大きく跳躍する——そうやって目的地に飛ぶんです」

「浅間山ってことは、それも大地のエネルギーなんだね？」堀田が言った。

「そのとおり」よっさんはうなずいた。

「鬼の力は全て大地の恵みなんです。人間から見て超能力みたいなことから、呼吸したり心臓を動かしたりするごく基礎的なことまで、全部火山と大地のお陰なんです」

そう言うと、よっさんは女子二人に目を戻し

「お分かりいただけましたか？　ちなみに、飛ぶ時は、俺の腕や肩に乗ってもらって、みんなで移動します」

「へえ、じゃあさ、台で叫んだ人がハワイにいてあっちで不倫したら、私たちはハワイに行けるの？」

廣子は尋ねた。

「それはムリです。あっちはキラウエア火山の管轄ですから」

「え、管轄とかあるんだ」

「あと、言っときますけど、移動の力はあくまで『跳躍』です。一度ジャンプして、途中で寄り道のために軌道を変えることはできません」

「じゃあ福岡の不倫を収めに行く途中でＵＳＪに寄ったりはできないの？」

「廣子さん、お願いですから、俺のことは正しく活用してください」

四人の席に差しこむ窓の光が、徐々に角度を深くしていった。店内はわずかに薄暗くなったようだった。

質問らしい質問は一旦途切れた。

「まあ、とにかく」九嶋はコホンと一つ咳払いをした。

「大方のことは廣子が納得しているようだから、それを信用して――私は正直どうかと思うけど――あなたを仲間にすることを認めます」

「ほんとですか？　ありがとうございます！」

よっさんはガバリと頭を下げた。

「よかったね、よっさん」

「ほんと、頑張ってよ」

「堀田くん、廣子さん、ありがとう。二人のお陰です」

「ところで」九嶋はよっさんを見て言った。

「明日、あなたをサークルメンバーに引き合わせようと思うのだけど、今晩はどこに泊まるの？」

よっさんはキョトンとし
「俺、何にも考えずに出てきたんで……。いつものように、太枝の上とか、山の岩陰とか」

「都内にそんなもんがあるわけないでしょう？」

「公園くらいならありますよね？」

「あなたみたいな大男が寝そべっていたら、通報されるわ」

九嶋は堀田に目をやり、

「堀田、今夜、よっさんを泊めてあげて。そして明日、大学に連れてきて」

「えっ？　ぼくんちですか？」堀田は目を白黒させた。

「確か、奥浅草だったわよね」九嶋はジトッと目を細めた。

「結構広い部屋を親に借りてもらったんでしょ？　あなたが自慢げに他の男子らに言うものだから、みんな陰で『調布に実家があるクセに贅沢だ』ってやっかんでいたわ」

「あいつら……」

「とにかく、泊めてあげて」

「あのう」廣子が九嶋に言った。

「泊まる場所はいいとして、よっさんを大学に連れていくのは、まずいんじゃないでしょうか。いくら無害でも、見た目がコレだから、みんな怖がりますよ。それに、基本的にキャンパスは部外者立入禁止ですし」

「それもそうね」

九嶋は小さな顎を人差し指と親指で挟んだ。

「じゃ、こうしましょう」九嶋は顔を上げた。

「これからＤＫＳＣの活動がよっさんの力を借りて一層活発になるとしたら、拠点が必要よ。でも私たちは、大学に認可された部ではないから部室が無い。そこで堀田、あなたの家が広いんなら、そこを拠点にしようと思うのだけど、どう？」

「えええっ！」堀田はのけぞった。

「広いって言ったって、普通の２ＬＤＫで」

「私なんかワンルームなのに」廣子は恨めしげな目をした。

九嶋は呆れた目つきをし、

「大学生の一人暮らしなんて普通そんなものよ。堀田はご両親に甘やかされているのね。おおかた、『お前も大学生になったんだから、一人暮らしの練習をしてみろ』とか言われて部屋を借りてもらったんでしょう。でも親の方で子離れできず、無駄に広い部屋を与えて甘やかしている」

堀田は何も言えなかった。完全に図星である。

九嶋は堀田を見据えて軽く言った。

「一部屋でいいわ」

堀田は抵抗しようとしたが、普段鋭い九嶋の目が薄笑みをたたえているのにすっかり肝を冷やし、

「じゃあ、四畳半の部屋があるので、そこを事務所に……」と、妥協案を示した。

すると九嶋、目に剣を帯び、

「逆よ。1LDKを事務所、その四畳半をあなたの住まいとする」

「えっ？」

「人間、立って半畳寝て一畳って言うわ。今度の土曜に机や棚を移すから、掃除しておいてね」

「そんなあ……」

「何か文句があるのかしら」

「え？　いや、何も――」堀田は弱々しく頭を垂れた。

「光栄なことじゃない」廣子は堀田の肩に手を乗せた。

「男女共同参画の拠点となる場所にあなたの住まいが選ばれたの。DKSC事務所の輝かしい誕生よ。ってことは、あなたは必然的に事務所長ってことになるわね」

「そのとおりよ」九嶋はうなずいた。

「部屋はきれいにして、郵便物を整理して、電話応対もお願い」

「そんなの態のいい雑用じゃないですか」

堀田はいまにも泣き出しそうな顔で言った。

「男女共同参画って言っときながら、一体どこが共同なんだ……」

「何か？」

「や、何でもありません」

（2）事務所オープン

その日以来、よっさんは堀田の部屋に寝泊りするようになった。

堀田の部屋は、奥浅草のアパートの二階で、古い商店街区の最奥にあった。閑静で、若者が暮らすには少々物寂しいような気もするが、買い物や交通に不便が無く、住みだせば暮らし良い場所だった。堀田はそんな街で念願の一人暮らしをはじめたところで、共同生活を強いられたのである。

よっさんと堀田。二人は見た目も性格も随分違うようだが、根は非常に似ていて、存外に良き同居者であった。お互いあまり深く考えない。すぐに忘れる。根に持たない。もしかすると彼らの共同生活こそ、結婚の良い手本なのかもしれない。

次の土曜日——この日、大学は休みであった——、ＤＫＳＣの面々が奥浅草の堀田の部屋にぞくぞく集まってきた。男女ともども、めいめい電車やバスでやってくる。メンバーの一人、自動車免許を持っている女子が、レンタカーを借りてＤＫＳＣの資料一式を運んできた。みんなが集まった頃、一台のタクシーがアパートの前につけた。後部座席が開き、九嶋と廣子が出てきた。

「あっ、お二人がいらっしゃった」

窓の外を見ていたよっさんは表に飛び出した。他のメンバーもぞろぞろと外へ出た。九嶋と廣子は運転手にトランクを開けてもらい、中から一枚ものの大きな木板を取り出した。二人掛かりで板を運び、堀田の部屋のドアの横に置いた。板には文字が大書してある。

【男女共同参画推進室・ＤＫＳＣ東京事務所】

九嶋は一つうなずくと、

「男子、これを入り口に掛けて」と指示をした。

「ちょっと待って、これなんです？」

堀田は九嶋に喰らいつくように尋ねた。

「見て分からないの？　事務所の看板よ」九嶋は平然と答えた。

「板は特上、文字は浮彫、結構いい値段がしたわ」

「こんなの壁に付けたら大家さんに怒られます」

「了承済みよ」

「え？」

「当たり前よ。一般の住居を事務所として使うには、いろいろ手続きがいるのよ。面倒なことは全部私がやっておいたから、あなたはこれまで通り普通に家賃を振り込めばいいわ——といっても、親が振り込んでるらしいわね」

堀田は絶句した。何もかも見抜かれている。

メンバーはワイワイ言いながら堀田の部屋をＤＫＳＣの事務所に塗り替えていった。掃除をしたり、持ち込んだ書類を整理していると、大きなトラックがやってきて、ドアベルを鳴らした。

「お届け物です」

運送会社が室内に運んできたのは、ステンレス製の棚、事務机が二つ、会議用テーブル、折りたたみ椅子……ベッドまである。廣子ら部員たちは不安げな目を部長に向けた。

「大丈夫よ」九嶋は言った。

「ウチは部費は潤沢にあるわ。むしろ使い切らないと、困るのよ」

「これ、事務所備品ですか？」堀田はベッドを指差した。

「よっさん用よ。私たちは彼の破談探知機を使わせてもらうわけだし、これくらい出してあげなきゃ釣り合わないでしょ」

「恐れ多いことです」よっさんは頭を下げた。

「つまり……よっさんは、これからもずっとここにいるってことなんですね？」堀田は諦めたようにぼやいた。

「ところで、ぼくにも何か恩典は？　部屋を差し出してますけど」

九嶋はニヤリとし、

「そうね。『くん』付けにしてあげようか？」

「……いや、結構です」

「あらどうして」

「……かえってこわいので」

堀田がこめかみを抑えて悶絶している間に、ソファが運び込まれた。然るべきところに置かれると、

「新事務所の完成ね」

九嶋は満足気に宣言した。彼女は用意していた書具一式を卓に置いた。長半紙を横に広げ、四隅を文鎮で押さえると、墨に筆を浸し、さらさらと文字をしたためた。


夫婦愛が経済を救う。

「これは廣子が考えたスローガンよ。我がＤＫＳＣの活動目的は、男女共同参画社会の形成だけど、その基本的な方向性は、廣子のこの言葉に集約されている。夫婦の愛さえ正しく保たれれば、そこに様々な働きが生まれ、諸々の経済問題が解決される。そのことを肝に銘じるために、これをいつも目に入る

ところに示しておきたいの。男子、これを目立つところに貼りなさい」

一番背の高い男子メンバーはよっさんである。彼は進み出て紙を貼った。２ＬＤＫのそう広くは無い部屋は、これから担う仕事の大きさを思うと、広大無辺のフィールドにいるように感じられた。

よっさんは鴨居の横に一本の釘を打ち、携帯式破談探知機のストラップをひっかけた。

「ここにぶらさげておけば、俺がこの部屋にいる限り受信します」

「あ、柱に穴を空けちゃった」堀田は顔を引きつらせた。

「とにかく、この探知機が鳴らないことを祈るよ。でも、どんな風に音が鳴るのか、聞いてみたい気もするね」

「何、言ってるのよ！」

廣子は一喝した。

「この探知機はきっと鳴るわ。これから毎晩のように鳴りまくると思うわ。そうして私たちは、それを一つずつ抑える活動を続けることになる。でもそれに慣れてはいけない、活動から常に何かを学び、探知機が鳴らない世界を築くための方法を、考えてなきゃ。

考えるということは本当に大事なことで、頭は常に回転させておかなければいけないと思うの。例えば私は、最近こんなことを考えたわ――。この頃、男女は交際相手を選ぶ力が落ちていると言われている。見かけに流されたり、一時的な感情で結婚したり。ネット交際という人たちもいる。こういったことが離婚率の高止まりや生涯結婚率の低下につながっているんじゃないかしら。私がそう思ったのはスーパーの陳列棚を見た時よ。プライベートブランドが流行して同じようなものばかり売ってるでしょ？　日用品以外の、服も車も家も、全部そう。既製品だらけの世界。私たちは、そんな選択の幅の狭い世界になれてしまったら、選択力のない人間になっちゃうんじゃないかしら？　それがパートナー選びにも影響してくるんじゃないかしら？

と、こんな風に、私たちは活動をしながら社会全般に目を向け、広い視野で解決策を模索する必要があると思う。そして、答えだけでなく答えの導き方を発信していくべきだと思う」

「偉い！」九嶋は手を打ち鳴らした。

「世界的名演説を聞いた気がしたわ！　たった今、廣子を副部長に任じます」

廣子は目を白黒させた。

「私が？　他にも先輩方がいらっしゃるのに……」

「いいんだよ、廣子ちゃん」とある女子先輩が言った。

「今の演説を聞いて、あなたがどれだけ真剣に考えているか分かった。むしろ私たちの方からお願いするよ」

「そこまでおっしゃるのなら……分かりました」

廣子は副部長を拝命した。

九嶋は嬉々として一同に向かい、

「よかった！　さっそく就任祝いよ！　これから第一回事務所茶話会を始める！　男子らは準備するこ

と」

男子らは唖然とした。女子らのやりとりの中で、何かが決まったらしいことは理解できた。が、感情的な高まりまではついていけず、目蓋をぱちくりさせるばかりだった。

（3）お節介レスキュー

かくして東京奥浅草に【男女共同参画推進室・ＤＫＳＣ東京事務所】がスタートした。部員は「遠い」「地味」「狭い」と文句を垂れ、それでも大学がはけると通ってきた。文句は全て部長のいないところでささやかれたが、貸主の堀田の前では平然と発せられた。

部員は意外とすぐに事務所に馴染んだ。学生ラウンジの共有スペースにくらべるとのびのびできる。みんなで思い切った討論をしても、周囲を気にする必要はないし、活動のチラシの制作や印刷なども、人目を憚らずにできる。また、下町の隠れ家的な雰囲気も心地良い。

実際、部の活動は活性化した。今までは大看板の九嶋が前面に出る啓蒙イベントが活動のメインだったが、廣子が副部長に就任してからは部員全員が常時携わるタイプの活動が企画、実行された。中でも手応えを感じられたのは、ストーカーや恋愛のこじれ・バイト先でのセクハラ等の相談窓口の開設である。深刻なケースは然るべき公共団体の窓口を紹介するが、部員らはなるべく自分たちでやろうと努めた。例えば、女性のストーカー被害で軽度なケースなら、よっさんをボディガードに派遣する。大概の男は逃げ出す。セクハラ被害はＤＫＳＣの名で書面をしたため、内容証明付きで郵送する。これで大方の事案は沈静化した。

「問題解決だけでなく、夫婦愛・カップル愛を育む企画もしたいな」

廣子は街コンの主催や嬬恋村とのイベント共催など、次々にアイデアを出した。なかなか実現には至らなかったが、検討している段階での奥浅草事務所の雰囲気は、まるでコンサルティング会社のオフィスである。

これらの活動は、全て女子部員によって進められていた。男子の役目はその補助である。女子部員の駅への送迎、荷物持ち。お茶を替えたり、手紙を投函しにポストに走ったり。

——なんか変だぞ？

男子らはこき使われつつ首を傾げた。

——この違和感の相談窓口は、一体どこにあるんだろう？

男子らはビクリとしてキッチンに走る。堀田は横目で廣子を見やり
——廣子さん、今日もバリバリ活動しているなあ。なんだか遠くに行ってしまったような気がする……。

話は前後するが、九嶋・廣子・堀田以外のＤＫＳＣメンバーが初めてよっさんに会った時——それは堀田の家が事務所に改装された日であるが——、当然、驚きをもって迎えられた。見上げるような図体、赤ら顔、不似合いなオーバーオール、頭からにょっきり生えたツノ。最初のうちはみな遠巻きにしてい

た。しかし、改装作業やその後の活動を通じ、よっさんの性格が知られるにつれ、距離は縮んだ。九嶋と廣子に頭が上がらず、女子には敬語。ちょっとドジでうっかり屋さん。男子部員同様にマゾッ気のある奴隷根性。よっさんは一週間も経たないうちに女子にこき使われるようになり、他の男子と変わらない処遇に落ち着いた。

ある時、

「ちょっと、よっさんいる？」

女子がしかめ面をして声をかけた。

「へい、どうしました」よっさんは段ボールを裁断して紐でくくっているところだった。

「破談探知機が鳴ってるんだけど。うるさくってしょうがないわ」

「はい、ただいま、ただいま」

よっさんは立ちあがり、機械のボタンを押して音を止め、小さなディスプレイを覗き込んだ。

「ええと、座標は北にMK0727、西にDT0501……」

「それってこないだの西日暮里のカップルじゃない？」

「ほんとだ。案件Ａ－01ですね、ちょっと行ってきます」

Ａ－01とは、事務所開設のその日に起きた記念すべき第一号案件である。いつまでも就職の決まらない男が女に愛想を尽かされ「出て行け」と物を投げられ、戸外に放っぽり出された。意気消沈して半ば別れを決意した瞬間、それに探知機が反応した。よっさんは偶然を装って男と知り合いになり、励ますことで一応の解決を見た。男の話によると、付き合いたての頃に嬬恋村に行き、愛を叫ばされたらしい。

この件は、男がその気になって頑張ろうと思いさえすれば、波形が安定して終息する。ところがこのカップルは三日と置かず探知機を鳴らす。女は怒りっぽく弁が立ち、男はそのたびに打ちのめされる。いちいちよっさんが出向いて、男を励ます。解決には男が就職を決めるしかない。よっさんは男のために就職情報誌を買い漁り、渡したりした。

この日もよっさんは、いつもと同じように男性を励まし、アドバイスし、ほとんどレギュラー化したA－01を片付け、奥浅草に戻った。

「ただいま帰りました」

「ごくろうさま」女子らは振り返りもせず事務机に向かっている。

よっさんは袋を持った手を前に突きだし

「行った先が、お菓子問屋の集まってる場所だったので、お土産を買ってきました」

真ん中のテーブルにざらざらっと駄菓子が広げられた。女子らの目の色が変わった。たちまちテーブルに集まる。

「お、たまには気が利くね」

「男子のエースね」

「ほかの男子らも見習ってよ」

「あ、シンクの三角ネットがきれてたわよ」

「へい」よっさんは急いで収納棚へ走る。

よっさんは男子らにも駄菓子をこっそり提供し、やっかまれないようにしている。この辺はさすがに年の甲というか、処世の鬼、出世の鬼。とにかくこうして、よっさんはＤＫＳＣに馴染んでいった。


探知機の件を一つ紹介したついでに、その他の、特に風変わりな案件をいくつか紹介しよう。

エピソード　子犬はかすがい？

土曜日の昼下がり、奥浅草の事務所にはよっさん、堀田、廣子のほか、女子が五人ほど詰めていた。特に何をするわけでもなく、ファッション誌をめくったり。他人のレポートを書き写している者もいる。堀田以外の男子は九嶋にボランティアにかりだされていた。堀田だけ事務所の雑用に留めおかれていた。

ふと、探知機が警告音をかき鳴らした。いつもより甲高い音である。

「どうして音色が違うの？」廣子は探知機を見上げた。

「この感じだと、現場が遠いようです」

よっさんは探知機のボタンを押して音を止め、小さなディスプレイに表示された座標を確認し、壁に貼られたＡ２サイズの日本地図に目を移した。

「多分この辺りですね」指差したのは静岡市のあたりだった。

「ずいぶん遠いわね」

「ついに大ジャンプを使う時が来たみたいです」よっさんは誇らしげに言った。

「廣子さんも一緒に行きませんか？」

「そうね……」

廣子はそっけなく答えたが、心中ワクワクしていた。九嶋によって副部長に任じられて以来、企画やまとめ役に回ることが多くなり、彼女は破談の解決活動においていまだに現場に入ったことが無かった。というより、この活動に関してはいつもよっさん一人であった。大きな図体でＤＶを威圧したり、愛嬌のある性格で優しくなだめたり、なにをするにも一人で事足りる容姿と技量を持っていたからである。

「ねえねえ」声を上げたのは堀田だった。

「よっさん、ぼくも連れて行ってよ。末川さんに何かあったら……ぼくが守るから！」

廣子はあからさまに不快な顔をした。

「あなたがいて何ができるのさ。よっさんがいるのに」

「そんなあ」

「いや、ぜひ一緒に来てよ」よっさんは言った。

「現場に向かってジャンプする時、腕につかまっていただくんですが、一人だと片腕だけになってしまうから、バランスが取りにくいんです」

廣子の顔が引きつった。

「私が堀田と釣り合うだけの体重があるっていうの？」

「いや、そういうわけではありません」予想外の非難によっさんはたじろいだ。

「堀田はガリガリだからちょうどいいんですよ。ほら、じゃ、つかまって」

よっさんは腕を差し伸べた。

「ちょっと待って」廣子は制した。

「ここ、部屋の中よ。外に出なきゃ」

「鬼の力を軽んじちゃいけません。浅間山の力をまとっている時は、土でできたもの以外ならすり抜けられます。屋根は木造でしょ？　簡単簡単」

「そんな力があるの？」堀田が驚いて尋ねた。

「そうだよ。ついでに言うと、飛ぶ時に結界を張るんだけど、その中にいたら比較的薄い岩や板などの物体を透視することができる。ジャンプする時に発散される余剰エネルギーが引き起こす現象なんだ。人間も鬼のそばにいたら、透視できるはずだよ」

「へえ」廣子は感心した。

「これらの力は、太古の昔に鬼が培ったものなんです。さあ、行きましょう」

三十分後、三人は静岡市郊外の住宅地の、とある一戸建ての脇路地にいた。よっさんは目を細めてその家の中の様子を見ている。廣子も堀田も同じようにしている。
驚くことばかりだ——大学生二人が目の当たりにした鬼の力、大地のエネルギーは、想像を超えた不思議があった。

まず、今、三人は家の壁を透けさせて中の様子を見ている。遮蔽物の向こうの状況をおぼろげながら視認できることは、映画やアニメの展開に等しかった。

それよりも驚くべきは、この場所に至った大ジャンプである。空に舞い上がり長距離を移動する――奥浅草の事務所から静岡市のその場所まで、跳躍時間は約二十分。よっさんの右腕に堀田、左腕に廣子がぶら下がったのだが、飛び上がってまもなく、二人はあることに気付いた。

「あれ？　風の抵抗がない」と堀田。

よっさんは大空を前進しながら答えた。

「こないだは『跳躍』と説明したけれど、あれは分かりやすく言っただけで、厳密には物理的な空間移動とは違う。浅間山の大地の力で球形の結界を作り出し、我々はその中に入って、風の領域を移動しているんです」

「それってつまり、シャボン玉とかソーダ水の泡みたいなもの？」廣子が尋ねた。

「おっしゃる通りです。結界には霊的な引力があり、そこに作用して目的とするところへ移動しています。ちなみに我々は今、大地の力の結界の中にいるので、外界から姿を見られる事はありません。実際に目的地にたどりついても、結界を解かない限り周りからは見えないんです」

目的地にたどり着いても、よっさんは結界を解かなかった。三人が空から降りたり、戸建て住宅の中をやぶにらみしている様子を、地元の人たちに見られることはないのである。

三人は戸建て住宅の中を見ている。リビングでは熟年夫婦がテーブルを挟んで睨み合っていた。

「どういう状況なのかしら」

「テーブルの上にあるのは離婚届だよね？」

「見たことあるの？」

「ドラマか何かで……」

「もっと近づいてみましょう。会話が聞こえるかもしれません」

「見つかったりしない？」

「大丈夫です」

三人は結界に入ったまま、庭を横切り、ガラスサッシの側まで来た。二人の話し声がはっきり聞こえた。しかし、こちらには気付かない。

「この男の人、覚えています」よっさんは旦那さんの方を指差して言った。

「三年前、夫婦で婚恋村のイベントに来てました。俺はその時、宣言台の誘導係をやってたんです。この二人は子どもが独り立ちして水入らずの旅行に来たって言ってました」

「よく覚えているわね。すごい数のカップルが来るんでしょ？」

「男性の顔色がすごく悪かったのが印象的でして。奥さんに叫べ叫べとせっつかれた上、他の参加者に茶化されてましたから。正直嫌々叫んでたと思います」

ふいに、ドンと大きな音がした。熟年夫婦の妻が、テーブルの天板を拳で叩いたのである。

「それって一体誰なのよ」奥方は凄まじい剣幕で詰め寄った。

「だから寝言だと言ってるだろ」旦那は言い返した。

「でも確かに『はるみ』って言ったわ。どう聞いても女の名前よ」

「全く覚えていないってば。それに、お前もあんまりじゃないか。なんでこの家に離婚届があるんだよ。お前こそ、もともと別れるつもりだったんじゃないか」

「このぐらいの備えは当たり前よ。どこの奥さんもやってるわ」

「あちゃー。きっかけはたわいもないけど、問題の根本は根深いようだね」堀田は廣子の顔を見た。

廣子は顔じゅうに苛立ちを浮かべ、

「さっきよっさんが『子どもが離れて水入らず』って言ったけど、夫婦って生活を共にしていく過程でいろいろと状況が変わっていくのよ。二人から複数になり、また二人になり。それにしても、ああやって奥さんが離婚届を常備しているのは正解だと思うわ。それだけ腹をくくって妻の役割を担っていたってことよ」

「そこ肯定しちゃうの？　それじゃぼくらの活動と本末転倒じゃないかな」

「そうかもしれないけど、気持ちは分からなく無いじゃない。だって寝言で女の名前を言うなんて最低よ。起きてて言うよりタチが悪い。間違いなく本音よ。よっさん、この二人は放置して構わないわ。あんな男、さっさと食べちゃいなさいよ」

「とんでもない」よっさんは慌てふためいた。

「見てください、あの太り方。見るからにメタボでしょ。あんなのを食べたら病気になります。是が非でもくっつけておきたい」

「奥さんのあの剣幕じゃ無理だと思うけどね」

「何か良い方法はないかなぁ」

堀田とよっさんは腕組みして考えた。

「そうだ」堀田の頭の中で電球が光った。

「最近、何かで読んだんだけど、アニマルセラピーっていうのが流行っているらしいね」

「なんだい？　それは」とよっさん。

「動物で心の癒しを得るんだよ。子犬や子猫と触れ合うと、愛くるしさや毛の手触りで、荒んだ心が癒されるんだとか。小さい生き物は可愛いでしょ？　丸い小さな目でくぅんと鳴かれたら、この子を幸せにしたい、大事にしたいと思っちゃうよ。この夫婦はずいぶん心が荒んでいるようだからアニマルセラピーに掛かればいい。いっそ犬を飼うといいかもね。子どもが出て行ってこんな風になるんなら、犬が子どもがわりになるんじゃないかな」

「犬？」よっさんはしかめ面をした。

「あんまり好きじゃないけれども、確かにアリかもしれないな」

「よっさん、犬ダメなの？」

「大昔にご先祖が、犬をおともに従えた男に退治されたそうなんです。そのせいで、犬の他に猿と雉もあんまり好きじゃないんです」

「もしかして豆を投げつけられるのとかも」

「想像しただけで虫酸が走りますね――。おっと、今はそんな話をしてる場合じゃありません。あんまり乗り気じゃないけど、アニマル何とかを考えてみましょう」

「考えてみようって、今すぐどうにかできるわけ？」

三人は話し合いをはじめた。結界を張っている限り、姿かたちを知られることはない。最初は「どうやって夫婦をアニマルセラピーに連れ出すか」を考えた。だが三人が干渉して夫婦を動かすのは難しい。となると、動物の方をこの家に連れてくる必要がある。

「そういえば、最近、犬の殺処分が問題になっていると聞いたことがある」堀田が言った。

「私も聞いたことがあるわ。飼い主が無責任に捨てたり、悪徳ペットショップが悪質な環境で飼育したりしていて、それを保健所が引き取るんだけど、結局ガスで殺したり――」

「ひどい話だよね。どうせなら、そういう犬をこの家に連れてきたらどうだろう」

「それがいいわ、そうしましょう」

三人は敷地から出た。よっさんは、周りに人がいないことを確かめ、結界を解いた。堀田がスマホで一番近い保健所を調べた。そう遠くはなかった。三人は歩いて保健所を訪れ、担当の窓口で「動物の里親になりたい」と申し出た。すると、身分証明書が必要だという。

「里親にも無責任な方がいらっしゃるんです。追跡してペットの安否を確認させていただいたりしています」

身分証明となると――さすがに人の家に黙っておいてくる犬の保証人にはなれない。三人は保健所を後にした。どうしようかと思いあぐねていると、ふと、保健所のそばの電柱の影に、何かが動くのが見えた。三人が駆け寄ると、路上に置かれた小さな段ボール箱の中に、一匹のトイプードルが入っている。丸くて大きな目をくりくりさせて、三人の顔を代わる代わる見つめる。自分がどんな境遇に置かれているかまるで分かっていない――見るからに、まだ赤ちゃん。

堀田はトイプードルの頭を指先で撫で、

「ひどい奴がいるなあ、保健所が殺処分するのを知ってて、わざとここに捨てていったんだ」

「憎き犬ながら、これは可哀想」よっさんも憤っている。

「ほんとね」廣子も憤慨した。


「なるほど。この子を連れていけばいいわけですね！」

よっさんはしゃがみこみ、トイプードルの背中を撫ではじめた。

「お前、良かったなあ」

「よっさん、犬、大丈夫じゃん」

「この子、可愛いくて癒されます」

「よっさんがアニマルセラピーにかかってどうするのよ。さあ、この子を連れていきましょう。これだけキュートなら、どんなに怒っている人だって頬が緩むはずよ」

三人は子犬を連れ、再び夫婦の家に戻った。

よっさんはさりげなく子犬を庭に放し、すぐに結界を張った。

夫婦は相変わらず口論を続けていたが、どちらともなく、ガラスサッシの向こうに茶色いコロコロしたものがあるのに気付いた。奥方が立ち上がりガラスサッシをあける。くぅん、くぅーんと鳴き声が夫婦の耳に入った。

「あら、どこの犬かしら」

旦那さんもやってきて奥方の肩越しに見る。

「よく鳴くね。お腹が減っているんじゃない？　おや？　首輪をしている——紙が巻き付いているよ」

旦那が庭に降りてトイプードルの首輪から紙を抜き取った。あの紙には廣子が「都合で飼えなくなりました。心ある方、この子を育ててください」と書いた。首輪は百円ショップで購入した。

「捨て犬だってさ」旦那さんは奥方を見た。

「こんな赤ん坊なのに、ひどいことをするもんだ。どうする？」

「どうするって……」

奥方は困ったような顔をしていたが、

「ウチに迷い込んできたのよ。見込まれたんなら仕方ないじゃない」

「そうだね。とにかく、何か食べさせてあげよう」

「あんたが散歩とトイレの係よ」

「はいはい」

夫婦は子犬を抱っこして室内に戻っていった。

「一件落着！」

廣子は両手を腰に当て、してやったりと胸を張った。

「夫婦はつながり、子犬は助かり、これ以上の大岡裁きもないわ」

「お見事です。さすが廣子さん」よっさんがほめそやした。

「犬を提案したのはぼくだよ」堀田は小声で呟いた。

「さあ、事務所に帰りましょう。廣子さんの手柄を活動記録に残さねば。タイトルは『子犬はかすがい』ですね。二人とも、腕に掴まって！」

こうして夫婦はＤＫＳＣの影の活躍によって離婚の危機を乗り越えた。この後、夫婦は仲を取り戻し、犬はすくすく育ったのであるが、いいことはまた次のいいことを招き寄せるもので、この話には立派な後日談がある。離婚危機を回避した奥方のエッセイ『犬は夫婦のかすがい』が出版社から出され大ヒットを記録。熟年夫婦にペットブームを引き起こしたのである。これにより熟年離婚が減少し、捨て犬の里親志願が増えた。

もっとも、これらの社会現象は離婚危機回避から五年ほど後のこと。堀田と廣子がのちにこの書籍を手に取り「これってもしかして……」と振り返るのは、まだまだ先の話である。

エピソード　心中未遂

年が明け、大晦日から三箇日まで鳥取に帰っていた廣子は、一月四日に東京に戻った。大学が始まるまでの数日間をのんびり過ごそうと思っていたが、そのタイミングで嬬恋村の金子さんから電話が掛かってきた。二、三日泊りがけで畑の手伝いをしに来ないかという。

「よっさんが東京に行っちゃって人手が足りないのよ。廣子ちゃん、遊びに来るつもりでさぁ……」

廣子は戸惑った。正直、嬬恋はこの間訪れたばかりなので気が乗らない。しかし年末年始は故郷で結構お金を使った。手伝いということなら多少なりともお手当を望めるだろう。それに、よっさんのことを言われるといくらか悪い気もする。

「分かりました。じゃあ、よっさんにも声を掛けますね」

「あのメガネをかけたひ弱な男子も連れておいでよ」

「堀田ですか？」

「うん。なんだか彼を見ていると心が安らぐのよね」

金子さんは意味深な笑いを残し通話を切った。

翌日の夕方、よっさん・廣子・堀田の三人は嬬恋村に到着した。冬枯れた村の景色、雪をまとって白く輝く山々――春や夏とはまた違った様相を呈していた。金子さんは駅に迎えに来てくれた。三人は金子さん夫婦に遅めの正月の挨拶をした。

翌日、三人は朝のうちに農具倉庫の整理（これが唯一頼まれた仕事だった：金子家には子どもがいない。仕事依頼は口実で、本当は若者に会いたかっただけかもしれない）を済ませ、夕方に温泉を満喫した後、よっさんの案内で今度は万座・鹿沢口駅ではなく、隣の大前駅前の居酒屋を訪れた。

「ここはなかなか美味しいんですよ」

よっさんは頭で暖簾を押し開き、二人を中に誘った。楽しげなざわめきが溢れ出し、食欲をそそる焼き物の香が三人を包み込んだ。カウンターの奥で焼き台を操る大将が

「おお、よっさん。帰ってきてたのか。久しぶり」と、フロア中央のテーブル席に通してくれた。

二人は店内を見回した。通された席の左右には、それぞれ七、八人連れの集団客がいた。いずれも男性ばかり、三十前の若者もいれば六十近くの人もいる。顔を赤く染め、話に花が咲いている。双方から「よっさん久しぶり」と声が飛んだ。その都度よっさんは笑顔を振りまいて正月の挨拶をした。しかし左右の客同士に会話はない。むしろお互いに避けている様子である。

よっさんは二人に顔を寄せ小声で言った。

「この人たちはみんな村役場の人たちですが、右と左で派閥が違う。お互いにあんまり仲がよろしくない。でもこのあたりじゃ居酒屋は一軒しかないから両方ともここにくるんです」

「おちおち相手の悪口も言えないわね」

「大将もわきまえていて、こうやって左右の壁際に離して席を用意するんです。でもみんなお酒が入ってますから、最後はめちゃめちゃになります。たとえば、トイレに行って間違って相手グループに戻っ

てしまい、そうと気づかずにそのまま馴染んじゃってることもある。酔っ払ったらお互い様だから、反目しててもどっか気を遣ってるんです」

「ますますややこしいわ」

廣子と堀田はウーロン茶を、よっさんは熱燗を注文した。料理を三皿ほど平らげ、よっさんがほろ酔いになってきた頃、廣子は活動について話をしはじめた。

離婚率を減らして結婚率を上げる——廣子は活動の目標を確認したうえで、最近の危惧を口にした。

「私たち三人は破談探知機に従ってちゃんと活動している。問題は自発的には動かない人たちね」

「ぶっちゃけるね、末川さん。酔ったの？」

「とにかく私たちは三人だけでも活動の趣旨に沿って頑張っていこうと思うの」

「異論はありませんっ」よっさんは断言した。すでにほろ酔いで、目がすわっている。

「もとよりおれは、この活動に命がかかっています。さもなくば、我々はまずい人間を喰って身体を壊すことになり——ッッッ！」

堀田が身を乗り出してよっさんの口を押さえた。廣子は目を血走らせ、耳元に囁いた。

「場所を考えてよ。鬼がばれていいの？」

「……すみません」

赤鬼は恐縮して紫色になった。

三人は大人しく食事を再開した。

「あのー」堀田が口を開いた。

「さっきの話で気になっていることがあるんだけど」

堀田は居ずまいを正し、

「ぼくらのやってる活動って、成果をどうやって測るの？」

「成果？」廣子は顔をしかめた。

「そんなの、破談が解消されたら成功に決まってるじゃない」

「それはそうかもしれないけど……。ぼくらは今、アラームが鳴るたびに別れそうなカップルを一件ずつ元に戻してる。だけど、アラームが鳴るのは宣言台で叫んだ人だけ。あそこで叫んでいない人の破談や離婚の危機は、全国に星の数ほどある。ぼくらの活動の成果なんて、焼け石に水にもなってないんじゃないかな」

廣子はぶすっとして聞いている。

「それともう一つ。ぼくらはアラームに従ってカップルや夫婦の別れを阻止してるけど、これも果たしてどうなのかな。だって、カップルとか夫婦って喧嘩しながらくっついていくものなんでしょ——経験が無いからあんまりよく知らないけど。だとするとぼくらの活動はお節介かもしれない。成果が上がったかどうかの検証より前に、この活動はどこからどこまでがぼくらの仕事範囲なのか、はっきり線引きをしなくちゃいけないんじゃないかな」

「それは不可能だと思うわ」廣子はずばり答えた。

「私たちは政策の研究者じゃないんだから立派な検証方法も分析方法もしらない。そもそもカップルや夫婦が別れるかどうかなんて、どんな方程式でも分かりっこないわ。超仲睦まじい夫婦だって次の瞬間に別れることがあるかもしれない」

「世の中には仮面夫婦って言葉もありますからね」と、よっさん。

「なんだ。二人とも分かっていて活動を続けていたのか」堀田は寂しげに呟いた。

「私はホントに検証なんかしなくてもいいと思うわ」廣子は強く言った。

「物事はあんまり深く考えちゃだめ。私の考えでは、目の前の問題を一つずつ無条件に解決していくことが大事だと思うの。別れそうなカップルがいたとして、私たちがその仲をとりなせたら、この世から別れが一つ減ったと考える。一つ一つの積み重ねが大切だと思うの。それでいいじゃない？」

「や、悪くないです」

よっさんと堀田は否定する言葉を持ち合わせなかった。

とその時、店内に機械音が鳴り響いた。客も店の従業員も音の出どころに目を向けた——よっさんである。

「おっといけない」懐に手を入れて音を止める。

「よっさん、お店じゃマナーモードで頼むぜ」大将が笑ってなじった。

廣子はそっと尋ねた。

「その音、破談探知機ね？」

「はい」よっさんは猪口の酒を口惜しげに見た。

「どこなの？」

よっさんはディスプレイを見て「……名古屋です」

三人はいそいそと立ち上がり会計を済ませた。

「おや、早いねえ」大将はキョトンとした。

廣子とよっさんは挨拶もそこそこに店を出た。堀田は勘定を済ませ店の戸口に向かった。店の戸が閉まった途端、曇りガラスからパッと強い光が差した。何事かとカウンターを回って表に出ると、いま出たばかりの三人の姿はもうなかった。


三人が降り立ったのは名古屋市内の郊外の一軒家の前だった。身の切れるような寒さで、結界の中にいても吐く息が白い。降り立った道路の端に泥混じりの雪が残っている。三人は開け放たれた門扉に足を踏み入れた。広い庭にフラットルーフの二階建て。なかなか大きな家である。しかしよく見ると、壁にヒビが走り苔で黒ずんでいる。庭は草が伸び放題、ところどころ雪が溜まっている。全体的に手入れが行き届いていない。

車庫にはセダンが一台。タイヤにチェーンが掛けられたままで、窓にはワイパーの跡が残っている。ボンネットの具合から、まだ温かい。ついさっき戻ってきたばかりらしい。

「奥の畳の部屋を見てください」よっさんが言った。

二人はよっさんに身体を近寄せた。透視の視界がグッと家の奥に入り込み、布団の敷かれた畳の部屋を映し出した。

部屋には老夫婦がいた。布団に横たわる夫人。毛布をはだけ、苦しげに胸を上下させている。傍らの畳に夫が正座している。布団の方に身を乗り出し、戸惑いとも諦めともつかない表情で妻の顔を見つめている。右手にロープを掴んでいる。それは自転車の荷造り用のものだった。固く握られたそれを、夫は胸の高さにかかげてみせた。

「じゃあやるぞ」夫は小声で言った。

「はい……」

夫人は細い息を吐いて上体を起こした。夫は彼女の背後に回り、布団に膝をついた。

「どうかためらわないで。これ以上あなたに迷惑を掛けたくない」

「それは言うな」

「これ以上病気で苦しむのは嫌」

「分かってる。すぐ楽にしてやる」

夫はロープを両手に握りなおし、夫人の首の前を通した。

「済ませたら、おれもすぐにそっちに行く」

夫人はうなずいた。

「ちょ、まずいわよ！」

廣子はよっさんの腕を揺すった。

「あのおばあちゃん、殺されちゃう。おじいちゃんは殺人罪で捕まっちゃう」

よっさんは下唇を噛みしめ、

「止むにやまれないんでしょう。見逃してあげましょうよ。最後に二人とも死ぬというんなら、それでいいんじゃないですか。我々の活動は別れを防ぐことで、これはまた別の話――」

「ひどい！　人で無し！　ホント、あんたオニね！」

「ええ、鬼です」

よっさんは淡々と答えたが目は潤んでいた。

堀田が言った。

「だけど目の前でこんなことが起きているのにじっとしてはいられないよ。なんとかならないかな」

よっさんは頭をひねり、

「仮に出て行って止めたとしても、老老介護のつらさを取り除くことはできないし……」

「早くしないとおじいちゃんが手を掛けちゃうよ」

夫は夫人の首にロープを掛け、徐々に締めつけていた。躊躇してなかなか力を加えられずにいる。

「ああもう、何か手はないの？」廣子の胸は引き裂かれそうだった。

その時、部屋の襖の向こうから、電話のジリリンとなる音がした。夫はロープを緩めた。夫人は咳き込んだ。

「さっきから何回も掛かってきている」夫は呟いた。

「余程大事な用件に違いない。冥途の土産に出てくるよ」

「そうなさいな。お別れついでに」

夫は立ち上がり襖を開けた。廊下に電話台があらわれた。夫は受話器を取った。

「……もしもし？」

呟いて耳を傾ける。受話器の向こうはよほど大きい声のようで、夫は顔をしかめ
「聞こえてるから、ちょっと落ち着いて……、うん、覚えてるよ。先月だっけ？　みんなで買った。どうせダメだったでしょ、だいたい宝くじなんてものは……」

布団の上で夫人はうなだれていたが、耳はそちらに向いていた。

「え？　贈与税？　どういうこと？」

夫の声のトーンが跳ね上がった。夫人は顔を上げた。

「うそっ？　うそッ？　あれが一等？　前後ともッ？」

夫は血相を変えた。彼は受話器にかじりつくようにし、

「で、い、いくらになるの？　ええっ？　な、ななな、な、七億円？　というと、ひひ一人一億、ウチは夫婦で二億ぅ……」

受話器を置いた夫は興奮した様子で妻の元に戻った。妻は夫に身体を向けた。夫は宝くじが当選したことを妻に伝え

「なあ、このお金で医師が言っていた保険外の治療をやってみないか？　これはきっと神様がくれたものだよ」

「あなた……」

夫人の目は光を宿していた。心に希望が灯ったからか、かすかに血色がよくなったようである。それを正面から見ている夫も、うっすらと笑みを浮かべていた。

しんしんと冷える庭では、三人がポカンと口を開けていた。

「もう心配いらないみたい……ね」廣子は呟いた。

「お金が一番の薬だったとは」と堀田。

「いや、違うわよ。お金じゃなくて、希望が薬になった。何はともあれ、万事解決ね！」

廣子は腰に両手を当てて誇らしく言った。

この件はこれにて一件落着。人間のわがままを理由に別れ話が起きたわけではなかったので、ＤＫＳＣの活動記録に載ることは無かった。

ただ、廣子はどうも腑に落ちないようだった。


「ねえよっさん」

冬休みが終わって大学が始まった頃、廣子は事務所でよっさんに尋ねた。

「何度も考えたんだけど、こないだの老夫婦、あのタイミングで宝くじが当たるのって、あまりにも話が出来過ぎてない？」

「え？　そうですか？」

よっさんは首を傾げた。

「あれってもしかしてよっさんが大地の力を借りて……と」

「そんな馬鹿な」

「誤魔化しても無駄よ。鬼の力は計り知れないわ。合宿ではスキーで斜面を滑って上がっていったじゃない。宝くじを当てるくらいお茶の子さいさいでしょ」

「そんなわけないでしょう」

よっさんは頭を横に振った。ところが廣子は媚びるように品を作り、

「ところで相談だけど、来月イケメンアイドルグループのコンサートがあるのよ。そのチケットが抽選でさあ……」

「だからムリですって！」よっさんは苦しげに叫んだ。

「よく考えてください。宝くじの件は、あのタイミングで当選発表があったわけじゃありませんよ。時をさかのぼって運命を変えることはさすがにできません」

「え？　ってことは、これから起こることならなんとかなるの？」

「なりません。運命を変えることはできません！　やってはいけません！　というより、自分の運命は自分で勝ち取るべきものです」

「そっかぁ……」廣子は眉を八の字にした。

「運命は自分で勝ち取る……よっさんに諭された気分だわ」


さて、例の老夫婦は、宝くじの賞金を得たのち、人生を一変させた。

夫人は保険外の最先端治療を受け、ほんの数週間で難病は寛解した。しかしいくらか介護が必要な状況になった。二人に子どもはなく、夫が看るしかない。だが夫も高齢で心許ない。夫婦は互いの老い先を話し合った結果、夫人は高齢者施設に入居し、夫はその近くに家を買って暮らすことにした。情報を集めて選び抜いた行き先は、奇しくも群馬県嬬恋村。最適な高齢者施設があったのである。「超豪華」が謳い文句で、宝くじに当たっていなければ決して手の出ない場所だった。施設の近くに手頃な空き別荘の売物件があり、夫はそこに移り住むことにした。掛かった金額は、まるであつらえたように宝くじの賞金から保険外治療費を引いた額と同じだった。

夫婦は生活をシフトした。夫は毎日施設を訪れ、夫人と穏やかな時間を過ごした。夫人の体調は日増しに快方に向かい、庭に一人で散歩に出られるまで回復した。二人はのどかな余生を楽しんでいる。一度は心中を考えたのが、まるで嘘のようである。

(4) 廣子、表彰される

冬休みが終わって大学がはじまった。ＤＫＳＣにはこれといって活動予定は無かったが、破談探知機によるパトロールは続いていた。とはいえ、この活動は学内サークルとして表に出せるものではない。そこで九嶋は廣子に「活動している感じを出すために何かしなさい」と指示をした。廣子は前々から考えていたサークルのブログを開設することにした。それに先立ち、廣子は堀田に所信を説いた。

「私たちはいくつもの破談を食い止める過程で、夫婦間や恋人間に横たわる様々な現実的問題を見たわ。それをそのままブログに書くわけにはいかないけど、学んだこと、感じたことを備忘録代わりに書き止め、発信できればいいと思うの」

「名案だね」堀田はうなずいた。

「せっかくブログを運営するなら、大学のドメインでやりたいよね。その方が箔がつくから……でも、正式に部として認められていないから無理かぁ」

「とりあえず個人でアカウントを取って始めるわ」

廣子はネットで無料のブログサービスを探し、一日一記事ずつ投稿した。最初はよっさん・堀田との破談回避を若干脚色し、『廣子の見た夢』として投稿していた。ネタが尽きると、自分の想いや男女共同参画に関するニュース記事のシェアに終始した。そうなると投稿頻度は三日にいっぺん程度に落ちた。

ブログのアクセスは一日平均一〇アクセスぽっち。立ち上げ当初は百くらいあったが、今や投稿直後でも二〇程度が関の山。廣子は嫌気がさしてきた。

「一記事書くのに一時間以上掛かるのに！　今日もアクセスが一〇くらい！」

グチグチ言っていると、よっさんから電話がきた。

『廣子さん、ブログはじめたそうですね！　俺、気になって毎日一〇回以上アクセスしてます！　応援してます！』

「あれ全部よっさんだったのね！」

廣子のやる気はすっかり萎えた。春休みが目前になった頃はほとんど開き直っていた。

「もうこうなったら個人的な旅行記でも載せようかしら——どうせ私のアカウントだし！」

しかし、いざ春休みになってもどこに行く予定もない。鳥取へは正月に帰ったのでもう戻らなかった。

廣子の春休みは何もないまま過ぎていった。

ブログのことが意識の外に行きかけた時、珍しいところから電話がきた。

『粋名丘大学学生課です。末川廣子さんですか』

廣子は背筋がヒヤッとした。こういうところから電話が来る時は、ロクな用件では無い。何かやらかしただろうか？　学費が滞ってる？　単位が足りない？　書類の出し忘れ？　その他に何かあったかしら？

しかし実際はそのどれでもなかった。

『このたび労働厚生省【二十一世紀課題対策庁・生涯結婚向上委員会】から連絡があり、男女共同参画に関するブログを発信している末川廣子さんを特別表彰したいという旨の打診がありました』

「へ？」

ブログって、あのブログしかないよね？　私だ。

『あの、末川さん？』

「え？　あ、はい！」

『学長も学部長も大変に喜んでいます。本学では前例の無いことです。後日改めて授賞式の日取りについてお知らせします。今日は取り急ぎそのお知らせでした』

「あの、それ、ホントに私のことですか？」

『そうですよ』職員は嬉しそうに言った。『私もブログを拝見しました。なるほど、さすがＤＫＳＣさんはきちんと活動しておられる』

「あの、受賞については私の一存では何とも言えませんので……」

『どういうことです？』

「すぐに掛けなおしますんで、ちょっとお待ちください」

廣子は電話を切るとすぐさま九嶋に電話をかけた。九嶋はすぐに出た。廣子はざっと状況を説明し、

「――というわけで、私のブログが表彰されるというんですが、ブログの内容はサークル活動で、私以外にもよっさんや堀田や、みんなで力を合わせた結果です。それを私だけというのは……」

『そんなのは言わなくても分かってるわ』九嶋は歯切れよく言った。『あなたに打診が来たんだから、とにかくあなたが代表で授賞式に出ればいい。私としては、あなたが有名になれば都合がいいの。ＤＫＳＣはいつも私の名前で動いているので、別の人がフューチャーされたら私の肩の荷が降りるわ。何よりあなたは副部長、私の卒業後はあなたがＤＫＳＣのリーダーよ。胸を張って授賞式に行ってきなさい』

「はぁ」

廣子としては「替わりに授賞式に出てください」と頼みたいくらいだったが、逆にプレッシャーをかけられた。廣子は学生課に折り返し電話を入れ、正式に受賞する旨を伝えた。

その晩、廣子の携帯に知らない番号から着信があった。

ただならぬ気配に押されて出てみると、男性のしわがれ声。しきりに『おめでとうございます』と繰り返す。廣子は間違い電話と思い電話を切りかけたが、表彰の件を知っていることから関係者と察し、そこにくわえて労働厚生省の委員と知って恐れ入った。

相手の名は弓川統（すべる）。

労働厚生省・生涯結婚率向上委員会の委員長だという。

『きみのブログは何度も読ませてもらいました』委員長は興奮の態で言った。『どの記事も正しい。結婚率が下がり離婚率が高止まりしている今、離婚後の男女の経済格差は深刻で、シングルマザーの約半分は貧困状態にある。結果、子どもの学力が低下している。これが続けば日本の国力を衰退させるだろう。これを食い止めようとするきみたちの活動は、全国に周知すべきものだ。それをブログに載せて発信している末川廣子クン――きみは現代の若者の手本だよ。そういうわけで表彰する運びとなった』

「あの……どうも」

『いずれ労厚省にお招きするのでよろしく。それじゃ』

電話はそんな感じで終わった。何もかも漠然とする中、廣子は一つはっきりとした疑問を抱いた。委員会はどうやってあのブログを見つけたのだろう? 有名人でもない廣子の、アクセス微量のブログ。どんなキーワードでサーチしても、検索に引っ掛かってこないのに……。

「ま、いっか」

廣子は思考を停止した。どれだけ頭を絞っても分からないことだし、分かったところで意味はない。もしかすると、特定のキーワードを抽出するサーチエンジンのような技術でもあるのかもしれない。何はともあれ、読んで称賛してくれる人がいるというなら、素直に受け入れよう。廣子は大らかな気持ちで受け止めることにした。


後日、学生課から電話があり、表彰式の日取りや段取りが告げられた。当日は一旦大学に立ち寄り、学部長と一緒にハイヤーで労働厚生省に向かう。表彰式には学部長が立ち会う。学部長は桐島達三(たつぞう)という男性で、社会学、主に高齢者問題が専門分野である。講義では自身も高齢者であることをたびたびネタに使って笑いを取る、そこそこ人気の人物だった。若者の未婚が高齢化社会に及ぼす影響は大きいので、今回の授賞に強い興味を抱いているらしい。

　表彰式当日、廣子が大学に立ち寄り学部長室に入ると、桐島学部長は穏やかに部屋に迎え入れた。

「きみが末川くんか。受賞おめでとう。ブログ、拝見したよ。ＤＫＳＣが非認可サークルながら頑張っている話は聞いていた。ボランティアだの啓蒙活動だの、学生らしい些末なアクションばかりかと思っていた。ところが、イデオロギー的にも突き詰めていたとは知らなかった。お見それしたよ」

　廣子は久し振りに袖を通したスーツの裾を整えつつ
「それほどでもありません。サークルが男女共同参画の関係なので、周囲よりちょっと意識が高かっただけ……だと思います」

「そのちょっとの差が世の中を変えていくんだ」

　二人は用意された車に乗り、表彰の行われる労働厚生省、霞ヶ関の庁舎に向かった。間もなく到着し、庁舎内に足を踏み入れると、エントランスも廊下も、どこもかしこも暗い。通された控室も、蛍光灯が設置されているが点灯されず、ブラインド越しの淡い外光が差し込んで、かえって陰気に感じられる。

廣子は「なにこのジメジメした感じ」「呼んでおいてこの仕打ち」といささか不満を覚えたが、学部長から「節電でこうしているんだよ」と聞いて感心に変わった。

――全て税金だもんね。

　やがて職員がやってきて「委員長がまいりました」と述べた。

「桐島くん。久し振り」

職員の後ろから一人の老人が顔を出した。彼が弓川統である。白髪白髭、肩幅は広く、やや猫背気味。

彼は桐島学部長に向かって柔らかく笑み、軽く手を挙げた。

するど桐島学部長も軽く会釈して愛想を浮かべ、

「こちらこそご無沙汰しています。お元気そうでなにより」

「いやいや、もう身体中あっちこっちダメだよ」

「そんな風には見えないが」

「まあ、お互い老けたなあ」

「最近は顔を合わせれば、そればっかりですな」

二人はケタケタと笑った。

廣子は二人の顔を見比べた。どうやら知り合いらしい。

弓川委員長は廣子に向かい、

「あなたが末川廣子くんだね。今回はおめでとう」

「どうも、ありがとう、ございます」

廣子はたどたどしく頭を下げた。

「きみのところの学生さんは実に素晴らしいね」

「そうだよ。自慢の学生だからね」

二人の老紳士は目を合わせてほほ笑みを交わした。

廣子は緊張しつつも、二人の笑顔を引き出しているのが他の誰でもなく自分であると思うと、何だか誇らしいような気がした。

表彰式はささやかなものだった。控室を出て、そう広くない応接家具つきの会議室に移動し、家具をバックに賞状の授与が行われた。委員長が賞状を広げて文言を読む。「貴殿は現今の社会問題に深い洞察と行動を発揮し……（中略）……諸々の啓蒙活動に感謝し、これを賞します」。廣子は両手を差し伸べ賞状を受け取る。それを三名のカメラマン（おそらく職員）がパラパラと撮る。授与が済むと委員長と廣子の並んでのツーショット、学部長を交えてのスリーショットが撮られ、閉式。時間にしてわずか十五分程度、受賞者である廣子のワンショットやインタビュー的なことは何も無く、少し拍子抜けした。ラッキーと言えば、その晩、委員長・学部長と三人で会食となり、都内の高級イタリアンにありつけたことである。そこでも廣子は二人にさんざん褒めそやされた。

「きみがうちの学生だと思うと鼻が高い」と学部長。

「地域活性化の活動をしたり、子どもの面倒を見たりする大学生は多いけど、全国を見渡しても生涯結婚率を高めようと行動している大学生は稀だよ」と委員長。

その後しばらく、学部長と委員長は廣子を挟んで近況を報告し合っていたが、話は徐々に社会情勢批判に移り変わり、少子高齢化社会の対策や行政の矛盾追求になった。そうなると二人はすっかり熱を帯び、口調はますます強くなる。おびただしい情報が複雑なロジックに絡められ、口から溢れるように噴き出る。その勢いはとても高齢者とは思えない。

――この人たち、本気で日本のことを考えてる！

廣子は茫然とした。専門家の本気を見せつけられた気がした。いや、もしかしたら二人はそれを廣子に見せようとしたのかもしれない。

後日、大学のＷＥＢサイトに廣子の表彰記事が載った。添えられた写真はスリーショットだった。廣子はたびたびアクセスしてその写真を見たが、思い出すのは表彰式より、レストランで見た二人の熱い議論だった。

第8章　バラギ苑

（1）死刑場と呼ばれる施設

春休みが終わる直前、廣子の元に嬬恋村の商工・観光課から連絡があった。春休みの小学生体験農場の随行の話である。

『また夏休みのようにお願いできませんか？　バイト代は弾みますから』

「はぁ、しかし新学期の直前なんで……」

『温泉も付けます。むろん交通宿泊はこっち持ちで』

「そこまで言われたら、仕方ないですね」

『よかった！　よっさんと堀田さんにも声を掛けてもらえますか』

廣子はいかにもしぶしぶ承知した態で電話を切ったが、内心ウキウキしていた。なにしろこの春休みは特別だった。労働厚生省から表彰された反響は大きく、方々からチヤホヤされた。その後は普通の日常に戻ったが、チヤホヤの反動で、毎日虚ろな感じがして仕方がなかった。心身が出来事を欲している。春休み中もＤＫＳＣの活動はあるにはあったが、事務的なことばかりで、破談探知機に呼び出される回数も少なかった。

そこに飛び込んで来た嬬恋村の臨時バイトの話——空虚な春休みに持って来いのイベントだ。これで男二人が来なければ悠々自適な温泉旅になるのだが、それでは小学生の世話が大変なのでそこは我慢することにして、廣子は二人に連絡を入れた。二人に断る自由は無い。

当日、三人は万座・鹿沢口駅に降り立った。観光案内所から車が迎えにきていた。車は西へ走り、山道を通った。廣子は車窓を見て目を輝かせた。

「大きな湖が見えるわ」

「バラギ湖です」ハンドルを握る商工・観光課職員が答えた。

「今日、子どもたちはバラギ高原のキャンプ場で嬬恋野菜のカレーを作ります。三人はその調理体験から参加してください」

まもなく到着し、三人は車を降りた。

「結構冷えるねえ」堀田は肩をすぼめた。

「標高一四〇〇メートルだからね」とよっさん。

確かに風は肌寒かったが、空気は春めいて清々しく、廣子は心地良さを覚えた。周囲を見渡すと、湖のほとりにはキャンプ施設、その先に畑が広がっている。さらに向こうには山の稜線がうねっている。

首を回すと四方を山が囲んでいる。ここは高原の盆地なのだった。

「あっ！　夏のおねえちゃんだ！」

子どもたちの声がして廣子は振り返った。

「みんな覚えていてくれたのね」

半年ぶりに見る子どもたちの笑顔に、廣子はうれしくなった。子どもたちが駆け寄り、よっさんと堀田はもみくちゃにされた。


調理体験が済むと。バラギ湖周辺の自然探索となり、子どもたちは先導員に従い湖畔の遊歩道を歩いた。三人は最後尾をついて行った。道沿いは春の花々や鳥のさえずりでのどかだった。

「よっさん。あれは何？」

廣子は離れた丘の中腹に見える白い建物を指差した。

「あれは老人ホームです。バラギ苑という、かなり高級クラスの施設ですよ」

「どおりで立派な建物ね。まるでお城みたい。まだ新しいのかしら」

「一、二年ってところでしょうか？　富裕層向けらしく、ネットにも載っていません。本当に選ばれたお金持ちだけが入れるようです」

「へえ。どうしてそんなことまで知ってるの？」

「追跡調査の結果ですよ」よっさんは少し声を低くした。

「この間、破談回避で名古屋の老夫婦の心中未遂を見ましたよね。宝くじが高額当選して死ぬのをやめた件ですよ」

「覚えているわ」

「あの後、奥さんは保険外治療を受けて病気が完治し、バラギ苑に入所したんです。ご主人はこの近所に家を買って、そこに住んでいます」

「へえ！　まさか嬬恋村で暮らしているとは。縁のあるものね」

「もっとも、これは二月の情報です」

「今でもお元気かしら？」

「さあ？　どうでしょう？」

廣子は少し考え、

「ねえ、後で行ってみましょうよ」

「えっ？」よっさんは目をパチクリした。

「行ってどうするんです？　まさか会うわけにもいかないし」

「私たちは一度破談から救済したカップルを一定期間見守り、ほんとに大丈夫になるまで見届ける義務があると思うの。それが離婚率を抑制する手立てと思うのよ」

「いつもながら熱い」よっさんは隣を歩く堀田の肩をついた。

「おい、何とか言ってよ。廣子さんを止めるとか……」

「そんなの無理だよ」堀田はボソッと言った。

「末川さんは一度こうと決めたらてこでも動かないんだから」

遊歩道を周遊した後、三〇分ほど空き時間ができたので、三人は商工・観光課の車を借り、よっさんの運転でバラギ苑に向かった。少し離れたところに車を停めた。

「どうするんです？　三人で行くんですか？」

よっさんは尋ねた。助手席の廣子は思案し
「それはあんまりよね。ねえ、あのおばあさんの名前分かる？　私がひとりで親戚のふりをして行ってみるわ」

「名前は、――この方ですね」

よっさんは懐から手帳を取り出し、とあるページを開いてみせた。

後部座席の堀田が言った。

「元気だとか元気じゃないとか分かったとして、それからぼくたちはどうすればいいの？」

「さっきも言ったでしょ。これは追跡調査なの。元気ならそれにこしたことない。それだけよ」

廣子は車を降り、バラギ苑の方へ歩いていった。

よっさんと堀田は車中からその背中を追った。

「ほんと、分からない人だ」堀田は呟いた。

「でも廣子さんのことが好きなんだろ？」

車内のミラーに映ったよっさんはフロントガラスの先を向いている。

「そうだけど……一緒に活動すればするほど分からない。今日なんて典型的だ。あのおばあさんは、施設に入らなきゃならないくらいお年寄りなわけでしょ？　人生において離婚とか破談とか、そういう段階じゃないと思う。それなのに一体何の興味があって」

「女性には不思議な勘があるからね。鬼の力が利用する大地の力、あと海の力も——生命を育む力は全て、母なる力に例えられる。そう考えると女性は地球とリンクしているのかもしれない。だから胸騒ぎがしたりすると、それは何かを示していることが多いんだ」

「ふうん……じゃあどうしてぼくの胸のときめきは察してくれないのかな」

「察していながら無視しているのかも」

「なるほど。選択する権利は女性にしかないわけか」

「いつも思うんだけど。廣子さんと旅をする時、決まって三人じゃないか。きみが廣子さんと二人きりになるチャンスを俺が邪魔しているような気がして……」

「よっさん、そんなことを気にしていたの？」

堀田は苦笑した。

十分ほど経過した。

　廣子はバラギ苑の建物に吸い込まれたきり戻ってこない。

　堀田は時計を見た。

「次は郷土博物館への引率だったよね」

　やがて、建物の方から、小さな影が急ぎ足でこちらに近づいてきた。廣子だ。彼女は眉を八の字にして、助手席のドアを開けて乗り込んだ。

　よっさんはキーを捻ってエンジンを掛けた。

「亡くなっていたわ」廣子は力無く言った。

「二週間前だって。まあ、もともと病気だったから無理もないけど。でもやっぱり自分たちの助けた人が亡くなったと聞くと、さびしい限りね」

「そうでしたか……」よっさんは車を動かしはじめた。

　堀田が後ろで

「入所してまだそんなに経っていないよね？　環境が合わなかったのかなあ」

「そこが気になるのよ」廣子の口調がやや強まった。

「一月に入所して、その二か月たったかたたないかで亡くなるなんて、早過ぎないかしら」

「まあ、お年寄りだからね」

「それに、施設の人も何だかそっけなかったわ。樽みたいな身体をした大きな体のおばさんが――施設長って言ってたけど――いかにも当たり前の感じで言うのよ。『亡くなりました』って」

「女性の施設長なんだね」

「施設長と話した後、敷地を出て、ちょっと裏手に回ってみたの。近所のおばあさんが私に声を掛けてきた。『この施設に誰かお知り合いがいるの?』って。私が『はい』と答えたら、その人は『悪いことは言わないから、他の施設に変えなさい。入るとみんなすぐ死ぬ。半年もっている人はいない。毎月葬式が出てるよ』って教えてくれたの」

「え……それってどういうこと?」と堀田。

「どういうこともなにも、そういうことよ。近所じゃバラギ苑のことを死刑場って呼んでるらしいわ。それとね……よっさん、これはあなたに詳しく聞きたいのだけど」

「はい、何でしょう?」

「私も見たんだけど、バラギ苑のスタッフたちは全員変わった帽子を被ってるの。妙に丈高の——なんていうのかな、ほら、『おもちゃの兵隊』みたいに、グーンと縦に長い筒状の帽子。近所のおばあちゃんは『あの中にツノを隠してる』『実際に見た』っていうの」

「それホントですか?」よっさんの顔がこわばる。

「私が見たわけじゃないから、事実は分からないわ。でもあの帽子はちょっとおかしいわ。だって、絶対に仕事しづらいと思うし」

「でも、よっさんだって普通に街の人として暮らしているくらいだから、問題無いんじゃないの?」

「いや、大問題だよ」よっさんは冷静に言った。

「我々鬼は結界から出て人里に暮らすにあたり、鬼同士で互いを見知っている。おおよそどこで何をしているか知っているものなんだ。俺はバラギ苑に鬼が居るなんて知らないし、聞いたことが無い。もしそいつらが鬼の世界の掟を守らずに勝手にやっているとしたら、大きな問題だよ」

「よっさんが知らないだけ……ということはないのかしら？」

「そりゃ、日本中となると分かりませんけど、孀恋村とかこの近隣でしたら、知らないことはまずありません」

廣子は腕組みして唸った。

「うーん。バラギ苑、ますます怪しいわね。ねえ、よっさん。次の子どもの引率は郷土博物館でしょう？そこは私と堀田でやるから、よっさんはちょっと情報集めをしてくれないかしら」

「はい、ぜひそうさせてください」

（2）謎の書見室

廣子と堀田は郷土博物館で子どもたちと合流した。よっさんは引き続き車を借り、情報収集に行った。子どもたちは博物館展示群の中を、順路に沿って歩いた。堀田と廣子はそのあとに従った。堀田は常設展示を眺めつつ廣子に言った。

「資料館の滞在時間は一時間半。それまでによっさんが帰ってくるといいね」

「そうね。博物館では担当の人がやってくれるから、私たちやることがないね」

「じっくり展示の見学をしよう」

「この間見たばかりだから結構よ」

「そう言わずに。ほら、あそこに、新しいコーナーができているよ」

廣子が堀田の指先を見ると、ついこの間までなかった黒い壁が見えた。壁は数枚組み合わされて、小さなブースを形成している。下部分に高さ一メートルほどの入り口がついている。中から淡い光がこぼれて、床に赤黒く揺れている。不気味さが漂っている。

廣子は歩み寄り、頭を低くして中を覗き込んだ。

「――ここ、前に【嬬恋村伝承随聞集】を見つけたところだ。棚の前に黒い壁を付けただけ。一体何のつもりかしら?」

廣子が中に入り、堀田も後に続いた。確かにそこは、前に古書を見つけた本棚の場所だった。黒い薄壁でコの字型に囲われたスペースは三畳程度で、その狭さが得も言われぬ緊張を醸している。

「おっと」

暗さのあまり、堀田は床タイルのかすかな段差に気付かず、蹴つまずいた。よろけた拍子に本棚に手をついたところ、本棚が奥の方へ一メートルばかり、ゴロゴロと音を立て押されていった。

「なんだなんだ?」堀田は泡をくっている。

「なにこれ?」

廣子は声を殺して指差した。棚を押しやった側面に扉があらわれたのだ。

「……開けてみよう」廣子はノブに手を伸ばした。

「だめだよ！」堀田は小声で切羽詰まるように言った。

「棚を押しちゃったことだって怒られるかもしれないのに、そんなことしたら――」

廣子は堀田の言葉を聞かず、ノブを捻って扉を押した。扉は施錠されておらず簡単に開いた。

廣子と堀田は中を覗いた。中は真っ暗で、奥の方に小さな赤い灯が四つ揺れている。闇に目を凝らすと、うっすらとした光の輪郭が、人の上半身を描き出している。

「おやおや、珍しい。こんなところにお客さんとは」

ものものしい声がした。人影は卓上の四つの灯火――それはろうそく台の火だった――を手にし、自分の顔に近づけた。照らし上げられた顔は皺だらけの痩せこけた老人。廣子は息を飲んだ。堀田は「うわぁ」と情けない声を上げ、回れ右をしかけたが、廣子に襟首を掴まれて引きずり戻された。

「こんにちは」

廣子は闇の部屋に足を踏み入れた。四方の壁は全て本棚で、古紙独特の匂いがする。

「ここはなんですか？　こんなところで何をしているんですか？」

「ここは秘密の書見室じゃよ」

老人は尋ねられたことをうれしそうに答えた。

「わしのような根暗な研究者が、表の騒々しさを避けてじっくり研究に没頭できるように作られておる。

きみたちはそこに迷い込んだんじゃよ」

「迷い込むったって――あんな壁や入口をこしらえたら、どうしたってみんな気になって入ってきそうなものですが」

廣子はそう言って、さらに前に二歩、三歩と進み出た。

すると、老人と廣子の間で異変が起きた。

老人の前には小卓があり、二つのアルコールランプが置かれ、小さな火を揺らしていたが、その二つの火が急に大きくなり、片方はオレンジ、片方はグリーンの光を放ったのである。

「おおおっ」

老人の驚いた顔が照らし出される。

「なんですかそれは」堀田はおそるおそる尋ねた。

「きみたちはちょうど居合わせたのだから、聞いてもらわねばなるまい……だがその前に少々説明が必要だ」

老人は炎を見つめ、薄い唇を動かした。

「わしは日本古代史の研究をしている。一般の学問の世界では異端扱いされ、今はここに忍んでおるが、それだけ風変わりな研究をしてきたということだ。それは、日本武尊の研究だ」

「ヤマトタケル？」廣子は首を傾げた。

「左様。『日本武尊の愛にまつわる研究』が、わしのテーマでのう。わしの研究によると、日本武尊と弟橘媛の恋慕の力は大きく、大地を媒介に響き合う。もし子孫がいれば共振現象が起こるはずじゃ」

「共振現象？」廣子の顔にオレンジとグリーンの灯影が揺れる。

「わしがこの地を研究場所に選んでいるのは、嬬恋村は日本武尊が妻・弟橘媛の名を叫んだ場所で、秘蹟（ひせき）が眠っているとしたらここしかないと思ったからだ。

　さて、きみたちは今、アルコールランプの火力が増したのを見ただろう？　このオレンジの火は日本武尊、グリーンは弟橘媛の火だ。わしは長年かけて二人のDNAを探しだし、塩基配列を元にフェロモンを組成することに成功した。二つの火は、それぞれのフェロモンを、アルコールに溶かして燃焼させている。もしフェロモンが、それぞれのDNAを感知したら――つまり日本武尊と弟橘媛の子孫が火に近づいたら――、反応して高く燃える。今きみたち二人があらわれて、両方が燃え盛った」

「――ってことは？」

「そこの女性、火に近づきたまえ」

　廣子は卓に近寄った。するとオレンジの火がぐっと高さを増した。

「分かったぞ！　女性のきみは、日本武尊の子孫。ということは、そこの頼りない眼鏡の男性は、弟橘媛の家系の子孫じゃ！」

「頼りないってのは余計です」堀田の眼鏡に二つの火が揺れる。

「怒るな、青年」老人はご機嫌になって言った。

「きみは、いや、きみたち二人はそれぞれの子孫だということを喜ばないのかね？　うれしくないのかね？」

——堀田は仰天した。もし老人の言っていることが正しくて、そこに深い意味合いを求めるなら……。

——キャベツを送った甲斐があったってこと？

知らず知らず口元がにやける。


廣子の声が、暗闇の空気を切り裂いた。

「神話だかＤＮＡだか知らないけど、誰かの子孫だとか、因習だとかで結ばれたからと言って、それが幸せにつながるとは限らない。幸せは、自分の力で描くものなの！　そんなことを研究するヒマがあったら、叫び台に行ってイベントサポーターをやった方が、世の愛に貢献することになるわ。堀田、もう行くわよ！」

「あ、ちょ、二人とも」

老人の制止声は廣子によって荒々しく閉ざされた扉で遮られた。

「全く馬鹿馬鹿しい」

廣子はブツブツ言いながら資料館のロビーのソファにどすんと腰を下ろした。

「まあまあ」堀田は諫めた。

そのうち、子どもたちが資料館の全順路を一巡してきたので合流したが、堀田の頭の中は
——そうかあ、ぼくと末川さんは日本開闢（かいびゃく）の頃から絆で結ばれていたのかぁ。

と、妄想がはかどり、こぼれかけた涎を啜りなおすので精一杯である。

なお、二人は全く気付いていなかったが、ロビーの掲示板にこんなポスターが貼られていた。


【郷土博物館　春休みミステリーツアー！

資料館に隠された郷土研究科の書見室を探そう！　博士は日本武尊と弟橘媛の愛の秘密を知っています。古式ゆかしく愛の形を実らせたいカップルは、博士に会えば必ず縁結びしてくれること間違いなし！

愛の火は必ず灯ります。入場無料】

(3) よっさんの報告

夕方、廣子と堀田が商工・観光課の手配した宿に到着し、ひと気のないラウンジのソファにいると、よっさんが入ってきた。鼻息は荒く、肩をいからせ、顔を強張らせている。

「待ってたわよ」

「すみません」よっさんは息を整えてソファに掛けた。「いろんなことが分かりました。とにかく、おかしなことばかりです」

「何が分かったの？」

「まず、一番のニュースは……バラギ苑のスタッフは全て鬼である、ということです」

「やっぱり！」

廣子は驚いて尋ねた。

「そいつらはよっさんの知っている『鬼』なの？」

「それがそうじゃないんです」よっさんは頭を横に振った。

「お二人を資料館に下ろした後、バラギ苑に戻って建物の裏から中の様子を見ていたんです。しばらくすると山高帽かぶったスタッフたちが休憩に出てきました。彼らは汗を拭こうとして山高帽子を取ったんです。すると――確かにあったんですよ、ツノが！　一本のツノが！」

「一本って、よっさんも一本だよね」堀田は言った。

「それは事故だ。俺だって元は二本だよ。そうじゃなくって、あそこのスタッフたちは、もとから一本ヅノの鬼、つまり外国の鬼なんだ」

「外国の鬼？」

「これはありえないことなんです！」

よっさんは廣子を見て強く訴えた。

「鬼は大地の精。テリトリーの棲み分けにはやかましいんです。外国の鬼が日本に密入国して活動しているなんて、あっちゃいけない。鬼の世界じゃ国際問題です！」

「ちょっと落ち着いて。話を整理しよう」

廣子は重い口ぶりで言った。

「外国の鬼が日本にいることがどのくらい驚くべきことなのか、私にはちょっと分からないけど、鬼の世界はそういうものだと理解して訊くわ。

まず最初の疑問ね。外国の鬼たちは、どうして日本に来ているのかしら？　なぜわざわざ介護施設なんかやってるのかしら？」

「それについては、もう一つ怪しい情報をつかみました」

よっさんは顔を二人にぐっと近づけた。

「施設の近所の人に聞いたんですが――というのは、近所の人たちは私の知り合いで、前に何度か畑の手伝いをしたことがあったから、すぐ教えてくれたんです。

彼らの言うには、バラギ苑は、高齢者に好きなものを好きなだけ飲み食いさせているんだそうです。ウニやイクラ、ステーキにフォアグラ、贅沢三昧なのだとか。気候が良い時は外に出て食事をするらしく、近所の人は羨ましそうに見ているそうです」

「へえ、いいなあ。お金持ち向けの施設だから、そんな贅沢ができるんだろうね」堀田は恨めしさそうに言った。

「お金持ちなら、何の不思議もないわね」

「とんでもない！」よっさんは言葉じりを跳ね上げた。

「入居者のほとんどは、身体に何らかの問題があるお年寄りですよ。好きなものを食べたいだけ食べさせていいはずがない。なのにあの施設ときたら、高カロリー・高脂質のものを与えているんです。高齢者施設として怠慢です。それどころか、見ようによっちゃあ、早く死ぬように仕向けているようなもんです！」

「言われてみれば、確かにそうね。私がさっき聞いた話では、バラギ苑は月に一人か二人は亡くなっているってことだったから、それとも話がつながるわ」

堀田がハラハラした様子で尋ねた。

「じゃあ、その外国の鬼たちは、入居者が死ぬように仕向けているっていうのかい？」

「俺が思うのはまさにそれだよ！」よっさんは強調した。

「外国の鬼たちは、あの施設を運営して日本人の肉を手に入れようとしているんだよ。おそらく彼らの本国が、何か危機的な状況で――たとえば災害や疫病なんかで食料が無くなって――日本に来て食料を求めているのかもしれない」

「まさかそんな」堀田は目をしばたいた。

「日本人はおいしくないんだろう？　一体どこの外国の鬼がそんなことを？」

「どこの鬼かは分からないし、日本人がいくらまずいからって飢餓状態であったら背に腹は変えられないだろう。とにかく、何か理由があって、日本の鬼の領域を侵しているんだよ」

「そういえば前に日本人をポン酢でいただくのが外国の鬼の好みだって言ってたね」

「でもさ」廣子は言った。

「もし飢餓なら普通にさらっていけばいいじゃない。なにもわざわざ高齢者施設を経営までして、しかも老いた人の亡骸を求める必要はないと思うわ」

　よっさんはしばらく考え
「これはあくまで推測なんですが、日本国内に、手引きをした者がいるんじゃないでしょうか。それが鬼なのか人間なのかは分かりませんけど、そいつが困窮している外国鬼に声を掛け、日本に連れてきて働かせているとか。あるいは資金を提供して、外国鬼に高齢者施設を日本で運営させているのかも。そうでなきゃ、わざわざ日本を選んでやってくる理由はない」

「別に黒幕がいるってこと？」堀田は呟いた。

「とにかく、日本の鬼に取ってはゆゆしき事態だから、何とかしなくては！　……だが、もう少し証拠を集めたい。今はまだ、俺が自分の目で見たとか、近所の人の話しを聞いたとか、証拠にならない情報ばかりだから」

　廣子はうなずき、

「そうね。もっとちゃんとした証拠がいるわね。もっとも、鬼云々を別にしても、私が許せないのは、入居者があまりにもたくさん死に過ぎていること。仮に施設にそのつもりがなかったとしても、月に何人も葬式が出るような有り様じゃ、問題があるのは間違いないようね。調べてみる必要があるわ。責任者が外国の鬼なのか日本の黒幕なのか分からないけど、いずれにしても裁くべきよ」

「裁く？」堀田は驚いた。

「あなた、腹が立たないの？　私たちがＤＫＳＣの活動を通じて、離婚率低下・結婚率向上で出生数を増やし人口を増やそうと努力しているのに、この施設は反対に人口を減らそうとしている。これは男女共同参画への挑戦よ！」

「なんにせよ、もっといろいろ調べてみなきゃなりません」よっさんは言った。

「私ももう少し内部の情報をつかんでから動こうと思うわ。入居者の死因が本当に施設のせいなのかはっきりさせないと、いたずらに追求しても濡れ衣になっちゃう」

「でもどうやって内部の情報を調べるの？」堀田は尋ねた。

「やっぱり、中に入り込むしかないわよね」

「盗聴器を仕掛けたり？」

「それじゃこっちも犯罪者になってしまうわ。スタッフになりすまして、バラギ苑に入り込むのがいいと思う」

「スタッフと言っても、あそこは鬼ばかりなんでしょ？　……あ、よっさんならいいのかな？」堀田はよっさんを見た。

よっさんはかぶりを振り

「だめだよ。帽子を取ったらツノの数でよそ者だとばれてしまう。それじゃなくても、外国の鬼の施設に潜入したことが嬬恋の鬼社会で発覚したら、鬼の世界を干されちゃうよ」

「じゃあよっさんはだめね。となると、堀田、あなたがニセモノのツノを頭のてっぺんに着けて潜りこむしかないわ」

「ええっ！」堀田は目を白黒させた。

「ぼくなんかが行ったって、使い物にならないよ。末川さんが行った方がいい！」

「私はだめよ。さっき行って顔を知られているから」

「俺が一本ツノのレプリカをこさえてあげるよ」

「二人とも待って！」

　堀田は両手を振って制した。

「軍隊みたいに何百何千も構成員がいたら、一人くらい知らない顔が混ざっていてもばれないと思うけど、バラギ苑のスタッフの数なんてたかが知れてる。すぐにばれるに決まってるよ！」

「それもそうね。ばれた上にツノを偽装していることまで発覚したら、あなたは間違いなく海外に輸出されるわね」

「全くだよ！　もっとよく考えて使ってよ！」

「あなた、自分のことを使われる前提で考えられるようになって、とても偉いわ」

　廣子はニンマリと笑みを浮かべた。堀田の背筋に悪寒が走った。

「さあて、じゃあどうしようかしら」

　廣子は腕組みした。

　その晩、三人は知恵を絞ったが、名案は浮かばなかった。

第9章　潜入調査

（1）インターンシップ

　春休みが終わり、新年度が始まった。廣子と堀田は二年に進級した。休み時間のキャンパスの並木道は、サークル勧誘がにぎにぎしく繰り広げられている。ＤＫＳＣも新人獲得に余念がない。カリスマ部長九嶋の強引な手法は前年通りだが、本年度はそれ以上の目玉があった。ＤＫＳＣが配るビラにはこんな文字が踊っている。

『一年生でも活躍できる、それがＤＫＳＣ！　昨年は一年生の末川廣子が労働厚生省から表彰されました。内申ＵＰ！　就職にも強い！』

　その日、堀田は他の男子部員とキャンパス内でビラを配っていた。同学年の男子部員が堀田に言った。

「とにかく一年男子を入れようぜ。さもなきゃ俺たち、ずっと奴隷のままだ。お前なんか一番悲惨じゃないか。家まで乗っ取られて」

「う、うん」

堀田はうなずき、ビラの束を持って辻の中ほどへ出ようとした。

「ちょっとー、堀田ぁー！」

道の向こうから廣子の走ってくる姿が見えた。手に一枚の紙を持っている。彼女は堀田の前で足を止めた。

「どうしたの、末川さん」

「これを見て」

堀田は紙を受け取った。


【インターンシップ受入先情報】
・行先：高齢者施設『嬬恋バラギ苑』
・募集定員：一名
・期間：四月末～五月上旬（ゴールデンウィーク期間）約二週間
・住み込み・まかない付き。※ 高原の春を満喫できます。

「なにこれ？」堀田は目をしばたたいた。

「例のバラギ苑が、大学生のインターンを受け入れているのよ」

「例のって？」

「もう忘れたの？　外国の鬼が高齢者の人肉を輸出しているかもしれないって、あそこよ」

「あれって、どうにもならなくなって終わった話じゃないの？」

「そんなわけないでしょ！」廣子は堀田の持つ紙に指を突きつけ
「あなたはこれを受けたらいいわよ。そしてバラギ苑に潜入し、あの施設の内情をリサーチするの！」

「本気？　あそこにいるのは鬼だよ！　一本ヅノだよ！　食べられちゃうよ」

「大丈夫。インターンを受け入れるような施設が、あからさまに人を取って喰うわけがないわ。だって、応募した人が帰ってこなかったら大問題じゃない。今すぐ学生課に行ってエントリーしてきてよ」

「ぼく今、新入生勧誘の当番で」

「そんなのは他の男子がやってくれるわよ。ねっ？」

廣子は他の男子に視線を向けた。男子らはコクっとうなずく。廣子とは同学年だが、サークル内の地位には天地の差がある。

「さあ、行ってきて！」

堀田は背中をドンと押された。そのまま事務棟に向かって駆け出す。

——ああ、ぼくはどうなっちゃうのか……。

申請はとんとん拍子に進んでいった。それはあまりにも簡単であっけなく、怪しいほどにスムーズだった。

堀田は消沈を押し隠して学生課を訪れ、応募の必要書類を記入した。事務員は「高齢者施設は人気が無いから間違いなく通るよ」と言った。堀田は微笑んだが、うれしくもなんともない。

翌々日、学生課から書類選考通過の知らせがあった。次は学内面接である。社会学の講師が受け持つ。堀田は決められた日に決められた場所に赴いた。講師は募集担当の任にあるにもかかわらず心配そうに言った。

「きみは分かってるのか？　嬬恋村といったら、訪れた男が神隠しに遭うってことで有名だ。もしやきみは——自分が消えたいから行くんじゃないだろうな。もし悩みがあるなら相談に乗るよ」

堀田は面食らい、

「そんなつもりで行くんじゃありません。ぼくは純粋に——」

そこまで言って口ごもった。何が純粋なものか。動機は不純だ。スパイ活動なのだ。

堀田は「社会勉強をしたい」「自分の親を看る時の経験になるかも」など、その場で思いつく限りの言葉を並べ、いかに自分が真剣に考えているかをアピールした。講師は黙って聞いていたが、最後には「そういうことなら」とゴーサインを出した。

二日後、堀田の元に採用通知が届いた。

「でかした」

奥浅草の事務所で九嶋と廣子は満足気にうなずいた。むろん、九嶋も事情は了解済みである。彼女は笑みを浮かべ

「インターンはわずか二週間だけど、何もかも調べ上げてきてね」

「はい」堀田は乾いた返事をした。

よっさんは大きな手を堀田の肩に乗せ
「外国の鬼に食われないように気をつけろよ」

「シャレにならないよ！」

堀田の顔が歪んだ。

§

インターンの日がやってきた。

堀田は一人鉄道に乗り、万座鹿沢口駅の次の「大前」という無人駅に降りた。東京より暑かった。リュックを背負い、上り坂の舗装道路を歩いていく。額からにじみ出る汗をたびたびタオルで拭った。頭の中では絶えず文句を垂れている。

——だいたい、どうして外国の鬼が日本で高齢者施設なんか経営してるわけ？　全ッ然、意味が分からないよ。おかげでぼくのゴールデンウィークが吹っ飛んだ。迷惑な鬼だ……。

一時間も歩くと、道の先にバラギ苑が見えてきた。この間車の中から見た時は、単に大きな印象しかなかったが、改めて見ると、手の凝った外装に立派な円柱がいくつも並び立ち、まるで宮殿である。

敷地に入り、平らな石を並べたポーチをゆくと、体格のいい男が近づいて来た。背はよっさんほど高くは無いが、筋肉の付き方は負けていない。黒い帽子をかぶっている。目はくりっとして眉骨が張り、大きな鼻、大きな口——絵本に出てくる鬼そのものである。

男は堀田を怪訝そうに見た。堀田は居ずまいを正し、

「東京から来ました。インターンでお世話になる堀田といいます」

と言って頭を下げた。男はハッとして
「おお、聞いています。ようこそバラギ苑へ。施設長にお通しします。さあどうぞ」

人相のわりに丁寧で、大きな背中を丸めて後に従うよう促した。

観音開きの大扉が開き、眼前に吹き抜けのある広大なエントランスが広がった。床は大理石で、緋色の深いカーペットが敷かれている。真正面に幅広の階段があり、中ほどで壁に沿って左右に別れている。天井を見上げると三階分の吹き抜けで、各階に凝った造りの欄干がめぐらされている。真上の曇りガラスから柔らかな光がいっぱいに注いでいる。かすかにクラシック音楽が流れている。

「うちはよその施設とはだいぶ違います」

男は誇らしげに言った。

「高齢者施設とは、つまるところ終の棲家です。いかに楽しく快適な余生を過ごしてもらえるか、最後の最後に『生きてて良かった』と思ってもらえるサービスを心掛けています」

「はぁ」

堀田はぼんやりと相槌を打った。豪華な造作に目を奪われていたのもあるが、男の口調が実に穏やかで、ここで働くことを誇りに思っているのがありありと伝わってくる。想像と違う。高齢者を殺して貪り食っているイメージとはかけ離れている。

——いや、まだ分からないぞ。

堀田は男のあとに従いつつ思った。葬式が頻繁に出ているのは確かだ。この施設の豪華さは金持ちから巻き上げた金銀財宝で出来ているに違いない。一体どんな鬼共がどんな手口で運営しているんだろう。

二人はとある扉の前に立った。男はノックした。

「施設長、インターーンさんがお越しで」

中から「はい」と声がした。

男は扉を開け、堀田を中にいざなった。

そこは十二畳程度のごく普通の事務室だった。事務机がいくつか並んでいる。奥の大きめの机に「施設長」と書かれたプレートが置かれている。書類が山積みになり、真ん中の空いたスペースに旧型のノートパソコンが置かれている。椅子に座っているのは、黒い帽子をかぶったでっぷりと太った女性で、ぴちぴちのトレーナーの上にオレンジ色のエプロンを着けている。机に丸々とした腕が乗っかり、握っている鉛筆が爪楊枝のように小さく見える。

「堀田——とかいったね?」

女性はぞんざいに言って立ち上がった。背は堀田と同じくらい。だが横幅は関取のように丸々としている。

「はい。今日からお世話になります」

堀田の声は消え入りそうに小さかった。

「じゃあ早速、庭の掃除をしてもらうわ。自己紹介は夕食の時にでもすればいい。オニール、あんたいろいろ教えてあげて」

「はい」男は答えた。

施設長は堀田の背中に弾んだ声を掛けた。

「わずか二週間だけど一生懸命に取り組んでもらうよ。手抜きは許さないからね。そのかわり、ちゃんとやれたらご褒美をあげるよ――大学には内緒でね！」


堀田は一日目からこき使われた。通常、インターンとは教育的側面が強く、こういった高齢者施設の場合、作業を通じて実態や理念を伝えていくのが目的である。ところがバラギ苑はその方針では無いらしく、短期バイトが来たようなつもりでいるらしい。

堀田はオニールにほうきを渡され、一緒に施設の外を掃除して回った。門扉、エントランス、庭園をぐるりとまわる。春の陽射しは温かく、うっすらと汗をかいた。小一時間ほどで掃除は終わった。

「堀田くん、きみはなかなか筋がいいね」

オニールは感心して言った。

「ええ、慣れてますから」掃除はサークルでさんざんさせられる。

「慣れてる？」

「まあ、はい」

「次は館内の掃除だ」

オニールと堀田は箒をモップに持ち替え、館内の掃除に掛かった。フロント、階段、廊下と、順々に拭いていく。

掃除をしていると入居者に出くわすこともあった。

「あらまあ、こんにちは」

「いつもきれいにしてくれてありがとうねえ」

みな笑顔で声を掛けてくれる。満ち足りた表情で、余裕を感じられる。鬼共の飼育場といった雰囲気は皆無だ。

二階の廊下を拭いていると、吹き抜けの下から
「いつまで掃除してんの。食事だよ」

欄干から首を伸ばすと、下で施設長が手招きをしている。オニールと二人で降りていくと、施設長が腰に手をあてて言った。

「まもなく昼食時間よ。食堂に待機して、入所者が来たら食事の介添えをしなさい。自分で食べられる人は放っておいてもいいから」

「まだ介添えの方法とか習っていませんが……」

「やりながら覚えればいい。気持ちが伴えばＯＫよ」

施設長は去った。堀田はオニールに従い食堂に入った。すでに五人ほどの入居者が、奥でかたまっていた。自分で食べられる人々らしく、入居者同士で語らいながら食べている。

――ああいう人ばかりだったらいいけど……。

堀田は不安でならなかった。以前テレビで高齢施設の食事風景を見たことがある。押し黙って口を開けない人、飽きて席を立ってウロウロする人、急に怒りだす人――。対処の仕方までは見た記憶が無い。もしそういう人に当たって事故でも起きたらどうしよう。

そうしているうちに一人のおばあさんが杖を突いて入ってきた。堀田が歩み寄ろうとすると、先にオニールが近づいて声を掛け、空いている席に連れて行こうとした。堀田が近づくと
「次に来た人をお願い。ほら」

オニールは食堂の入口に目を走らせた。堀田が振り返ると、丸顔で頭に一本の毛もない、小柄なおじいさんがいた。ガタピシと音のしそうな覚束ない足取りで食堂に入ってくる。

堀田は明るく声を掛けた。

「こんにちは、お食事ですか?」

おじいさんは何を言わず、目もくれず、むすっとしたまま堀田の脇を通り過ぎようとした。堀田はもう一度、一段声を張り、

「お食事ですか！」

「うるさいな。聞こえとるわい」おじいさんは顔をしかめた。

「すみません。聞こえなかったのかと思って」

「補聴器をしてるのが見えんのか？　あんたが見慣れない顔だから返事をしなかったのさ。最近は悪人が善人ヅラして白昼堂々泥棒をはたらく時代だからな。あんただって信用できん。もしかしたらオレオレ詐欺の一味かもしれん」

「とんでもない」堀田は首を横に振った。

「ぼくは今日からインターンシップでバラギ苑にお世話になります大学生の堀田です。よろしくお願いします」

「ん？　学生？　あんまり賢そうには見えないが……」

おじいさんは堀田を肘で突き、

「そんなことより、腹が減った。今日のめしは何だ？」

堀田はおじいさんを空いている席に案内し、調理カウンターへ行った。奥で黒い帽子に割烹着姿の調理スタッフが、指でOKサインをした。何もかも心得ているようである。堀田はポットのお茶を汲み、おじいさんのところに持っていった。

まもなく、調理スタッフがワゴンでお膳を運んできた。大皿の上に銀のクロッシュが光っている。スタッフはつまみを持ち上げた。

堀田は目を見張った。

あらわれたのは霜降りの厚切りのステーキ。デミグラスソースがかかり見た目も香りも麗しい。こんなに贅沢なステーキ、食べたことどころか、見るのさえ初めてである。副菜のサラダの脇には黒い粒々が宝石のように光っている。キャビアだ。

スタッフは皿の脇に小瓶を置いた。

「お好みで特製のウニソースをかけてお召し上がりください」

「ありがとう。わしゃこれが好きでなぁ」

おじいさんはフォークとナイフを打ち鳴らし、おもむろに肉を切り始めた。切れ目から血と脂がにじみ出し、皿に広がる。

「年を取ると肉を食べなきゃならんからのう」

おじいさんは肉を口に運び、美味そうに食べた。堀田は羨ましく見守るだけだった。

十五分も経たないうちに食堂は入居者でいっぱいになった。堀田とオニール、数名のスタッフが入れ代わり立ち代わり席に案内し、配膳をしたり、食べ方を介添えしたりする。ほとんどの人が自分で箸やスプーンを使って食事ができた。自力で食堂に来ることができない人や、手指を使えない人は、専門のスタッフが入居者の部屋まで食事を運んでお世話をしているらしい。

昼の献立のメインは全員ステーキで、あとはあらかじめオーダーされたお好みメニュー、たとえばキャビアのウニソースやイクラ丼などがあった。からすみでお酒を飲む人もいた。

堀田は面喰うばかりだったが、景色に慣れて冷静さを取り戻すと、ようやく疑問を抱いた。健康を最優先しなければならない高齢者が昼日中からこんなものばかり食べていたら、長生きできるわけがない。若者だって参ってしまう。どおりで葬式が毎月出るわけだ。これは間違っているのではないか――。けれどもお年寄りはみな満足そうで、モリモリ食べている。食堂には笑顔と笑い声が満ちている。誰にも不満などなさそうだ。

入居者の昼食タイムが過ぎると、スタッフが交代で昼休みとなった。堀田はオニールと休憩に入り、食堂でまかないを取ることになった。

――ぼくにもステーキが？

調理スタッフが二人の前に置いたのはベーコンとモヤシ炒めのどんぶり。一応笑みを浮かべたが、内心はガックリである。

オニールはどんぶりにポン酢をなみなみと注ぎかけた。そして堀田に目を遣り

「どうした？　食べないの？　青い顔をして」

「いや、大丈夫です、元々青いんです」

以前よっさんが「外国の鬼はポン酢で日本人を食べる」と言っていた。もしかしてこのベーコンは……。

――いや、まさか！

二人は黙々と食べ始めた。

味は悪くない。堀田は口の中のものを次々に飲み下した。

しばらくして、

「きみにちょっとレクチャーしとこう」

オニールはそう言って箸をおいた。

「入居者の三分の一は認知症の人たちだよ。認知症とは、脳の神経細胞が委縮して、物忘れしたり、考えられなくなったり、理解ができなかったりする病気のことだよ。ここはとくに物忘れの人が多い」

「物忘れは、どの程度忘れちゃうんですか」

「人によって様々さ。ついさっきのことを忘れる人もいれば、自分が誰だか分からなくなったりする人もいる」

「自分が誰だか――ですか？」

「そう。老人の健忘症について、たまにこんなことを言う人がいる――先の短い老人が死の恐怖に怯えるよりは、いくらかボケてしまった方が幸せだ、と」

「なるほど……少しわかるような気がします」

「バカを言っちゃいけない」

オニールが声を尖らせたので、堀田は委縮した。

「きみは何か忘れて思い出せなかったら、自分がじれったくならないか。それが毎日毎時間あると考えてごらん？　自分のことが嫌になると思わないか？」

「……きっとそうだと思います」

堀田は想像して憂鬱になった。きっとすさまじい自己嫌悪が起こるに違いない。

オニールは表情を和らげて言った。

「認知症の人は、何かを忘れるのは仕方ないにしても、忘れること自体はとても嫌で、自信を無くして苦しむんだ。だから、接し方には注意が必要だよ。まず本人が記憶違いをしていても、それを無理に正さないこと。そして、目を見てコミュニケーションをとること。相手の言っていることが支離滅裂で会話がしんどくなっても、そっぽを向いちゃだめ。あ、でも、重度の人は別だ。施設にはいろいろな進度の人がいるから、個々の程度を察して接するようにね」

「わかりました」

すると、横から
「ちょっとぉ、いつまで休んでいるのぉ？」

不意に甲高い子どもの声がした。

堀田が声の方に振り返ると、正真正銘の子どもがいた。身長は一メートルくらい。黒い帽子をかぶり、両手を腰に当て、片足を前に出して靴の裏で床をパタパタ叩いている。わんぱくな顔つきと落ち着きの無さは、典型的な男の子である。

少年はオニールを見据え
「もう一時間過ぎたよ。今度はぼくがご飯なんだから！」

「おお、悪ぃ悪ぃ」オニールは少年をなだめて堀田に目を遣り

「紹介しよう。こいつはコニール。子どもながら施設のスタッフを務めている。生意気盛りだけど仕事はできるから、何か分からなかったらコイツに聞いてくれてもいいよ」

「どうも、堀田です」

堀田は椅子から立ち上がって小さな先輩に深々とお辞儀した。ついでに顔を覗き込んだ。顔の造りはオニールにそっくり。どことなく施設長にも似ている。きっとこの子も外国の鬼なのだろう。黒い帽子を取ったらツノが伸びているに違いない。

「はいはい、ホッタ、ね」

コニールは口を尖らせて目を逸らした。

「覚えておくよ。しっかりやってよね、新入りくん。ぼくらの足を引っ張らないように」

「あの、ぼくは新入りではなくて、インターンなんですが」

「インターン？　なにそれ？」

「お前は分からなくていいよ」

オニールは立ち上がった。手には空っぽのどんぶりが二つ重ねられている。

「じゃあ堀田くん、次の現場にいこう」

「はい」

二人はコニールに背を向けた。後ろから高い声が飛んでくる。

「こらあ、ちゃんと教えろ！　ぼくを小馬鹿にして！　子どもだと思って甘く見るなよ！」

それから三日が経過した。堀田はオニールに従って仕事を覚え、ものによっては一人でこなせるようになった。

施設長は厳しい。窓の桟を指でなぞっては掃除をやり直させるようなことは日常茶飯事、徹底した完璧主義である。入居者への気遣いは卓抜しており、随分慕われている。時折「年寄りは年寄りらしく」「ここはみなさんの姥捨て山」など毒舌を飛ばし、入居者の笑いを取る。しっかりと心を掴んでいるのである。

オニールとコニールも真面目で仕事ができ、愛想がよいので、入居者の信頼を得ている。食事やお下の世話、入浴介助など、心を込めて丹念に行う。堀田はこの二人から様々な実地技術を学んだが、どれ一つとっても介護や医療の理論に裏打ちされた確かなものだった。

堀田は毎日の出来事をメールで廣子に報告していた。三日目の晩こんな文言を書き送った。

『人の幸せを願うことで、自分が幸せになれる。福祉の仕事を通じてその素晴らしさに気付きました』

翌朝、廣子は奥浅草の事務所でこのメールを見て顔をしかめた。

「あいつ、バラギ苑の偵察に行ってるのに、施設のスタッフになってるじゃない」

一緒にメールを読んだよっさんも意外そうに、

「予想と大違いですね。ひどい施設かと思ったらお年寄りに親身なようです」

「堀田のメールを読む限り、そんじょそこらの施設より格段にいいわ。ただひとつ引っ掛かることがある。毎日高カロリー・高脂質の料理を食べさせていること。昨日とおとといお葬式があったそうよ。私、週刊誌に告発しようかしら」

「待ってください」よっさんは制した。

「そんなことをしたら料理が普通になるだけで、鬼の方の問題は何も片付きません。外国の鬼が何をしているのか、それを知りたいんです」

「それもそうね。私としては人間界の問題が一番大事だけど、鬼のことも無視できないわね」

堀田は四日目、五日目もメールを送ってきた。廣子とよっさんは翌朝チェックした。メールには堀田の感激が綴られている。たとえば——食後に「ご飯を出してくれない」と大暴れする入居者をオニールが丁寧になだめた。「閉じ込められている」と家に毎日電話する人をコニールが長時間寄り添って床に就かせている。認知症とはいえ、理不尽な入居者らに堀田は憤りを覚えたが、オニールもコニールも辛抱強く優しく接した。高齢者施設の虐待が話題になる昨今、このような施設はめずらしい。堀田は感動し、「二人はまるで聖人のようです」と記している。

この他、施設の周辺事情も伝えてきた。バラギ苑では空いている部屋をフリースペースとして開放している。近所の有志が貧しい子どもたちを集めて無料塾を開講していて、入居者との交流もあり、お年寄りと子どもたちの触れ合いの場になっている。

メールを読み終わった廣子は嘆息した。

「非の打ち所がないわ。お年寄りの人間性を最後まで認め、子どもたちへの福祉にも貢献している。この施設、私たちの理想とする社会づくりを実践しているわ」

「まったくです」よっさんはうなずいた。

「つまり外国の鬼共は、日本の鬼では想像もつかないような社会貢献をやっているってわけです」

「そう。それってつまり――」

廣子とよっさんは視線を合わせ、

「ますます怪しい」

異口同音に言った。

「素晴らしい反面、贅沢な食事が続いてお葬式が絶えないのは事実よ。表面を偽装して怪しまれないようにしているのかも。堀田には引き続き監視を弱めないように注意しとかなきゃ」

「彼には、施設の活動よりも、スタッフらの動きに目を光らせるように言ってください」

「そうね」

廣子はキーボードを叩き、メールを返信した。

(2) 一本ヅノたちの秘密

――弱ったなぁ。

朝、庭をほうきで掃いていた堀田はため息をついた。廣子から届いたメールがすこぶる厳しい調子だったのである。

『施設の表面的なことはいいから、隠していること、怪しいことを調べてください。どうでもいい情報を送ってくる限り大学の敷居はまたげません』

廣子の物言いは、バラギ苑が何かを隠しているのが前提になっている。まるで埃が出るまで叩き続けろと言っているに等しい。

「こらーっ！　ホッタ！」

急に名を呼ばれて振り返ると、少し離れた植込みのそばに、黒い帽子をかぶったコニールが立っていて、怖い顔をして睨み付けている。

「何をぼんやり突っ立ってる！　手を動かせ！」

「すみません！」

「全く、見ていないとすぐサボるんだから」

その時、施設近くの山林から強い風が吹き、庭の草葉を猛烈に揺らした。砂塵が舞う。

「ああっ」

コニールの帽子が風に飛び、もじゃもじゃの髪が見えた。

——おや？

堀田はてっきり尖った一本のツノがあると思っていたが——。

どうやらちょっと、様子が違う。頭に白い塊があるにはある。しかし尖ってはおらず、まるで先が欠けて台座部分だけあるような、平たく小さな軽石を頭に乗っけている感じである。

「見ぃたぁなぁ」

コニールは顔をしかめ、低い声で言った。堀田が戸惑っていると、

「ホッタ、お前、なぜ驚かない。普通の人はツノを見てびっくりして逃げ出すのに」

「いや、その……何となく、もしかしたらツノがあるんじゃないかなあ……なんて思っていたんで……」

「嘘をつけ！　そんなことを何となく思うもんか！」

堀田はうろたえた。相手は子鬼とはいえ鬼。隠していた（であろう）ツノが見つかったからには、制裁されるかもしれない。死去した入居者と一緒に輪出されてポン酢で食われる――そんな想像が堀田の脳裏をかすめた。

臆した堀田は、咄嗟に話を擦り替えようとした。

「あの、その、ええと……ツノの先が、ちょっと変ですね」

こともあろうに、目の前の疑問をそのまま口にしてしまった。

――ああアッ！　馬鹿馬鹿！

堀田は制裁を覚悟した。

ところがコニールは顔を歪め、

「うう、言ったな、言ったな……気にしているのに」

声を震わせグスグスと鼻をすすり始めた。しまいには涙を浮かべ、しゃがみこんでしまった。

「すみません。悪気があって言ったんじゃないです」

堀田は歩み寄って頭を下げた。小さなコニールはしゃがんだまま恨めしそうな顔を上に向け、

「人にはいろいろつらい思い出や目に見えない痛みがあったりする。思ったことを考えも無しに口に出すべきじゃないよ」

「気を付けます」

堀田はホッとしつつ、幾度も頭を下げて詫びた。

「もういい。でも一つ約束して。ぼくのツノを見たことを、父ちゃんと母ちゃんには黙っていてくれ」

「父ちゃんと母ちゃん？」

「あっ、しまった」コニールは口を手で塞いだ。

「いつもそう呼んでるからつい出てしまった。これだから部外者が来るのは嫌なんだ」

「あのう、もしかして、ぼくはすでにコニールさんのお父さんとお母さんに会ってるってこと……ですか？」

「いや、会っていない！　会っていないよ！」コニールはまくしたてた。

「変な詮索はするな！　はいっ、この話はもうおしまい！」

コニールは落ちた帽子を拾って頭に乗っけると、逃げるように建物の向こうへ走り去った。

この事件のおかげで、堀田は一つの明確な事実を掴んだ。コニールは一本ツノの鬼だ。ということは「父ちゃんと母ちゃん」も鬼に決まっている。父ちゃんと母ちゃんが誰かはさておき、この施設が本当

に鬼に関係するものであることが明らかになった。

堀田は居ても立ってもいられず、すぐさま廣子にショートメールを送った。

『速報：バラギ苑に鬼がいます』

返信は一分も掛からなかった。

『だからそうだって言ってるじゃない。今さら何言ってるの』

堀田はしょげかえった。と同時に、廣子の返信にカチンとくるところもあった。

――くそう、何かビッグなネタを掴んでアッと言わせてやる！


その晩、堀田はあてがわれた個室のベッドでまんじりともせず、小窓の向こうの小さな月を見つめていた。夕方に気掛かりなものを見て気が高ぶり、眠れないのだった。それは昼前に見たコニールの欠けたツノよりも不気味かつ意味深で、目を閉じるとまぶたの裏に描き出され、神経が冴えわたる。

その舞台は「開かずの間」である。場所は施設長室の隣で、ドアの造りが格調高く、いかにも特別な部屋だった。堀田は毎日のほとんどを清掃に費やし、館内のたいがいの部屋に入ったが、その部屋は終日施錠されていて入ったことは無かった。以前、施設長にその部屋の清掃を申し出たら「あそこはいい」と言われ、ますます気になっていた。その部屋のドアが、今日の夕方、ほんの一センチほど開け放たれていたのである。堀田の好奇心は引き寄せられ、こわごわながら中に忍び込んだ。

そこは四畳半ほどの狭い部屋で、ブラウンの腰壁の他、正面の造り付けのアンティーク棚が目に入った。棚にはろうそくと香炉が並べられ、かすかにお香の香りがする。棚にもっと近づいて観察すると、真ん中に白い丸い物が置かれている。球体のてっぺんに棘のような突起物が一本。その下に、大きな穴が二つ。堀田はハッとして自分の口を塞いだ。一本ツノのどくろだ。

その隣に小さなフォトフレームが立ててある。軍服をまとった髭男の写真で、堀田はその男をテレビで見たことがあった。アフリカ大陸の東海岸にあるエジンビア共和国の将軍だ。クーデターを起こして自分がトップに立った男で、半年くらい前の新聞やテレビにしばしば登場していた。

——鬼たちの故国はエジンビア共和国なのかな？

堀田はそれだけ目に焼き付けて、部屋を離れた。

以来一日中、どくろと髭男の顔が脳裏に浮かび、離れない。夜、寝間に入っても消えず、むしろ鮮明に浮かび上がってくる。それで彼は夜をまんじりともせず過ごしていたのだった。

寝台に横たわる堀田の目は冴えわたっている。窓から差し込む月光は堀田の胸にさざなみを寄せ、何かをけしかけようとする。

——今、あの部屋に行ったら、何か行われているのかな？

日中閉ざされているということは、夜に利用されているに違いない。

——行ってみよう。なあに、前を通るだけだ。誰かに出くわしたら、トイレに行こうとして道に迷ったとでも言えばいい。

堀田は静かに身体を起こし、部屋を出た。

真っ暗な廊下は窓から差し込む月明かりでほの白く照らされている。角を曲がれば例の部屋というあたりで、足を停めた。話し声がする。小さくて何を言っているかは聞き取れないが、苛立つような、憤るような調子だ。

堀田は扉の脇の壁に背をピタリと付け、耳をそばだてた。

施設長の声がする。

「だからアタシは言ったんだよ。『三人は無理だ』って。だって、ピンピンしてるじゃない」

「相変わらず無茶を言ってくるなあ」

これはオニールの声だ。

「そもそも、人間に屈するなんてエジンビア・ゴブリンの名折れだよ。そんなに将軍が偉いのか？　あの髭が」

「長老はゴブリン・リザベーションでの軍事行動を阻止するために必死なのよ。そのタイミングで飢饉が起きたんだ。毎日何人ものゴブリンが餓死しているって」

「しかし、まさか殺して送るわけにはいかない。いくら同朋のためとはいえ、殺人を犯すことはできないよ」

「当たり前よ。おじいちゃんもおばあちゃんも、みんな頑張って生きてきた人たちだよ。それを殺すなんて」

「じゃあ、どうするの？」

沈黙。

やがて、

「明日からもう一段階カロリーを上げるわ。あと、ビタミンを減らして脂質を多く」

「結局それか」

「仕方が無いでしょ」

堀田の背中は汗びっしょり。バックで静かに扉から離れると、早歩きで部屋に馳せ戻った。スマートフォンを開き、今見聞きしたことを廣子にメール送信した。

すると、すぐに廣子から電話がかかってきた。

『ほら、やっぱり！』

電話を取るなり、廣子は興奮気味である。

『やっとつかんだわね？　明日よっさんとそっちに行くから』

「えっ？　明日？」堀田は面食らった。

「ぼく、明日も仕事なんだけど」

『仕事の方が都合がいいわ。さっそく作戦を考えたの。ちょっと荒っぽいけどね。明日そっちで話すから』

堀田は胸の詰まるような心持ちがして、その日はまだ目が冴えていたが、いつの間にか眠りに落ちていた。

（3）呼び出し作戦

翌朝十時過ぎ。堀田が庭掃除をしていると、廣子から電話が来た。周りに誰もいないのを確認して電話に出る。

『いまバラギ苑の近くにいるわ。よっさんも一緒よ』

「早かったですね」

『さっそく作戦を言うわ。一度しか言わないからね』

廣子の指示はこうだ。オニールが買い物に行く時、堀田も同行する（オニールが毎日午後二時頃スーパーへ買い出しに行くことは、堀田から廣子に報告済みだった）。スーパーに着いたらよっさんの出番。凄みを利かせてオニールを建物の影に引っ張り込む。そこで廣子がいろいろと訊問する。

『つまり、あんたの仕事は、建物の近くにオニールって奴を誘導すること』

「引っ張り込んで訊問なんて、ちょっと乱暴すぎませんか？」

『仕方が無いでしょ。どうやら、そいつがバラギ苑の番頭役らしいじゃない。彼を問いただせば、洗いざらい事実を吐くんじゃないかしら』

「そうかもしれないけど、優しくていい人だから気が引けます」

『人じゃなくて鬼よ』

「その間、ぼくはどうしていればいいんですか？」

『あ、考えてなかった』

「そんなぁ。ぼくはまだインターン期間が残ってるんですよ。スパイがバレた状態で残りの期間を過ごすのはキツ過ぎます」

『そうね……アナタがスパイだとバレたら、今後のリサーチがストップしちゃうしね。よし、分かった。アナタはあくまでバラギ苑のスタッフで、巻き込まれたって形にしましょう。よっさんに言い含めておくから、アナタもあわせなさい』

「分かりました」堀田は暗い声で応えた。

『じゃあ、買い物に出る時にメールを頂戴。待機しておくから』

二人は何もかも取り決めて通話を終えた。


午後二時過ぎ。森を貫く舗装道路を、若者と黒い帽子を被った男が歩いている。堀田とオニールである。

「施設の車が空いていましたけど、どうしていつも歩いて買い物に行くんです？　スーパーまでかなり遠いですよ？」

すでに歩き疲れている堀田が尋ねた。オニールはにこやかに答えた。

「毎日施設に詰めていると気が滅入るでしょ？　こうやって森林浴しながら散歩するのが、密かな楽しみでね。それにしても、今日はきみが『買い物に付き合う』なんて言い出すからびっくりしたよ」

「……えへへ」

「さてはきみも気分転換がしたくて外に出たかったんだろ？　施設長は厳しいからね」

一段高く笑う。堀田は申し訳ない気がした。

三十分ほど歩いてスーパーに着いた。田舎にありがちな、駐車場のだだっ広い、平屋建ての店舗である。昼下りで車はまばら。人影もない。建物の脇に小さな芝生があり、噴水の水がきらきら光っている。

その先に倉庫と屋外トイレが見える。

『スーパーに到着しました』

堀田はこっそり廣子にショートメールを送った。

すぐに返信が来た。

『倉庫そばのトイレに近づいて』

堀田は尻ポケットにスマホを入れ、

「あの、トイレに行きたいのですが」

オニールは建物脇の屋外トイレを指差し
「あそこだよ。ほら、倉庫があって、あの横の小さな建物。男性女性のマークが見えるでしょう？」

「え？　え？　どれですか？」

「ほら、あれだよ」

「え？　うーん……。どれですか？」

「だからほら、ここを真っ直ぐ行って――」

「すみません。連れてってもらえますか？」

「見えてるってのに。仕方が無いなあ」

――ごめん、オニールさん！

オニールが先に立ち、トイレの方へ歩む。後に従う堀田。噴水の水音が耳に鮮やかになる。堀田はあらためてあたりを見た。だだっ広い駐車場に人影は無い。まもなく二人は倉庫の真横に達した。

「おい、お前ら」

突然、建物の影から巨漢があらわれ、行く手を遮った。大きなツバのキャップを被った赤ら顔の大男――よっさんである。

「ひいいっ」

堀田は分かっていたはずなのに意表を突かれて本当に驚き、地べたに座り込んだ。オニールは「堀田くん！」と気遣ったが、すぐに大男を振り返り
「何ですか、あなたは！　藪から棒に『お前ら』なんて、乱暴じゃないですか！」

芯の通った口調で詰め寄った。しかしその目には戸惑いと怯えを隠せない。

するると、よっさんの後ろから腕組みした細身の影があらわれ
「ちょっとアンタに、バラギ苑について聞きたいのよ」と言った。

廣子である。

「最近、バラギ苑に穏やかならざる噂が出回っているわ。高齢者が早く死ぬように仕向けているって。火の無いところに煙は立たぬというわ。真相はどうなのかしら？　私たちはその答えを聞きに来たの。いい加減なことを言ったら許さないわ。証拠は掴んでるんだから」

オニールは怒りの形相を浮かべた。

「なんて失敬な！　いい加減にしなさい！　さあ、堀田くん、立つんだ。全く馬鹿馬鹿しい」

「待ちな」よっさんはオニールの前に回り込み、大きな手で彼の手首をむんずと掴んだ。その瞬間、オニールは察した。

――なんて力だ！　これは……鬼だ！

「手を離してください」

オニールは冷静に言った。

「近所で施設の噂が立っているのは知ってます。けれども全部デマです。証拠があるというなら、見せてください」

「こいつ、悪びれもせず、よくもしゃあしゃあと！」

よっさんはオニールの手首を掴んだまま、反対の手で大きなげんこつを握り、振りかぶった。オニールは覚悟に顔をしかめた。

が、げんこつはおちてこない。

そのまま廣子が冷酷な口調で言った。

「私たちだって暴力は好まないわ。でも、真実を掴むためには仕方が無いのよ。ねえ、悪いようにはしないから、本当のことを話して」

オニールは廣子を睨み付け、

「一体あんたたちは何なんです？」

廣子は問いに答えず、質問を押し付けた。

「ある人に調査を依頼されたの。バラギ苑では毎月十人以上の死者が出ている。みんな高齢だし、病人もいるだろうけど、この数値は規模の割りに大きすぎるわ。これはどういうこと？」

オニールは答えた。

「ウチのような施設は『終の棲家』です。人が亡くなることは何もおかしくありません。今いる元気な人たちだって、いつかはバラギ苑で亡くなるし、当人たちもそのつもりでいます。それなのに『規模の割りに』なんて、あんたたちが実情を知らないだけです」

「へえ、そう。私たちが『実情を知らない』、と」

廣子は不敵な笑みを浮かべた。

「私たちは独自ルートでバラギ苑の食事メニューを手に入れた。贅沢なものばかり毎日食べさせている。高カロリーに高脂質。高齢者の健康を損なう献立よ。あれじゃ元気な若者だって一年で健康診断に引っかかる。どう考えたって『早く死ね』と言っているようなものね」

「それは安易な考え方です」オニールは即答した。

「人間は、生きていればいいってものじゃありません。QOLって言葉を知っていますか？　Quality of Life. ――人生は『質』なんです。

今の日本は安心安全なものを食べて健康長寿であることがよいことだとされています。こと食に関しては、高齢になると『あれはだめ、これもだめ』となることが多いんです。でも、お年寄りの中には、老後になってまで煩わしい制約に縛られて生きるより、おいしいものをたっぷり食べ、楽しい思いをし、さっさと死にたいと思う人たちだっているんです。

今の世の中には、そんな考え方の人たちの選択肢がありません。社会は一方的に健康志向、長寿第一を押し付けてきます。それならバラギ苑は、その選択肢を作ってあげようじゃないか――そんな発想から、入居者のお好みのメニューを用意しています。それが良くて入居を申し込む方もいらっしゃるくらいです」

「むぅ……」廣子は言葉を飲んだ。

「この考え方は、今の日本経済に大きな意味と方向性を与えてくれると思います。現在の高齢者は、長生きしなければならないからお金が要ります。必然的にお金を使わなくなる。消費しなくなる。そうすると社会にお金が循環せず、景気が滞る。そんなことならいっそ高齢者にたくさんの選択肢を示し、有り余るお金を使って余生を楽しんでもらった方が、社会にも高齢者にも良いんです。彼らだって、貯めたお金をあの世に持って行けないことくらい分かっていますから」

「えらいっ！」

廣子はパチンと手を打った。

「へ？」

オニール、よっさん、座りこんでいる堀田――三人とも廣子のリアクションに唖然とした。

廣子は心底感心していた。これまでＤＫＳＣは「夫婦愛が経済を救う」を主軸に活動してきたが、学生レベルでは啓蒙が限界で、成果は皆無に等しい。それをバラギ苑は「高齢者の選択肢を広げて経済を回す」というトリッキーな試みを、経済学の門外漢ながら老人介護事業に派生させて実現している。選択肢という言葉を聞いて、廣子はスーパーでの買い物を思い出した。商品棚はプライベートブランドばかり。価格誘導されて、結果、商品の選択肢は無いに等しい。社会は今、効率性を重視するがゆえにどっちの方向を向いても選択肢を狭められている。買い物も、生活も、人生の終焉の送り方までも――。

「どうやら少しはお分かりいただけたようですね」

オニールはほのかな笑みを浮かべた。

「そういうわけですので、入居者を早死にさせているなんて、言語道断です。まあ、近所で噂になっているのは知っていましたが、無知から来ていることなので、責めようとは思いません。私たちにとって大切なのは、世間の『減らず口』では無く、入居者さんたちの幸せなのでね。では、私たちは施設に戻りますので、これにて」

オニールは踵を返し、背を向けようとした。

「ちょっと待てい！」よっさんが声を上げた。

「まだ俺の話は済んでないぞ！」

オニールは声に振り返った。その瞬間、よっさんの大きな手が宙を走り、オニールのかぶっていた黒い帽子を跳ね飛ばした。

「あッ！」

帽子の下、頭のてっぺんにぴょこんと伸びているのは、鋭く尖った真っ白い一本ヅノ。

「よくもッ！」オニールは激高しつつ、廣子と堀田に目を遣った。二人は人間だ。きっとツノを見て驚き、恐怖の表情を浮かべて——と思いきや、意外にも「おー」と淡白な表情である。

なぜ驚かないのか掴みかねていると、よっさんが
「俺のを見ろ」と言って自分の帽子を取った。

もじゃもじゃの髪に二本のツノが伸びている。

「お前、一本ツノってことは日本の鬼では無いな！　外国の鬼がここで何をしているんだ。お前も鬼なら他所の大地の精霊に許可無く振る舞うことがどれだけ掟破りであるか、分かっているはずだ！　証拠はあがってるんだ。お前たちはアフリカのエジンビア共和国——今の世界地図では『エジンビア民主政府』と名乗っているあの国の、エジンビア・ゴブリンだろ！」

「どうしてそんなことまで！」オニールは叫んだ。

「お前たちの魂胆は分かっている。鬼は古来、人間を常食にしてきた。世界中どこでもそうだ。現代で

は日本の鬼は人間を食べなくなったが、アフリカはじめ外国の鬼はいまだに人間を食べている。お前の国もそうだろう。

しかも、エジンビアでは最近人間同士の紛争があり、多くの人間が難民として他国に逃げている。人口が減って鬼社会はさしずめ『食糧危機』に陥っているはずだ。それでお前たちは、日本の人間をさらって食おうとしているんだ。日本の鬼が人間を喰わないことを知っていて、調達に来ているんだ。そうだろ？」

オニールは青ざめた顔を上げ

「そこまで知られているなら、いくつか答えよう」

と言い、堀田を振り返り

「今から私の言うことは、結論として違う部分もあるのだけど、おおよそ真実だ。堀田くんには、できれば耳を塞いでいてほしいが、聞くならこれだけは信じてくれ。ぼくはきみに危害を加えるつもりは無い」

「こいつ、開き直ったな」よっさんは言った。

オニールはよっさんに向き直り、一語一語はっきりと語り始めた。

「確かに、我々はエジンビア・ゴブリンだ。素性を隠して日本に来たのは今から三年くらい前。長老の命令でやってきた。あんたの言う通り、食料調達のためだ。アフリカは砂漠地帯でまともに農耕・畜産はできないし、紛争が多くて人間を狩るのもままならない。そこで外国から食料を輸入して食糧難に対応しようということになった。

日本に詳しい者からいろいろ教えられ、それで始めたのが高齢者施設だ。当初の計画は、さっきアンタの言った通り、老人を早死にさせ、食料としてエジンビアに送ることだった。早く殺せばそれだけ回転が良くなり、入居費収入も食料も潤沢になる。

しかし、現実はそうはいかなかった。

バラギ苑は、確かに葬式は多いが、ほとんど持病や老衰による死去で、太らせて死んだケースは皆無だ。みんなおいしいものを食べて幸福感を得ているから、心身ともに良好で、むしろ長生きをしている。エジンビアからは毎日のように催促が来る。早く肉を送れと言うんだ。故郷で仲間たちが飢え、首を長くして食料を待っていると思うと、非常に申し訳なく思う。でも、現場の私たちは入居者に情が入って手を下せないよ。

そういうわけで、近所の噂はデタラメだ。その証拠に、ウチの施設で亡くなった人のご遺族から苦情が来たことは一度も無い。逆に『最後まで笑顔でよかった』『いつも楽しいと言っていた』『代わりに親孝行してくれてありがとう』と感謝の言葉をもらっている」

「いままでどのくらいの日本人を送ったの？」廣子は尋ねた。

オニールは廣子を向いてこたえた。

「実は、ほとんどありません。亡くなった入居者のうち、親類縁者がいる人の遺体は、葬儀後に日本のやり方に則って埋葬されます。前に一度、身寄りの無い遺体をエジンビアに送ったことがありましたが、等級が低かった。『もっと若い老人を送れ』と、支離滅裂な指示が飛んできたくらいですから」

「まあ、人間に等級なんて！」

「とんでもないことだ」よっさんも憤る。

「外国の鬼のくせに他所の領域で不埒な仕事を働くなんて、許されないぞ。さあ、こい。今から我々の長老に引き出すから、今言ったことを洗いざらい吐くんだ」

よっさんはそう言って太い右腕を伸ばし、オニールの手を掴もうとした。オニールは後方に飛びのいた。

「乱暴は止してくれ。確かに、我々が最初に日本に来た時の魂胆は間違っているかもしれない。だが、結果として何一つ日本で悪事を働いてはいない。何一つ裁かれる理由は無い。それに、二十一世紀にもなって、いつまでもよそ者からみかじめ料を取るような日本の鬼社会は、国際的に遅れているよ」

「余計なお世話だ！」

よっさんは再びオニールに掴みかからんとした。しかしオニールが体を交わしたので、勢い余ってつんのめった。オニールはその隙をつき、地べたに座り込んでいる堀田を肩にひょいと担ぎ上げると、回れ右して一目散に駆け出した。

「逃がすか！」

よっさんが後を追う。オニールは俊足を飛ばす。身体の大きいよっさんは、ついていけず、距離は離れていく一方だ。

「うわわわ……」堀田はオニールの肩に担がれ、風に揉まれていた。やっぱり鬼だ。一本ツノでも力は強い。

「ごめんね、手荒なことをして」オニールは走りながら詫びた。

「お詫びついでにお願いするよ。今日私がしゃべったことは全部忘れてくれ。そして、くれぐれも、施設長をはじめバラギ苑のスタッフには黙っていてほしい」

「も、もちろん」堀田は肩に揺られながら答えた。

二人はバラギ苑に戻った。

施設の敷地の入口に施設長が立っていた。

「アンタたち、やけに帰りが早いわね」

「いや、その……」

「おや？　二人とも、手に何も持っていないわね。買い物に行ったんじゃなかったの？」

「うん、実は、今から行くところで……」

施設長の顔に怒りが差した。

「あんたたち、真面目にやんなさい！」

二人は小さくなった。オニールは下げた頭をそっと上げ、上目遣いで施設長を見た。げんこつが飛んでくるかと思いきや、彼女は冷めた目でオニールと堀田を見ている。何か考え事をしているようにも見える。

「もうすぐ夕食よ。オニールは食堂に行って配膳の準備。大学生のにいちゃんは、できなかった買い物をしてきなさい」

「あの……一人で、ですか？」堀田は慄いて尋ねた。

「そう。歩いていくのよ。インターンは事故したら保険利かないから、車は貸せないよ。若いんだから、元気に歩いて行きなさい！」

（4）三人、捕囚される

堀田は元来た道を戻りはじめた。

これから三十分、買い物を済ましてまた三十分――それだけ歩くと思うとぞっとする。ゲンナリして歩いていると、尻のポケットでスマートフォンが振動した。廣子のショートメールだ。

『いまどう？』

堀田は返事を打たず直接電話した。

『上出来だったわ！』廣子はいきなり叫んだ。

『ちょっと荒っぽいやり方でどうなるかと思ったけど、何もかも聞きだせたわね。ところであなた今何してるの？』

「一人で先程のスーパーに向かってます。さっきするはずだった買い物ですよ。あーあ、どうせなら買い物が終わってから襲い掛かってくれたらよかったのに」

『なるほど、こちらに向かってるってことね。私たち、まださっきの場所にいるの。よっさんとこれからのことを話し合っていてね。こっちにくるなら会議に加わってよ』

電話は切れた。急ぎ足で道を行く。途中、背後から甲高いエンジン音がして、バラギ苑のバンが追い抜いて行った。あっという間に小さくなる。一瞬のことで、誰が乗っていたかは分からなかった。もっとも、堀田は全てのスタッフと顔見知りではないし、スタッフだってみな堀田を知っているか分からない。

——はて、今から夕食時で大忙しだというのに、どこに行くんだろう。

堀田はこの時間にスタッフの誰かが施設外に出て行くことを不思議に思った。


スーパーの駐車場に着いた時、太陽は随分西へ傾いていた。

倉庫に目を遣ると、大きな影が両手をいっぱいに開いて振っている。よっさんである。堀田は影の方へ駆けて行った。

「いやあ、お疲れ様！」よっさんがねぎらった。

「おそいわよ」よっさんの背後から廣子が顔を出す。

「ごめんごめん。これでも急いだんだよ」

よっさんは満足げに言った。

「堀田のおかげで、あの施設が本当に外国の鬼のもので、どういう企みで始まったものか、真実を知ることができた。これから俺は、もう少し奴らのことを調べて、長老に報告するつもりだ。少なくともあいつらと本国のネットワークを掴んでからね」

続いて廣子が、落ち着いた口調で言った。

「思うに、この問題は、人間の問題というより鬼の問題にシフトしたわね。だって、外国の鬼たちは、最初こそ本国の命令で食料調達に来たのかもしれないけど、現実に日本の高齢者を幸せにしている。つまり、私たち人間から見たら何の問題も無い」

よっさんはあやしそうに首をひねり、

「全く変な奴らです。彼らは目的を全く達成できていないのに、状況を変えようともせず、高齢者施設を続けている。どういうつもりなんだろう?」

「単純にみんないい人たちなんだよ」

堀田が悟りきった表情で口を開いた。

「さっきのオニールなんて、ぼくにつきっきりで仕事を教えてくれて、自分の仕事はよなべしている。施設長は怖いおばさんだけど、すごく仕事のできる人でいつも大忙し。でもちゃんとスタッフを見ていて、フォローを欠かさない。コニールって子どもがいるんだけど、まだ幼いのに貸し借りの義理を忘れない。そんな人たちに人殺しなんてできないよ」

「呆れた。あなたね……」廣子は軽蔑の目を向けた。

「いやいや。ぼくなんか何にもできない日本の若僧さ。それどころか、あんないい人たちを罠にはめ、オニールさんを怖い目に遭わせたり、情報を漏らしたり……ロクな奴じゃないよ」

「いい加減にしてよ。スパイが心変わりなんて許されないわよ」

廣子は真剣な表情で注意した。

よっさんは情けないため息をつき、

「やれやれ。ちょっとトイレ行ってきます」

そう言うと、トイレのある倉庫の裏へ歩いていった。

廣子は腕組みして言った。

「バラギ苑の鬼がお人よしかどうかはさておき、そのエジンビアとかいう国だって、いつまでもそんな連中を日本に派遣していても仕方が無いでしょう。そのうちきっと、新手のシャキッとした鬼を派遣して、必要な人肉を調達しようとするんじゃないかしら？　だとしたら、いずれ日本に災いすることになりかねないわね」

「末川さん、何か対策を考えているの？」

「いいえ。現状、そういう危機感があるということを言いたいの」

「そっか……何にせよ、ぼくたち大学生だけではどうしようもないから、よっさんと足並みを揃えるのがいいよね」

「そうね。鬼は何かと便利だから。使える者は何でも――って、よっさん、ちょっとトイレ長くない？」

堀田と廣子は話を一旦止め、倉庫の裏に回り、トイレの正面に出た。突然、物陰から数名の人影が飛び出し、堀田と廣子につかみかかった。二人は驚いて声も出ない。たちまち上体を腕ごと紐で巻きとられ、さるぐつわを噛まされた。さらに、屈強な人影が二人を軽々と肩に担ぎ上げ、大股で駆け出した。堀田は目を白黒させている。目の前で廣子が、自分と同じように肩に担がれて激しく揺れている。

　ハッチの開く音がして、二人はどこかに放り込まれた。肩から落ちた堀田が痛みを堪えて周りを見ると――車の中。大型バンのリア部分である。すぐにドンと音がしてリアハッチが閉じられ、ロックが掛かった。エンジン音とともに車が動き出す。堀田の足元で廣子が横たわったまま首を振り、さるぐつわをはずそうともがいている。車体の奥には巨体が横たわっていた。頭に布袋を被され、身体を紐でぐるぐる巻きにされている。布袋の中から声が聞える。

「おいっ、これは何だ？　紐をほどけ！　放せ！」

「ぷはッ」

　廣子がさるぐつわから逃れて巨体に言った。

「その声はよっさんね？」

「あ、廣子さんですか？」よっさんは荒ぶっていた口調を消して言った。

「トイレを済ませて出たら、突然後ろから布を被され、ぐるぐる巻きにされてこのザマですよ。すみませんが、この袋と、縛っている紐をほどいていただけませんかね？」

「私も手を縛られていてどうしようもないのよ」

「ええっ？　そうなんですか？」

「そう。もっとも私たちはさるぐつわで、あなたみたいに頭巾じゃないけどね。どうしてよっさんと私たちとじゃ捕えられ方が違うのかしら」

「きっとよっさんを鬼だと知っていたんだよ」

堀田もなんとかさるぐつわを脱した。

「鬼一人と人間二人を一度に相手するのを避けたんじゃないかな。ああ、それにしても、どこに連れて行かれるんだろう。誰の仕業なんだろう？　早く帰らない施設長に怒られちゃうよ」

「あんたも悠長な男ね」

バンはものすごいスピードで走っている。ガタガタと揺れ、その振動が身体に伝わってくる。窓の外は吹きすさぶように木々が走り抜けていく。

「この道は——」

堀田は感づいた。間違いない。これは、さっき歩いたバラギ苑とスーパーをつなぐ道だ。


バンが停まった。

リアハッチが開き、三人は縛られたまま外に引っ張り出された。

「やっぱり」

かすれた声に堀田が頭を上げると、施設長が立っていた。周りにはバラギ苑スタッフたち。一様に憤慨の表情。その背後で施設の建物が夕闇に溶けている。

「おかしいと思っていたんだ」施設長は憎々しげに言った。「監視カメラにあんたのおかしな動きが全部おさめられているよ。祭壇の間に入ったり、夜中に聞き耳を立てていたり。――だいたい、あんたみたいな東京の子がインターンに来ること自体おかしいんだよ。行政の目をごまかすために受入募集を出していただけなのに。でもまあ、今となってはオニールが全部しゃべってくれたから腑に落ちたよ」

「私もおかしいと思っていた」脇にオニールが立っている。

「決め手はさっきの出来事さ。建物の影に引っ張り込まれた時、なぜ問い詰められるのが私ばかりで、きみには何も無いんだろうって」

「あんたもうかつだよ。この三人は後でみっちりお仕置きするから、地下の倉庫に入れちまいな！」

スタッフらが進み出て三人の腕を取った。廣子は叫んだ。

「ちょっとッ！　私たちをどうする気？　法治国家でこんなことが許されると思ってるの？」

「お黙りッ！　うちのスタッフを脅しといて、何が法治国家よッ！」

三人は腕を後ろに巻き上げられて、建物の地下へ連れ込まれた。よっさんは頭に袋をかぶせられたまま、たびたびつんのめった。廣子は悔しげに鬼どもを睨み付けている。堀田は地下があることを知らず、目をぱちくりさせている。地下の廊下は蛍光灯の仄白い明かりが点々と灯り、湿っぽくかび臭かった。床も壁も天井もセメント打ち出しの灰色一色である。やがて、一枚の鉄扉の前に達した。鬼が進み出て解錠して扉を開いた。

「さあ、入んな」

鬼らは三人を部屋に押し込んだ。そこは四畳半程度の小部屋で、セメントの床にゴザが敷かれている。背後で錠の落ちる音がした。

「スパイどもめ、そこでしっかり反省してな」

「ちょっと！　どういうつもり！　ここから出しなさい！」

廣子は叫んだ。が、鬼は平然と
「馬鹿め、出せと言われて出す奴がどこにいる」と言い残し、あとは固い足音がだんだん遠のいていった。かすかにやり取りが聞こえる。

「若いのが二人か」

「今夜は久しぶりにエジンビア風ディナーにありつけるかな？」

「おお、そいつはいい！」

話し声は遠のいていく。

三人は狭い部屋に突っ立っていた。堀田は伸びあがってよっさんの頭を包む布袋の一端を口でくわえ、首を捻って引っ張った。大きな頭が露わになった。

「おやっ。ここは……」

よっさんはキョトンとした目で部屋の中を眺めまわした。

「四方は壁。扉は鉄で鍵がかかってる。私たち、捕らえられたのよ」

廣子は説明を果たすと、後ろ手のまま壁際へ歩き、壁に背をもたれてずり落ちるように床に座った。

「ぼくたち、どうなるんだろう」堀田は鉄扉を見ている。

「さっき言ってたじゃない。きっとエジンビア風ディナーになるのよ」

「げっ……あれってほんとかなぁ？　鬼は人間を食べないんだよね？」

堀田が不安そうにつぶやくと、よっさんは言った。

「アフリカの鬼はいまだに人肉を食するという。ま、俺は人間じゃないから食べられないかもしれないけど」

「あ、一人だけ逃がれるつもり？」

「鬼だって合挽にはいいんじゃないかしら」廣子が付け加える。

三人の間にごく短い沈黙が流れた。

「ねえ、ここを出る方法は無いの？　鬼の力で何とかならないの？」

「何とかしたいのはヤマヤマですが、後ろ手に縛られていたら何とも」

「縄を解いたらこの鉄扉を破れるの？」

よっさんは扉をまじまじと見て、

「分厚そうですね。体当たりしても無理でしょう」

「頼りないわね。いつも破談探知機でやるように、大地の力で何とかしてよ。ここは地下よ。大地そのものでしょ？」

「無茶な。破談の件は探知機があるからできるわけであって」

「持ってきていないの？」

「今朝は急でしたから……」

「まあ、呆れた。機械無しで、念じるだけ念じてみなさいよ」

「え？　どうやるんです？」

「私が知るわけないでしょ！」

よっさんは言われるままに——要領を得ない顔つきではあったが——目を閉じ、神経を集中しはじめた。

(5) コニールの取引

真夜中頃とおぼしき頃、三人がまんじりともせずにいると、間隔の短い足音が近づいてきて、扉の前で止まった。三人は顔を見合わせた。錠の外れる音がして扉がゆっくりと開き、小さな頭が覗きこんだ。

「おい、ホッタ」

「コニールさん！」堀田は目を見開いた。

「シッ！」コニールは唇の前に人差し指を立てた。

「お前に食い物を持ってきてやったぞ。ほれ」

扉の隙間から袋入りのコッペパンが放りこまれた。

「ありがとうございます。でも……」

「どうした」

「ぼくは手を縛られていて、食べることができません」

「……世話の焼ける奴だ」

コニールは部屋に入って来て堀田の縄を解こうとした。

「ちょっと待って」堀田は制した。

「ぼくは今、この二人と一緒に閉じ込められています。ぼくだけ縄を解かれて食事にありつくなんて、ちょっとどうかと思うんですよ」

コニールはうなずき
「お前は偉い奴だ。ぼくだってそれに気が付かないわけじゃないさ。ほら。パンはあと二つ持ってきている」

「まあ！」廣子は声を小さく弾ませた。

「ありがとう、なんて感心な坊やなの？」

コニールは頬を膨らませた。

「誰が坊やだ。子ども扱いしたら許さないぞ。ほら、堀田、縄は解いたぞ。二人を解いてやれ。――ただし、騒ぐなよ」

堀田は自由になった手で廣子とよっさんの縄を解いた。三人はコニールに礼を述べ、コッペパンにかじりついた。

コニールはその様子を見て
「ホッタ、分かってるだろうな。そのパンは口止め料だ」

「口止め？　なんのですか？」

「昨日お前はアレを見ただろ。アレを」

「あれって何です？」

「その二人がいるのに言えるもんか」

「この二人なら大丈夫です」堀田は廣子を示し
「こちらは末川さん。ぼくの上司です」

「変な教え方しないでよ」

「こちらはよっさん」

よっさんはコニールに向かい
「少年、パンをありがとう。堀田が世話になったようだね。感謝する」

帽子を取り、深々と頭を下げた。

「あッ！」コニールは目を丸くした。

「ツノだ！　二本もある！」

「シー」今度は堀田が制した。

「コニールさん、ぼくが言うのもなんですけど、この二人は信じても大丈夫です」

「そっちにも鬼がいるとは思わなかった……まあいい、ホッタの言葉を信じよう」

コニールはそう言って、廣子とよっさんに顔を向けた。

「実は、ぼくにもツノがあるんだ。この帽子の下にね。ホッタは昨日の朝、見たよな？　あの瞬間、ぼくが鬼であることがばれたわけだけど、その『ばれた』ってことを、施設の誰にも言わないでほしいんだ。たぶん今夜あたり施設長の尋問があると思う。でも、絶対に黙っていてね。パンはその口止め料だよ」

「ああ、そういうことですか」堀田は食べかけたパンを見つめ
「でも、ぼくが『バラギ苑のスタッフがみんな鬼』だと知っているってこと、みんなもう知ってると思いますよ」

「そうかもしれないけど、それでも黙っていてほしいんだ。だってぼくは、父ちゃんと母ちゃんに、絶対言わないって約束したんだもの。ホッタがどこかで勝手に知ったのなら構わないけど、ぼくのせいでばれたってことになると話は別だ。二人を裏切ることになるから」

コニールは「父ちゃん母ちゃん」と言った時、一瞬ハッとした顔をしたが、もう言いなおしも付け加えもしなかった。

「義理堅いですね。コニールさんは」

そう言って堀田は仲間二人を振り返った。

「コニールさんにはとてもよくしてもらったんです。お二人とも、どうかお願いします」

廣子とよっさんは「もちろん」とうなずいた。二人ともいたく感心の面持ちである。

「もう行かなきゃ」コニールは扉の方に身体を向けた。

「ぼくが来たのは内緒だぞ。縄はお互いに結わえ合ってくれ。パンくずは隅っこにでも片付けておけよ。

また来れそうだったら何か持ってくるから」

「ありがとうございます。ごちそう様」

扉は静かに閉じ、錠が下りた。

「子どもなのに、なんてしっかりしてるのかしら」廣子は鉄扉を見つめて言った。

「やっぱりバラギ苑は優れた施設なのかもしれないわね」

よっさんは頭を振り
「気を許しちゃいけません」

（6）施設長の裁き

その晩、三人は一睡もできなかった。パンを一つ食べたきりで、空腹に苛まれた。翌日の昼下りと思しき頃、ようやく眠気が差し、よっさんはうつらうつらしはじめた。廣子は床に座ったままカリカリしている。

　ふと、何人かの足音が近づいてきた。廣子はよっさんを揺り起こし、堀田は鉄扉を向いて姿勢を正した。足音が止まり、錠が外された。最初に入ってきたのは施設長。腕組みして威圧的である。後に従う二人のスタッフは、堀田の知らない顔だった。

　施設長は堀田を見据え
「昨日、あんたのノートパソコンのメールを見たら、スエカワって女との送受信履歴が残っていた。よくもここの情報を洗いざらい流してくれたね。それとそこの女。あんたがそのスエカワなんだろ？　調べたら堀田と同じ大学じゃないか。あんたたちはグルなんだね？」

　廣子は口を真一文字に結んで答えない。

　施設長はよっさんに目をやり
「オニールから聞いたよ。あんたは日本の鬼なんだそうな。確かにその顔つきといい、体格といい、武骨な日本の鬼のようだね」

「武骨だけ余計だ」よっさんは吐き捨てた。

「日本の鬼を一人捻り潰すくらい訳の無いことだが、発覚したら鬼の世界の国際問題になる。それは面倒なんで、あんたはそこの人間二匹と同じ処遇にすることにした」

「どういうことです？」堀田は尋ねた。

「あんたたち三人は、まとめてエジンビアに送る。堀田とスエカワは食品になるね。そこの鬼は人間と合挽よ」

　よっさんは怒りの形相を浮かべて施設長を睨み付けた。

「喰われてたまるか！　逆に食ってやる！」

　縛られた身体を揺すり、頭を伸ばして吼えかかる。

　施設長は舌打ちし、

「下品だね、まるで野良犬だ。二、三日のうちに梱包してあっちに発送するから、そのつもりでいな」

　そう言い残すと、鉄扉を閉じて去っていった。

「ぐぬぬぬ」

「よっさん、よく耐えたわ」廣子はよっさんをなだめた。

「縄はユルユルになのに、縛られたままを守り通した。偉い」

「ここで暴れたら状況はもっと悪くなりそうですし、それに、あの子鬼の仁義に背いてしまうのは避けたいと思ったんですよ」

「偉い！」堀田は感心した。

「鬼ってほんとに義理堅いんだね」

「そうさ、約束は絶対に破らない」

「ってことは、さっき施設長が言ってたことも、ホントにホントなんだね」

「うっ……」よっさんは俯いて言葉を飲んだ。

施設長が去ってまもなく、スタッフが食事を運んできた。

「さあ、人生最後のメシだ。お前たちは今夜にはエジンビアに向けて輸送されることになるから、そのつもりでいろよ」

スタッフはそう言い残し去った。三人は青ざめたが、腹は減っている。持ち込まれたのは蓋つきのどんぶりが三つ。開けてみるとご飯の上にベーコンとモヤシ炒めが乗っている。

「なにこれ！　これが最後の食事？」廣子は顔をしかめた。

「バラギ苑のスタッフのお昼は毎日これなんですよ」堀田は眉を八の字にした。

「少ないし、入居者の食事と比べるとお粗末なんですけど、人生最後のメシかと思ったら、ちょっと特別に見えますね」

「馬鹿、あなた本気で食われる気？」

「だって……じゃあどうするんです？」

「考えてよ！　ここで死んだら犬死よ！」

「死ぬのはここじゃないです、エジンビアです」

二人がやり合っていると、脇でガチャンと音がした。よっさんが空っぽのどんぶりを床に置いた音だった。

「もう食べ終わったの？」廣子は呆れた様子で言った。

「ええ。空腹でしたから」よっさんは大きな手で腹をさすった。

「何かこう、いつも以上に腹が減るんですよ。それに、ツノがムズムズする」

「ツノが？　どういうこと？」

「何とも言い表せない感じなんですが、俺の中のエネルギーが何かに反応している感じがします」

「エネルギー？」

「はい。これはどうやら大地のシンパシー……」

よっさんはそう言うと目を閉じて精神を集中しはじめた。


食事が済み、十五分ほど経過した。

「何か騒がしくない？」

廣子の言葉に堀田は耳を澄ました。扉の向こう、さらにずっと先の方で、なにやら大勢がやり合うような声がする。

「確かに、ざわざわしているね」堀田は怪しんだ。

よっさんは瞑想を解いて目蓋を開き、

「明らかな鬼のオーラを感じます」

「どういうこと？」

「鬼が近づいているんです」

「そうに決まってるわ。バラギ苑は外国の鬼でいっぱいなんだから」

「そうじゃありません。日本の鬼のオーラです。ツノが反応してる」

よっさんはそう言って頭上のツノを指差した。

騒々しさは徐々に大きくなる。何かを主張したり、乱暴に反応したりする声。怒気をはらんでいる。やがてはっきりと、「事実無根だ！」「失礼じゃないか！」「警察を呼ぶぞ！」という声が聞こえた。

「ぼくらに関係があるのかな？」堀田は眉をひそめた。

「全く分からないわ」

そのうち、駆け足の音が近づいてきた。一人では無く複数人の音だ。足音は扉の前で止まり、扉が開かれた。あらわれたのは困惑を浮かべたオニールだった。

「どうしたんです？」堀田が尋ねた。

「どうもこうもないよ」オニールは苦々しい顔で説明をはじめた。

「突然、マスコミが取材に来たんだ。すごい数で、みんなアポなしだよ。帰ってくれと頼むんだけど、全然引き下がらない。それどころか『やはり後ろめたいことがあるんですね？』『あなたがたには説明する責任がありますよ』、中には『そっちが呼んでおいてどういうことだ』なんて声もある。全く訳が分からない。押し入ろうとするから、スタッフ総出で押しとどめていると、マスコミに紛れて身体の大きな三人がやってきて、ぼくを横合いに引っ張り出した。そして『お前たちは日本の鬼とその仲間を捕えているだろう。直ちに釈放しろ』というんだ」

「おっと、説明はそのくらいにしときな」

オニールの背後から低い声がし、戸の影から大きなシルエットがあらわれた。帽子を目深にかぶり、サングラスにマスクを着けている。太い指がサングラスのつるをつまんで取る。大きな目玉があらわれ、囚われの三人を見た。

「おお、ごんちゃん！」よっさんの声が弾んだ。

「兄貴、災難だったな」ごんちゃんと呼ばれた大男が言った。

「昨晩、妙にツノがムズムズして胸騒ぎがしたんだ。やっぱり捕まってたんだな？」

「まあ、あなたはよっさんの弟なの？」廣子はまばたきした。

「助けに来てくれたってこと？」と堀田。

「その通りです」ごんちゃんは胸を張って答えた。

「よっさん、久しぶり。俺たちもいるぜ」

ごんちゃんの後ろに、別の顔が二つあらわれた。いずれも大きな体と顔付きである。

「お前たちも来たのか！」よっさんは興奮している。

「今は挨拶をしている場合じゃない。ここを出よう」

ごんちゃんたちは縛られている三人の縄を解いた——といってもゆるゆるで、縄はあっけなく床に落ちた。

「さあ、前に立って出口に案内しろ」

ごんちゃんはオニールに命令した。

「今来た廊下がルートだ」オニールはつっけんどんに答える。

「他にもあるはずだ。俺は知っている。建物の裏に階段がある」

「何でそんなことを」

「前からここは怪しいと思っていたから、目を付けていたのさ」

ごんちゃんはオニールを先頭に立たせ、自分、よっさん、廣子、堀田、大男二人の順の列をつくった。廊下を進んでいく。まもなく階段の昇り口に到着した。

「お前さんは、ここでお役御免だ」

ごんちゃんは、さっきまでよっさんらを縛っていた縄でオニールを縛りあげると、横倒しにして足首も縛った。

「あばよ」

ごんちゃんは先に階段を上がっていった。残る五人も続く。堀田だけは、オニールに申し訳なさそうに目配せした。

階段の出口は錠が掛けられていたが、鬼四人が力を合わせ、南京錠を引きちぎった。扉を開けると外光が差し込んだ。廣子が飛び出し、堀田が続く。全員が外に出たところでごんちゃんが
「表はマスコミが集まっている。彼らが時間を稼いでくれている間に遠くへ逃げよう。車を苑の裏門の脇に停めている。さあ、こっちへ」

「ありがとう！」

六人は速やかに裏門へと向かった。

(7) ごんちゃん

白い軽のバンは山道を下り、嬬恋の中心部に向かっていた。捕えられていた三人は、バラギ苑を離れるにつれ安堵感を覚えた。

ひと息ついて、堀田が口惜しそうに呟いた。

「ぼく、財布以外の荷物を全部置いてきちゃった」

「命が助かっただけでもよかったじゃない」廣子は言った。

「あのノートパソコン、高かったんだよなぁ」

「バイトしてまた買えばいいわ」

「DKSCに詰めてたら、そんな時間は無いよ」

「あ、あの、」

ハンドルを握るごんちゃんが努めて明るく言った。

「自己紹介が遅くなりました。いつも兄がお世話になっています！　おいら、牛頭鬼吉風（ごずききっぷう）弟で轟雷（ごうらい）言います。周りからは『ごんちゃん』と呼ばれています！　どうぞよろし

く お願いします！」

他の二人の鬼もめいめいに名乗り、不器用な笑顔を見せた。最後によっさんが「みんないい奴ばかりだから、よろしくお願いします」と締めた。

廣子は尖った表情を和らげ
「今日は助けてくれてありがとう。私は末川廣子、粋名丘大学の学生です。よっさんにいつもお世話になっているわ」

「ぼくは堀田慧。末川さんと同じ大学生です。みなさんは命の恩人です。外国に送られてポン酢で食べられてしまうところでした。本当にありがとうございます」

ごんちゃんは頭を横に振り、

「どういたしまして。困っている人がいたら助けるのは当然ですから」

「まあ、カッコいい」

「廣子さん、あんまり褒めないでください。こいつ、すぐ勘違いするから」よっさんの言葉に車内は笑いに包まれた。

よっさんはごんちゃんに尋ねた。

「それにしても、よく俺の念に気付いて、助けに来てくれたな。バラギ苑を脱出する時、記者が詰めかけていたようだけど、あれはお前が仕掛けたのかい？　一体どういう計画だったんだ？」

「よくぞ聞いてくれた。実はね――」

ごんちゃんは話し始めた。

「おいらのツノが妙にムズムズしはじめたのは昨日の夕方くらいだった。ムズムズと同時に胸騒ぎがしたよ。その晩、長老衆の一人を訪ねる予定があったので、用事のついでに相談した。長老は俺のツノを掴むと『目を閉じなさい』と言って何やら呪文を唱え始めた。おいらは言われるままに目を閉じていた。すると、頭の中に一つの風景が浮かんできた。灰色の狭い部屋だ。そこに兄貴が二人の人間と共に捕えられている。ちょうど真上から部屋を見下ろしているような感じだったよ。俺は目を閉じたまま頭に浮かんでいる情景を長老に伝えた。長老は、『少し視点を上にあげてみるか』と言って別の文句を唱え始めた。すると、頭の中の景色がみるみる上昇していく。部屋の天井を抜け、絨毯を抜け、吹き抜けを昇って、屋根を突き抜け、外に出た。大きな建物と広がる緑。やがて視界の端に湖の一端が見えた。

『長老！　これはバラギ苑だ！』

おいらは思わず叫んだね。長老は言った。

『轟雷よ。お前のツノをムズムズさせているのは、よっさんのＳＯＳ信号じゃ。よっさんはバラギ苑におる。お前は行って助けねばならん。しかし、よっさんはなんでこんな施設に閉じ込められているんじゃろ？　さては盗み食いでもして折檻されておるのか？』

『とにかく行ってみるよ！』

おいらは長老宅を去った。帰り道、いろいろ考えた。兄貴は確かに食いしん坊だが、人の家で盗み食いをするような男じゃない。どうしてバラギ苑にいるんだろう？　まもなくおいらは嫌な予感を覚えた。

というのも、実はうすうす気付いていたんだ。バラギ苑に一本ツノの鬼がいるってことをね。でもまさか長老にそれを言うわけにはいかない。確信は無かったし、本当にそうだとしたら、鬼の世界の国際問題になる。おいらは平和主義者だから、なるべく事を荒立てたくないのよ」

「へぇ」よっさんは小首を傾げた。

「そこんところは兄弟でも性格の違いだな。俺だったらすぐにバラギ苑をとっちめるのに」

「兄貴には冷静さが無い。そんなことしたらどうなる？　三人は一本ヅノの人質になり、こっちは余計に立ち回りにくくなるじゃないか。まあとにかく、それからおいらは策を練った。そこにいるおいらの仲間二人を呼んで作戦の会議をした。最初はバラギ苑に直接談判に行くことも考えた。だけど、相手が正直に『ウチで捕まえている』と認めるとは思えない。力づくってのも相手が鬼なら厄介だ。

それで思いついたのが、マスコミを利用する事だった。

最近、嫣恋では神隠しの噂が出ているだろ？　地元に限って言えばバラギ苑の葬儀の多さも話のタネになっている。おいらはこの二つの話題をドッキングさせ、いかにもバラギ苑が神隠しと人殺しをやっているように仕立てた文章を書き、そいつをマスコミに送ったんだ。バラギ苑スタッフの内部告発のような体裁でね。追っかけてもう一つ――だいたい一時間くらい空けてからかな――、バラギ苑の名前でマスコミにニュースリリースを撒いた。『明日某時、記者会見をする』とだけ書いた。先の内部告発に対して弁明するって格好さ。先に送った偽のタレコミに信憑性が出る。きっと翌日はマスコミがバラギ苑にやってきて、苑はおおわらわになるに違いない。その間に忍び込んで三人を救出しよう――って算段だ。

ニセのリリースは群馬の記者クラブだけに入れたんだが、当日はおいらも驚いたね。東京からもメディアが押し寄せ、中継車まで出ていた。あのあたり始まって以来の騒ぎだよ。まあ、お陰でおいらたちは仕事がやりやすかった。報道陣に紛れてバラギ苑のスタッフを一人捕まえ、何もかも吐かせてから救出に回ったってわけ。あのスタッフの鬼は素直で物分かりのいい奴だったな」

「オニールさんだよ。ほんとにいい人で、何だか悪いことした」堀田は呟いた。

「まだ言ってるの」廣子は詰った。

「そりゃ確かに、あの鬼は実直そうよ。パンを持ってきた子鬼もいい子だわ。だけど、バラギ苑は日本人を殺して本国に送りこもうって奴らなんだから、連帯責任でみんな悪よ」

「でも、末川さんだって事ある毎に、バラギ苑の福祉は立派だ、正しいって言ってた」

「結果論ね。最初の目論見を考えたらやはり悪よ。結果だけで全部を評価するわけいかないわ」

「そうそう」よっさんがうなずく。

「それに、鬼の世界の問題は何にも片付いていない。俺たちは今からが戦いですから」

(8) 悲しい過去

バラギ苑を命からがら脱した三人は、ゴールデンウィークの最終日を疲れ切って寝て過ごした。

脱出したその日、堀田は車の中でおそるおそる質問をした、

「ぼくら、通常の日常に戻れるのかなあ？　ある日、道を歩いていたら、突然、外国の鬼に連れ去られちゃうってことはないかな」

鬼のもつ超能力はよっさんと一緒にいることで体験済みである。その能力は怪力だけでなく、あらゆる面で人間を凌駕している。よっさんが近くにいるときならまだしも、一人でいるときに襲われたらひとたまりもない。たかが嬬恋村から東京に逃げたところで、鬼の前では無意味である。破談探知機のようなものを持っていて、訳のわからない念力で自分らのことを発見できるかもしれない。――それこそ、ぼくらが今までやっていたように。


「う～ん……」とよっさんは少し考えた後、

「大丈夫。その心配は無いと言い切れます」とサッパリ答えた。

「そう言える根拠はいくつかあります。鬼世界の掟。バラギ苑の鬼数は日本のそれと比較して多勢に無勢なこと。お二人はもう俺らとつながっていますので、何かあったらすぐに助けます。大地の精にとって彼らは余所者なので、俺が使うテレポートのような能力は一切使えない。

それに、何より、きみらの顔を正確に認識できていないはずです。人間のきみたちも、外国人の顔を判別するのは難しいと聞いたことがあります。それと同じです。彼らにとってお二人は、種族も国籍も

違う。顔を判別するのは至難の業です。まして、東京は人も多い」

よっさんは「まだまだあります」と数十の根拠を並べた。ごんちゃんも「これもあるね」と、相槌を打ちつつ根拠を追加した。

「もういいわ、安心したわ。……ありがとう」

廣子は安堵の表情を浮かべ小声で呟いた。

鬼世界には掟があるだけでなく、文化としての宗教もあるようである。それは「逃げ切られたら、それ以降は危害を加えてはいけない」というもので、一定距離や一定時間以上を逃げ通したならば、それ以降は、追いかけ回されないというものであった。よくもわるくも鬼は掟や文化に忠実である。そんなこんなで、“鬼ごっこ”に勝利した堀田と廣子は日常の生活に戻っていった。

明日から大学が始まるという日、廣子は、奥浅草の部室（堀田の自宅）で言った。

「これからはもう少し活動内容に注意が必要ね」

「俺も迂闊でした。先日は俺がいながら二人を危険な目に遭わせてしまった。部員として情けない。しかも、鬼の都合で警察への通報をやめてもらったり、本当に申し訳ない」

よっさんは申し訳なさそうに面を伏せた。

彼はバラギ苑について、人肉輸出の決定的事実を掴むまで泳がせてほしいと二人に懇願した。拉致監禁で警察沙汰になりバラギ苑が強制解散させられたりすれば、輸出先の大元であるエジンビア・ゴブリンを追及することができなくなるからである。

廣子は表情を変えず、

「その件はよっさんに託すわ。それより、私、一つ気になっていることがあるのよ」

そう言って好奇心に満ちた目を堀田とよっさんに向けた。

「何です？」二人は尋ねた。

「パンをくれた子鬼のことなんだけど」

「コニールさんですね？」

「まだ子どもなのに、ちゃんと働いていて、私たちのことも気を付けてくれて……。よく考えたら、大人が捕まえた人のところに食べ物を持っていくって、勇気のいることだわ」

「そうですなあ」よっさんは腕組みしてうなずいた。

「義理・人情・勇気。一本ヅノとはいえ、まるで日本の鬼のような心を持っている。見上げた子どもです。あの施設に両親がいるのかな？　だとしたらよっぽど教育方針がいいんだろう」

するとは堀田は、

「実はそれについて、オニールさんから話を聞いたことがあるんだ」

廣子とよっさんは耳を傾けた。堀田は語り始めた――。

堀田が廣子の作戦に従い、オニールとバラギ苑からスーパーへの道を歩いていた時のこと。

長い道のりの雑談で堀田は何気なくコニールのことを尋ねた。

「コニールさんはまだ子どもなのに、とてもしっかりしていますね。入居者に親切だし、ぼくにもいろいろ気を使ってくれます」

「ああ、あの子は賢いからね」オニールは笑顔で答えた。

堀田は前々から「コニールはオニールの息子ではないか」と推測していたので、カマをかけるような意見を言った。

「本当に立派なお子さんです。親御さんの教育がいいのでしょう」

オニールは、はは、と笑い
「きみは気付いているか分からないけど、実はコニールは私たちの子どもなんだ。私たち——というのは、私と施設長は夫婦でね。バラギ苑は家族経営なのさ」

「ええっ！」

予想の斜め上の答えが返ってきた。オニールと施設長が夫婦だなんて！　もっとも、そう考えるとコニールがバラギ苑で子どもながら堂々と働いているのもうなずける。彼は家事手伝いの勤労少年なのだ。

「おや、すっかり気付いていているかと思ったよ」

オニールは堀田の驚きようを見て意外だったようだ。

「で、もう一つ真実を言うと、コニールは私たち夫婦の実の子では無い。養子——もっといえば、永遠に預けられた子どもなんだよ」

「そうたびたび派手に驚かないでくれよ」

「えええええっ！」

オニールは歩を進めながら淡々と語った。

「以前、我々夫婦は外国に住んでいた。その国は内戦が続いていて、毎日怯えて暮らしていた。ある日、街に敵兵がなだれこみ、大規模な略奪を行った。家にいても危険な様子だったので、ぼくは妻と外に出て、裏町のレジスタンスのテントを目指して駆けた。すると、道すがら、知り合いの家族に出くわした。コニールとその両親だ。元々妻同士が仲良しで、家族ぐるみで遊びにいったりする間柄だった。我々は子どもが無かったから、コニールが可愛くて仕方なかったね。その夫婦はコニールを挟むようにして通りを急いでいた。声を掛けようとしたその時、突然脇道から人間の兵士が躍り出し、サーベルで襲い掛かってきた」

オニールはうっかり「人間」と言った。この時点でオニールは堀田に自分たちが外国の鬼だと伝えていない。しかし興奮のあまり口を滑らせ、それどころかその過ちに気付きもしなかった。

「夫婦はたちまち切り捨てられた。コニールは自分の目の前で両親が殺されるのを見た。その次に人間が狙ったのはコニールだった。奴らは大人だろうが子どもだろうがお構いなしだよ。ぼくらはコニールを見殺しにはできなかった。ぼくは妻に目配せし、妻もぼくに応えた。ぼくは人間に突っかかって行った。ぼくはこの通り身体が大きいから、相手は一瞬ひるんだよ。妻はその間にコニールを抱きかかえ、一散に駆け出した。ぼくは殴られ蹴られしながらそれを見届け、妻が十分に逃げたと思ったあと、駆け出した。サーベルの兵士しかいないと思ったら、後から銃弾が耳をかすめていって、生きた心地がしなかったね。やみくもに駆け、裏街のレジスタンスのテントに逃げ込んだら、身体の線が切れたようになって、気を失った。気が付くと寝台に横たわっていた。もう痛いのなんの！　逃げている時は気付かなかったけど、ぼくの背中にはいくつかの銃痕があった。死を覚悟して殺気立っていたから、痛みを感じなかったんだよ。今も身体の中に三、四発残っていて、冬になるとうずくんだ」

堀田は話のすさまじさに音を立てて唾を飲み下した。

「レジスタンスで療養生活を続けて数日、同じテントに妻とコニールがいることが分かった。妻はぼくよりひどい怪我で、銃痕のほか挫傷があったけど一命は取り留めた。彼女は身を盾にしてコニールを守ったんだね。コニールはほぼ無傷だった。ただ――」

オニールは言いよどんだ。彼は堀田を確かめるように数度見て、言葉を選んでいるようだった。やがて

「コニールは頭の一部を、銃で撃たれ、子どもながらにショックを受けていた」

堀田はツノのことだと思った。だが、口には出さず、

「その怪我は、大きかったんですか？」

「いや、命に別状はない。ただ、やはり衝撃を受けたようでね。その後、我々夫婦は孤児のコニールを正式に引き取った。コニールは察しのいい子で、すぐにぼくらのことを父ちゃん母ちゃんと呼ぶように

なったよ。そうやって次第に慣れてきて、三年ばかり経ったある日、コニールはぼくに訊いた。

『父ちゃん、ぼくの傷、いつか治る？』

『大丈夫だ。いつか元通りになる。大人になったらな』

『本当？』

『いい子にしてないと、大人にはなれないぞ』

『じゃあぼく、いい子になる！』

コニールが笑顔を浮かべるのを見て、ぼくはハッとしたよ。ぼくはコニールが親を亡くして以来、彼の笑顔を見たことはなかったから」

「傷が治ると信じて、コニールさんはいい子にしているんですね」

「つまりぼくは大きな罪をつくった。その傷は、永遠に治らない。爪や髪の毛のように後からどうにかなるものではないから。でも、そう言わなければコニールに笑顔が戻らなかったんだ」

オニールはうつむいて顔を歪めた——。


堀田は語り終え、小さく息をついた。

「察しのいいコニールさんのことだから、全て気付いていると思うんです。新しい父母の気持ち、優しさ。それじゃなくても自分も親を失い、痛みの分かる子になっている」

「その頭の傷ってのは、ツノのことなんだろ？」

よっさんが口を挟んだ。

「前に見せたように、俺も右のツノが折れている。鬼にとってツノが欠けていることは大きなコンプレックスなんだ。それを背負って生きていくのは、並大抵のことじゃない」

「そうだったのね」

廣子は苦しげに言葉を吐きだした。彼女の眼にはいっぱいの涙が溜まっていた。

「私たちが捕えられている時、あの子は堀田に『口止め料だ』と言ってパンを置いていった。なんて生意気な言葉を吐く子だろうと思っていたけど、ほんとは違うのかも。どんな理由であれ、自由を失っている私たちを、放っておけなかったのよ」

「きっとそうだと思います。コニールさんは優しさの塊ですから」

「あの子がバラギ苑で働いている限り入居者は幸せよ――」

第10章　バラギ苑を取り戻せ

（1）まさかの記事

大学が始まって数日が経過した。

廣子は電車に乗っていて、週刊誌の中吊り広告にこんな文句を見つけてハッとした。


【孀恋、噂の『死の高齢者施設』突撃レポート】


——きっとあの時の取材記事だ！

廣子は下車すると最寄りのコンビニで週刊誌を買い求め、奥浅草の部室で堀田、よっさんと一緒に見た。表紙をめくった途端、廣子は唖然とした。

「何これ……？」

バラギ苑の施設長が割烹着姿でアンティークの椅子にふんぞり返り、記者の質問に自信ありげに応えている。

「これは例の祭壇の間だ」

堀田はそう言って見出しに目を遣った。

「何々？　『入居者を人間らしい生き方へいざなう、バラギ苑の新・福祉哲学』？　何だこりゃ？」

「ちょっと読んでみましょう」

三人は記事を回覧した。おおよそ記事の伝えるところは、前にオニールが言った内容と同じである。

バラギ苑は入居者の幸福を臨終の間際まで模索し、昨今求められる非延命的な最期、あるいは『太く短く』生きることのできる高齢者福祉を提供している。規制と助成でがんじがらめの福祉業界で、これほど人間の最期を突き詰めようとする施設は珍しい――。

激賞の文句が並んでいる。この週刊誌以外のメディアも、バラギ苑を好意的に扱っている。翌週、翌々週と、電車の中吊り広告にバラギ苑の名が載り、割かれるページ数が増えていった。廣子らはそのたびに週刊誌を買い、論調を追った。それによると、目下バラギ苑には「太く短く」を希望する高齢者の問い合わせが殺到し、対応に追われている。また、業界全体の注目を浴び、他の施設の運営者が見学に来たり、地方自治体の福祉担当が視察に訪れたりしているという。

こういった状況について、施設長は誌上で答えている。

『日本人は他の人に迷惑を掛けたくないって思いが強いですよね？　長生きをして他人に迷惑を掛けるくらいなら、いっそのこと、さっさと死にたい。この考え方は、結果的にご自分の尊厳を守ることにつながると思います。私たちはそこに注目して方針を決定しています。これが好評いただいている要因でしょうか。とにかく今、電話は鳴りっぱなし、で、近々施設を増築し、なるべく多くの方のご希望に沿えるように努力しています。ゆくゆくはチェーン展開も考えています』

廣子は憤慨した。

「世間に叩かれて閉鎖になると思っていたのに、真逆だわ。大歓迎をうけてるじゃん」

堀田は週刊誌を指差し、

「でも、全てはここに書かれている通りだよ。ぼくは何もかも見てきたから知ってる」

「私たちがずっと悪と思っていた施設が、実はみんなに求められていたなんて心外だわ」

「もしかしたら、ぼくたちのやっている『夫婦の離婚を阻止する』活動も、たしかに合理的かもしれないけど、実は幸福からかけ離れているってこともありうるね」

廣子は何も言わずうつむいた。

ＤＫＳＣが一つの基準を立て、世間をそこに当てはめていこうとするのは、逆に考えると、世間から基準以外の全ての選択肢を奪っていると言えなくもない。スーパーのプライベートブランドの押し付けと同じ。むしろ、自分たちの固定観念をブランド化しようとしているようなものだ。

「ちょっと待ってください」

よっさんは力を込めて言った。

「我々の行動は間違っていないですよ。週刊誌は施設の一面しか見ていない。入居者を太く短く生かしはするけど、それは早く死なせて食材にし、本国に送ろうとするためです。そのせいで日本人が殺されていいんですか？　俺たち鬼の世界だって、自分の縄張りでそんなことをされてたらメンツに関わる」

「そうよね」廣子の目にかすかに光が戻った。

「一つの側面だけを見て判断してはいけないわ。自分の考えに固執するのも、結果の一部分だけ見て一喜一憂するのも、同じくらい危険なことよ」

「じゃあ、これからどうします？」堀田は尋ねた。

廣子は少し考え
「ひとまず、今までの活動を続けることにする。バラギ苑のことは、一旦整理して、近々もう一度アプローチをかける。よっさん、引き続き情報収集をお願いするわ」

「任せてください」よっさんは厚い胸板を握り拳で叩いた。


日が経つにつれ、バラギ苑の週刊誌フィーバーは、ほとぼりが冷めだした。世間は都会の流行ばかり着目し、田舎の高齢者施設のことを忘れつつある。

このところ、よっさんは奥浅草の部室に常駐し、堀田と寝食を共にしていた。これまでは週に一日程度「野良仕事の手伝いがあるんで」と嬬恋村に帰っていたが、最近は帰らない。今帰って街角でバラギ苑の一味に出くわしたら面倒になるからだ。喧嘩で引けを取るつもりはないが、日本とエジンビア間の鬼の国際問題に発展する可能性もある。実はそのことを、ごんちゃんから特に釘を刺されていたのだった。――〝鬼ごっこの〟ルールは堀田にはよくわからなかったが、ともあれ東京にいれば安全らしい。

「悲しいなあ。住み慣れた場所に気軽に帰れないというのは」

よっさんは事務所で呟いた。

「週刊誌にバラギ苑が載らなくなって久しいわ。もう大丈夫なんじゃない？」と廣子。

「そうでしょうかねえ？」

「大丈夫だと思う理由がもう一つあるわ。この間、堀田と一緒に大学の事務室に行ったの。堀田はインターンが終わったらレポートを提出することになっていてね。私が同行した理由？ 彼がうっかり口を滑らせて変なことを言ったりしないか、心配でついて行ったのよ。もちろんレポートもチェックしたわ。でも、行ってみると不思議な反応をされたの。事務の人ったら、レポートを見て『バラギ苑なんて知らない』と言うのよ」

「えっ？」

「もちろんこっちは『そんなはずはない』と主張したわ。そしたら過去の提出書類を調べてくれた。バラギ苑に関する書類は無くて、ただ一枚だけ、堀田が最初に提出した申請書だけがあって、そこにはちゃんと『インターン先：バラギ苑』と書かれている。しかも面接教官の認印も押されていたわ。事務の人も驚いていたわ。でも、書類に載ってるバラギ苑の番号に電話をしても出ないし」

「苑は閉鎖されたんでしょうか？」

「さあ？　私は堀田に言ってレポートを下げさせた。事務の人は怪訝な顔をしていたけど、面倒な仕事が一つ消えてありがたがっていた」

「うーん。なんか腑に落ちませんね」

「まあ、そういうわけだから、今よっさんが嬬恋村に帰ってもきっと大丈夫だと思うわけ」

「なるほど。しかしおかしな話です」

「でしょう？　私、思ったのだけど、今度の週末にまた三人で嬬恋村に行ってみようと思うの。バラギ苑を偵察するの。どう？」

「いいですけど」よっさんは首を傾げた。「廣子さんがそこまでバラギ苑に執心するとは思いませんでした」

「気にならないわけがないでしょ？　一番はあのコニールって子よ。小生意気でいて、義理堅く、聞けば悲しい過去があって……なんだか放っておけないわ。あれからあの子、どうなったのかしら」

「妙なところで母性が発揮されてますね」

（2）おかしな再会

次の日曜の朝十時、三人は万座・鹿沢口駅に到着した。

「おお、久しぶりの嬬恋だ！」

よっさんは太腕を伸ばした。堀田は大あくびをして愚痴をこぼしている。

「わざわざ草むらに蛇を探しに行くようなことをするかなあ？　ぼくはもう正直、バラギ苑にも嬬恋村にも関わりたくないよ」

「そう言わないの。あなただってコニールちゃんのことが気になるでしょう？」

「それはそうだけど……」

三人は駅舎の正面入り口から歩き出した。初夏の日差しが眩しい。高原のさわやかな空気は東京とはまるで違う。

「あら、朝市が出ているわ」

駅の左手に人々が集まり、箱に並べられた野菜を見下ろしていた。

「何度か来ているけど初めて見るわね。ちょっと覗いてみましょう」

三人は朝市の方に歩み寄った。『新鮮野菜』『地産地消』と書かれたのぼり旗が立っている。どちらも色がくすんで下の方がほつれている。見れば商品の陳列も汚れた段ボール箱で、全体にみすぼらしかった。

　歩きながらじっと見ていたよっさんが、おやっと顔を突き出して言った。

「野菜を売っているのは、バラギ苑の連中じゃないか？」

「えっ？」

　堀田と廣子は目を凝らした。

　野菜箱の囲みの中に、帽子を被った売り子が三人いた。二人はかっぷくのいい大人で、一人は子どものように背が低い。よくよく見ると、三人は施設長とオニール、小さいのはコニールだった。

「ほんとだ！」

　堀田は驚きのあまり、つい声を上げた。

　朝市の三人はそれに反応してこちらを向いた。瞬間的に堀田だと理解したようだ。堀田は生唾を飲んだ——仕返しにひどい目に遭うかもしれないと思った。しかし、朝市の三人は顔色を変えるでもなく、野菜の見物客に向き直り、引き続き商品を勧めている。みるからに元気が無い。野菜の積まれ方から察するに、売れ行きは悪そうである。もっとも、嬬恋村は野菜の本場である。地元の人は目が肥えていて、生半可なものは買ってもらえない。

　堀田は駆け足で近づいて、声を掛けた。

「あの……お久しぶりです」

「や、やあ」

オニールとコニールは苦しげに愛想を浮かべた。施設長は怖い顔で
「なんだい、あんたかい」と吐き捨てた。

よっさんと廣子も堀田の隣に追いついた。堀田は口ごもるように、

「この間はどうも……なんというか……」

施設長は目を閉じて首を横に振り、

「さぞかし面白かろうね。私たちの転落ぶりをみるのは」

「そんなつもりは」

「いいのさ。私たちはつまずいた。どうせこうなる運命だったのさ」

よっさんが進み出て尋ねた。

「一体何があったんだ？」

大男の威圧的な口調に、見物客たちが恐れをなして散り始めた。施設長は眉間にしわを寄せ、

「あんたはどこまで私たちの邪魔をするつもりだい？　あとで説明するから、もう少し商売をさせてくれないか？　さもなきゃ私たち一家は干上がっちまう」

三〇分後、駅舎の裏で東京の三人とバラギ苑の三人が顔を合わせた。

「ええっ？　バラギ苑を乗っ取られた？」

廣子・堀田・よっさんの声が揃う。

「そうなのさ。全く馬鹿馬鹿しいったらありゃしない」

施設長は恨めしい目でオニールをにらんだ。

「オニールがパチンコ屋で知り合った男に騙されて、権利譲渡の書類にハンコを突いたんだよ。向こうは最初からそのつもりなのに、オニールときたら人が良すぎるから、コロッと引っ掛かったのさ」

「面目ない」

オニールは消え入りそうな声で呟いた。堀田は呆れ果て、

「オニールさん、ぼくはあなたが迂闊にハンコを突いたり、それどころかパチンコをするとは思いませんでした」

「実は大好きでね。施設はストレスがたまるから、はけ口にしているんだよ。

行きつけのパチンコ屋で、よく玉を分けてくれる人がいるんだ。いつもビシッっとスーツを決めて、紳士的な人だよ。ある日、その人が困った顔をしているから、わけを尋ねた。すると『国から福祉関係の助成金を受け取るはずだったんだけど、手持ちの施設が条件を満たしてなくて話がなくなりそう。助成金が無いと施設は倒産し、入居者を放り出さないといけない。それで困っている』と言うんだ。条件とは何かと尋ねたら、収容数や設備のことで、バラギ苑は十分満たしている内容だった。ぼくはつい心を許し、実は自分も福祉関係者で施設を親族経営していると言ったんだ。そしたら彼が頭を下げ、『一日でいいから名義を貸してくれないか』と。いつもお世話になってるし、一日だけならと思ってハンコを突いた。

翌々日、名義を戻してもらうために電話を入れたんだけど、つながらない。そのすぐ後、見知らぬ連中がバラギ苑に押しかけて、ぼくたちを追い出した。まるでヤクザみたいな連中で、その紳士的だった人もいたけど、あれほど豹変するとは思わなかったよ」

「鬼が人間を怖がるなんて」

「堀田くん、むしろ人間の中にこそ鬼がいるよ」

施設長は髪を掻きむしった。

「ああ！　馬鹿馬鹿しい！　大体、なんで私に相談しなかったのさ？　ハンコを突くってのは大変なことなんだよ」

「日本に来て日が浅いからハンコ文化が分からなかったんだよ」

「嘘をお言い！　私もコニールもそんな馬鹿な真似はしないよッ！」

よっさんは二人を分けた。

「まあまあ。バラギ苑は元々エジンビア王国のものなんだろ？　本国の許可無しに苑を売買したりできるのか？」

施設長はウンザリした表情を浮かべ

「そのへんは、日本とエジンビアでは感覚が違う。あっちは『強いものが獲る』って考えで、法的に間違っていても『獲られるような奴が悪い』で終わり。ああ、エジンビアの法規が日本のようにしっかりしていたら、こんなところで朝市なんかしないですむのに」

「あんたら家族は国に見捨てられたってことか？」

「そうは思いたくないけど、現実はそうさ」

今度は堀田が尋ねた。

「エジンビアではどうあれ、ここは日本だよ。いきなり押しかけて施設を乗っ取るなんて、乱暴すぎる。警察に通報しなかったんですか？」

「もちろんした」オニールが答えた。

「警官が施設にきてくれたよ。でも相手が凄むと、どういうわけだか飲まれて、対応がなまくらになった。警察の言うには、向こうの持っている書類が正当な手続きを踏んでいるし、民事で何とかしてくれって……」

「そんな」

「きっと苑を乗っ取った奴の親玉が、警察の上の方とつながりがあったんだろうね」施設長は冷笑を浮かべた。

「今、バラギ苑はどうなってるの？」

廣子が尋ねた。

「一応、施設は継続しているよ。評判はよくないけど」

施設長は答えた。コニールが母のあとを取って続けた。

「この間、苑の前を通ったんだけど、窓にカーテンの掛かっている部屋が多かったよ。空き部屋なのか、スタッフが開けないのか分からないけど、ああいう施設は毎日光を入れなきゃ。閉めきった部屋が多いと、外から見たら病人が多いみたいで、見学者が引いちゃう。営業的に良くない」

するとオニールも

「庭の手入れをしていないね。雑草が伸び放題だ。天気のいい日はテラスで入居者が仲良く食事をしていたのに、そういう催しはやってないようだよ」と言って残念そうな顔をした。

廣子は眉をひそめ、

「それじゃ入居者が可哀想ね。経営者が変わっても入居費は同額払ってるんだから、変わらないサービスがあるべきだわ」

「そのとおりです」オニールは憤慨している。

「お金もそうだけど、そもそもおじいちゃんおばあちゃんを大事にしてほしい！　『お年寄りは国の宝』というよ」

「まあ、難しい言葉を知っているのね！」

施設長はコニールに向かい、

「あいつらに人間性を願うもんじゃないよ。他人の施設を騙し取るような奴らなんだから」

「でも……母ちゃん、手をこまねいていていいの？」

「子どもは黙って野菜を売りな」

「父ちゃん、何とかしてよ。元はと言えば」

とか」


「うう、耳が痛い……」

「堀田、あんた何か難しい顔をしてるわね」

廣子は、腕組みしてしきりに頭を振っている堀田を向いた。堀田は顔を強張らせたまま言った。

「うん……何か引っ掛かるんだよね。前に大学の講義で法人の売買について習ったことがあるんだ。M&Aっていうのかな？　相当大変ってことだった。それなのに、バラギ苑はハンコの一突きで持ち主が変わっちゃうなんて、安直すぎるよ。よく調べたらどこかに穴があるんじゃないかな。書類とか手続きとか」

廣子は声を尖らせ、

「いまさらそんな悠長なことを言っても仕方が無いわ。現に施設は乗っ取られている。実効支配って奴よ。お年寄りは苦しみ、元の持ち主は身を持ち崩して朝市で生計を立てている。書類の不備を調べてる時間なんてないわ。今からみんなで攻め入って取り返すのよ。乗っ取られたんなら乗っ取り返すの！」

「無茶な！」廣子以外の全員が唖然とした。

「驚いた。この子はこんな乱暴なことを言うのかい？」と施設長。

「全然乱暴じゃないわ。相手の方が乱暴よ」

「待ってください、廣子さん」よっさんが言った。「暴力に訴えるのはまずい。警察を呼ばれたらこっちが犯罪者になります。ここは落ち着いて策を練りましょう」

「そうだよ。相手はきっとその道のプロだよ。ぼくらがどれだけ正しくても、無理が通れば道理は引っ込む」

　廣子は苛立って下唇を噛んでいたが、

「じゃあ、こうしましょう。まずは私たちで、施設の現状がどうなっているのか、確認に行く。どれだけひどい有様なのか知らないと、文句の言いようもないから」

「見てどうするの？」

「バラギ苑は高齢者施設よ。運営がひどすぎて施設としての最低基準が守られていなかったら、そのことを役所に伝えて、運営から引きずり下ろすことができるかもしれない」

「なるほど。ハンコ云々じゃなくて別の側面から切り崩すわけか」

　よっさんは得心した。しかし施設長は首を横に振り
「基準なんていくらでもごまかせるさ。それに、あんたたちが垂れこんだところで、一体どれだけの影響力があるのかね？」

「やってみないと分からないわ」

　廣子は堀田とよっさんを振り返り
「善は急げ、さっそく行くわよ。オニールさんたちは朝市を続けて。後で報告するから」

　朝市の三人を残し、三人は駆け出した。廣子を先頭に、よっさんと堀田があたふたと後を追う――。

（3）偵察

新・バラギ苑への偵察は、廣子と堀田がいとこ同士で近々施設への入居を考えている祖父母に代わって見学に来た——という設定で臨むことになった。よっさんは敷地外に停めたレンタカーのバンで待機しておく。よっさんも行きたがったが、身体が大きすぎて目立ち、今後の活動の支障になる可能性があるので外れた。

偵察直前、バラギ苑の脇に停車したバンの中で、最終確認が行われた。廣子と堀田は、お揃いのジャンパーを身に着けた。

廣子は堀田に言い含めた。

「さっき決めたように、施設では私のことを『お姉ちゃん』と呼ぶこと。間違っても末川さんとか廣子さんとか呼んだらだめよ」

「分かったよ。お姉ちゃん」

「あと、あなたはマスクをすること」

堀田の顔は入居者に割れている。もし「おや？　堀田くん？」と声を掛けられたら、今のスタッフに不自然に取られる。堀田はマスクをし、さらに帽子をかぶった。

「うーむ」よっさんは二人を見て首を傾げた。

「何よ？」

「バラギ苑は富裕層向けの施設ですが、二人ともあんまりお金持ちの身内って感じはしませんね」

「だからさっき駅前で揃いのジャンパーを買ったの。『お揃い』と『新品』で『貧乏』を隠すのよ」

「うまく隠れるかなぁ？」堀田は自分と廣子の身体を見比べた。

「微妙だね……」よっさんは訝しがる。

「二人とも分かってない。本当の金持ちは立ち居振る舞いに出るのよ。足りない分は演技力でカバーよ。じゃ、行くわよ」

廣子はバンのドアを開けて外へ出た。堀田も後に続く。


バラギ苑のエントランスは、まだ正午前だというのに、どことなく薄暗く、空気はひんやりとしていた。庭園の芝生は伸び放題。ちらほらと黄色い花が咲いている。

玄関で堀田は呼び鈴を鳴らした。反応が無い。何回か押すと、中から「はいはい、はいはい……」と億劫そうに繰り返す声がした。やがてゆっくりと扉が開き、背広を着た中年男性が顔を出した。顔はいかにも愛想良さげだったが、目は笑っていない。

「どちらさまです？　セールスならお断りですが」

「そうじゃありません」廣子が言った。

「私たち、祖父母の入る施設を探して全国を回っています。バラギ苑さんも候補なんです。突然ですが、見学は可能ですか」

「ああ、そういうことなら」

背広は扉を開いて二人を招き入れた。

フロアは暗く静まり返っていた。床の大理石はくすんでいる。数歩入って堀田は何かが足りないことに気付いた。アルコール消毒液だ。インターンをしていた時は、入口のところにスタンドがあり、アルコール噴霧で手指を消毒することになっていた。忘れると叱られたものだ。今はスタンドごと取り払われている。これでは消毒ができず、菌やウィルスが入り込んで、免疫力の低いお年寄りは病気になる恐れがある。

「さあ、こちらへ」

背広が先を行く。堀田と廣子が通されたのは食堂だった。昼前だったが、無人で静まり返っている。堀田がいた頃、早い人はとっくにやってきて、入居者仲間と茶飲み話に花を咲かせていたものだ。それ以外の時間でも、厨房から大忙しの物音が聞こえて活気があった。

しかし、今は物音一つない。

「ここは食堂ですか？」堀田はわざと尋ねた。

「そうです。入居者のみなさんは自室で食べるので、ここにはいらっしゃいません」

「じゃあ何で『食堂』なんですか？」

「スタッフの食堂なんですよ」

背広はふふんと笑った。ここはもう入居者同士のコミュニケーションの場ではなくなっているようだ。

食堂の端の席を勧められ、廣子と堀田は背広と向かい合って座った。背広は一枚のチラシを差し出した。片面印刷のお手製ワープロ仕上げで、小さな文字でサービスプランが記載されている。内容は前の施設とまるっきり同じである。

背広はひと通りチラシの文言を読み上げると、

「いま説明できることはこのくらいです。ご質問がございましたら、チラシの下の番号にお電話ください。営業時間中にお願いします」

そう言って、いかにも話を切り上げたように立ち上がった。二人に帰るのを促しているようにも見える。

「お部屋を見せていただきたいんですが」廣子は願い出た。

「お部屋?」

「はい。チラシを持って帰るだけでは祖父母に説明ができませんので。実際に見て帰らないと」

「しかし——」背広は文句ありげに言葉を濁した。

「よその施設は見せてくださいましたよ」

「へえ……かしこまりました」

堀田と廣子は背広に従い、二階の入居者のフロアにやってきた。廊下も踊り場も薄暗い。不気味な静けさで、蛍光灯のブーンという音が聞こえる。生活感がまるでない。背広は一番手近な扉をノックした。返事が無い。ドアノブに手を掛け扉を引く。扉は少し開いた。が、何を思ったかすぐに閉ざした。

廣子は見逃さなかった。

「今、大きな段ボール箱が山積みになっていたように見えたんですけど」

「ここは、ちょっと仮に、物をしまってある部屋なんです」

「ドアの造りを見る限り、一般入居者用ですよね？　まさか、空室時は物置にするような部屋を入居者にあてがったり……」

「とんでもない。そんなことはしません」

「でも今、仮にしまってあるって……。仮ってことは、普段は何の部屋なんですか？」

「ええと、事務のですね、……いや、宿直の部屋、かな？　キチンとした部屋にご案内しましょう。ささ、こちらへ」

背広はいそいそと歩き出した。二、三枚扉を見送って、ある扉の前に立った。ノックをすると、籠った声で「はぁい」と返ってきた。背広は顔をしかめて次の扉へ向かった。

「中の人に何も言わなくてもいいんですか？」

「大丈夫です。どうせすぐ忘れますから」

「どの部屋が空いていてどの部屋が埋まっているってことを把握していないんですか？」

背広はさすがに苛立ったようだ。二人から目をそらし、口の中で「こっちも忙しいんでね……」と呟き、さらに先に進み、別の扉をノックした。返答は無かった。ドアノブを掴んで小さく扉を開く。中を確認すると、二人を振り返り
「さあ、こちらをご覧ください」

そう言って大きく扉を開いた。

部屋は家具も何も無い完全な空き部屋で、全面フローリング。南向きのバルコニーから光が差していた。廣子と堀田は室内を歩き回った。全体に埃っぽく、掃除をした様子は無い。が、二人は追求せず、黙々と室内を見回った。

堀田は一通り見て
「この隣の部屋は？」

「隣？　同じ造りの部屋ですよ」

「そうですか？　扉の入り口に札が掛かっていたようですけど」

堀田は分かっていてわざと尋ねている。この隣は二室ぶち抜きの『交流スペース』。大きなテレビとソファ、テーブルセット、お茶のサーバが置かれている。

「ああ、そうそう。交流スペースです」

背広はおどけて自分の頭を叩いた。

「よく気付きましたね。そちらもご案内しますよ」

三人は隣の部屋に進んだ。交流スペースの構造は堀田の記憶と少しも変わらなかった。無人で、テレビは付いておらず、しんとしている。

「全然入居者に会わないわね」

「お昼寝の時間ですから」

「まだ昼前ですよ」

「お年寄りは朝が早いので、何もかも前倒しになるんですよ」

廣子と堀田は室内を歩いた。お茶サーバのコンセントは抜かれている。どこもかしこもうっすらと埃が積もっている。

「ここ、お掃除は……」

廣子が尋ねると、背広は自信たっぷりに
「完璧です。高齢者施設は衛生が肝心ですからね。一に掃除、二に掃除、三四も掃除で五も掃除です」と言った。

三人は交流スペースを出た。堀田がすぐ隣に目を遣ると、背広はすかさず「そこはトイレです」と言った。

二人は中に入ってみた。手前に鏡付きの洗面台、奥に個室が二つ。すぐに悪臭が鼻を突いた。芳香剤や洗浄剤ではない。

洗面台の横に赤いボタンがあり、その脇に『具合が悪くなったら押してください』と書いた紙が貼られている。廣子はためらわず押してみた。が、リンともブーとも鳴らない。遠くで何かが反応した様子も無い。廣子は何度か押してみた。

「ちょっと、勝手に触らないで」背広が気付いて注意した。

「これ鳴りませんよね？」

「そういうの、非常に困ります。肝心な時に支障が」

「でも今は明らかに」

「以後、決して止めていただきたい」

堀田が間に入って言った。

「居住スペースは分かりましたから、次はキッチンを見せてもらえますか？」

「お断りします」背広は顔を紅潮させていった。

「キッチンは清潔第一です。部外の方を入れると汚れますので。それに、また何かいじられたらたまったものじゃない」

「じゃあお風呂を」

「お断りします」

ボタンの一件で背広はすっかりへそを曲げた。見学客だか何だか知らないが、気にくわないなら帰ってもらって構わないとでも言いたげである。あとは堀田と廣子が何を尋ねてもきちんと答えてくれなかった。例えば入居者が何人いるか、医療体制は、家族の宿泊は――どの質問にも「随時対応しています」

としか言わない。

堀田がそろそろ引き上げ時と思った時、廊下の先から杖を突いたおばあさんが歩いてきた。足が悪いのか、壁の手すりを伝って近づいてくる。堀田はそのおばあさんに覚えがあった。夫婦で入居しており、仲睦まじかった。おじいさんの方が健壮で、いつもおばあさんの歩行を支えていた。おばあさんは少し認知症が入っていたが、いつも笑顔でスタッフにも気さくに話しかけてくれたものだ。堀田は思った。おばあさんはきっとぼくのことを覚えていないだろう。

「おばあさん、こんにちは」

堀田は思い切って声を掛けた。

「はいこんにちは」愛想よく返すおばあさん。案の定、堀田のことは全く覚えていない様子である。

「お一人でおトイレですか？」

「はいな」おばあさんはうなずいた。

「夫がおりませんよって、足が折れますすじゃ」

「旦那さんはどこに？」

おばあさんは顔を曇らせ
「病院ですわ。もう少し早く気付いてあげられたらと思うと残念でねえ。スタッフさんには何度も言っていたのですが、忙しいとかでなかなかとりあっていただけず」

「さあ、おばあさん、お手洗いはこっちですよ」

背広が強引に前に出て、おばあさんの手を取った。そして堀田を振り返るや否や、低い声で
「入居者に勝手に語りかけないでください。ただでさえ記憶がおぼつかないのに。余計に混乱させてしまう」

背広はおばあさんをトイレの前まで引っ張った。彼は入り口でおばあさんの出てくるのを待つ間、二人を振り返り
「もう分かったでしょう？　お引き取りください。お気に召さなければ、入居いただかなくて結構ですから」

堀田と廣子はおばあさんが出てくる前にその場を去った。二人は見送りもないまま外へ出て、待機していたバンに乗りこんだ。よっさんはすぐ車を出した。

「お疲れ様でした。全然バレなかったようですね」

「まあね」

二人はよっさんに中で起こったことを全て語った。

「とにかくひどかったよ。あんな劣悪な施設になっていたとは」

「帰る時、庭に入居者が数名いたけど、みな暗い表情をしていたわ。あれが全てを物語っていると思うの」

よっさんはハンドルを握ったまま、

「許せませんね。お年寄りを大事にできない連中が高齢者施設を運営してどうするつもりなんだろう。

こんなことならエジンビア・ゴブリンの方がマシかもしれませんね」

バンが駅前に着くと、朝市は撤収されていた。脇にオニールら家族がいた。疲れ切っており、売れ残りを満載した大八車にもたれかかっている。バンを見つけたコニールが手を振った。よっさんはすぐそばに車を停めた。

堀田が全てを報告した。鬼の家族は憤慨するやら悲嘆するやら。一番怒ったのはコニールである。

「ぼくたちの守ってきたものを台無しにするなんて！　おじいちゃんおばあちゃんを大事にしない施設なんて！　どっちも許せない！」

オニールは申し訳なさそうに、

「日本では、法律にのっとって会社を取られたら、相手がどんな奴だろうと何も言えない。父ちゃんは騙されて苑を取られた。負けなんだよ」

「あんた、いつまでも自分を責めるんじゃないよ」

施設長は夫をなじった。家族はみな涙を流している。

「泣いていても施設は帰って来ないわ」

廣子は叱りつけるように言った。よっさんも「そうだ」とうなずく。堀田は思いつめたような顔をしていたが、やがて自分の想像を話しはじめた。

「これまでぼくは、バラギ苑が悪でエジンビア王国が黒幕だと思ってた。でも今度のことで、黒幕は別にいるんじゃないかと思った。おそらく、エジンビア王国はその黒幕の指示で動いていたんじゃないかな。そうじゃないと、オニールさん一家から新しいバラギ苑への一連の移り変わりが、こんなにスムーズにいくはずがない」

施設長は首を傾げ、

「それは私にゃ分からない。でもまあ、貧しい国だから、日本の金持ち企業からうまい話があったら、途中で手の平を返しかねないね」

「もともと黒幕には、何か大きな狙いがあって、それを実現するために施設の運営を企てた。でも黒幕には何らか理由があって、自分たちでそれを直接行うことができなかった。そこで接点のあったエジンビア王国に話を持ちかけた。王国は、自分たちの利になるならと協力することにした。内紛で困窮していたなら、ピンチにチャンスだったろうしね　そして王国は、オニールさん一家に指令を出し、日本に移住させ、バラギ苑の運営をさせた。だけど一家は善良で、黒幕の思い描いていたやり方で利益を生み出そうとしない。黒幕はエジンビア王国に対しもっとちゃんと『仕事』をするように要求した。王国はそれを受け、オニールさんたちに警告した。だけど、オニールさんたちは悪事に手を染めない。しびれを切らした黒幕は、エジンビア王国を諦めて別の誰か――つまり今新たに運営に入っている連中に――、施設を引き渡したんじゃないかな？」

「なるほど。黒幕から見て王国は役立たずでお役御免、もっとちゃんと悪を遂行する輩に選手交代したってことか」

よっさんは納得の表情で言った。

「そう。だって、そうでもないとハンコ一つでコトなんて動かないと思うんだよ。はじめから仕組まれていたって考えた方が自然じゃないかな。——でも、一つ疑問が残る。なぜ王国は、黒幕の強引なやり方に反対しないんだろう。途中まで手を取り合ってやっていたのを、ある日突然白紙にされちゃうんだから、王国だって多少は怒る権利があると思うけど」

「うまくいかなかったことを恥じて引っ込んだのかもしれんね」施設長が堀田の仮説に乗って言った。

「まあ、黒幕だろうが王国だろうが、私たちも運営にあたり随分私財を投げ打っているから、丸っきり取られるのは勘弁してほしいよ」

廣子が疑義を呈した。

「全て仕組まれていたとしても、腑に落ちない点があるわ。大体、会社の乗っ取り——M&Aといったら、買収した企業の価値を高めて転売するものでしょう？　それなのに、あの施設は元の価値を低めている。ただの乗っ取りではないのかもしれない」

堀田は答えた。

「仮説に仮説を重ねるようだけど、もしかしたらもう回収に動いているんじゃないかな。元々いくらか出資していて、それが焦げ付かないうちに——」

「潰す気ってこと？」

「開けているだけで赤字ならそっちの方がいいよね。今日見たように、施設の運営が雑なのは、入居者の寿命を縮めて少しでも早く空っぽにするためなのかも」

「ひどい！　そんなのダメだよ！」コニールが叫んだ。「潰すって、ぼくたちが築き上げたものを無にするってこと？　おじいちゃんおばあちゃんはどうなるの？　ヘタでもいいから、心のこもったケアをする人が買い取ってくれたらいいのに」

「まあまあ、これは憶測だから」

堀田は念を押した。ところが廣子は頭を横に振り、

「でも、コニールちゃんの言うように、このままじゃ入居者の安全が保たれないわ。こうなったら意地でも施設を取り戻すのよ。なりふり構っていられないわ。なんとしてもバラギ苑を解放し、元の平和な施設に返すの」

みんなで作戦を練ることとした。

（4）ダミーパートナーズ

それから一週間後、六人は千葉県の茂原市にいた。よっさんがレンタカーのバンを停めたのは、郊外のスーパーのだだっ広い駐車場の端で、柵の真向いに目的の建物が見える。二階建てのプレハブ。あたりは閑静な住宅地。工事現場でもないのにそんなものが建っているのはどこか奇異である。

「あれがダミーパートナーズね」

廣子は車窓に映るプレハブを睨み付けた。

「ねえ、やり方を考え直そうよ」堀田は弱々しく訴えた。

するとコニールが、

「今さら何を言ってるの！　今日のことはもう一週間も前に決めたんだよ！　男らしくないね！」

「でも……」

「堀田くん。みんなそのつもりで来たんだから、とにかくやってみようよ」オニールは覇気なく言った。

「そうそう。嬬恋村からここまで来るだけでも、大変なんだから」

施設長もしぶしぶである。

ダミーパートナーズという会社を知るきっかけとなったのは、堀田と廣子が偵察に訪れた日に遡る。テーブルに置かれた電話に特定の電話番号が繰り返し表示されていたのを堀田は何気なく見つめていた。その電話番号があまりに不吉な数字の羅列だったために、記憶の片隅に残っていたという方が正しいかもしれない。「０・８・０・４・２・７・３・１……」。

堀田がこの電話番号をインターネットで検索すると、一件ヒットした。番号の先としてダミーパートナーズの名が記されている。社名でサーチしたところ、その会社はほんの数か月前に設立したばかりで、千葉の茂原市にあり、業種は『経営コンサルティング業』であることが分かった。また、茂原市というキーワードから、全国津々浦々の街の噂が無作為に書きこまれている掲示板にアクセスし、茂原市の口コミを調べると、『ダミパは反社が裏で手を引いている仮面会社で、訳有り企業を売買したり、共同出資者を募る代理店のようなことをやっている』とのことだった。

これらの情報をもとに六人は作戦会議を持った。

「この会社、言ってみればヤクザだよ。理屈が通じるような相手じゃない。それどころか、暴力を振ってくるかもしれない」と言って堀田は険しい表情を浮かべた。

「たぶん、刀や銃を持っているかもなぁ。単なる喧嘩じゃすまない。鬼の力をもってしても、刀や銃で撃たれたら敵わない」

よっさんも引き気味である。

廣子は拳を振り回し、

「なっさけない！　ヤクザに屈しちゃだめよ。戦う時は戦うの！」

「そうだそうだ！」

コニールは力強く同調した。

「お姉ちゃんの言う通りだよ。悪い奴らの言いなりになっていたら、この世はお先真っ暗だ！　ねえ、母ちゃんもそう思うだろ？」

施設長はじっと黙ってみなの意見を聞いていたが、

「私もそう思うよ」

さらりとそう言った。

「お前……」

オニールは面喰って妻を振り返った。施設長は依然として落ちつきはらい、

「だって、そうじゃないか。私はね、だんだんこのお嬢ちゃんが気に入ってきたよ。若いのに肝っ玉が据わってて、まるで昔の自分を見るようだ。お嬢ちゃん、私はあんたを信じるよ。ぶつかってみようじゃないか。ダメならダメでまた考えたらいい」

「分かってもらえてうれしいです！」

廣子は施設長の手を握りしめた。

そうして六人はダミーパートナーズの住所を突き止め、一週間後、事務所の前までやってきた——というわけである。

アポなし。武器はただ一つ、正論あるのみ。

廣子は口を真一文字に結び
「行くわよ！」

彼女は後部座席のスライドドアを開け、コニール、施設長と共に表に飛び出した。後から男どもがついていく。ちなみに鬼たちはみな帽子をかぶり、ツノを隠している。

プレハブには看板も表札も無かった。入口に銀色のポストが据えられていて、白いシールに手書きの小さな文字でたくさんの社名が書かれている。なんとか株式会社、なんとか事務所、なんとかエンタープライズ……その中に『株式会社ダミーパートナーズ』の文字があった。廣子はそれを見届けると、ノックもせずにガラリとサッシ戸を開けた。

「くっさ！」

中からむせ返るような煙草の匂いが溢れ出た。廣子の足がすくんだので、後ろの五人は入口で足踏みした。

奥から男の低い声がした。

「なんだ？　――おい誰か、客だぞ。若ぇのはおらんのか？　……ったくよォ」

舌打ちをしてあらわれたのは、よっさんばりの長身と肩幅、小さな頭を五分刈りにしたサングラスの男である。ねずみ色のスーツをまとい、ノーネクタイで、胸元がはだけている。猫背でこちらを伺うようにし、大股で近づいてくる。サングラスのせいで目の色は分からない。男は足を止めて尋ねた。

「お前らはなんだ」

「私たちはあんたの会社が乗っ取った福祉施設の件で、話をしに来たの！」

廣子は声高に言った。が、相手の異様な雰囲気にさすがに押され気味である。

男は廣子の言葉に片方の眉をつり上げ、

「乗っ取った？　一体何のことだ？　だいたい、失礼だぞ。名乗りもせず、ノックもせず、人の会社に土足で上がって」

男の額に不穏な横皺が描かれた。男は廣子とその後ろに居並ぶ五人の顔を見据え
「ははぁん、姉ちゃん、アンタのことは知らんが、後ろの奴らのことは知っとるぞ。そこのお前ら、鬼だろ」

よっさんはびっくりした。

「そこのそいつはオニールって奴だろ？　ウチのメンバーに騙されて判を突いた間抜け野郎だ」

「よくも子どもの前で！」

飛びかかろうとするオニールを、よっさんと堀田が押しとどめる。

「騙されたのは事実じゃねえか」男は嘲笑うように言った。

施設長はいつも通りの強い口調で言った。

「ウチのコレが判を突いたのは間違い無い。でも、言わなきゃならないことは言わせてもらう。あんたら今まで福祉の仕事をしたことがあるのかい？　なんだあのザマは。入居者のことを考えてるのかい？」

「そうだそうだ！　だいたいね……」

コニールが割り込んで、忍び込んだ時に見た運営のずさんさを並べ立てた。堀田も、廣子といとこの振りをして侵入した時のことを話した。堀田は当初、相手の風貌にすっかり怖気づいていたが、コニールの勇敢さと正義感に触れ、自分でも意外なくらいしゃべることができた。だが
「じゃかあしい、黙れ黙れ！」

サングラスの男は長い腕をぶんぶん振り回し、話を遮った。

「お前ら、何か勘違いしていないか？　お前らだって、この事務所の住所を知りあてできたところを見ると、ウチがどんな商売をしているか、察しはついてるんだろ？　誰が好んで死にぞこないの世話をしようっていうんだ」

「まあ！　開き直った！」廣子は呆れかえった。

「そうはいっても、別に俺たちゃ年寄りを放っぽりだすつもりはないぜ。ありゃ立派な金づるだ。むざむざ死なせはしない。搾り取るだけ搾り取って……。とにかく、今さらお前らがゴタゴタぬかしても無駄だ。なんたってこっちには正規に手続した書類がある。そこのとんまな鬼が突いた判で、俺たちはれっきとしたオーナーなのさ」

「言わせておけばッ……」

よっさんが腕まくりして踏み出しかけた。

「おっと、そんなことをしても何も解決しないぞ。お前らだって、俺がいなくなっちゃあ名義を変えようがなくなるんだぜ」

よっさんは拳を引っ込め、肩をぶるぶる震わせている。

男は下唇を噛んでいる六人を見渡し
「お前らみたいな世情に疎い奴らは、納得するまでしつこくまとわりつくから、ここは一つ正規の書類を見せてやろう」

そう言うと、戸棚から分厚いファイルを取り出し、テーブルにどんと置いた。表紙に印字テープが貼ってある。


【嬬恋村バラギ苑の取得に関する資料】

男はファイルを開いて中の書類を見せた。オニールが突いた『鬼入』（おにいる）という判子の書類もあった。男はファイルを閉ざし、勝ち誇るように六人を見遣ると
「分かったな？　あの施設は間違いなく我が社の物だ」

ところが堀田は気をふるい、

「ね、念のため、この書類のコピーをもらいたい。不動産取引の専門家に見せて確認を――」

「まだ言うかッ！」男が吠えた。

「俺たちがその専門家なんだ！　これ以上ゴタゴタ言うと、不法侵入で警察に突き出すぞ！」

男が急に立ち上がったので六人はびっくりし、プレハブを飛び出した。駐車場に一目散、なだれ込むようにバンに乗り込み、よっさんはすぐに車を出した。

「やっぱりヤクザは怖いよ。よっさんだって手が出ない」

堀田は青ざめた唇を動かして運転席を見た。

「面目ない。あいつらは鬼より怖い奴らだ」

よっさんは悔しそうに呟いた。


六人は通りがかりのファミレスに立ち寄り、今後のことを打ち合わせた。しかしどんなアイデアを出しても先程のヤクザの怖さが先立って進展がない。そのまま一時間以上経過した。廣子がふとオニールに尋ねたことが、停滞した会議の風向きをようやく変えた。

「私、気になったんだけど、オニールさんが書類に突いた印鑑の字、『鬼入』だったかしら？　あんな判子、どこで手に入れたの？　珍しい名字だからそうそう売ってないでしょう」

オニールはほほ笑み

「あれは自分で考えた当て字なんです。オーダーメイドですよ。町に出た時に小さな印房屋さんあったんで、作ってもらいました。二〇〇〇円くらいでしたかね。そんなに高くはない」

「へえ、そうだったの？　文字の珍しさ以外は、見るからに普通の認印だったわね。――ところで、誰か知ってる？　会社を売買するような大事な書類に押す印鑑って、あんな三文判みたいなのでいいの？」

堀田が応えた。

「ぼくもおかしいと思った。普通は何かこう、もっと大きな印鑑をドンと突くんじゃないかな。奥浅草のあのアパートを借りる時、不動産屋さんと契約を交わしたけど、その時に先方が突いたのは、もっと大きくて、クネクネした文字の印鑑だったよ」

「それは代表印だ」施設長が言った。

「私がこっちに来る前、エジンビア人の日本通がバラギ苑設立の手続きをやってくれて、その時、代表印を作ってくれた。丸の中のクネクネした文字には、代表者である私の名前と、バラギ苑の名前が書いてあるってことだったよ。大事な印鑑だから滅多なことで押さないようにと念を押された」

「え？　ってことは――」廣子は施設長に尋ねた。

「代表印には代表の名前が書いてあるのよね？　バラギ苑の代表は一体誰なの？」

「私だよ」

「え？　オニールさんじゃないの？　私、オニールさんが代表で、奥さんが施設長なのかと思ってた」

「違うよ」コニールが答えた。

「母ちゃんは施設長として現場を見ながら、バラギ苑の代表でもあるんだ。父ちゃんは真面目だけどおっちょこちょいだから、母ちゃんの方が偉いんだよ。実は父ちゃんは、苑での地位はぼくより下」

「おい、コニール」オニールは我が子の服の裾を引いた。

堀田は確認するように尋ねた。

「今の話だと、オニールさんが突いた印鑑は、会社の意志を示す代表印では無く、そもそもオニールさんは売買を決定できる立場に無いってことですね？」

「面目ないが、そうです」

「そうなると話が変わってくるよな！」

よっさんは興奮気味に言った。堀田と廣子もうなずいて同意する。

施設長はかすかに顔に明るさを取り戻し
「確かに普通に考えても、当て字の三文判で、しかも代表でもない人が押した印鑑で、会社を譲渡されてたまるかって話だよね」

「法律だってそんなに単純じゃないはずです。書類についてしかるべきところに問い合わせた方がいいですよ。もしかしたら取り消しを主張できるかもしれません」堀田は施設長に言った。

「しかるべきところって？」廣子は尋ねた。

「法人の登記申請手続きは法務局だね」と施設長。

「早速法務局に連絡して確かめましょう。電話番号？　ネットで調べればいいでしょ！」


ここで堀田が掛けた一本の電話が、バラギ苑の運命を変えることになった。泣き寝入りかと思われた乗っ取り問題は、まるでコインの表裏が入れ替わるように、あっけなく好転したのである。

確かにダミーパートナーズは、法務局にバラギ苑の名義変更を申請していた。ところが法務局はバラギ苑の代表印が偽の印鑑証明に基づいた三文判であることから却下し、その旨をバラギ苑とダミーパートナーズの両住所に郵送で通知した。オニール家族はバラギ苑から追い出された後で、バラギ苑に届いた通知はダミーパートナーズに握りつぶされ、譲渡不成立の事実を知らされなかった。堀田が電話を掛けたことで、家族は初めて事実を知ることになった。電話口の法務局の職員は「弁護士をつけて裁判をした方がいい」と助言をくれた。

「あんたたちのおかげで光が見えてきたよ！　ありがとう！」

オニール家族は立ち上がり、堀田と廣子に何度も頭を下げた。

その後、廣子ら東京組とオニール家族はそれぞれの生活拠点に戻った。オニール家族は弁護士の指導の元、バラギ苑の登記について裁判を起こした。弁護士はこの手の被害の相談を一手に引き受けている人物で、かねてよりダミーパートナーズに目を付けていた。被害者への感情移入が強く、親身で熱心、料金的な部分も十分に考慮してくれた。

裁判当日は、廣子・堀田・よっさんも裁判所に出向き、オニール家族と結果を待った。裁判はすぐさま仮処分となり、譲渡契約の無効と、ダミーパートナーズの即刻立ち退きが言い渡された。ある程度見えていた結果とはいえ、六人は胸のつかえがとれて安堵した。

しかし、廣子には腑に落ちない点があった。裁判にはダミーパートナーズから例の大柄なヤクザ男が来て、六人と顔を合わせたが、判決が下っても怒ったり落胆したりせず、終始黙って不敵な笑みを浮かべていた。裁判が済むと、オニール家族にさげすむような視線を投げかけて去った。

「きっと強がっているんですよ」

よっさんはそう言ったが、

「それにしては含む感じがあったわ。私たち、何か見落としてない？」

廣子はオニールら家族に思い当たる節は無いか確かめた。しかし家族はバラギ苑が手元に戻ったことがうれしくて舞い上がり、落ち着いて細かいことを思い出せない。それでもやがてオニールが何かにピンと来たようで、

「そういえば、押さえられたのは苑の建物だけじゃない。その他の資産も持って行かれてるよ」

「その他？」

廣子らは首を傾げた。

「……預金ッ！」施設長がハッと思い出して口走った。

オニールは真っ青になった。彼は施設長と小声で一言二言交わすと、

「しばらくの間、コニールをよろしくお願いします。私たちは銀行に行ってきますんで」

そのまま風になって駆け出した。久々に見た鬼の俊足である。

廣子・堀田・よっさん・コニールの四人は、裁判所の待合室で二人の帰りを待ちわびた。一時間後、夫婦は戻ってきた。顔色は真っ青を通り越して真っ白、足取りはふらついている。

「やられたよ」

施設長は天を仰いで呟いた。

「どういうことです？」堀田は夫婦を代わる代わる見た。

「全部持って行かれたんだ」オニールが答えた。

「苑の通帳を代表印で再発行してもらい、記帳してみたら、中身が全部引き出されていた。あのお金は利益じゃない。入居者からの預かり金で、あれが無いと入居者のお世話ができない。ウン億円はあったんだ」

「億！」廣子は息を飲んだ。

「取られたのはお金だけじゃない」施設長が後を取った。

「苑の持っている畑や駐車場の土地が売り払われていた。高価な器具はオークションに出されていた。建物自体も売却話が進んでいたようだよ。あいつらは最初からそれが目的だったのさ。獲物を捕らえて、金になりそうな内臓と血を抜いたら、後は野となれ山となれ……」

「なんて奴らなの！」廣子は憤慨した。

「でも、会社の譲渡が無効になった以上、奴らが奪ったり売ったりしたのも無効になるんじゃないかな」

堀田は誰と無しに尋ねた。

「そうだそうだ！　全て無効だ！　全部取り返すんだ！」

よっさんは拳を振りかざして訴えた。

コニールは涙を浮かべ
「父ちゃん、母ちゃん、戦いは終わってない。最後まで戦おうよ」

「もちろんそのつもりだ。だが……」

オニールの口調には力が無かった。

「実はこの件について、弁護士さんに電話で相談したんだ。そしたら『戦うつもりなら弁護を引き受ける』と言ってくれたけど、『この問題は時間が掛かる上、期待した通りの結果を保証できない』ということだった。譲渡が無効になったとはいえ、実際に売り渡したものが返ってくるか、失われた預金がきれいに戻ってくるかというと、そんなケースはほとんどないらしい。ダミーパートナーズだって悪い金だと分かっているから、すぐに海外に持ち出したり、裏社会での支払いに充てたりして、お金の後を追えないようにしているんだ。だから我々が裁判所に訴えても、時間と裁判費用が掛かるばっかりで、おまけに期待通りの結果は得られない。結局損をするようなものらしい」

「そんな……」コニールは肩を落とした。

六人は暗い表情を浮かべた。ヤクザ者が裁判の結果に全く動じていなかった理由が改めて分かる。彼らも昨日今日の詐欺師では無い。一度掴んだお金を手放さない方法に精通しているのである。

今度こそ泣き寝入りか――弁護士は協力を惜しまないと言ってくれているが、現実は厳しい。今日明日の暮らしすらギリギリのオニール家族に、長期の裁判をやるお金も時間も無い。

「これからどうする？」廣子は施設長に尋ねた。

「どうするもこうするも……」

施設長は口籠った。バラギ苑を取り返すことができても、お金が無ければ倒産同然。入居者を道端に放り出すことはできないが、食べさせることもできない。完全な板挟みだ。

オニールが言った。

「私がどこかに就職しようか。少しでも実入りがあれば運営の足しになると思うんだ」

施設長は首を横に振り

「ありがたいけど、結構だよ。知ってるだろ？　現場はタダでさえ人手が足りない。それに、あんたが稼いでくる程度じゃ焼け石に水さ」

オニールはしゅんとして口を噤んだ。

「――でもさあ」

ふいに施設長が軽い口調で話し始めた。

「私、なんだか開き直っちゃったよ。今、つくづく思ったんだ――災難続きだけどこうして家族三人、元気で一緒にいられるってのは幸せだね。今度のこと、たぶん私ひとりだったらとっくに放り出してるかもしれんよ。でも、あんたがいて、コニールがいて、そして応援してくれる人たちがいて……しみじみ幸せだわ。今、最悪の状況にもかかわらず、前向きにものを考えられることに、我ながら驚くよ」

五人は終始唖然として聞いていた。よっさんはため息交じりに、

「この状況で……強いなぁ」と言った。

「あんたも家族がいたら分かるさ」

施設長はほほ笑み交じりに答えた。自分の家族を振り返り

「二人とも、これから大変だけど、バラギ苑を再建しよう。知恵を絞って、力を合わせて。ダメだったらまた考え直すのさ」

コニールは施設長の手を取り、

「母ちゃんは心強いなあ。なんか、何でもできそうな気がするよ」

オニールは目蓋に涙を光らせ、

「お前の言う通りだよ。家族三人でやることが大事だね。エジンビア王国が何を言ってくるか分からないけど、三人でいれば乗り切れるさ」

場の空気はすっかり暖かくなった。

感動を覚えた堀田は廣子の耳元に

「すごいね。鬼も人間のように、追い詰められたら思考が麻痺して、何でもやれそうな気になるものなのかな」と尋ねた。

廣子は家族に目を向け、

「逆境の力というのかしらね。でも、それだけではないわ。私たちが活動を通じて守ろうとしている夫婦愛とか家族愛って、まさにこれなのよ。財産を失っても、お先真っ暗でも、家族が一緒にいられる幸せ。人生の基本に家族があれば、物事がいい方向に進みやすくなるのよ。きっと。

私たちも苑の再建に協力しようよ。今までは、もっぱらカップルの崩壊を食い止める活動をしてたけど、これからは頑張る家族の応援もしたい。もちろん入居者の平和な暮らしも取り戻したいし」

「うん。そうしよう」

堀田は力強くうなずいた。

(5) 苑の再興

バラギ苑の元々のスタッフたちは、みな日本在住のエジンビア・ゴブリンで、彼らはダミーパートナーズが入り込んできた時、脅されてばらばらに逃げ出し、ある者は町に出て物乞いをし、またある者は野山に分け入り食料を採って自給生活していた。けれども、つながりだけは維持し、平素から情報をやりとりしていた。そのおかげで、バラギ苑にオニール一家が戻ってきたという知らせは、あっという間に知れ渡り、二、三日のうちに一人残らず帰ってきた。

施設長はみなの前に立ち、まずは詫びた。

「あんたたち、心配をかけたね、苦労をさせたね。この通り、謝るよ！」

しかしスタッフらは口を揃えてそれを突っぱねた。

「施設長！　何を言ってるんです！　あなた方も被害者じゃないですか！　今こうしてみんなが再び集まったからには、昔の通りやりましょうよ！」

「そうだそうだ！　お願いします！」

「あんたたちは、ほんとにいい奴らだねえ」施設長は涙ぐんだ。

「我々はファミリーです！　当然です！」

「これから先はつらいこともあるよ？　苦しいこともあるよ？　それでもいいのかい？」

「もちろんです！」

「それじゃ言っとくけど――」施設長は間を置いた。

「当分は給料が出ないよ」

「へ？」スタッフらは静まり返った。

「一連の騒動で多くの資産を売っ払われたんだ。苑には入居者だけが残された。預り金も消えた」

一同ざわついた。誰かがたまらず尋ねた。

「これからどうやって苑を運営していくんです？」

「こう言っちゃなんだが、それをみんなで考えてほしいのさ。今日はここに、苑を取り戻す時に力を貸してくれた東京の学生さんが二人と、よっさんという日本の鬼がいる——ああ、安心して、悪い鬼じゃない。この人たちも知恵を貸してくれるから、みんなで話し合おう」

エジンビア・ゴブリンたちは頭を寄せ合い意見を出し合った。みな前向きで、「くよくよしても仕方がない」「頑張ろう」と励まし合い、無給を理由に去る者はなかった。

話し合いではいろんな問題が提示され、それをどのように克服していくかが議論されたが、前提として、入居者に要らぬ心配をかけないこと、一部の情緒不安定な人には伝えるのをよすこと、ご家族には正しく伝え、できれば寄付を募ること——これらが決められた。

どんな問題も基本的にマンパワーと根性による解決しかなかった。スタッフは全員、ボランティア職員ということになった。全員がよそに本業を持ち、バラギ苑で無給で働く。オニール一家も朝市を継続する。施設長は厳しく言った。

「いいかい、みんな。新しい入居者が入ってお金ができたら、そこから分け前にあずかろうじゃないか。あんたらの営業努力も必要だよ。言われた仕事だけやっていればいいって状況じゃないからね」

次の問題は入居者の食事である。現状の財政では粗末なものを一日二食出せるかどうかも怪しい。週刊誌で評判を取った贅沢料理などもってのほかである。

「そもそも食材が買えないよ」

コニールが帳面と電卓を照合して嘆いた。すると廣子が

「前にテレビで観たんだけど、農業生産物には、食べられるけど商品にならないから棄てざるを得ない物があるらしいわ。いわゆる『規格外』のものよ。農家さんを訪問して、事情を説明してそういったものを譲ってもらってはどう？　嬬恋村は農家さんが多いから、少しずつでも募ったら、結構な量になると思うの」

「名案です」よっさんは同意した。

「嬬恋村は食品加工も盛んです。豆腐工場、キムチ工場、漬物工場なんかもあります。農産物に限らず、そういうところにも話をしたらどうでしょう」

「そう簡単にくれるものかねえ」

施設長は怪訝な様子だ。

「情に訴えるんです！」廣子は強く言った。

「詐欺に引っかかったこと、お年寄りが苦しんでいること、物をいただいた恩返しは絶対にするってことを、恥じずに説くんです。そこまでやって物をくれない人は鬼ですよ」

「そうだねえ。『鬼の目に涙』作戦でやっていくかねえ」

食材は喫緊の課題なので、早速動くことになった。エジンビア・ゴブリンたちは手分けして周辺の農家や食品加工工場を回った。廣子や堀田も同行した。誰も彼も同情的で、進んで救いの手を差し伸べてくれた。自分から車を出して苑に搬入してくれるという人もいた。彼らが言うには、バラギ苑は一時期

でも嬬恋村のことを「素晴らしい高齢者施設のある村」として全国に知らしめた。今度は周りが助ける番、みんなで守っていこうという、応援の気持ちがあった。

募集を開始すると、集まった食材は潤沢で、畑の作物の他、養鶏場の朝採れ卵、養殖場のヤマメやニジマスも届けられた。噂を聞きつけた一般家庭からお菓子や果物、日用品が届けられたりもした。

「ありがたいねえ。これは絶対に再建しなくちゃならないよ」

施設長は感動して自らに誓った。

再集合したスタッフの中には調理係もいたが、彼らは集められた食材を見て戸惑った。なにしろ今まで血の滴るステーキやウニ、いくらなど、贅沢品ばかり調理していて、野菜はせいぜい付け合わせ程度。

「野菜を調理できないわけではないけど、メインディッシュとして日本人の高齢者の口に合うものが作れるかどうか」

調理人が悩んでいると、施設長が
「この際、エジンビアの料理法でいいよ」と言った。

エジンビアはアフリカの東海岸沿いで、国土のほとんどは砂漠である。肉・魚は獲れず、代表的な食材は葉肉の厚い野菜がほんの数種類あるだけ。だがその少ない野菜をあの手この手で食べようとしてきた歴史が、数多くの野菜調理法を生み出していた。調理係は苑の食事にそれを応用した。彼らはほうれん草一つでも二〇や三〇の献立を作ることができる。問題は味の好みだ。日本人にエジンビアの味が受け入れられるかどうか——。

結果は大当たり、想像以上に高齢者に喜ばれた。といってもそれには理由がある。

「ここしばらくはインスタント麺ばかりだったから、おいしいねえ」

「ボケかけた私でも手作り料理はすぐに分かるよ。この間までひどかったから」

ダミーパートナーズは、食費を削るためにネット発注した海外の激安インスタント食品を大量買いし、好き嫌いお構いなしに与えていたのだった。

「おじいちゃん、ステーキじゃなくてごめんね」

コニールは食堂に集まっておしゃべりを楽しみながら食べている入居者たちに詫びて回った。

「なんのなんの」みな笑顔で首を横に振った。

「とてもおいしいよ。それにしても、わしも十分長生きしたつもりだが、この味付けは食べたことがなかったのう。どこか外国の料理なのかな?」

他の人々も満足そうだ。

「肉もいいけど、野菜中心もいいねえ」

「そらそうだ。ここは嬬恋村じゃからの」

「コニールちゃん、お替りをもらえるかしら」

入居者のほとんどは、バラギ苑の受難をはっきりと知らない。中にはうすうす気づいている人もいるだろう。それでも入居者は変に詮索したりせず、いつも満足そうにしている。苦しいながら精一杯頑張っているエジンビア・ゴブリンたちの気持ちが伝わっている――そんな風に廣子は理解した。

「とりあえず、一件落着ってところかしら」

奥浅草の部室で、廣子はバラギ苑から届いたメールを読んで満足そうに言った。堀田はうなずき、

「オニールさんの言うには、ひとまず倒産の危機は乗り越えたみたいだよ。裁判の方は、弁護士の先生が全国のダミーパートナーズの被害者に呼びかけて集団訴訟にするらしい。少しでも損失が戻ればいいね。あと、タイミングを見て事件そのものをマスコミに流すかもしれないと言ってた」

「そうなれば問題は一気に関心を集めて解決に向かうわね。まあ、とにもかくにも、バラギ苑の件は、私のふとした気掛かりから始まったこと。私が気にせず放っておいたら、あの家族は今でも毎日駅前で朝市に立っていたと思うわ」

「さすが末川さん。恐れ入りました」

堀田は笑みを浮かべ、いかにもわざとらしく頭を下げた。廣子はまんざらでもない表情でエヘンと咳払いした。

第11章　光る角

（1）夢また夢

その年の夏休み。

「やっぱり夏は山ね。高原の涼しさといったら、東京では決して味わえないわ！」

大八車の荷台に積まれた夏野菜と共に揺れる廣子は、麦わら帽子をたくし上げた。

太陽が光の鎖を描く。空の青さと高山の濃緑が心地よい。

「そうかなぁ、ぼくは、やっぱり、海に行っとけばよかったと。まさかこんな、重労働に、なる、とは」

進行方向と逆を向いて座っている廣子の背中に、堀田が途切れ途切れぼやいた。

「そう？　ＤＫＳＣの海合宿に行ってたら、男子はきっと砂浜の清掃よ。ほら二人とも、頑張って車を引いてぇ！」

「ふぁぁーい」

男二人の気の抜けた声は蝉の音にかき消えた。

今頃ＤＫＳＣのメンバーは、九十九里浜で泳いでいるだろう。夏合宿の場所選定は、クールに見えてアウトドア好きの九嶋が個人的な趣味で選んでいるのは明らかだった。それを廣子は、「バラギ苑の手伝いに嫣恋に行く約束があります」と嘘を言い、合宿を回避した。ボディラインに自信が無く可愛い水着を選ぶのが億劫だった廣子は、あろうことか、尊敬する九嶋をだましたのだった。しかも嘘に真実らしさをつけるため、「堀田とよっさんも呼ばれています」と付け足した。この三人はＤＫＳＣで『嫣恋トリオ』として定着していて、苑と外国鬼家族（エジンビア・ゴブリン）の顛末は部員全員が知っている。みな、廣子の言葉を信じ、「頑張って来いよ」と励まして送り出してくれたのだった。

「ぼくの場合、海だろうが山だろうが、重労働に変わりはないと思うけど……」

堀田は後ろの荷台に声を掛けた。

「ブツブツ言ってないでちゃんと引く！　ほら、よっさんの方が載せてる量が多いわ」

廣子の眼前で、堀田の引く大八車の隣を、よっさんが抜いていく。よっさんの荷台には堀田のそれと比べ物にならないほど夏野菜が高く積まれている。かたや、堀田の積み荷はよっさんの四分の一も無い。せいぜい廣子の体重がプラスされているだけだ。

「まさか私の体重があの野菜より重いっていうんじゃないでしょうね」

「とんでもない。大切な方を運ぶ責任が重いだけで」

「口が達者になったわね」

大八車はバラギ苑に到着した。

コニールが「おかえりー！」と駆けてきた。

「こんなに食べ物の寄付があったの！　すごい！」

「野菜、どこに運び入れればいい？」

よっさんは汗を拭った。

「このまま裏の勝手口へお願い。三人ともお茶でもどうぞ。事務室に父ちゃんと母ちゃんがいるよ」

「お言葉に甘えるわ」


五分後、三人は事務室の長テーブルに座っていた。

扉も窓も開け放たれ、涼しい風が吹き抜けている。真夏とは思えない快適さだ。資金難に直面しているバラギ苑はエアコンの電気代すら惜しい。

施設長が冷茶を入れて三人の前に置いた。

「今日はありがとうねえ。まさかあんた方からお手伝いを申し込まれるとは思わなかったよ」

「いや、ぼくはそんなつもりはなかったんですけど――ゲフッ」

堀田は前につんのめった。テーブルの下では廣子の拳が腹にめり込んでいる。テーブルの上の廣子は涼しい顔で言った。

「気にしないで。私たちはボランティアが好きだから」

「本当に助かる。お礼はいつか必ずする」脇に座るオニールが言う。

「今はお返しなんか考えなくていい。俺もできるだけこっちにいるから、何かあったら呼んでよ」

そう言ってよっさんは胸を叩いた。

施設長は申し訳なさそうに顔を歪め、

「ありがとう。でも、よっさんは構わないのかい？　外国の鬼とつるんでいるのが日本鬼の首領に知られたら、問題にならないかい？」

よっさんは少し考え、

「確かに問題行動だろうけど、今のところ俺の中の正義は『バラギ苑を助ける』ってことだから。いつの日か鬼の国際親善ができたらいいと思っている。今はその下ごしらえ期間と考えればいい」

「男だねえ。言ってくれるねえ。聞いたかい、お前さん」

「もちろん。私もその時は力を尽くすよ」

その時、建物の外のどこか遠くで轟轟とした音が聞えた。廣子は窓に目を遣り、

「あら、雷？　雨が降るのかな」

「違うよ。山鳴りだよ」

施設長は窓に歩み寄り、カーテンを開いた。門の脇の植え込みにコニールが立ち音の方を見ている。視線の先に浅間山の頂きがある。

「気象台によると、噴火の恐れがあるってことだ」施設長はそう言ってよっさんに目を向け、「日本の鬼なら、これ、どういうことか分かるよね？」

再び空が鳴る。

よっさんは目を閉じて耳を澄まし
「これは……怒りだ」

「怒り？」廣子と堀田は異口同音に繰り返した。

よっさんは廣子を向いて説明を始めた。

「前にも言った通り、鬼は大地の精霊です。噴火は大地の息吹で、つまり、噴火や山鳴りは、大地が鬼に何かを示しているってことです。でも、この山鳴りは解せません。山鳴りが『怒り』を表しているのは分かるんですけど、具体的に誰が何に対して怒っているのか、それが分からないんです。例えるなら、言葉の違う国の人が必死に何かを言っている。何を言っているのかは分からないけど、怒っているのは分かる……みたいな」

「いい例えだね」施設長が口を開いた。

「この山鳴りは確かに怒りだ。何を言っているのか、よっさんに分からないのも無理はない。なぜなら、今の浅間山はエジンビア・ゴブリンの波動で動いているんだよ」

「何だって？」

よっさんは目をしばたいた。施設長は遣る瀬無い表情を浮かべ、

「外国の鬼が日本の火山に口寄せするなんて、申し訳なくて仕方が無いよ。あの火山は私たち家族に語りかけている。エジンビア・ゴブリンの首脳陣が、私たちに最後通牒を突き付けているんだよ」

「エジンビアはアフリカだろ？　何で日本の火山を操れるんだ？」

「凄まじい霊力を持つ長老がいるのさ。その方のお力ならたやすいことだよ」

「なんてこった……日本の鬼の沽券に関わる！」

よっさんは憤慨して頭を振った。

「あのう、エジンビアの首脳陣は、何を要求しているの？」

廣子は尋ねた。施設長は廣子に視線を移し、

「簡単に翻訳すると、こうだよ。『我々エジンビア首脳はお前たちに良質の日本人肉と円を流すように指示しているのに、全然送ってこない。お前たちのことを諦め、先日、日本人マフィアを介して工作をしたが、お前たちは振り切ってしまった。これまでの資金も工作費用も、水の泡だ。お前たちが今後生きてエジンビアの大地を踏みたいなら、早々に考えを改め、任務を遂行しろ。さもなくば浅間山を噴火させ、バラギ苑の一帯を焼き尽くす』――とね」

「なんて非道な！」堀田は驚きの声を上げた。

「それで、いつまでに任務を遂行しろと？」よっさんは尋ねた。

「明後日だ」

「えっ？」一同唖然とする。

施設長は諦めたように頭を振り、

「実は先週、本国の指導部から電話があって、長老がお怒りでかくかくじかじかのことを明後日までに、

と言われたんだよ。まあ、日本とは標準時が八時間くらい違うから厳密に何時か判らないけど」

「電話で済むなら火山を操ることは無いのに」堀田は呟いた。

廣子は窓の外を見た。門のそばの小さな影を見つめ、

「コニールちゃんは知っているの？」と尋ねた。

「いや、伝えていない。あの子は幼い頃、角の先を欠いてしまった。それで大地の波動に鈍感で、山鳴りを聞いても怒りとしてキャッチできないんだ」

「よっさんは欠けたことでかえって受信しやすくなったのに」

「日本の鬼は角が二本あるからね。とにかく、コニールには話していないし、具体的な対策も立てていない。エジンビアの言う『任務』を遂行する手立ても無いし」

「それじゃあこのまま火山に焼き尽くされるのを待つの？　鬼だけの問題ならともかく、嬬恋村に住む人みんなが困るわ。ねえ、よっさん、何とかならないの？」

廣子はすがるような目をよっさんに向けた。

よっさんは、額に太い皺を寄せ、

「俺が地元の鬼だったら直接浅間山に干渉できるんですが、元は余所者だから……。それに、俺一人のエネルギーでは全く太刀打ちできない。鬼押し出しに行って長老に何とかしてもらうしかありません」

「それだと国際問題になってしまう」オニールは眉をひそめた。

「思うに、浅間山はこれほどまでに強い怒りの磁場を発しているんだから、古株の鬼たちが気付いてい

ないわけがない。原因究明はともかく、山を鎮める方向で何かをはじめていることだろう」

「とにかく対策を考えようよ！」

廣子の呼びかけに全員が小さくうなずいた。


五人は暗くなるまで議論して解決法を模索したが、妙案は浮かばなかった。よっさん・廣子・堀田は逗留先の駅近くの宿に戻った。

廣子と堀田は、正直なところ何をどう考えていいのか分からなかった。タイムリミットまで時間が無さ過ぎる。

その晩、廣子は宿のベッドに仰向けになり、天井を見つめて考えた。

――いくら鬼だからって火山を噴火させたりできるものかしら？

廣子は鬼の奇跡をよっさんを通じていろいろ見てきた。びっくりするようなことはいくらでもあったが、火山を噴火させるといった大掛かりなものは見たことがない。

宿に戻る途中、よっさんがレンタカーの中で教えてくれた。

『太古の昔、鬼は人間を食べていましたけど、人間があんまり増えすぎると大地に祈りを捧げ、火口から火の雨を降らせて人を減らすように祈願したそうです。今でいう生産調整みたいなものです。今や人間を食べる鬼はいませんが、鬼が祈ると火山が噴火するという現象は依然として存在しているわけです』

――そんなこと、昔話でも聞いたことが無いわ。

廣子は頭の中でぶつくさ言っているうちに眠りに落ちた。

ちょうど同じ頃、コニールは夢を見ていた。

鬼の少年はバラギ苑の宿直室でぐっすりと眠り込んでいたつもりだったが、気が付くとエジンビアの青空市場のど真ん中にいた。内戦が激化する前の活気に満ちた風景で懐かしい。市場の人々は、店の主人も通行人も含めてみんなコニールを見ていた。満面の笑顔である。コニールは愛想よくほほ笑み返したが、やがて違和感を覚えた。みんなの視線がやや高めなのである。コニールは、彼らが自分の欠けたツノを笑っているのだと気付く。途端に恥ずかしさを覚え、どうにかツノを隠そうと、両手を頭に被せた。人々はその格好がおかしかったようで、ますます笑った。コニールは耐えられなくなり、地にうずくまり耳を塞いだ。

笑い声がおさまって顔を上げると、そこはもう市場では無く、全く知らない建物の一室だった。薄暗い部屋は香がたかれ、どことなく厳粛な空気が立ち込めている。

『コニールよ』

しわがれた声がした。薄霞の向こうから、白髪白髭、痩せ細った老人があらわれた。頭のてっぺんに、恐ろしく先の尖った一本ヅノが伸びている。コニールはその顔に見覚えがあった。どこのエジンビア・ゴブリンの家にも飾ってある長老の肖像画の、まさにその人物だった。

『いかにも、わしが長老だ』

第11章　光る角

長老はコニールの脳内を読むかのように答えた。

『お前のつらさはよく分かる。ツノが欠けているのは恥ずかしいだろう。気に病むだろう』

長老の声はしわがれていたが、不思議な清廉さを帯びており、コニールは自然と涙した。

『お前は賢く心掛け正しいから、わしがチャンスを授けよう。お前が住んでいる場所に一番近い火山――「アサマ」という山の火口に、光る石を置いておいた。それを持ってわしの元に持ってきたなら、お前の欠けたツノを元通りにしてやろう。戸惑うことは無い。その光る石こそお前の欠けたツノの先なのだ。大地のエネルギーはお前の哀しみを知り、あわれみをかけもうた。お前はその恩恵を遠慮なく受けるがいい』

『でも今、火山は怒って大変なことに』

『違う。あれはお前を呼んでいる。怒りではなく大地の招きなのだ。さあ行け』

そのセリフを聴いた途端、コニールは目覚めた。

時計は夜中の二時を指していた。外からかすかに山鳴りが聞える。窓の浅間山を見ると、闇の中、稲妻を走らせ、うっすらとその輪郭を描き出す。

「ぼくを……呼んでるんだ」

コニールは動きやすい格好に着替え、リュックに食料と登山具を詰め込む。ふと思い立ち、父母宛てに置手紙をしたため、食堂のテーブルに置いた。そして足音を立てぬよう裏口から施設を出た。

翌朝。

よっさんは寝ぼけ眼を擦りつつ旅館の朝食会場にやってきた。食堂の空気は異様に張り詰めていた。席についていた廣子は、とある方向を見て神妙な顔をしている。他の客も同じようにしている。全員の視線の先には旅館の支配人が立っていて、利用客に呼び掛けていた。

「ご承知のように、浅間山の火山活動が活発化しています。この旅館まで石が飛んでくる確率は低いですが、ゼロではありません。充分警戒してください。また、火山に近づくのは大変危険です。絶対に控えるようにと、地元警察からも連絡が来ています」

よっさんは廣子の対面に掛けた。

「とんでもないことになったわね」廣子は眉をひそめた。

「よっさん、寝不足？　目がぼんやりしているわ」

「ええ。ゆうべはあまり眠れませんでした。大地のエネルギーが一晩中うねっていたので」

「堀田はまだ寝てるのかしら？」

「ここに来る前に部屋をノックしたら、返事はあったんですけど、寝ぼけた感じでした」

「まあいいわ。先に食べちゃいましょう」

二人は食事をはじめた。いつまで経っても堀田はこない。結局食べ終わり、堀田の部屋に行ってみた。堀田は部屋にいた。着替えは済ませていたが、椅子に座り、肩を落とし、頭を抱えている。

「おはよう、具合でも悪いの？」

頭を上げた堀田を見て、廣子とよっさんはハッとした。堀田は涙を流していた。声も上げず、紅潮するでもなく、涙が頬を伝っている。

「なぜ涙が流れるのか、自分でも分からないんです」堀田は細い声で言った。

「浅間山の活動が原因だと思うんですけど……頭で考えてることと身体が感じていることに開きがあって」

「どういうこと？　意味が分からないわ」

「意味と言われても……。ただ、身体が望んでいることは分かります。ぼくは、浅間山の火口に行かなければならない。ぼくが行けば火山活動がおさまる。ぼくは身を捧げなければならない。そんな気がするんです」

廣子は青ざめてよっさんを振り返った。

「きっと火山の恐怖で錯乱しているのよ。よっさん、このあたりに病院は」

「診療所くらいしかないですよ。大きいのは町まで行かないと」

「ぼくは真面目です」

堀田は言った。

「覚えているでしょう？　郷土博物館の隠し部屋にいた研究者の老人が、ぼくのことを弟橘媛の子孫だと言ったのを。ぼくはその事が引っ掛かっていて、後から調べてみたんです。その弟橘媛は荒れる海を鎮めるために海に身を投じ、それにより日本武尊の道が開けたとか。もしぼくがその血脈を継ぐのなら、ぼくが身を挺することで荒ぶる自然を抑えられるかもしれない」

「あなた、あの人が言ったことを真に受けているの？」廣子は呆れを通り越して怒りを帯びた。

「あなた一人が火山に行って済む話なら、日本の鬼がとっくに沈めてくれてるに決まってるわ。ねえ、よっさん」

「え？　ええ、まあ」よっさんは苦しそうにうなずく。

「いい？　堀田。あなたはタダの人間なの。鬼でも超能力者でもないの。それに、仮に弟橘媛の血を引いてたとしてもあれは海の話よ。今問題になっているのは火山」

「でも、ぼくは……」

堀田は戸惑っている。

その時、廣子のスマートフォンが鳴った。ディスプレイを見ると施設長である。

「もしもし？」

『廣子さん、私だよ。大変な事が起きちまったんだ』

施設長は取り乱している様子だった。廣子はスピーカーフォンにしてテーブルに置き、

「よっさんと堀田も一緒に聴いています。何があったんです？　落ち着いてください」

『落ち着いてなんかいられないよ』

施設長は忙しくしているようで、声が遠くなったり大きくなったりした。何かの支度の真っ最中のようだ。たまにオニールの声が入るが、それに対して「そう！」「違う！」と指示をしている。それでも

何とか隙間を縫って、こう言った。

『あのね、コニールがいなくなったんだよ』

「おつかいに行って帰ってこないんですか？　それとも迷子？　まさか誘拐？」

『そんなんじゃない。あの子は、置手紙をして行ってしまったんだ』

「自分の意志で苑を去ったってこと？」

「どこに？」よっさんが尋ねる。

『手紙には、浅間山の火口と書いてあった』

「浅間山！」

三人の叫び声が一致した。

『そう。つたない字で分かりにくいんだけど、誰かのお告げで何かを探しに行くから心配はいらないって。心配しないわけがないよ。全くあの子ったら、どうかしているよ』

廣子とよっさんは顔を見合わせた。堀田も唖然としている。今あの山に登るなんて狂気の沙汰だ。

『これから私とオニールは浅間山にあの子を探しに行く。あんた方は今日も苑の手伝いをしてくれる予定だったと思うけど、私たち夫婦はいないから、すまないけどそのつもりで』

「あ、待って」

廣子が制するのも虚しく電話は切れた。

「みんな、どうしちゃったのかしら」廣子は息をついてよっさんを見た。よっさんは旅館の窓に目を遣

ると、浅間山の稜線を見つつ、

「コニールも鬼ですからね。鬼が火山に向かうというのは、確かに何かしらの導きがあったのかもしれません」

「理由があるというの？」

「ええ。多分。少なくとも堀田みたいに、変な夢を見たということではないと思います」

「ぼくのは夢じゃない」

堀田は小さく、だがはっきりと呟いた。

「変な夢――」

「コニールちゃんのことが心配よ。鬼とはいえ子どもの足だからきっとまだ山深く分け入ってはいないでしょう。オニール夫妻のことも心配だわ。よっさん、浅間山に行ってみましょう」

「本気ですか？」よっさんは廣子の方に怪訝そうな顔を突き出した。

「何も噴火を見に行こうというのじゃない。勘違いした子どもと、それを探す親を保護するのよ」

「ぼくも行くよ」堀田が割り込む。

「あなたはダメ。今のあなたは空想に取りつかれているわ。何をしでかすか分からない」

「何も変なことはしないから。ぼくだってバラギ苑の家族のことは心配です。それに……ぼくが行けば噴火が鎮まるかもしれないし」

「そういうことを言うから怖いのよ」

「まあまあ」

よっさんは廣子に顔を近寄せ、堀田に聞こえないように小さな声で言った。

「浅間山は遠目にみるとなだらかですが、生半可な山じゃありません。簡単には登れませんので、きっとすぐに音を上げます。連れていきましょう。――なぁに、へばったら俺が担ぎますから。問題ありません」

(2) 火口にて

山は轟々と鳴り続けている。

北風が強まり、山肌を吹き上げていく。煙やガスは山のいたるところから噴き出していたが、風はそれを払いのけて、コニールの前に道を開いた。

――これは本当にお告げに違いない。さもなきゃこの時期に北風なんて吹かないんだから。

コニールはこれまで浅間山に登ったことはない。地図を頼りに単純に直線ルートを歩いている。無謀な登山である。鬼の体力と運の良さで難所を通過してこれた。

時折、山が爆音を立てて身を揺すった。きまって十秒のちには砂や小石の雨が降る。大きいものは握り拳くらいはある。コニールは穴を開けたヘルメットから先の欠けたツノを突き出し、さらにその上に厚手のタオルを縄で縛りつけて落石対策をしていた。降ってきた小石がヘルメットに当たって散っていく。予想外だったのは火山灰の熱だ。真っ赤に焼けた粒が首筋や手指に当たると猛烈に熱い。タオルやリュックにかかると燃えてしまうので、振り払うように歩いていく。

コニールは足を止め、行く手にある坂を見上げた。空は噴煙で霞み、さらに奥で黒々としたガスが渦を巻いている。

――あの下あたりが火口だな。

コニールは歩を進めた。煙やガスで視界が悪く、息苦しい。酸化した岩石は簡単に砕けるので、うかつに足を下ろせない。コニールは拾った木の枝で足元を突き、慎重に進んでいった。

やがて火口の外縁に到着した。巨大なクレーター状の窪みから、真っ白い煙が湧き出している。それが熱に煽られ、滝が逆流するように猛烈な勢いで昇っていく。コニールは外縁にしゃがみ込み、下を見下ろした。ずっと下の方は白煙が立ち込めて、どうなっているのか分からないが、煙の隙間から時折真っ赤な舌が覗く。溶け出したマグマである。

「あっ」

視界の中で何かがきらりと光った。もう一度視線を巡らせて光のありかを探す。光源はすぐに見つかった。コニールが覗き込んでいるところから五メートルほど左手、外縁から一〇メートルほど崖下に、小さく輝く何かがあった。コニールに合図するように光を瞬かせている。目を凝らすとそれが三角形の小石のようなものであるのが分かった。

――ぼくのツノだ！

コニールは立ち上がると急ぎ足で外縁を左に進み、光の真上あたりにやってきた。リュックをその場に置き、火口に背を向け、片足から降ろしに掛かる。

手を火口の縁に掛け、崖を降りようとすると——外縁の土が音もなく砕けた。身体が中空に浮く。コニールは息を飲んだ。手は虚しく空を掴み、身体は背中から吸い込まれるように落ちていく。

「あんた、あれ！」

厚手の登山用ジャケットに六尺棒を手にした施設長は、後に従う夫を振り返り、棒で前方を差し示した。もうもうと煙を吐き出す火口の外縁に、見覚えのあるリュックが置かれている。

夫婦は駆け出した。あるのはリュックだけ。あたりに足跡をさがす。吹く風と山の振動で、砂地に残されるべき軌跡はかき消えている。夫婦は立ち尽くした。目の前に広がる火口。熱の泉から白煙が逆巻いて昇っていく。

「あの子は、まさか、この下に——」

「馬鹿なことを言うんじゃない」

オニールは妻の言葉を遮った。

「このリュック、灰がそんなに積もっていない。置かれて間もないよ。この近くにいるはずだ」

「あんた、ここを見て」施設長は崖の縁を指差した。

「ここ、色が違う。崩れたばっかりのようだよ。あの子、ここから滑り落ちたんじゃないかね」

オニールは顔をしかめて膝を地面につき、崖下を見下ろした。白い煙に交じって熱気が吹きあがり、息が苦しくなる。こんなところに落ちたらひとたまりもない。

「あんた、どうだい？　見えるかい？」

「待てよ、今見てるんだから……」

やがて、

「あっ、いた！」オニールは声を弾ませた。

施設長はオニールの隣に膝をつき、火口を見下ろした。一〇メートルほど下の岩場に、小さな身体が横たわっている。

「コニール！　コニール！」

夫婦で呼び掛けるが返事が無い。意識を失っているらしい。

「わたしゃ行くよ！」

施設長は棒もリュックも置き、肥えた身体を折りたたみ、片足を崖下に伸ばして降りようとした。

オニールは妻の身体を引き止め、

「お前、その体形で岩場に足を下ろしたら、崩れてしまうぞ」

「こんな時まで人の気に障ることを言うもんじゃないよ」

「俺が行くからお前は待っていろ」

「……分かったよ」

すでに片足を腿の付け根まで崖下に降ろしていた施設長は、そう言ってオニールを見上げた。確かに、痩せ形で筋肉質な夫の方が、このボルタリングのような崖の上り下りは向いているだろう。

「どうした。早く上がれよ」

「うるさいね。上がりたいけどお腹がつっかえて上がれないんだよ」

「なんだって？　……しょうがないな」

オニールは施設長の太い腕を掴み、引っ張り上げようとした。妻はビクともしない。二人が必死になっていると、突然山が鳴り、地面が不気味に揺れ始めた。

オニールは白煙の流れが急に速度を増したのを見て、

「まずい、噴火するぞ！」と叫んだ。

その途端、ドンと大きな衝撃が走り、煙と熱風が逆巻いた。地震のような細動の中で、施設長の寄りかかっていた外縁の崖土が崩れた。腕を掴んでいたオニールは放すまいとして力を入れたので引っ張り込まれ、前のめりに倒れかかる。

こうして夫婦は、火口に消えた。


山肌を駆ける白煙の中を、三つの影が歩いている。一つは大きく、後の二つは危うい足取りである。その危うい影の一つが、急に何かに打たれるように駆け出した。

「堀田、危ないから一緒に歩こうっていったでしょ！」

廣子は駆け出す背中に声を飛ばした。しかし
「末川さん、火口ですよ、火口！」

堀田はそう叫んで振り返りもしない。

「分かってるわよ！　危ないからよっさんのそばにいてよ！」

「ああ、ぼくを呼んでいたのはこれだったのか……」

駆け出した堀田は、二〇歩ほど先で足を止め、祈るようにゆっくりと両膝をついた。

眼前に広がる巨大なクレーターのような火口。おびただしい煙が天に吸い上げられていく。

「あっ」堀田が声を上げた。

よっさんと廣子は堀田の指差す先を見た。三人のいる地点から大きく左へ火口の外縁が伸びている。その途中に小さな点が二つ。三人は黙ってそちらへ歩いていった。小さな二点は近づくにつれ大きくなり、はっきりリュックだと分かった。

堀田は細い声で言った。

「あの色、あの形、きっとオニールさんとコニールのものだよ。その横の棒は、苑が登山客用に貸し出していたものと同じだ」

「……ってことは」

よっさんは火口に目を遣った。彼は手を地に着き、外縁から下を覗き込んだ。噴煙に顔をそむけつつ、深淵を視線で探る。

「あッ、いたッ！」

堀田と廣子はよっさんのそばに寄り、火口を覗き込んだ。下へ続く断崖絶壁の一〇メートルほど下に、平らに突き出た岩があり、オニール一家がいた。コニールとオニールはうずくまっている。施設長は火口を見上げている。這い上がる手立てがなく呆然としている様子だが、急に視界にあらわれたよっさんに気付いたようだった。

「おおーい、助けに来たぞー」

よっさんは叫んだ。

「……おーい！　よっさんかーい！　聞こえるよー」

施設長の声。

「ロープを垂らして登らせよう」堀田は二人に言った。

「だめよ。あの巨体では上がれっこないわ」

「つかませて引きずりあげるとか」

「だいたいロープが無いじゃない」

「俺が降りて助けてきますよ」

よっさんは外縁に足を掛けた。

「どうやって降りるの？」

「考えがあります。火口の崖の土は柔らかいようだから」

よっさんは下半身を崖下に垂らし、外縁に掛けた腕の力だけで姿勢を保った。そして、下ろした右足のつま先で崖面を蹴った。脚力は凄まじく、足はつま先からくるぶしまでぐさりと崖に刺さった。同じように左足を振りかざして崖に突き刺す。手は手刀でもって崖を真っ直ぐ突くと、ぶっすりと手首まで刺さった。

「なんて馬鹿力なの」

「ザイール要らず……だね」

堀田と廣子は唖然としつつ、よっさんの動向を見守っている。

よっさんが崖を降りている間、山は奇跡的に穏やかだった。噴煙も落ち着き、崖上の二人の目に、下の様子がよく見えた。

突き出した岩棚に降り立ったよっさんは、施設長と話しはじめた。山鳴りでやりとりは聞こえないが、いかにして脱出するか算段しているようである。

よっさんはうなずき、まずコニールを肩に担いだ。そして自分が空けた崖の穴に手足を差し掛け、登り始めた。表情は険しい。降りる時よりずっと時間が掛かる。肩に乗るコニールは脱力しているが目は開いている。時折口を動かしてよっさんに何か伝えている。

「よいしょ」

よっさんは崖上にコニールを置くと、また崖を下りはじめた。

コニールは緊迫した表情で火口を振り返り、

「よっさん、きっと止めてね！　絶対だよ」と叫んだ。

「どうしたの、コニールちゃん」

廣子は尋ねた。コニールは廣子を向き、

「ぼく、あの突き出た岩で、自分の欠けたツノを見つけたんだよ」

「えっ？」

「ぼくはそれを取ろうとして、あそこに落っこち、上がれなくなってしまったんだ。それからしばらくしたら、なぜか父ちゃんと母ちゃんが落ちてきた。その衝撃でツノが岩場からさらに下に落ちた。ここからでは見えないけど、今父ちゃん母ちゃんのいる岩の下に、もう一枚、小さく突き出た岩があるんだ。落ちたツノはそこに乗っかったんだよ。でもすぐ下は溶岩。取ろうとして足を踏み外したら命は無い。ぼくはツノを諦めたんだ。ところが父ちゃんは、『お前はあれが欲しかったんだろう？』と、ツノを取ろうとしはじめた。父ちゃんは落ちた時に足をひねったらしく、フラフラで危なっかしい。何度止めても聞かない。母ちゃんも止めないんだ」

「オニールさんはどうしてそんなに……」

「父ちゃんも母ちゃんも、ぼくのことを自分の実の子のように大事に思ってるけど、それ以上に引け目があるんだよ。ぼくが小さい頃ツノを折った時、事故から守れなかった。それを申し訳なく思っているんじゃないかな」

「そっか……」

コニールは火口に目を戻し、

「それより、次に噴火があったら、父ちゃんも母ちゃんもよっさんも溶岩に飲まれて死んじゃう！」

廣子と堀田は火口に向き直り下を覗き込んだ。ちょうどよっさんが大きな施設長を背負い、手足をプルプルさせながら崖を登ってくるところだった。

「すまないねえ。あんたは命の恩人だよ」

外縁に尻を下ろした施設長はよっさんに礼を述べた。

その時、コニールが火口を指差して叫んだ。

「よっさん、急いで！」

反射的に下を見る。オニールが岩場から半身を乗り出し、落ちたツノを拾おうと下に手を伸ばしていた。周囲は赤々とたぎる溶岩の海。

再び山が鳴動し始めた。

「噴火する」

よっさんは急いで下へ向かう。

「父ちゃん、父ちゃん！」

よっさんが下りる間も、コニールは声を飛ばす。

「ツノは要らない！　父ちゃんがいてくれさえすればいい！　そんな物要らないから、無茶をしないで！」

「コニールーゥ！」

下からオニールの声が聞えた。

「取ったらー、思いっ切りー、投げるからー、受け取れよー！」

「要らないってば！」

オニールは相変わらず身を乗り出して下へ手を伸ばしている。肩からそっくり下ろしてもまだ届かないようだ。一瞬、身体が大きくのけぞった。バランスを崩し、落ちそうになっている。

「父ちゃん、もうやめて！」

叫ぶコニール。傍らの施設長は何も言わない。

よっさんはまもなく岩場に降り立った。そして落ちそうになっているオニールの足首を掴んで岩場の中央に引き寄せた。

「危険です！」

「よっさん」オニールは異様に落ち着いた目をしている。

「私も妻も、故郷に疎まれて、こっちでもさっぱりで……そんな人生に巻き込まれているコニールを思うと……」

「生きてりゃ何とでもしてやれる。だが今はその時じゃない。今あんたが死んだら、何にも残らないぞ。さあ、俺に掴まれ」

オニールは顔を歪め、何か声を漏らしかけた。そして、

「――恩に着るよ」

と言ってよっさんに手を伸ばした。

またしても山が鳴った。火口一帯は激しく揺れた。木々がざわめきを立てる。白煙が増して視界はほぼゼロになる。広大な火口のあちこちで溶岩が噴き上がり、真っ赤なしぶきをあげている。地面の揺れはこれまでで一番強く、長く続いている。


「近くに身を守れる場所は無いかしら」

「あそこに岩影がある」

堀田は廣子、施設長、コニールを促した。だがコニールと施設長は動かない。火口から下を覗き込んでオニールを見守っている。

「気持ちは分かるけど、命が大事よ。さあ、ほら」

「放っといてくれ」施設長の声は震えている。

「私らは大地の精。火山に命を取られるなら本望だよ」

コニールも何度呼び掛けても動かない。

揺れと山鳴りはますます強くなる。

「ほんとにまずいよ、末川さん。もう立っていられない」

「あなたは弟橘媛の子孫なんでしょ。鎮めてみなさいよ!」

「あ、そうだった、ええと」

「馬鹿、何祈ってんの？　無理に決まってるでしょ」

「乗せといてそれはないよ。ぼくは本気だよ！」

堀田が言い張るのと同時に、火口は濃い煙をドッと吐いた。


ゴゴォォォォォォオオオオン…………

空が落ちてくる——そんな音だった。

§

一体どのくらい時間が経ったのだろう。

堀田はゆっくり目を開いた。

灰に覆われた真っ白い地面が切り立っている。

——あれ？

すぐに自分が地に横たわっていることに気付いた。頭を回して初めて上下が分かった。身体を起こそうとするが身動きが取れない。身体を見ると、施設長の巨体が覆いかぶさっている。すぐ隣に廣子が同じように施設長の下敷きになっている。

「ああ、気が付いたかい？」施設長が力無く言った。

「施設長、爆風から守ってくれたんですね」

「鬼は熱風には強いからね。人間はそうはいかない」

「コニールさんは？」

「さあ。私も今気が付いたところだから……」

施設長は身を起こした。ようやく廣子も気が付いた。落ち着かない様子であたりを見回している。状況を掴めずにいる。

「みんな、みんな！」

ふいにコニールの声がした。声の方向に目を遣ると、火口の縁のところで小さな影が踊るように動き回っている。

堀田・廣子・施設長は立ち上がり、そちらに向かった。

「……あんたッ！」

施設長が叫んだ。コニールの足元にオニールが横たわっている。オニールは灰をかぶって全身真っ白で、顔を見ると目の下に二本の筋が描かれている。

「よっさん、よっさん……」

オニールは無念そうに繰り返した。

「何があったの？　よっさんはどうしたの？」

廣子はオニールの脇にしゃがんだ。オニールは声をうわずらせ、

「火山が噴火しかけた時、よっさんは急に私を担ぎ上げたんです。そして『コニールを泣かすなよ』と言うと、私の身体を上方に放り投げました。あんな馬鹿力見たことがない。私は大砲の玉のように投げ飛ばされて、この崖の上に戻ってこれたんです。その直後、物凄い振動がして、あの大噴火。私はよっさんに助けられた。彼の命と引き換えに……」

「そんな、そんな……」

堀田の声は震えている。彼は火口に掛けよると、手と膝をつき
「よっさぁーん！　よっさぁーん！」

喉も切れよと叫びまくった。

廣子はその隣につき、火口を見下ろした。

眼下には溶岩の海が広がり、コポコポと泡立っては熱気を噴き出している。さっきまであった突き出した岩は根元から無残に砕かれて消えている。

廣子は震える唇を真一文字に結び、目を閉じた。

「私たち、まだ何にも成し遂げていないのに……」

全員の鼻をすする音が続いた。

山はさっきの噴火でエネルギーを出し尽くしたのか、白煙も硫黄臭も減じていた。風がさっと山肌を洗い、熱気も掻き消えた。

「あっ、これ……！」

ふとコニールが声を上げた。みんなの視線が集まる。コニールは三角形の小さな石のようなものを手にしている。

「それはさっきのツノかい？」

「違うよ。母ちゃん。あれは金色に光っていた」

「でもその尖り具合は、どう見ても――」

夫婦は目を凝らした。廣子と堀田も近寄って観察する。

「それはよっさんのだ！」堀田が叫んだ。

「ほら、下のところに穴があって、らせん状に溝が走っている。これはよっさんのイミテーションのツノだよ。間違いない」

「私も知っている。よっさんも若い頃にツノを折って、ずっと悲しい想いをしていたって聞いたことがあるわ。大事な大事なツノ、どうしてここにあるのかしら？」

「コニールさんにあげたかったのかな？　ったく、キザだなあ。最後の最後に手品みたいなことしちゃって……」

堀田はもう嗚咽を隠さなかった。

オニール夫婦は肩を寄せ合い、「よっさん、よっさん」と繰り返す。

コニールは手にしたよっさんのツノを、そっと自分の欠けたツノに乗せてみた。コニールのツノは先端をネジ状に加工してあるわけでは無かったが、サイズは見事に一致し、立派な一本ヅノになった。

コニールはツノを挿したまま、火口に向かって叫んだ。

「よっさーん！　よっさーん！　ありがとう！

絶対に忘れないからねー！」

（3）ごんちゃんと伸さん

浅間山の火山活動はあの日を境にぱったりと止んだ。火口付近からは相変わらず薄い煙が立っていたが、穏やかに空に溶けていくだけで、噴火や有感地震、降灰や噴石は無い。地元の人々は唐突な静まり方をかえって不気味がっていたが、とにかく被害が出るようなことはなかったと、胸を撫で下ろしていた。

堀田に廣子、オニール家族は沈痛な気分だった。よっさんが生贄になって火山が鎮まったような気がしていたのである。

よっさんの姿が浅間山の火口に消えて三日が経つ。以来廣子と堀田は毎日バラギ苑の手伝いに明け暮れていたが、いまだによっさんの死を受け入れられず、ついいつもの調子で「ねえ、よっさん、こっち手伝ってよ！」と呼び掛けては、いないことを思い出してしょぼくれた。別れの瞬間が大噴火の最中で、最期を目の当たりにしていないから実感が無いのだ。

ちなみにバラギ苑について、エジンビアからは何の通達もない。理由は分からないが、いつまでも日本鬼の領域である浅間山を遠隔操作するわけにいかないので、別の手段を考えているのではないか——ということである（オニール談）。コニールは例のツノをよっさんの形見だと思って、いつも自分のツノに乗せている。

廣子は旅館のカレンダーに目をやった。

「確か、鬼押し出しに鬼を祀った神社があるってことだったね」

「うん、バラギ苑の食堂の地図に載ってた」堀田はうなずいた。

「明日の朝でチェックアウトだから、今日はそこへお詣りして、よっさんのお弔いってことにしない？」

「いいね」

人間には人間の世界が、鬼には鬼の世界がある。遺体が微塵も残っていない鬼の葬儀を、人間の作法でやることが許されるのかは分からない。だがそれでも、二人は何かやらずにいられなかった。

よっさんがいなくなったことは警察にも村役場にも伝えていない。下手に連絡して鬼と人間の間にある平和な隔たりが犯されるようなことになっては、よっさんも喜ばないだろう。

その神社は一般の観光案内には載っていないごく小さな社だった。タクシードライバーのおじいさんに行く先を告げると「そこを知っているとは通だね」と感心された。

車窓に大きく浅間山が迫ってくる。山肌が白っぽいのは灰が積もっているからで、大雨でも降らない限り緑色には戻らないだろう。

タクシーは社の参道の前に止まった。参道といっても一見しただけでは分からない。注意してあたりを見渡すと、何の変哲もない山道の脇に、わずかに藪が左右に開いたところがある。覗き込むと石段が見え、その先に赤い小さな鳥居の列が、ずっと奥まで続いていた。神社の存在を知らなければきっと素通りしてしまうだろう。

廣子は先に立って藪に分け入った。

後を堀田が、おそるおそる続く。

参道は短く、すぐに開けたところに出た。山の中にぽっかりと広がる円形の広場。手前に鳥居、奥にかやぶきの社殿。周囲をぐるりと竹林が囲んでいて、それらは社殿の真上に向かって伸びており、境内はまるで竹のドームのようである。

二人は社殿に向かった。社務所は無く、人影もなく、緑の光と涼しい空気に包まれている。聖別されているのか、ここには浅間山の灰が積もっていない。

二人は賽銭を投げ入れ、堀田が麻縄を振って鈴を鳴らした。

二礼二拍手一礼。

「あ、しまった」堀田の目が泳ぐ。

「どうしたの?」

「よっさんの冥福じゃなくって自分の願い事をしてしまった」

「馬鹿ね。お正月でもないのに。どんな願い事したわけ？」

「それは……言えない」

「何を赤くなってるのよ」

堀田は再び賽銭を投げ入れて礼式を取った。

廣子は少し離れてあたりの様子を眺めていたが、ふと、鳥居の方に人影を見た。

――地元の人かしら。

影は鳥居のところで躊躇している。先客がいることに動揺しているようである。じっと見ていると、鳥居から覗き出た頭に、尖ったものが二本見えた。

「あ、鬼？」思わず声が出る。

「え、どこ？」堀田が振り返る。

観念した影はおずおずと姿をあらわした。

「あなたは！」廣子は叫んだ。

「よっさんの弟のごんちゃんよね？　私たちがバラギ苑の地下に閉じ込められていた時に助けてくれた、ごんちゃんよね？」

「なぁんだ！　お二人でしたか！」

鬼は緊張を解き親しげに近づいてきた。大きな身体にゆるめの白いTシャツ、裾の広いブルージーンズ。笑顔の中に悲しみを漂わせたごんちゃんの顔は、よっさんによく似ている。

「もしかして、お二人も兄のことでここに？」

ごんちゃんの尋ねに二人はうなずいた。

「うれしいなあ。おいらは三日前に浅間山が予期せぬ噴火をした時、胸騒ぎがしたんです。兄の身に何かあったと直感しました。長老に伺いを立てようと思ったんですけど、例の噴火で上役はみんな大忙し。会うことができず、それで仕方なくバラギ苑に行ってオニールに直接話を聞きました」

「ごんちゃんは外国の鬼と和解したの？」

「ええ。実は兄に言われて苑を手伝ったりしていたんですよ。オニールから包み隠さず真実を聞きました。鬼が大地の象徴である火山に抱かれて死ぬのは本望ですが、それでもおいらは悲しくて。それで、この神社に毎日来て、兄のことを祈っているんです」

「あの時、私たちもそばにいたの。よっさんは最後まで勇敢だったわ」

「火山活動が止まったのは、きっとよっさんのおかげ。ぼくたちだけでなく、嬬恋の人みんなの命の恩人だよ」と、堀田は言った。

「そう言われると、兄も浮かばれるってもんです」

ごんちゃんの声はたびたび鼻にかかった。

「おーい、ごんちゃん。おまたせ」

二本ヅノの鬼がもう一人、鳥居をくぐって走り込んできた。

軽装で体形はよっさん・ごんちゃんよりややスリムだが、人間よりはずっと大きくて筋肉質、一番の違いは全身塗り込めたような青い肌。

「おお。こっちこっち」

ごんちゃんは手招きで呼び寄せた。青鬼は人間の姿にためらいつつ、ごんちゃんの横に控えた。

「伸さん、この二人は兄貴の仲間だから大丈夫だよ。――お二人に紹介します。こちらは伸さん。ぼくと兄の遠い親戚で、兄とは親友のようでした。彼も毎日おいらとお詣りしているんです」

「はじめ、まして」

伸さんはぎこちなく頭を下げた。

「ちょっと待って」

廣子はお辞儀する伸さんを止めた。

「伸さん、頭を上げて、顔を見せて」

「はい？」

伸さんは廣子の唐突の願いに不意を突かれ、キョトンとした顔を前に向けた。

廣子と堀田はしばらくまじまじと見ていたが、異口同音に
「あーっ！　覚えてる！」と叫んだ。

「え？　ぼくのこと知ってるんですか？」

「あなた、前によっさんとキャベツ畑で戦った、青鬼でしょ！」

伸さんはハッとして

「もしや、あの時の人間さん？」

「そうそう。あの夜は面白いものを見せてもらったわ」

「これはビックリ！　どうしてぼくのことが分かったんです？」

「その大きな身体、愛嬌たっぷりのお顔。分からないわけが無いわ。あの時のいかにも示し合わせたような三文芝居は、『泣いた赤鬼』を真似したんでしょ？　ホントに面白かったよね、堀田」

「うん。あれはおもしろかった」

青鬼は赤面したので紫色になった。ごんちゃんは三人を代わる代わる見て
「みんな前から知り合いだったの？」

四人は境内で立ち話をした。よっさんの思い出話に花が咲く。笑ったり涙を浮かべたり、空気はくるくる変わる。

話が一区切りしたところで、ごんちゃんが言った。

「おいらたち、二人で話し合ったんですが、よっさんの意志を継いで活動しようと思うんです。よっさんから聞いてたと思いますが、人間社会の問題と鬼社会の問題はつながっています。我々鬼は、悪法の復活のせいで、愛情関係の壊れた人間を食べなきゃならない。今の日本人を食べることがいかに身体に悪いか、人間であるお二人の前でこんなことを言うのはなんですが、想像を絶しますよ！　よっさんは人間たちの愛をつなぎとめるために、あなたがた人間社会に踏み込んでいった。そこでお二人の大学の

サークル活動の、デー、デー……」

「ＤＫＳＣです」と堀田。

「そう、それです。その活動に参加しようと思い立ったわけです。もちろん、よっさんの場合は心のどこかに廣子さんへの尊敬とか憧れがあったと思いますし、堀田くんへの友情もあったでしょう。そういうのをひっくるめて、おいらたちは何か引き継げないかと思うんです」

「なんて殊勝な鬼さんたちかしら！」

「大事な点がもう一つあります」

今度は伸さんが口を開いた。

「ぼくは外国の鬼の行動が気になっています。あいつらは自分たちの食糧事情のために日本を秘密裏に侵蝕しようとしている。この間の浅間山の噴火は異常で、明らかに外国の鬼による火山の遠隔操作でした。だが、日本の鬼の取締役たちは、穏健派が多く、事を荒立てたくないからか、外国の鬼に強気に出ようとしません。だけど、ぼくは、この問題を放置してはいけないと思うんです。

外国鬼の出先機関になっていると思しきバラギ苑が、いまや日本人にも日本の鬼にも無害な場所になりました。こうして外国鬼が出鼻をくじかれている今こそ、我々は迅速に動かねばならない。それがよっさんの悲願だったと思うし、それをぼくらが引き継いで成し遂げることが、一番の供養になると思うんです」

「ってことは、伸さんは、外国の鬼はまた何か仕掛けてくると思っているんですね？」堀田は尋ねた。

仲さんは神妙な面持ちで
「あくまで想像ですけど、敵は単純に外国の鬼だけではない気がするんです。外国鬼は日本を侵食しようとしていますが、どうもやり方が中途半端。計画性やリスクの点で、別の誰かに利用されているように思うんです」

「黒幕がいるってことかい？」ごんちゃんが尋ねた。

「そういうことも想像できるね」

廣子はうなずき
「その通りだと思うわ。お二人には是非よっさんの意志をついでほしいわ。日本のことも、バラギ苑のことも、助けてほしい。私たちもやれるだけのことをやるから。どうか力を貸して」

「もちろんですとも。こちらこそよろしくお願いします」

二人の鬼はそれぞれ大きな拳で自分のぶ厚い胸板を叩いた。

（4）廣子の夫婦論

翌日。堀田と廣子は帰京するために高崎から新幹線に乗った。新幹線はガラガラで、二人は自由席に向かい合ってゆったりと掛けていた。

二人の表情は暗く、疲れがにじんでいる。今まで何度も往復している嬬恋と東京だが、今回ほど濃密だったことはない。ＤＫＳＣの夏合宿を避けるために出てきただけなのに、浅間山で死にそうな目に遭い、よっさんという頼もしい仲間を失った。オニール親子が助かったり、火山が噴火を収めたり、仲さん・ごんちゃんと再会したりといったこともあったが、それらを考え合わせても、よっさんを失ったのはやはりつらい。

「ＤＫＳＣのみんなになんて言ったらいいかしら」

廣子はうつむいて呟いた。

「ありのままに言うしかない。よっさんは人助けで自分の身を投げ打った。最期まで立派だったって言おうよ」

「私、いまだによっさんが死んだってことが信じられない」

「それはぼくも同じだよ」

堀田は席に座りなおし、眼鏡をはずして胸のポケットに差した。ひと眠りしよう。

新幹線は東京へ向かう。

第12章　狙われる二人

（1）紅葉狩り

奥浅草の部室では、夏合宿を終えた部員たちが通常の活動に戻っていた。みな真っ黒に日焼けして学生時代の夏を満喫かと思いきや、ぐったりしている。心底疲れているようだった。

そんな中で一人だけ元気な人物がいる。九嶋部長である。彼女は帰ってきたばかりの廣子に向かって言った。

「次の活動が決まったわ。十月の『秋のサークル大会』で活動報告をすることになったの」

「サークル大会？」

廣子は初めて聞く言葉に目をしばたいた。

「粋名丘大学学生自治会主催の定例イベントよ。私たちは学内のサークルではないけど、『招待サークル』として特別参加することになったの。廣子、どうしてだか分かる？」

廣子がキョトンとしていると、

「ずばり、あなたが労働厚生省から表彰されたからよ」

「あっ！　それですか！」

九嶋は神経質に眉をひそめ
「『あっ』じゃないわよ。秋はイベントシーズン、正直言って学内のイベントに参加している暇は無いわ。私、都のパネルディスカッションに参加することになっているから、サークル大会は、あなたの方でよろしくね」

「え、私が？」

「内容は好きにやっていいわ。あなたは活動経験豊富だし、それに、なにより表彰された本人だもの。大会実行委員会もあなたが登壇するのを望んでいると思う」

「あれはブログだったので……私、人前でしゃべったりできません」

「大丈夫。あなたならできる」

「でも……」

「秘書に堀田を使っていいわ」

嬬恋から帰っていきなり仕事を任された二人はすっかり飲みこまれてしまった。

だが、二人には、何を差し置いてもやらねばならないことがある。

メンバーによっさんの死を伝えるという、悲しい仕事である。

二人はみなに全てを語った。最初はみな疑うような顔をしたが、普段気丈な廣子が涙を流して説明すると、少しずつ空気が変わり、ついに鼻を啜る音が聞こた。

九嶋は厳かに言った。

「あなたたちが孀恋にいる間に浅間山が噴火した話は聞いていた。まさかそんなことになっていたとは……。あの明るくて優しいよっさんがいなくなるなんて、信じられない。みんな、よっさんをしのんで黙祷しましょう……」


一週間後――夏休みもあと一週間となった頃――、ごんちゃんと伸さんが上京し、奥浅草の部室を訪れ、廣子と堀田からメンバーに紹介された。メンバーは二人がよっさんの身内と知り、「確かに面影があるわね」と、すぐに打ち解けた。

廣子と堀田は、ごんちゃん・伸さんとチームを組み、よっさんの形見の破談探知機を使って、全国津々浦々の別れそうな夫婦やカップルの工作を行った。

二人の鬼の力はよっさんに引けを取らなかった。しかもごんちゃんにはアイデアマンの側面が、伸さんには知性がある。活動実績はよっさんとチームだった頃をすぐにしのいだ。

九嶋は二人の鬼をねぎらった。二人は照れくさそうに頭を掻き、四本のツノを揺らした。

工作活動を勧めるうちに、予期せぬ現象が起きた。ネットや週刊誌に「破談回避エピソード」がはやりだしたのである。

『喧嘩ばかりしていた私たち。奇跡が起きて今はラブラブ！』

『奇跡が食い止めた家族の危機』

『愛が招いた奇跡に感謝』

どの記事にも愛と奇跡の文字が躍っている。書かれた奇跡は全て四人が起こしたものだった。もちろん四人は沈黙を通す。世間の方は、話題が高まるにつれ、いろいろな動きをしはじめた。

『度重なる愛の奇跡、ついに映画化』

『私たちの復縁・作文コンテスト。大賞は賞金百万円&書籍化』

ブームの後押しにより、社会が変革される。

『全国の離婚相談件数、初の前年比割れ』

『奇跡効果か？　婚姻届提出数が過去最高に』

結婚・恋愛ブームが到来し、奥浅草事務所の破談探知機の鳴る回数は激減した。

九嶋は驚いて廣子に言った。

「学生の活動だとせいぜい近隣地域への啓蒙が限界と思っていたけど、あなたたちは政府がどれだけお金と時間をかけてもできなかったことを、ほんの一か月でやり切ってしまった。これだけのことをやって活動を公表しないなんてどうかと思う。鬼や探知機なんて誰も信じないかもしれないけど、思い切って公表してみたら？」

廣子は大きくうなずき

「そのつもりです。秋のサークル大会で発表しようと思っていました。いいですか？」

「もちろん。私、あなたに全部任せるって言ったし」

九嶋のGoサインが出て、廣子は秋の大会の準備に取り掛かった。

十月になった。秋のサークル大会が近づいてくる。廣子は九月のうちに発表内容を整え、あとは本番を待つだけである。
この期間、ごんちゃんと仲さんは嬬恋村に帰っていた。破談探知機が沈黙して活動が無く、ちょうどバラギ苑からヘルプ要請が来たので、加勢に行っていた。
ごんちゃんが廣子に送ったメールによると、バラギ苑は入居者の支援や地域の助成を受け、経営的な苦境を脱しているとのこと。それどころか「人情介護」が話題になって人気が再燃し、今や予約待ちの状態だという。計画では年内に増床し、職員も増やすという。今も「太く短く」を志向する人たちのために活躍しているようだ。
また、追伸で
『今こちらは紅葉がきれいです。オニール一家もお二人に会いたいとのこと。今度の土日に遊びにきませんか』
廣子はこのことを堀田に伝えた。すると堀田は
「ありがたいお話だけど、こうたびたび行くと、お小遣いがついてこなくて」

「実は私もそうなのよ。土日は空いてるんだけどね……」

二人の表情が曇る。ちょうど居合わせた九嶋が「何の話？」と尋ねたので説明すると、九嶋は少し考え、

「あなたたちは部への貢献が大きいから、面倒見てあげるわ」

「本当ですか？」

「今年は都の他に中央官庁からも助成金をいただいているから、調査を兼ねてくれれば、ちょっとくらいなら大丈夫よ」

「ありがとうございます！」

「交通費だけじゃなく、宿泊費も出してあげる」

「いいんですか？」

九嶋は意味深な笑みを浮かべ

「いいのよ。今度の土日ね？　頭に入れておくわ……」

ごんちゃんとの約束は土日だったが、堀田と廣子は金曜日の夕方に嬬恋村入りした。土曜日の列車が取れなかったのだ。廣子はごんちゃんに連絡を入れ、今日会えないか尋ねた。ところが夜勤で動けないとのこと。仕方なく宿にチェックインし、廣子が暇をしていると、堀田が「久しぶりに郷土博物館に行きませんか？」と言うのでついて行った。

レンタカーが着いた時、博物館は閉館間際だった。しかし館長が「今夜は蔵書整理で職員が遅くまでいるから、ゆっくりしていきなさい」と入れてくれた。二人は礼を述べ、図書閲覧スペースに入った。

堀田はもともとあてがあったらしく、まっすぐ書架の奥へ消えた。廣子は近くの棚の本を何気なく手に取り、ソファに掛けて無造作に開いた。

その本は日本武尊と弟橘媛の伝承の書かれた本だった。

「この話には何かと縁があるわね」

独り言して文章を目で追う。

日本武尊は相模の国に入る前に弟橘媛と合流した。土地の役人が出迎え『草原の神が従わないから成敗してほしい』と言うので、よろしいと引き受けると、役人は悪神がいるという沼に二人を連れて行った。それは罠だった。役人の姿が消え、草原に日本武尊と弟橘媛の二人が取り残された。にわかにぱちぱちと音がしてあたりを見渡すと、四方を炎に囲まれている。火勢は強く、炎の輪は徐々に狭まってくる。二人は背中を合わせて火を避けていたが、日本武尊、佩（は）いた天叢雲（あまのむらくも）を鞘から抜き放ち、円弧を描いて振りかざし、手前の青草を刈った。さらに、叔母に譲られた火打石で向かい火を焚き、火同士で対峙させた。風向きも手伝い、二人は炎難を脱した。日本武尊は自分たちを罠に陥れた者たちを追い、斬り殺して焼いた。それが静岡県の焼津の名称の由来と言われている。「故號其處曰燒津（其處（そのところ）を號（なづ）けて燒津（やきつ）と曰ふ）」『日本書紀』

「ふぅん、これが有名な草薙（くさなぎ）の剣の話ね」

廣子は本を元の棚に戻した。

すると、堀田が戸惑った顔でやってきた。

「不思議だよ」

「どうしたの？」

「あの研究者の部屋が無いんだ。前に一緒に会ったよね。日本武尊と弟橘媛を研究してるっておじいさん」

「ああ、はいはい。もうお年だったから、辞めたんじゃない？」

「残念だなあ。ぼくはあの人に会いたくてここに来たのに」

「そんな理由だったの？」廣子は呆れた。

「『そんな』ってことはないでしょ？　ぼくは本当に自分が弟橘媛の末裔なのか、もう一度聞いてみたかったんだよ。末川さんだって日本武尊の子孫って言われたでしょ？　気にならないの？　もっと知りたいと思わないの？」

「別に思わないわよ。全然、全く！」

廣子は大きなあくびをして居眠りモードに入った。

翌日。快晴。

紅葉が覆う大前駅近くの遊歩道に、大きな笑い声がこだましていた。

「資料館で居眠りしてそのまま熟睡？　信じられない！」

ごんちゃんは廣子の顔を見て大笑いした。伸さんも、口を閉じたままと独特の笑い声を出す。

廣子は渋い顔を浮かべ、

「そんなに笑わなくたっていいでしょ。だって、ああいうところって静かな上に、古書とかあるから空調がきちんとしていて……それに、列車疲れと堀田を相手する疲れで、つい寝ちゃったのよ」

「しれっとひどいこと言うね」

堀田は苦笑した。

廣子と堀田は電車に乗って吾妻線の終点である大前駅でごんちゃん・伸さんと合流し、嬬恋村でも知る人ぞ知る紅葉の遊歩道を散策していた。観光用に整備された歩道だが、他に人は一人もおらず、まるで四人の貸し切りである。

遊歩道は全長五キロほどのハイキングコースになっている。秋の高地はひんやりしていたが、歩くうちに軽く汗ばんだ。山肌を染める鮮やかな茜色、雄大な山並み、瑞々しい空気。廣子と堀田はこれまで何度も嬬恋を訪れているが、今回ほど心地良い旅の景色は見たことがなかった。

四人は道々談笑し、折り返し地点のあずまやでお弁当を食べ、景色を堪能した。バラギ苑も奥浅草のＤＫＳＣも平和そのもので、久しぶりに明るい話題に満たされた廣子は、終始笑顔だった。

昼過ぎで日はまだ高かったが、そろそろ戻ることになり、四人は遊歩道を元来た方へ歩いていった。するると、途中から何やら騒々しいやりとりが聞こえてきた。声の具合から男女二人。はっきりと聞き取れないが、かなり感情的な調子である。歩を進めると道の真ん中で向かい合ってののしり合う三〇代くらいの男女がいた。四人は遠目にそれを見てゲンナリした。狭い歩道のこと、先へ行くには二人の横をすれ違わねばならない。

「迷惑だと思わないのかしら」

廣子は憤慨して言った。

「他に歩いている人がいないから、夢中になっているんだよ」と堀田。

ごんちゃんは目を凝らし、「いやだいやだ」とぼやいている。伸さんは耳を研ぎ澄まし

「二人とも格好を見る限り、いたって普通の男女という感じだけど、実に凝った皮肉を言っているよ。頭も悪くない」

「おもしろがって聞いてる場合じゃないわ。私たちの活動で結婚ブームが到来しているって言うのに、愛を叫ぶ婿恋で、こんなみっともない大喧嘩なんて」

四人は敢えて歩く速度を落として歩いた。男女二人がこちらに気付いて道を開けてくれるのを期待したのだ。しかし、気付くどころか二人の口論は激しさを増す。くどくどしかった皮肉は「馬鹿」「人でなし」「死ね」などあからさまな悪口になり、お互い額を近づけ頭をぶつけ合う勢いである。

男女はふとした拍子に四人の視線に気付き、こちらをちらりと見た。みな「恥ずかしく思って喧嘩を

引っ込めるかな？」と願った。ところが二人は余計に激高し、あろうことか互いの肩を掴み合って揺さぶりはじめた。

口論までならまだいい。傷害事件になりかけているのを放っておくわけにはいかない。

「そこのお二人！」

廣子が駆け寄って声を掛けた。ごんちゃんと伸さんは、それぞれ男女の肩を取り、間を引き離した。

「きみたちはなんだ！」

「放してよ！」

男女はそれぞれ抵抗した。

――ん？

一瞬、堀田は違和感を覚えた。しかし、慌ただしさに押し流されてすぐに忘れた。

廣子は男女に向かって叱りつけた。

「二人とも、なんですか！　いい年をしてこんなところで掴み合いをして、もし怪我をしたらどうするんです？　私たちだって見たくもないものを見せられて、あとで事件にでもなったら目撃者になって事情聴取を受けて――いい迷惑です！」

廣子の厳しい口ぶりに、男女二人は怒気をおさめ、頭を低くして「すみません……」と呟いた。が、両方とも口を尖らせて互いの顔を見ない。険悪な空気が漂っている。

廣子は声のトーンを落として尋ねた。

「一体、何があったんです？　私でよければ聞きますよ」

男女は口を結んで答えない。

すると、ごんちゃんがいじらしい顔をして廣子に近づき、耳元にささやいた。

「週末の人気の無い遊歩道に、いい歳をした男女が二人。しかもここは温泉地……事情は分かりますよね？」

「え？　何？　どういうこと？」廣子はキョトンとしている。

「いや、だから、人気の無い場所、温泉宿、週末……ほら、世間をはばかるでしょ？　ね？」

「は？」

ごんちゃんは懸命に廣子に伝えようとする。しかし廣子はピンとこない。

その様子を見ていた女性の方が、堪らなくなり
「……プッ」

つい噴き出した。男もつられて噴き出し、アハアハと笑い出す。

「ななな、なんですか！」廣子はふくれっ面をした。

女は溜まった涙を拭い
「いや、そちらの大きな男性の顔が面白くて……」

男は笑顔のまま腹をさすり
「ぼくらは夫婦です。決して、そういう関係じゃありませんよ」

「ええっ？」

ごんちゃんは意外な答えに呆気にとられた。が、すぐに顔を不満げに歪め、詰るように尋ねた。

「じゃあ何で喧嘩してたんです？」

男女は笑顔をほどいて冷淡な表情に戻り、異口同音に言った。

「性格が合わないからです」

そのあまりに歯切れのよい言い方に、微塵も嘘が無いことがうかがいしれた。


廣子ら四人に男女二人を合わせた六人は、共だって遊歩道を下り、駅前に出た。一緒に行くように決めたのは廣子である。目を離すとまた喧嘩になりかねない。事件に発展する可能性もある。あとでニュースで知って「あの時ちゃんと止めてれば」と後悔するのは絶対に嫌だった。

廣子は男女の話を落ち着いて聞くべく、少し歩いて場所を大前駅に戻った。適当な場所はないか、駅前を見渡した。少し歩いたところに役場があり、その近くに木造の食堂があった。昼営業が終わり暖簾を下げようとしていた。「お茶だけでもいただけませんか？」と頼むと、嫌な顔一つせず迎え入れてくれた。主人は座敷のテーブルに湯飲みを六つ、急須とポットを置いて後ろに引っ込んだ。六人の顔を見て大事な話らしいことを見抜いたようである。

「で、どうして喧嘩していたんですか？」

廣子は尋ねた。

二人はただ「合わないから」と繰り返す。二人の日常のことを尋ねると、ためらうことなく答えてくれた。仕事はそれぞれ固い仕事についていて収入は十分。親と同居せず夫婦水入らず。両家とも両親が健在で、兄弟姉妹とも仲良し。互いの親戚ともうまくやっている。人間関係的に、家族的に、何の問題も無い。結婚十年目で子どもが無いが、別に珍しいことではない。

では性格的に問題があるのか……廣子は相手に踏み込み過ぎないように注意深く尋ねた。二人が互いを評して言うに、借金は無く、浪費癖も無く、浮気性でもなければギャンブルもしない。二人ともバツイチであることは共通していた。離婚理由は不明だが、一度結婚を体験していることを考えると、結婚生活の機微は学習済みのはずで、それゆえにこれだけあからさまな仲違いは理解に苦しむ。お互いに落ち度が無いことを知りながら、それでも「合わない」と言い張るところを見ると、周囲の人間の想像がつかないくらい「合わない」のだろう。あるいは結婚生活を経て合わなくなったのか。

それにしても、この落ち着き、淡白さ——堀田は訝しく思った。さっきまで真っ赤になって喧嘩していたのが、今やつんと澄まして茶を啜っている。だいたい、こんなに仲が悪いのに、どうして一緒に遊歩道を歩いていたのだろう。仲の悪い者同士で遊歩道を歩こうとは最初から思わないから、つまりあの喧嘩は遊歩道にいる最中に始まったに違いない。しかし聞いてみれば問題は根深いようでもあり、決定的でもあり……たまたま爆発したのがあの遊歩道だったのだろうか。

「結婚って、掴みどころの無いものだなぁ」

堀田は思わず口に出して言い、すぐに場にそぐわない言葉だったと察して赤面した。廣子は堀田を睨みつけている。

「お二人は、どうして嬬恋村に？」

空気を変えるべくごんちゃんが尋ねた。女はツンとしていたが、男はほほ笑んで言った。

「ここは思い出の場所なんです。全国的に有名な『キャベチュー』がありますよね。ぼく、『愛の叫び台』で彼女の名を叫んだんですよ。そしたら愛が実って、結婚できたんです」

「今となっては迷惑な話だけどね」女は毒づく。

「迷惑とはなんだ」男はカチンときて言い返した。

「きみが叫んでくれって言ったんじゃないか」

「あんたが関係を先に進めないから背中を押してやったのよ」

二人の口論はエスカレートしかけたが、四人の視線を感じて口をつぐんだ。

男女のやり取りを聞き、ごんちゃんと伸さんは青ざめた――。二人の鬼は危機感を募らせた。もしこの二人が目の前で別れたら、鬼はこの男性を食べなければならない。知らないところで勝手に別れるのなら見逃すこともできるだろうが、目の前で別れられたらどうしようもない。地元嬬恋、浅間山の懐に抱かれて愛を叫んだ二人だから、大地は全てを把握している。どこで誰が別れたか、その近くにどんな鬼がいるか――全て明らかだ。鬼たちはみな人間を食べたがらない。別れた二人のそばにごんちゃんと伸さんがいたと知れたら、みんなして「お前たちがその男を食え」と押し付けてくるに決まっている。

「お願いです！」

鬼二人は大きな身体を床に投げうち、土下座した。

「どうか、別れないでください！」

「後生だから、ほんと、ぼくの顔を立てると思って」

男女は呆気にとられた。男の方は「どうか椅子に座ってください」と手で椅子を促した。だが女は「なんで私が見ず知らずのあんたたちの顔を立てなきゃいけないのよ」と、怒りだした。

「もうらち明かないね」

堀田は唖然として目の前の出来事を見ている。廣子は呆れかえって言葉を失い、首を傾げたっきりである。鬼二人は、諦めかけている廣子と堀田を見て
「絶対、別れさせたらいけませんよ！　ぼくたちの責務ですから！　信念ですから！　仕事ですから！」

と、手を合わせて拝んだ。

堀田と廣子には二人の懇願する理由が分かっている。しかし男女は、当然ながら分からない。女は終始ツンとしていたが、男の方はしゅんとして頭を下げ、

「何にしても、ぼくたち二人のせいで、みなさん方の楽しい遊歩道を台無しにし、こんな風に時間まで取っていただいて申し訳ありません。ぶしつけながら明日お詫びをいたしますので、こちらにいらしていただけませんか？」

そう言ってポケットから名刺サイズの紙を出した。堀田が受け取って目を遣る。旅館のショップカードである。

「末川さん、これ、ぼくたちの旅館の近くだよ」

「それはよかった」男は言った。

「それなら午前中……十時くらいにいらしてください。お待ちしていますんで」

その後、男女二人は急に帰ると言い始めた。ごんちゃんがレンタカーで送ると言うのも聞かず、店の正面の役場に停まっていたタクシーに乗った。あんなに険悪だったのに、すんなり乗り合わせて道の向こうに消えた。

「何だったんだろう？」堀田は見送りながら呟いた。

「別にお詫びなんていいのにね」廣子は吐き捨てるように言った。

「まあ、久しぶりの破談案件で、普段は透明人間で仕事をするけど、珍しく面と向かって新鮮だったわ。夫婦喧嘩は犬も食わないって言うけど、生で関わると、ほんとね」

「ダメですよ！　廣子さん！」ごんちゃんは訴えた。

「あの二人をつなぎとめてください。さもないと、ぼくらは人間を食べさせられることになる！　まだ死にたくない！」

伸さんも「絶対阻止、絶対阻止」とうわ言のように呟いている。

「もちろんよ」

廣子は力強くうなずいた。

「結婚ブームを作り上げた私たちに死角は無いわ」

(2) 罠

翌朝、ごんちゃんと仲さんが廣子と堀田の宿泊する旅館にやってきた。合流した四人は、夫婦の指定した近くの旅館に向かった。

出がけに廣子は、大きな荷物を背負う堀田を見て、「そんなに大きなリュックで来たの?」と尋ねた。

堀田は苦笑し

「前のバッグは浅間山の噴火で穴が空いちゃって。新しいのを買うつもりだったんだけど、間に合わなかった。前に金子さん宅に泊まり込みでバイトした時の作業用リュックがあったんで、代わりにそれを持って来たんだよ」

「まるで冬山にでも登るみたいね」

「ちょっと大袈裟かな」

隣の旅館に着き、暖簾をくぐってフロントへ入ると、受付に仲居さんが待ち受けていて、「いらっしゃいませ、ご予約は?」と問いかけた。堀田がかくかくしかじか、ここに男女が泊まっていて、十時に話し合いを持つことになっていたのですが、と告げると、

「ああ、そのお二人ならチェックアウトされました」

仲居はあっさりと答えた。

「えっ？」四人は唖然とした。

「でも、皆さん方に言付を預かっています」

仲居は一枚のメモを廣子に手渡した。


『ご足労ありがとうございます。諸事情でこちらでお会いできなくなりました。私たち二人は万座温泉の牛池におりますので、そちらでお会いしましょう。お待ちしています』

廣子はカッとし
「失礼な人たち！　自分たちで約束しておいて、反故にした上に別のところに呼び出すなんて！」

「仲居さん。牛池って、ここから結構ありますか？」

堀田が尋ねると「車で四〇分くらい掛かる」という。

「そんな遠いところまで来いって言うの？　どう思う？　私たちからかわれているんじゃない？」

「正直、ぼくもそう思います」と堀田。

伸さんは少し考え、

「あの二人、喧嘩している時以外は常識人に見えた。きっと何か思惑があるんでしょう。たとえば、我々を呼び出して、何かを見せようとしているとか」

「何かを見せる？」廣子は首を傾げた。

堀田はハッとして青ざめ
「もしかしてぼくらを第一発見者にしようとしてる……とか！」

「それだよ！　二人は池で心中する気だ！」

「それはまずい！」

ごんちゃんが叫び、堀田と仲さんはおろおろしはじめた。

「ちょっと待って」

廣子は騒ぐ三人を押しとどめた。

「あの二人は喧嘩しているけど、どうして心中しなきゃならないの？　それに、どうしてその牛池ってとこでなきゃいけないの？　死ぬならどこでもいいでしょ」

黙っていた仲居が迷惑そうに割り込んだ。

「ウチの入口で『心中』だの『死ぬ』だの物騒なことを言わないでいただけます？」

四人は平謝りで外に出た。

朝の旅館の付近は人通りが若干増えていた。四人が駅の方へ走っていくと、駅前に一台の大型バスが停まったところだった。

ごんちゃんが言った。

「あれはニュー万座ホテルの無料送迎バスだよ。あれに乗ったら牛池はすぐそばだ。あれに乗ろうよ」

廣子は顔をしかめ

「昨日の二人は叫び台で愛を叫んで破談しかけてるんだから、鬼の力で二人のもとに飛んでいくことはできないの？　いつもみたいに」

仲さんが答えた。

「それはダメです。あれをやるには破談探知機がいる。機械を介して鬼のエネルギーを大地の気のうねりに乗せなければならない」

「探知機、持ってこなかったの？」

「ええ。最近は全然使っていませんでしたし」

「乗ろうよ。早くしないと出てしまう」堀田がせかした。

「マジで行くわけ？」廣子はなおも渋っている。

ごんちゃんと仲さんはバスに向かい、

「運転手さん、ちょっと待って！　四人乗るから！」

バスは、万座温泉に向かって走り出した。

廣子は車窓を過ぎ行く山道の緑を眺め、悶々とした気持ちを押し殺している。

辻褄が合わないことが多すぎる。妙な待ち合わせ。当日の朝になって予定を勝手に変更。しかも場所を指定して呼び寄せる——。そのぶしつけさは、こちらが断らないであろうことを、最初から察知しているかのようだ。そういえば、昨日の喧嘩からして、どこか茶番じみていた。まるで、廣子らが男女の絆を守る活動をしていているのを知っていて、夫婦喧嘩をエサに呼び寄せているように思える。

バスは山道を登り、万座の温泉郷エリアに入った。いくつかの大きな観光ホテルの前を通過し、とあるホテルの立派な門構えをくぐると、巨大な建物の正面に設けられた広い車寄せに停車した。車体前方の乗降口が開く。入り口で待ち構えていたホテルマンが近づいて、降りてくる乗客の荷物を預かる。四人は一番最後に下車した。ホテルマンが荷物を持とうとする。すかさず伸さんが前に出て

「すみません、あとでまいりますんで……」

そう言うとホテルマンの脇をすり抜け、ホテルには入らず、駐車場の方へそそくさと早歩きしていった。あとの三人も、バツの悪さをうつむいてごまかし、伸さんのあとについて行った。

先程の大きな門構えを抜け、幅の広い車道に出た。

高地で空気がひんやりとしている。快晴の空は頭上に大きく広がり、雲は間近を流れるようだ。側道を歩いていると、音を立てて何台かの観光バスが走っていった。

「牛池はすぐそこです」

伸さんの誘導で道を横断し、ガードレールに沿って坂を上っていく。すぐに牛池の案内看板が見えた。四人は歩調を速めた。まもなく、鏡面のように輝く湖が見えてきた。緑に囲まれた牛池は涼しげで、湖面に映る空の青が鮮やかだった。

「わあ……きれい！」

廣子は池のほとりに立ち、美しさに見入った。朝から眉をひそめてばかりいた表情が、その日初めて

和らいだ。

四人は池の周りの遊歩道を歩いた。

ごんちゃんは用心深くあたりを見渡し、

「二人の姿がどこにも見えない。そもそも人影が無い。呼び出しておいてなんてことだ」

「ねえ、こっちの方向には何があるの？」

廣子は池の反対側を指さした。伸さんはその方角を見、

「スキー場です。今はオフシーズンでやっていません」

「じゃあ、こっちは？」少しずれた角度を指さす。

「そっちは……何にもありません。ただの原っぱです」

「へえ、こんな山岳地帯に原っぱが？」

遊歩道を外れた先は、針葉樹の林が広がっている。並び立つ幹の向こうに黄緑色の草原が見えた。四人は揃ってそれらの風景を、つらつらと眺めていた。すると、

「あっ」四人は一斉に声を発した。

針葉樹の幹の陰から二つの人影が躍り出て、原っぱの方へ駆けて行ったのである。

「今の見た？」

廣子は三人を振り返って言った。

「あの背格好、昨日の人よね？　あの動き方、こっちに見せつけるようだった。私たちをおびき寄せて

るのよ！　もうアッタマに来た！　何のためにそんなことをしているのか、捕まえて問い詰めてやるんだから！」

「まったく不埒な奴らだ」伸さんの目が尖る。

「でも何であんなところに」と堀田。

「考えていても仕方ないわ、行きましょう！」

廣子が走り出し、男三人が後を追った。

二つの人影は待っていたかのように身をひるがえすと、針葉樹の茂みの奥に向かって駆け出した。四人が茂みに差し掛かる頃、人影はもう草原へ抜けていた。四人はそのまま草原へ追った。

急に視界が開けた。草原は広く、小さな野球場くらいはありそうだ。草は黄色で葉が固く、すでに立ち枯れつつある。丈は腰あたりまであり、密に生えて土面を見えなくしている。

四人は枯草の海をかき分けるように前進した。二つの人影はどこにも見えない。廣子は怒りに任せて前に出ようとする。

「待って」

堀田が廣子を制止した。

「あの二人、急に消えたけど、あたりは丈の高い草だ。もしかしたらしゃがんで隠れているのかもしれない」

廣子はハッとして立ち止まった。鬼二人も足を止める。全員、草原の真ん中あたりに立ち尽くした。

「呼び掛けたら出てくるかしら」

廣子は怒りを帯びた声で言った。

「焦ったら負けです」伸さんがこたえた。「もししゃがんでいるなら、いつかきつくなって身体を動かすはず。そしたら草が動く——そこに飛び掛かりましょう」

「でも草はさっきから風でそよいでいるよ」とごんちゃん。

「様子を見よう。誘い出したからには向こうに目的があるはずだから」

堀田の言葉に、全員うなずいた。

四人は全身を耳にして些細な音を探した。

空気の冷たさが顔に張り付き、神経を研ぎ澄ます。

急に風がやみ、波のように揺れていた草原は動きを止めた。

その時。


パチッ、パチッパチッ……。


「何の音?」

四人はバラバラに首を回して音の出所を探った。

「みんな、あれを!」

堀田は声を上げ、斜め上空を指差した。三人がそちらに目を遣ると、黒い煙が上がり、空に昇ってゆく。下方では草の間に赤い火の穂が蛇の舌先のようにちらちらと動いている。

「草が燃えてる！　火事だッ！」

「まずい、こっちからも！」

「反対からもよ！」

四人は背中を合わせて周囲を見渡した。火は壁のように高く燃え、いつしか彼らを取り囲んでいた。黒い煙があたりを覆いつくす。火勢は強まりながら円形になって狭まり、四人を徐々に追い詰めていく。四人は互いに押し合うように背中を合わせている。

「あの二人、おとりだったのか！」伸さんが叫んだ。

「でも何のために？」と堀田。

「今は理由を考えてる場合じゃない！」

廣子は叫んだ。叫ばなくては、火の爆ぜる音で互いの疎通ができないほどだ。

「このままじゃ焼き殺されちゃう。ごんちゃん、伸さん、あんたたち鬼でしょ？　火を鎮めたり、水を掛けたりする術はないの？」

二人の鬼は小さくなり
「すみません。我々は土属性なもんで、どっちかというと山火事とか噴火とか、燃やす方が専門で……」

そうこうしているうちに火の輪は徐々に狭まってくる。

廣子は降りかかる火の粉を払いつつ
「これじゃまるで、博物館で見た本の故事と同じよ。日本武尊みたいに天叢雲剣でもあれば」

「あっ！　そういえば！」

堀田は背中のリュックを地に下ろし、ジッパーを引き開くと、底の方へ手を伸ばした。

「あった！」

彼が取り出したのは刃渡りの長い包丁。あまりよく研がれておらず、鈍い色をしている。キャベツ刈りに使う包丁に他ならない。

「これがぼくらの天叢雲にならないかな」

「あんた本気で言ってるの？」

「末川さんが言ったのがヒントになったんだよ。故きを温ねて新しきにチャレンジしてみるね！」

堀田は包丁を横一文字に握り、身を低くして火勢に近づくと、手前に生えている枯草の先を掴み、根元あたりを切りつけた。草は枯れて固く、ブチブチと音を立てるが、切れ味は悪く、全然根元から離れない。「えいっ、えいっ」と気合を入れて刃を浴びせ、ようやく一握り分を切り取った——というよりちぎり取った。

廣子は呆れ果て、

「ああもう、そんなんじゃ火が先に回っちゃうわ！　私に貸して」

「おっと、これはキャベツ刈り熟練者のぼくの方が」

「草はキャベツじゃないわ。ほら、貸して。あんたの包丁遣いは叩きつけているからいけないのよ。こんな感じで、引いて切らなきゃ」

廣子は手近の草の先を一掴み、根元近くに斜めに刃を当て、手前に引いた。草は束になったまきれいに根元から離れた。

廣子はできるだけ火に近づき、手近の草を掴んでは引き切り、中腰で後退しながらまた別の草を掴んで引き切った。

掴む、切る、下がる。

掴む、切る、下がる――。

リズムの良さとスピードはまるで芝刈り機のようである。

廣子は男三人を中心に、同心円上の草を刈り続けた。彼女の通った跡は、土面が露わになり、ごく短くなった草の根元がまばらに立っている。火は次々と草を焼いていくが、廣子の刈ったところに達すると燃える物が無くなって立ち往生する。そして火勢を弱まらせる。

「おお、すごいすごい！　がんばれ末川さん！」

「その意気です！」

「ったく……」

廣子はブツブツ言いながら草を刈りまくった。

草は面白いように刈れた。廣子の手足は滑らかに動き、中腰もきついと感じない。廣子は不思議に思った——そもそもこの動作自体が、はじめてやった感じがしない。金子さんのところで少しキャベツ刈りを手伝ったが、あれよりずっと楽だ。

——もしかして、私って本当に日本武尊の子孫だったりして？

廣子の刈り跡はやがて丸い円につながった。周囲から迫りくる炎は、行き場を失って轍から逆方向に広がる炎とぶつかって勢いを失った。そのうち四方の火は次々に抑えられ、やがて完全に鎮火した。

気温が下がった。

立ち込めた煙は白根山の吹き下ろしに一薙ぎにされ、オフシーズンのスキー場へと掃き出された。一気に青空が広がった。

「助かった！」

堀田が廣子を振り返ると、ちょうど彼女の手から包丁がこぼれ落ちるところだった。そのまま膝が折れ、草原に倒れかける。

「末川さん！」

堀田は駆け寄り、地面に崩れ伏す彼女を抱きとめた。

廣子は一つ武者震いすると、堀田の身体に抱き着いた。

「すえ、かわ……さん？」

廣子の肩が震えている。

「……もう大丈夫です。ありがとうございます」

堀田は震える廣子の上体を抱きしめた。

廣子もかすかに力を込める。

二人はしばらくそうしていた。

二匹の鬼は、何も言わず、白根山の頂の方を向いていた。


十五分後、四人はニュー万座ホテルから再び無料バスに乗った。駅へ戻る便である。車窓から牛池の方を見ると、道沿いに消防車が数台停車し、その周りを野次馬が集まっている。きっと誰かが煙を見て通報したのだろう。四人はすぐに立ち去ったので、騒ぎに巻き込まれずに済んだ。消防や警察と関わり合いになったらいつ解放されるか分からない。当事者として何か説明する義務はありそうだが、四人にそんな時間は無かった。

というのも、火事の後、牛池を通って車道に出た時、一台のタクシーとすれ違った。

その後部座席にあの夫婦が乗っていた。

「あっちは駅だ。駅に向かうつもりだ!」とごんちゃん。

廣子は目を吊り上げ、

「私たちも駅に向かうわよ!　放火に殺人未遂、絶対に逃がさない!」

四人は先程バスを降りたホテルの敷地に駆け込み、車寄せにタクシーを探した。だが、全車出払っており、例の無料送迎バスだけが停まっている。四人は澄ました表情で乗り込んだ。運転手は「さっき見た顔だな」と訝しがったが、まもなくバスは走り出した。

観光ホテルの一帯を出ると、車窓に広がる高原は徐々に高さを増していった。バスは低地に向かっている。

「遅すぎるわ。こんなんじゃタクシーに追いつけない」

廣子は堀田を振り返った。堀田は腕を組んで難しい顔をしている。

「さっきから何を考えてるの？」

「今までのいきさつを振り返ってるんです。あの夫婦、一体何のためにぼくらをおびき寄せ、危ない目に遭わせようとしたんだろう」

「捕まえて聞きだせばいいのよ。今考えたって他人の頭の中なんか分かりっこないわ」

「一つすごく引っ掛かることがあって。あの夫婦、遊歩道ではじめてぼくらに会った時、ごんちゃんと伸さんを見て驚きませんでしたよね。帽子でツノを隠しているから鬼であることは分からないだろうけど、あれだけの大男が二人いて、全く動じないし、目を見張ることもなかった。もしかしたら、最初からあの二人が鬼であることを知っていた——つまり、もともとぼくたち四人が目当てだったんじゃないでしょうか」

「何のために？」

「さあ、分かりませんが……少なくとも、ぼくたちのことを調べ上げてはいるでしょう」

「私たちのことって、ＤＫＳＣ？」

「そうです。もしかしたらマスコミかもしれないな。彼らはきっと、婚活や恋愛ブームの火付け役を探しているんですよ。それでぼくたちを嗅ぎ付け、接触を持った」

「だとしたら、なぜ私たちを罠に掛ける必要があるの？　ＤＫＳＣの活動はどこをどう切り取っても世の中の役に立つことばかりよ」

「うーん。それこそ捕まえて聞いてみないと分からない」

「まず、どうして私たちが嬬恋の遊歩道に紅葉を観に来ることを知ってたの？」

「うーん。誰か知っている人が教えた、とか？」

「それって誰？」

「ええと……」

二人は頭をひねったが誰の名前も浮かんでこなかった。


バスは万座・鹿沢口駅に着いた。四人は降車した。駅前はタクシーが数台停まり、駅舎から人があふれ出している。中から駅員がハンドスピーカーで吾妻線の運行状況を説明する声がする。

『吾妻線の上下線は、途中区間豪雨のため遅れておりましたが、間もなく運行再開します』

ごんちゃんが駅前のタクシーの一台を指さした。

「夫婦が乗ってたのはあのタクシーですよ。俺、ナンバーを覚えていたんです」

「電車が遅れてるってことは、まだ駅にいるかもね」

「宿に帰ったかもしれないよ」と堀田。

「それはないわ。今朝、旅館の仲居さんは『二人はチェックアウトした』と言ってた」

仲さんが駅舎の奥を指さし、

「あッ！　あの二人がいる！　改札の列に並んでる！」

「行くわよ！」

四人は駅舎に駆け込んだ。中は旅行者であふれ、いくつものスーツケースやショルダーバックが行く手を阻んだ。四人はぶつかるたびに「ごめんなさい」「すみません」と詫びながら改札へ向かった。

かの夫婦は改札の列に並んでいたが、ふと振り返り、ごんちゃんと仲さんの巨体に気付いた。男はハッとして女の手を取り、列を無視して改札を我先に抜けようとした。前に並んでいた人々は呆気にとられている。

廣子は呆れ返り、

「あの夫婦、手なんかつないで！　仲いいじゃん。どこまで私たちを騙すつもりだったの？　ごんちゃん、仲さん、逃がしちゃだめよ！」

「任せてください」

二人の鬼は怒涛の勢いで改札に迫った。人々は驚いて道を開ける。夫婦は先を急ぐ。鬼はたちまち背後に追いついた。ごんちゃんの大きな手が、今まさに夫の襟首にかかろうとした時

「鬼よ！　助けて！」

前に立つ妻が金切り声を上げた。

「鬼？」

周囲の視線が、ごんちゃんと伸さんに注がれる。

「いや、あの、その……」

二人が躊躇している間に夫婦は改札を抜け、電車に飛び込んだ。

『遅れておりました吾妻線上り列車、発車いたします』

アナウンスが流れる。人々は我先に列車に乗り込んでゆくが、その目は訝しげにごんちゃんと伸さんに注がれている。鬼による神隠しの報道は絶えて久しいが、人々の意識にはかすかに残っていたらしい。帽子でツノを隠しているごんちゃんと伸さんを鬼と断定することは誰もできないが、身体の大きさから怪しまれるのも無理はない。

二人は身動きが取れず、委縮していた。

やがてベルが鳴り、列車が動き出した。

ホームと駅舎にいる人の数は半分以下になった。廣子と堀田が鬼二人のもとに追いついた。

「あーあ、逃がしちゃった」廣子は悔しげに列車を見送る。

「すみません」鬼たちはうつむいた。

「やっぱり鬼ってこと、ばれていたんだね」

堀田は険しい表情で言った。鬼たちは何も答えなかった。

四人のもとに、駅員が駆けてきた。ごんちゃんと仲さんに不審な目を向け
「あなた方、さっき、乗客の方に何かされましたか？」

二人の鬼は絶句した。即座に堀田が
「すみません。この二人はぼくたちを迎えに来てくれたはずだったんですが、ドジなもので、全然違うカップルに声を掛けてしまったんです。見ての通り大男でしょう？　驚かれてしまって――」

「そうだったんですか」

駅員は「以後気を付けて」と言い残し、立ち去った。

四人はとぼとぼと駅の外に出た。

「一体、何なんだろう？」

堀田は空虚な心持ちをそのまま述べた。

「夫婦喧嘩をして、止めに入ったぼくらを誘い出して、火の海で殺そうとしたかと思ったら、吾妻線に乗って帰ってしまった」

「何もかも中途半端よね」廣子の顔も疑問符だらけだ。

「仲が悪いかと思いきや手をつないで逃げるし、殺そうとしておいて、トドメは刺さない。改札の出来事だけみたら、まるであっちが被害者よ」

「言えることは、二人は本当は息の合うコンビで、ぼくたちを殺そうとしたけどそれほど本気じゃなかっ

たってこと」

「まだあるわ。暗殺者のクセに電車を利用するってこと」

「うーん。昨日食堂でしゃべっている時はそんな感じはしなかったけどなあ。男性の方は真面目な感じだった。女性は人見知りで大人しめだったけど、目元に剣があって、上昇志向というか、キャリア志向というか……」

「何でこっちを向くの？　私っぽいって言いたいの？」

「いやいや、そうじゃないです」堀田は首を横に振った。

「あの二人、中途半端のようでいて、実は何事も行き届いているんですよ。牛池で焼き殺されかけたけど、あんな大掛かりなこと、前もって準備しないとできない。その後タクシーに乗ってましたが、ぼくたちがホテルに行っても一台もいなかった。きっと事前に予約していたんです。つまり、全部お膳立てされてたんです。まるで官庁勤めの公務員のように綿密に」

「官庁勤め？　官僚みたいな？」

「ただの例えですよ。──それはさておき、やっぱり彼らは単にぼくらを殺そうとしたんじゃなくて警告しにきたんだと思います」

廣子と鬼二人の目が堀田に注がれる。

「さっき、戻ってくるバスの中でも言いましたけど、あの二人はぼくたちに『これ以上のお節介な活動はよせ』と言っているように思います。たとえば、仮にぼくらが昨日遊歩道で夫婦喧嘩を止めず、やり過ごしていたら、火責めには遭わなかったでしょう？　でも構ったからぼくらは焼き殺されかけた。彼らはぼくらの性質上、絶対に構うことを分かっていたんです。これは陰謀ですよ。ぼくらの全てを見通した上での、何らかのメッセージなんだ」

するとごんちゃんが言った。

「複雑な事情は分からないけど、正直なところ、鬼としては、陰謀であってくれた方が嬉しい。あの夫婦が本当に仲が悪くて離縁でもしたら、こっちは食べなきゃならないところだった」

「何言ってるの！　私たち殺されかけたって言うのに」

廣子は怒った。

しかし、伸さんはごんちゃんに同意し、

「夫婦喧嘩は犬も食わないなんて言うけど、下手に手を出しても得はないね」と言って目に反省の色を浮かべた。

「全くだよ」ごんちゃんは懲りた表情を伸さんに向けた。「公衆の面前で暴漢に間違われたり、ロクなことはない。これからは選んで関わるようにするべきだ」

「ぼくもそう思うよ」

堀田も賛同した。

「夫婦によっては、ＤＶなど別れた方がいいケースもあるだろうし、関わり方によってはこちらが危害を加えられる場合もあるよ」

「やっぱりお節介は諸刃の剣だな」

ごんちゃんと伸さんは目を合わせてうなずいた。

「もう！　あなたたちは！」

廣子は怒りを爆発させた。

「もし堀田の言う通り、誰かが私たちの活動を抑え込もうとしているなら、あなたたちのそういう考え方こそ、相手の思う壺よ。私たちの活動は、人間社会にも鬼社会にも好いことでしょう？　お節介かどうかという議論は、よっさんのいる頃からずっとやってきたわ。その結果、私たちは進んでお節介をやろうってことに決めたの！　今の日本にお節介役の人がいなくなっているからよ。振り返っちゃダメ！　前を向いて戦い続けるわよ」

「活動を続けるのは構わないんだけど……」堀田は腑に落ちない様子で言った。

「今後、ぼくらの活動を阻止しようとする連中に対して、どう対処していけばいいのか分からないよ。このままいたずらに活動を続けて、いちいち罠に掛けられていたら、命がいくつあっても足りない」

「危険だけど、その都度対応していくしかないわ。彼らはきっと、不安やプレッシャーをかけて私たちの活動を抑え込もうとしているのよ」

「一体その、我々を抑え込もうとしているのはどこの誰なんだ？」

伸さんは誰へとなく尋ねた。

「少なくとも、あの夫婦の単独行動じゃないよね。きっと誰か、裏で手を引いている存在があるに違いない」と堀田。

「また黒幕説？」廣子は眉をひそめた。

「バラギ苑にダミーパートナーズ、エジンビア・ゴブリンの他に、まだいるってわけ？」

「振り返ってみると、それらはみんな、そもそも黒幕じゃなかったんですよね」

「じゃあ一体、誰が……」

廣子は尋ねたが、誰も何も答えられなかった。

第13章　黒幕の正体

（1）サークル発表

十月の第四金曜日、かねて計画されていた『秋のサークル大会』が催された。

このイベントは、毎年十月末に三日間行われる粋名丘大学祭の催事の一つで、文科系サークルによる展示発表会である。体育会系のサークルと違って普段地味で目立たない文化系サークルが、面目躍如を図って日頃の成果を発揮する希少な機会なのだった。

ひとくちに文化系サークルといっても、美術部や書道部といった芸術系は作品展示のみで、大会のメインであるステージ発表は、「環境問題研究会」や「考古学同好会」といった社会研究やフィールドワークを行うサークルが登壇し、研究成果を発表する。アンケートで「どのサークルの発表が一番よかったか」という集計が行われ、その結果が次年度予算に影響してくるので、どのサークルも熱の入れ方が半端ではない。

大会の運営は大学自治会から実行委員会が組織され、企画運営の全般を取り仕切る。年中行事なのでノウハウは蓄積されているが、今年は特別企画が差しはさまれた。大学自治会は、非公認サークル・DKSCの末川廣子が労働厚生省より表彰されたことをうけ、実行委員会に対し、「いくら非公認サークルでも、登壇を願わないわけにいかない」と、大会への招聘を指示した。実は同様の要請が大学法人自体からも寄せられていた。実行委員会がさっそくDKSCに打診したところ、部長の九嶋は快諾し、受賞者である廣子を登壇させる旨を伝えた。廣子は九嶋の命を受け、発表資料の準備に取り掛かり、九月には全て仕上げた――これらのことは、物語を精読している読者の耳にすでに届いている情報である。

廣子が実行委員会に届け出た演題は、『夫婦愛が経済を救う』。委員会はそれを盛り込んで大会の立て看板・ポスター・チラシ等を完成させた。

仕上がった印刷物には次の文字が躍った。

◆労働厚生大臣賞受賞者DKSC末川廣子さん講演

演題『夫婦愛が経済を救う』

出来上がった印刷物を見て、廣子は不安になった。

廣子は、これまでの活動の全てを語ると決め、「鬼」の話を盛り込んだ原稿を仕上げた。しかし今になり、嬬恋の鬼と協力して破談防止に努めていたなんて信じてもらえるかどうか――信じる信じない以前に、何か荒唐無稽なことを言っているだけのように聞かれはしないか——と、不安を覚えたのである。

「私だったら馬鹿馬鹿しくって無理だなあ……」

廣子はひとり呟いた。すると九嶋は
「廣子が話そうとしていることは、全部真実でしょう？　嘘も大袈裟もないのでしょう？」

「そうですけど……」

「だったら自信を持って。後ろめたいことは何一つないんだから」

「はい。でも、ポリシーさえ伝われば、別に鬼のことは出さなくても大丈夫かなって思ったりもするんです」

「まあ、さじ加減はあなた次第よ」

九嶋はあくまで放任である。

同じ心配を堀田に告げると、彼はコンマ一秒迷うことなく言った。

「鬼のことを言わないなんて、死んだよっさんが浮かばれませんよ！」

その一言で廣子の決心は固まった。

——やっぱりちゃんと話す！

大会が近づき、ＤＫＳＣにテレビ局や新聞社から問い合わせが来た。講演の録画や取材の打診である。それらは全て実行委員会の管轄なので、そちらに尋ねるようにお願いするのだが、マスコミの期待値の高さを知るにつけ、廣子は気が重くなった。ＤＫＳＣは大学の枠を超えた有名サークル。おまけに自分も労働厚生省から表彰されている。万人が大きな納得を求めて聴講に来るに違いない。そこで鬼だの浅間山のエネルギーだの、空を飛んで仲を取り持っただの——自分で振り返っても突拍子の無いことばかりで、受け入れてもらえるかどうか……。


廣子の憂鬱は晴れぬまま、大会当日を迎えた。

大学会館ホールは満席で、多くが廣子目当てだった。現役女子大生で労働厚生省の表彰者とくれば、それだけで注目度は高い。演題についても関心が高く、地元新聞社が今朝のコラムで触れていたほどである。

ステージでは、午前中から各種サークルが研究発表を行っていた。

ＤＫＳＣは大トリである。

暗い舞台袖に、廣子と堀田が入っている。すでに出番は近かった。前のサークルが発表を終え、万雷の拍手を受けて引っ込んで来た。

堀田が囁いた。

「末川さん、手に人って書いて舐めるといいですよ」

「私、緊張なんかしてないわ」

そう言いながら、廣子は堀田の右手を取ってしっかり握手をし、回れ右して舞台に向かった。なぜ握手をしたのか自分でも分からない。堀田も廣子の行動に驚いたが、緊張感で覆い隠し、廣子の背を見送った。

廣子の講演が始まった。

配布資料やスクリーン投影は無い。頭にあらかじめ収めていた「しゃべるべきこと」を順々に言葉に発していく。淀みなく、聴き手の頭の中に滑らかに収まっていく。内容は整理されていて、夫婦愛と経済という二つの要素がうまく組み込まれている。客席は大きくうなずきながら聞いている。

「さすがＤＫＳＣだ……」

聴衆から感嘆のため息が漏れ聞こえた。

しかしそのため息も、途中から様子がおかしくなってきた。首を傾げる人、思考停止して呆然とする人。関心のため息は、がっかりのため息に変わった。それはやがて憤慨の荒っぽい息に。廣子の懸念していた通り、鬼の話が出たあたりから聴衆は反感を抱き始めたのだった。

廣子は聴衆の空気に圧されつつ、話を続けた。

「浅間山は大地の霊力源で、鬼は大地の精霊なんです。高原で叫ばれた恋人の名前は、浅間山で大地の記憶に刻み込まれ、ひとたびその愛情に亀裂が入れば、事務所の探知機を鳴らします。その都度私たちは鬼の力を借りて空を飛んでいき、関係の修復にかかりました――」

「はぁ？　なんのこっちゃ？」

客席で誰かが叫んだ。呆れるあまり、つい口から文句がこぼれ出たようである。

廣子はひるまずにしゃべった。名こそ伏せたが、共に活動した鬼たち、よっさん、仲さん、ごんちゃん。オニール一家。どうやって結婚ブームが起きたか、どんな風に妨害があったか――等々。

客席からぽつぽつと人の姿が消えていく。残っている人たちも、下を向いてスマートフォンをいじっていたり、大あくびをしたり。

それでもくじけずしゃべっていると
「いい加減にしろ！　一体何の話だ！」

怒りの声がホールに響いた。これを皮切りにあちこちから野次が飛びはじめた。

「まじめにやれ！」

「何が鬼だ！」

罵声が降り注ぐ。

袖で堀田は、唇を噛んでいる。飛び出して聴衆に「真実だ」と訴えたくてたまらない。しかし耐えた。

廣子が堪えて講演を続けているのに、自分が出てぶち壊したら、彼女の努力が水の泡だ。

辛抱しがたい時間が続く。

それでもやがて、終わりの時は来る。

廣子は予定していた全てをしゃべり終え、演台から一歩引いて一礼した。

拍手が起きた。それは一定のリズムを持つ、あからさまな「帰れコール」だった。会場にはすでに半分くらいしか人がおらず、閑散とした手拍子がいつまでも続いた。

廣子はそそくさと袖に戻ってきた。堀田は言葉を失った。彼女の顔は意外にも晴れやかだったのだ。

堀田は廣子が戻ってきたら何と声を掛けようか迷っていたが、いささか拍子抜けした。

「あー、スッキリした」

廣子はそう言って口角を緩めた。

堀田はうろたえ
「末川さん……あなたって人は……ホント、スゴイですよ！」

「何が？」

「だって……あれだけ非難されて、文句言われて」

「そんなこと、やる前から分かってたことだし」

廣子は鼻で笑うと視線を落とし
「これでよっさんも浮かばれるかな」

二人の間に沈黙が流れた。

「失礼します」

袖の奥の小扉から、眼鏡を掛けた中年男性があらわれた。二人の見も知らぬ人物である。男は歩み寄ると廣子に向かって言った。

「ご講演、最後まで拝聴しました。楽しいお話の中に、日本の将来への危惧と提案があって、真剣に考えさせられました。夫婦愛が周辺を取り込んで、関わり合いながら全体に波及していく。そこに登場する神話由来の鬼たち。八面六臂（はちめんろっぴ）が結実し、日本の未来を変えたなんて――あなたには才能があります。若くしてそれがあるということは、前途有望ということだ！」

「あのう、どちら様です？」

廣子の質問に、男は名刺を差し出した。聞いたことのない出版社で、社名のショルダーに「本格ＳＦ小説専門」と銘打たれている。堀田も同じ名刺を受け取った。二人はＳＦという文字に閉口した。強くためらっていた廣子は、ようやく口を開いた。

「お言葉ですが、今日の話は、ＳＦ小説とかじゃなくて、本当のことなんです。信じてもらえないでしょうけど」

「なるほど。しかし何の問題もありませんよ」

男は平然と受け答えた。

「通常、我々は本当とか真実という言葉を、現実の時空間においてのみ用いがちです。しかし、仮に空想したり夢に見たりしたことも、脳内の電気信号か何かでこの世で実際に顕現していると考えれば、それは真実であると言えます。つまり、空想は、全て真実であるといえなくもないのです」

堀田は呆れかえり
「失礼ですよ！」と口走った。

「まあまあ」

廣子は堀田を諌めて、出版社の男を振り返り、礼を述べた。

「どんな感想をお持ちになられたかはさておき、最後まで聞いていただき、ありがとうございます。ほとんどの人が途中で帰っちゃって……。私、こうなること分かってて講演したんですが、今となって、皆さんの期待を裏切ってしまったと、罪悪感があるんです」

「それもまた、何の問題もないことです」男は言った。

「私もこんな職業をしているから、同様の経験はいくらでもある。いいと思った作品が全くダメだったり。でも、私は単なる本のバイヤーにはなりたくない。編集者である以前に、ＳＦの愛好者として、常にロマンを求めていたい。ぼくにとってロマンだけが価値ある真実です。しかし、世間に受け入れられるかどうかは読者の判断。いるにはいるんですよ、ウチの全く売れない本を読み続けてくれる少数の人たちが。

それと同じだと思います。今日の講演だって、多くの人が途中で帰ってしまったけど、最後まで残ってくれた人も何人かいた。その人たちは少なくとも、興味があったり、参考になると思っているから、残って聞いていたんです。これは立派な成果です。罪悪感なんかいりませんよ」

堀田はうなずいた。

「確かに。そういう人たちを大切にして、聴いてくれる人、分かってくれる人を少しずつ増やしていけばいいんだ」

「前向きってやつね」廣子の顔が明るくなった。

「私、その見方を失っていた。ありがとうございます。大切なことに気付かせていただいて……」

「どういたしまして。これからもあなたのこと、追っかけますから。今日のところはこれで失礼します」

男はにっこりして去っていった。

いつの間にかステージではサークル大会の閉会式が行われていた。その間に、舞台袖の空気は随分軽くなっていた。

「よく分からないけど、今の人の言葉で、救われた気がするわ」

男の去った小扉を見つめ、廣子は言った。

「ぼくもなんとなく同じ気分だよ」

「今までずっと突っ走ってきたから、見えなくなっていることがたくさんある。周囲のことも、身近なことも……」

廣子は堀田を振り返り、

「私たち、答えを急ぎ過ぎても仕方がないよね？」

「でもありがとね。ずっと袖から見ててくれたでしょ？」

「そりゃあ、だって……」

「心強かったよ。ありがとう」

廣子はさらりと身を返し、扉に向かって歩き始めた。

（2）DKSC、移転する

秋のサークル大会が終わると、試験を経て冬休み。年明けて一月二月は飛ぶように過ぎ去り、三月となった。

DKSCは年度替わりを目前に忙しくなった。例年と違った節目を迎えようとしていたからだ。なんと、大学法人がDKSCに「学内サークルに籍を置いてほしい」と誘いをかけてきたのである。DKSCは学外にも名を知られるサークルで、大学はその看板を入試広報の一助に用いたいと考えたようだった。

DKSCは奥浅草の事務所で会議を持った。これまでもたびたび大学自治会から加盟の打診を受けてきたが、部長の九嶋が突っぱねてきた。ゆえにサークルメンバー一同、今回も九嶋の鶴の一声で破談になるものと予想していた。

しかし、意外や意外、九嶋は「いいんじゃない？」と肯定的で、メンバーは驚いた。

「去年、廣子がサークル大会に出て、大学と縁ができた。あれ以降、私の方にいろいろ声が掛かってね。大学とのつながりも馬鹿にできないと思ったの。それに、いつまでもここに居座るのも、悪いような気がしてね」

九嶋はそう言うと、堀田に目を遣った。

部員らはますます驚いた。

なにしろ九嶋が男子部員のことを気遣っているのだから。

「堀田、部長に何か飲ましたのか？」

男子部員が堀田の耳元に囁いた。堀田は「そんなわけない」と否定したが、彼自身、九嶋の恩情に驚いている。部員らのそんな動揺を察した九嶋は、面倒臭そうに発言を追加した。

「堀田って廣子にくっついて甲斐甲斐しくやってるじゃない？　なんだか健気で、自分の部屋を持たせてあげたいような気がしたの」

まるで飼い犬に犬小屋でも与えるような意図であった。

さて、九嶋のこの意向は、ＤＫＳＣの拠点を奥浅草から別の場所に移すことが前提だ。ＤＫＳＣは大学に対し、サークル加盟するなら学内に部室を用意するよう条件をつけた。仲介役の大学自治会が大学法人に相談した。すると二つ返事で了承を得た。大学法人が用意したのは陽当たりのいい広い部屋で、階段を下りるとすぐに売店という好立地だった。

決定はすぐにＤＫＳＣに伝えられ、九嶋も内覧の上、了承した。年度が替わればさっそく奥浅草を引き払って新しい部室に引っ越すことになる。退去にあたり、九嶋はメンバーに言った。

「今思えば、奥浅草の事務所も、その前の学生会館のラウンジも悪くなかった。みんな、部室を持ったからって、学生会館や奥浅草時代を忘れないこと。活動家は安住の地を持ったらダメなんだから！」

四月。新年度が始まった。

ＤＫＳＣは春休み中に新たな部室に移転した。

新年度の大学キャンパスは満開の桜に彩られていた。数日後には入学式。あまたのサークルがいたるところに看板や床几（しょうぎ）を出し、新入生への勧誘活動を行う。毎年恒例の風景である。

これまで大学サークルに加盟していなかったＤＫＳＣだが、毎年勧誘活動だけは行ってきた。九嶋の知名度と影響力によって黙認されていたものの、今年度からは公認となる。ついては大学自治会から「構内サークル勧誘の注意事項の説明会があるので聞きに来るように」との達しがあった。九嶋はツンとして言った。

「『何を今さら』という感じもするけど、『郷に入っては郷に従え』というし、最初だから私が出るわ。廣子も一緒にきて」

「え？　私もですか？」

「何を言ってるの？　大学サークルに加盟したのは、もとはと言えば、あなたの講演がきっかけでしょ？これからのＤＫＳＣは、学外のことは私、学内のことは廣子が責任者」

「荷が重いです」

「大丈夫。人手が要る時は男子を使えばいい。――ああ、堀田。説明会はあなたも同行しなさい」

「はい！」

堀田は元気よく返事した。九嶋はニヤついている。

廣子はそれを見て胸がもやもやした。

サークル内ではすでに知られたことだが、堀田の廣子を想う気持ちは、時を経るにつれ、あからさまになっていた。廣子としては、堀田に対してそんな気はさらさらなく、せいぜい下僕のつもりであしらっている。確かに一緒に活動するうちに、下僕以上友達未満くらいにはなっている。最近では何か困ったことがあると、自然と周囲に堀田の姿を探すようになっていた。どうやら九嶋はそんな微妙な変化を察したらしい。廣子としゃべっていると、たびたび堀田を持ち出し、廣子と一緒に何かさせようとする。また堀田も、純粋というかあっけらかんというか、言われた通りにくっついて回る。

説明会当日、九嶋と廣子、堀田の三人は、説明会の会場となる学部長・桐島教授の研究室を訪れた。サークル勧誘でキャンパス内の安全を喚起するのは大学事務方の仕事で、学部の管轄では無い。にもかかわらず学部長の桐島教授が職責を越えて自らその任を果たそうとするのには理由がある。教授はもともとサークル活動の重要性を認識し支援したい考えの持ち主で、若手教員時代から積極的に学生のサークル活動に関わってきた。しかし、研究や会合で多忙になるにつれ、次第にそれが難しくなってきた。どうにか思いを貫きたい教授は、年に一度この時期に行われる「勧誘活動の説明会」だけは絶対に時間を確保し、自ら担当することにしていた。ひとえに教授の学生好きが高じた登板である。

廣子は以前、桐嶋教授をたずねて学部長室を訪れたことがある。労働厚生省での表彰式に向かう前だ。調度に囲まれた応接間で、緊張したことを覚えている。だが今回は研究室。

——どうして説明会を研究室でやるのかしら。

普通、研究室というと、狭い部屋に書架が詰め込まれ、うす暗く、埃が漂っている——そんなイメージである。説明会は主だったサークル全てに召集が掛かっているので、四、五〇人にはなるだろう。研究室ではそれだけの人数を収容できない。一度研究室で書類か何かを渡してから、別の会議室にでも移動するのだろうか。

ところが、着いてみると疑問は払拭された。

中に踏み入れて、廣子と堀田は目を丸くした。部屋は普通の教室二つ分くらいの広さで、折りたたみ椅子がずらりと並べられ、すでに準備が整っていた。早くも何人かの学生が椅子に掛けたり、部屋の中をぶらぶら歩きしたり、会の開始を待っている。部屋の後方には、ガラスケースが置かれ、表彰状、感謝状、楯、賞杯など、数々の功績が陳列されている。桐島教授の研究室は、ちょっとしたホールなのだった。

「あなたたち、もしかしてここに来るのは初めて？」

九嶋は尋ねた。

「はい」廣子はうなずいた。

「広い部屋ですね。これだけ大きな部屋を持っている先生は、他にいるんでしょうか？」

「いないわ。学部長だし社会学の特定分野で日本の第一人者だから、大学も最大級の待遇で迎えているのよ」

「部長はこの部屋、何度か来たことが？」

「ええ。奥のガラスケースの最近の表彰は、ＤＫＳＣとのコラボで取ったものよ」

「そうなんですか！」

廣子と堀田はガラスケースに駆け寄った。

「名前探したってないわよ。あの先生、手柄を独り占めしちゃうから」

二人はガラスの陳列物を順々に見た。一番古いものは、二人が生まれるよりも前の表彰状で、そばに時の大臣とのツーショットも飾ってある。楯やトロフィーは外国のものもあり、一つ一つに当時の新聞の切り抜きや表彰式の写真が添えられている。

それにしても省庁関連の表彰の多いこと。廣子は思い出す。労働厚生省の表彰式の時、担当職員たちは教授にぺこぺこしていた。教授の存在感は行政界隈に深く根差しているらしい。

――こんな先生がＤＫＳＣに味方してくれているんだ……。

廣子はそのことが嬉しい。桐島教授は、労働厚生省での表彰の後も、学内で会うと気さくに声を掛けてくれるし、サークル大会の後も「研究者は非難されてこそ一人前」と励ましてくれた。サークル加盟にあたり立派な部室をあてがってくれたのも、教授の計らいと聞いている。

――頑張らなきゃ！

廣子が心の中で決意したその時、

「末川さん、こっち！」

堀田が驚いた表情で手招きしている。

「どうしたの？」

「これを見てください」

堀田はガラスケースの中を指差した。小振りのクリスタルトロフィの横に、写真立てがそえられている。写真には、十人ほどのスーツ姿の人間が前後二列に並んでいて、前列中央にトロフィーと表彰状を手にした桐島教授の姿。ごくありふれた記念写真だ。

「これがどうしたの？」

「教授じゃなくて、後列の右二人を見てください」

廣子は視線を移し――ゾッとした。

後列右上に男女が立っている。その顔には覚えがあった。嬬恋村で廣子らを火攻めにした、あの夫婦だ。スーツ姿で表情は無く、控えめに写っている。

「なんでこの二人が写っているの？」

「写真の脇にキャプションがあります……」

小さく切った横長の紙片に、『労働厚生省にて。職員諸君の協力に感謝』と記してある。

「桐島教授と知り合いなのかしら」

「この写真を見る限り赤の他人では無いですよね」

「つまり……どういうこと？」

「二人はお役人だった。ぼくの予想は当たってたってことです」

「そこじゃないわよ」

「シッ！」

九嶋が人差し指を唇に当て、尖った音を立てた。

「教授がいらしたわ」

部屋の正面に向き直ると、桐島教授が上着を脱いで椅子の背にかけているところだった。集まっていた学生たちも、並べられた椅子に掛けようとしている。

ＤＫＳの三人は最後列に並んで掛けた。まもなく説明がはじまったが、廣子と堀田は写真が気になって仕方が無かった。


説明会は一時間足らずで終了した。

桐島教授は最初の挨拶から勧誘の諸注意まで自ら説明した。細則については若手講師が担当した。最後の挨拶で再登壇し、激烈なエールを送って閉式。学生たちは老教授のギャップある積極さに感激し、研究室を後にした。

まだ室内に学生がちらほら残っている中、九嶋は前へ歩いて教授と対面した。よく知った間柄らしく、自然な雰囲気で談笑している。

廣子と堀田も二人のところへやってきた。桐島教授はすぐに気付いて笑顔を向けた。

「おお、末川君もいたんだね」

「今年から加盟サークルとしてお世話になります」

「おやおや、ご丁寧に挨拶なんて……九嶋部長の教育が徹底されているようだね」

「まあ、そういうことです」

九嶋は少しも謙遜せず淡々と答えた。

「では私はこれから都のイベントの打ち合わせがあるので、お先に失礼します。廣子も堀田も、学部長によくご挨拶しておいて」

九嶋は身を返し、研究室から出て行った。

「あのう……」

廣子は教授に尋ねた。

「会が始まる前に、後ろのガラスケースを見せていただきました」

「おお、私のコレクションを見てくれたかね？」

桐島教授の顔が明るくなった。

「一つ気になった写真がありまして」

三人はガラスケースの前へ移動した。廣子が示したのは、先程堀田が発見した記念写真である。

「ああ、これかね」

教授は顔をほころばせた。

「労働厚生省のキャンペーンに協力して、感謝状をいただいた時のものだ。授与式のあと、一緒に職員たちと撮ったんだよ。みな今も現役で頑張っとるよ。どうかしたかね？」

「気のせいかもしれないのですが、上の列の右端のお二人は、この間の私の表彰の時、お会いしたような気がするんです。どなたでしたっけ？」

「えっ？　……来てたかなぁ？」

桐島教授は小首を傾げた。

「この二人は夫婦でね。同じ部局で働いているんだよ。夫は高齢者問題対策を、妻は少子問題対策を担当している。二人ともよく勉強するし、勤務時間外に自腹で視察に行ったりもするよ」

「そうでしたか。やっぱり」

「やっぱり？」

「いえいえ、こちらのことです。それでは――」

廣子らは教授の前を退いた。

「はて、おかしなことを尋ねるものだ」

教授は不思議に思ったが、まもなく忘れてしまった。

（3）黒幕の正体

「どういうこと？　あの殺し屋夫婦は官僚なの？」

　廣子は突っかかるように堀田に尋ねた。

「ぼくにもさっぱり……」堀田はうろたえている。

　二人が部室に戻ってきた時、中には誰もいなかった。今日は朝から部員全員でサークル勧誘の準備に出ている。ある者は立て看板の制作、またある者は場所のキープ。九嶋・廣子・堀田も説明会に参加していた。つまり、総出である。

　誰よりも早く部室に戻ってきた廣子と堀田。二人は例の写真の夫婦について話を始めた。

「整理して考えてみましょう」

　廣子は自分に言い聞かせるように言った。

「これまで、私たちの前にはいろんな存在があらわれた。はじめはよっさんたち孀恋の鬼。次に一本ヅノの外国の鬼。彼らの祖国エジンビア国。千葉のあのコンサル会社――。途中から味方になった者もいるけれど、基本的には敵。でも、敵といっても、私たちを害することが目的ではなく、みなそれぞれ大きな目的があって、私たちがそれを阻止するから敵になっていた。

　そんな中で、このあいだの夫婦だけは違った。明らかな殺意を持ち、火攻めにしてきた。本当の敵だったわ。それが国の職員、しかも労働厚生省だったなんて！　本来、国民の命を守るべき彼らが、どういうこと？　それに、この前私を表彰してくれたところなのになぜ？　わけが分からないわ」

廣子はしゃべりながらどんどん熱くなっていく。

「もしかしたら国の職務なんかとは関係なくて、あの夫婦が勝手にやっているだけなのかも」と、堀田は冷静に言った。

「何のために？」

「それは分からない。そもそも命を狙われる理由が分からない」

「『分からない』じゃなくて、想像しなさいよ！　私たち殺されかけたのよ！」

「何を大きな声を出しているの？」

扉を開けて九嶋が入ってきた。

「外まで丸聞こえよ。資料を取りに戻ってみれば『殺される』のどうのって、物騒すぎるわ」

二人は肩をすぼめて詫びた。

「何を揉めていたの？」

「別に揉めていたわけじゃありません。実は――」

廣子は、学部長室で見た写真の二人が、自分たちを殺そうとした人に違いないことを説明した。そして

「私たち、まさかの役人に殺されかかったんです！」と結論付けた。

「ちょっと落ち着きなさい」

九嶋は諭すように険しい目をして二人を見た。

「政府が単なる大学生をピンポイントで狙うなんてありえないわ。あなたたちが何か機密データでも握っているんならいざ知らず、どこにでもいる学生じゃない」

「それはそうですけど……」

廣子は腑に落ちずに興奮している。

「まあ、でも、」

九嶋は険しい表情をおさめた。そして意味深な間を置き、

「仮に、国が本当に何かを図っているのだとしたら……あなたたちの何が気に食わなかったのかしらね」

「怖いことを言わないでくださいよ」

堀田が弱々しくなじる。

「仮の話よ、仮の」九嶋は微笑を浮かべた。

「あなたたちも、社会活動をするんなら覚えておきなさい。――私は頻繁にイベント講師やパネリストとして参加するけど、終わると必ず、多かれ少なかれ誹謗中傷を受ける。あろうことか、講師を依頼してきた職員本人が、裏で攻撃してくるなんてこともザラよ」

「そうなんですか？　知りませんでした」

「言うとショックを受けると思ったから今まで言わなかっただけよ。社会活動をしていたら、どこでど

んな恨みを買うか分からない。どういう連中がどんな理由で反対しそうか、普段から目星をつけておくことが大事。仮に政府の反感を買うとするなら、原因として何が考えられるか、シミュレーションをしておくの」

「シミュレーション……ですね？」

廣子はしばらく考えた。そして、

「仮に、労働厚生省が私たちの活動を気に入らないとして、一体私たちの何が邪魔なのか——今、少し考えてみたんですが、全く見当がつきません。むしろ労働厚生省が賛成するようないいことばかりやってきたと思っています。たくさんの危ないカップルをつなぎとめました。バラギ苑のお年寄りを守りました。特に、邪魔なはずはありません」

九嶋はうなずき、廣子の口調を冷静に受け止めた。

「あなたの言う通りよ。でも、私たちは物事を考える時、自分の常識にとらわれがちになる。もしかしたらその常識が、一部の人々にとって都合が悪いこともあるかもしれない。一口に政府といっても、縦割り行政でいろいろな立場の人間がいるから」

廣子は戸惑った。

日本人の命を守る——この常識を好ましくないと思う役人がいるなんて、想像できない。

「あっ……」不意に堀田が声を発した。

九嶋と廣子の視線が集まる。

「確か、あの夫婦の男性の方は、高齢化問題の対策担当でしたよね」

「そうよ。さっき桐島学部長が言ってた」廣子は答えた。

「憶測だけど、今、こんなことを考えたんだ――高齢者を長生きしてもらえるように福祉に手を尽くすのは、普通に考えると良いことだよ。ただ、裏を返すと、国家の財政負担が増えるってこと。ひいては日本の未来の負担になる。ぼくらは恋愛や結婚を促す一方で、バラギ苑のお年寄りを守ってきた。そこが反感を買ったところかもしれない」

「そんな馬鹿な」

廣子は叱り飛ばすように言った。

「じゃあ何？　あんたは政府が高齢者を減らして楽になろうとしているっていうの？　エジンビアに老人を密売しているのは労働厚生省だっていうの？」

九嶋は廣子を静止した。

「仮の話をするように言ったのは私よ。そこまで堀田を責めることはないわ」

ふと、誰かの携帯の着信音が鳴った。九嶋が反応し、ポケットからスマホを取り出してディスプレイを見た。

「時間だわ――もう行かなきゃ」

九嶋は自分のデスクに近づき、一冊のファイルを手にすると、体を翻して扉に向かった。去り際に、背中越しに二人に言った。

「二人とも、物事は徹底的に考え抜きなさい」

九嶋は去った。部室には沈黙が残された。

先に口を開いたのは廣子だった。

「なんだか部長、いつもとちょっと違う感じがした」と言った。

「そうだね」堀田もそっと答える。

「部長、何か真実を知ってるのかしら」

「真実……」

「ところで、さっきの仮の話、あんた真面目に言ったの？」

「そ、そんなわけないよ」堀田は首を横に振る。

「部長に言われて無理に話をつくったら、あんな風になっただけ」

「そう」

廣子は素っ気なく答えた。そして、部屋の隅にあるPCに近づいた。

「どうしたの？」

「あなたのつくり話が妙に気になって、ちょっと調べたいことができたのよ」

彼女はPCの電源を入れた。ブラウザを開き、労働厚生省のWEBサイトにアクセスする。サイト内検索で「高齢者問題」をサーチすると、いくつかのページがヒットした。

堀田は廣子の背中越しに画面を見ている。

廣子はマウスホイールを指先で転がし、検索結果のページを手繰っていった。ふと指が止まる。「二十一世紀課題対策庁」という文字列が目に入った。この庁に属する「少子化対策課」の「生涯結婚率向上委員会」は、かつて廣子のブログを表彰したセクションだ。

「二十一世紀課題対策庁は、高齢化問題ってキーワードでもヒットするのね。高齢者問題も少子化問題も一緒くたに扱ってるのかしら？」

廣子は文字列をクリックした。対策庁のページが開く。テキストベースの地味なレイアウトは役所らしい無機質な感じがした。

冒頭、対策庁の二大部門の組織図が記されていた。

◇二十一世紀課題対策庁

・高齢者問題対策課　高齢者問題解決委員会

　委員長：桐島　達三（粋名丘大学教授）

・少子化対策課　生涯結婚率向上委員会

　委員長：弓川　統（雛美産業大学大学名誉教授）

※高齢者問題解決委員会副会長を兼務

「桐島学部長が委員長？　しかも弓川名誉教授がこちらでは副委員長」

二人は異口同音に声を上げた。

廣子は画面を凝視する。

「しかも、この少子化の弓川さんって人は、私に表彰状を渡した人よ。もしあなたの言う通り政府が敵だとしたら、大元はこの二人ってことになる。二人ともＤＫＳＣを応援してくれている人たちなのに」

「あっ、見てください」

堀田が画面の端を指差した。委員会の会議風景の写真が掲載されている。またしてもあの夫婦が写っている。

「少なくとも、私たちの命を狙った夫婦が日本の二十一世紀の課題を議論する中枢にいるのは間違いわね」

廣子は肩を落とし、

「少し、考える時間が欲しいわ」

§

その日の午後。

東京霞が関。労働厚生省庁舎。

奥まった小会議室の扉に『使用中』の札が掛けられている。

中から男の、やや高めの声が聞こえてくる。

「——以上が、高齢者問題対策課で取りまとめました今年度の推移の報告でございます。本日の委員会では、この結果を勘案いただき、来年度の方針をご検討いただきたく存じます」

眼鏡をかけた男性職員が、報告を終えて着座した。細長い円形卓に十名ほどの人物が着いている。上座の白髪の男が朗らかな口調で言った。委員長である。

「ただいまの報告の通り、全項目において目標を達成している。財政ひっ迫の折、平均寿命は足踏み。高齢者人口は減少。実に理想的ではないか。みなさん、どうです？」

「桐島委員長（＝廣子たちの学部長）」

口を開いたのは桐島の隣の人物——こちらも高齢の男性だった。

「弓川さん（＝生涯結婚率向上で廣子を表彰した人。高齢者問題では副委員長）、どうぞ」

桐島は発言を促した。弓川は身体を前のめりにし、話し始めた。

「私は当委員会で副委員長を務めているが、生涯結婚率向上委員会でも委員長をやらせてもらっている。そちらの報告によると、今年度は空前の結婚ブームで婚姻数が増えた——もっともこれは流行だからあてにはならない。注目すべきは離婚率が減ったこと、それに生活保護支給が減少していることです。つまり離婚の減少が貧困の抑制につながっている。これに並行して高齢者問題解決委員会が無駄に生きる高齢者を減らして実績を上げたとなると、実に財政緊迫時に素晴らしい成果と言えましょう」

「仰る通りです」桐島は満足げに答えた。

「生涯結婚率向上委員会が標榜する『離婚率の低下、生涯結婚率の向上』、高齢者問題解決委員会の標榜する『平均寿命の短齢化』。両委員会が揃って目標を達成した。二十一世紀に我が国の抱えていた財政赤字の課題が、ごく短い期間で相当改善されたのだ。これだけの例は北欧にもないでしょう」

「この傾向が続けば日本の将来は安泰ですな」

弓川が笑い、桐島は肩を揺らした。

ほかの委員たちは、二人のやりとりを聞いて感心している。桐島と弓川は、高齢化社会と少子化問題について研究してきたその道の権威である。二人の真価を目の当たりにしたような気がしたのだった。

「ああ、勝田誠先生が草葉の陰でお喜びでしょうなあ」

桐島は目をきらきらさせて弓川を見た。

「そうに違いない」弓川はしみじみうなずく。

桐島は委員一同を見渡し、昔語りを始めた。

「実は、私と弓川先生は同門で、大学院時代に社会学の大家・勝田誠先生に師事していました。勝田誠先生は、高度経済成長が始まる前から資本主義経済の行く末を予測し、独自の対策理論を編み出されておられた。先生の仰っていた『K理論』は、『離婚率（離別率）を減らし生涯結婚率を高めると同時に、平均寿命を短くする』というもので、つまり、今回私らが推進した手法です。当時、この理論は学会で蹴られて蹴られて。だが私と弓川さんは勝田誠先生を信じ、理論も理解しておったから、いつかこれを用いて、世のため人のためにに活かそうと温めておったのです。大幅財政赤字の今こうしてK理論が日の目を見て正しかったことが証明されたからには、先生のご恩に報いたも同然……」

桐島の声が掠れた。弓川も目を潤ませている。

「しかし、まだ安心するのは早い」

桐島は顔を上げ、

「気を緩めたら、またすぐに元の悪循環に戻ってしまう。財政赤字も青天井で増えてしまう。皆さんには、もうしばらく、K理論にお付き合いいただくことを、お願いします」

パラパラと同意の拍手が起きた。

桐島と弓川は顔を見合わせ、しわくちゃの笑みを交わした。

§

その晩。都内の某マンションの一室のこと。

帰宅したばかりの眼鏡の男は、ジャケットを脱いでソファに放り、ネクタイを緩めてホッと息をついた。一緒に帰ってきた妻も、上着を脱ぐとソファに腰を沈ませ、苦い顔をしてストッキングの上からふくらはぎを揉みしだく。

「ようやくひと段落ってところね」

妻は夫を見上げた。夫は笑みを返し、

「きみもお疲れ様。夫婦でそれぞれの分科会を担当していなかったら、絶対にこんなにもスムーズにいかなかったよ」

「それにしても、桐島先生も弓川名誉教授も、ちゃっかりしてるよね。昔話で涙を見せて、委員の情を買ったところで財政が苦しい中、自分たちの委員会が扱う問題だけ予算を倍にするように仕向けるんだもの」

「全くだ」

夫婦は見合わせて笑った。

「しかし、ここ数年は、本当に大変だったなァ」

夫はしみじみ振り返った。

「高齢者対策でかなり危ない行動をとらされたよ。官邸から予算を減らせ減らせの催促の連続だろ。まさか先生方が鬼のネットワークを持っていてそれを活用することになるとはね。官邸が知ったら何て言うだろう?」

「真に受けないと思うわ」

「そうだね。だいたいぼく自身、鬼が実在するとは思っていなかったからね……。事の始まりは数年前、ぼくは桐島先生の指示で嬬恋村の鬼押し出しに行って、鬼の長老会との交渉に臨んだ。日本人食を再法制化するように頼みに行ったんだ。みんな嫌がったよ、『現代日本人なんか食えたもんじゃない』って。

そこで食人を諦め、エジンビアとの貿易仲介で折り合ったけど……あまりうまくいかなかったなあ」

「私、その時、エジンビア王国との折衝を担当したわ。外務省を通さないで交渉するのは本当に大変だった。ただ、バラギ苑を開所してしばらくは順風満帆だったわね」

「そうだったね。日本は高齢者を輸出で減らせる、エジンビアの鬼は食糧危機が回避できる。いわゆるウィン‐ウィンってやつ」

「でもまさか、バラギ苑の一本ヅノの家族が、あそこまでお年寄りを大切にするとは思わなかったわ。高齢者の早死にを促進するためにわざわざ怪しいM&Aコンサルを投入したり、随分危ないことをした。結局エジンビアの鬼の長老会は暴走するし、もう大変よ」

「ご苦労様」

夫は妻の隣に腰を下ろした。

「それにしても、高齢者短命化の目的の邪魔をしていたのが、まさか孀恋の鬼と大学生の小さなチームとは思わなかったね」

妻は思い出して眉をひそめた。

「あの学生たちは一生懸命だっただけに、悪いことをしたわ。でも弓川・桐島の両名から指示が出たら、やらないわけにいかないし」

「あの時の『脅せ、高齢者の問題から手を引かせろ。連中は離婚率、結婚率に特化してればいいんだ。どんな脅し方をしても鬼がついているから命を奪うことはない。火でもつけてこい』は、役場の指示の仕方じゃないよ。まるでヤクザだ」

「私も呆れたわ。――そういえば、あの時、弓川さんが妙に具体的な指示を出したのを覚えている？『紅葉狩りに行く四人組に接触しろ』。どうして弓川名誉教授はあの時点で、四人が結婚ブームの影の火付け役で、いつ・どこに紅葉狩りに行くってことを知ってたのかしら」

「さあねえ……先生方のアンテナは計り知れないからね。もっとも、ぼくら役人は与えられた職務をこなすだけ」

「もうあんなことはやりたくないわ。やはり鬼がいたから彼ら助かったのね、きっと。ああいうことをするくらいなら、異動願を出したい」

妻は悩ましげに身体をよじる。

夫は少し考え、

「きっともう、あんな仕事はないよ。なにしろK理論は軌道に乗ったんだ。しかも来年度の予算もついた。これからはのびのびと仕事ができるはずさ――」

第14章　新年度、それぞれの思い

(1) 再会

新年度の勧誘活動で、DKSCは十五名の新入部員を迎えた。うち十人が男子で、先例にたがわず、ひと月も経たぬうちに女子部員の下僕と化した。やり口は強引かつ巧妙で、反抗させず、辞める隙を与えない。女子はそれが当然と思っていたし、二年以上の男子も、部の最下層を脱するチャンスだったから抜かりはない。

DKSCの活動は、大学公認を得たことでますます広がった。講演やディスカッションなど、街のイベントに協力したり、ジャパン愛妻協会と連携して結婚率向上のイベントを企画したり、大学の内外を問わず盛んである。部独自の活動も、ホームページや機関誌の発刊など、積極的に行った。

まっとうな活動が増える一方で、かつて廣子と堀田が引き受けていた破談解消や怪しい組織との抗争といった物騒な案件は、全く無くなった。廣子はついこの間まで「政府に命を狙われているかも」と怯えていたが、「のど元過ぎれば熱さを忘れる」の例えの通り、いまでは平然としている。

ごんちゃんと伸さんは、帽子を目深にかぶってツノを隠し、たびたび部室に遊びにきた。部の飲み会やサークル旅行には必ず呼ばれ、部員たちと親睦を深めている。

とにもかくにも、ＤＫＳＣは平和で「ごく普通な」サークルになっていた。


初夏のいろどりが眩しくなった頃、堀田はひとり鬱々として、部室でも、ぼんやりと時が過ぎるのを待つようにしていた。うつむきがちで、声に元気がない。

同学年男子が心配して声をかけた。

「どうした？　体調でも悪いのか？」

「元気だよ。ただ何となく、気分が乗らなくて」

「後輩が入って奴隷仕事が減ったから、刺激が足りなくなったとか言うんじゃないだろうな」

「まさかぁ」

堀田は薄笑みを浮かべて応えた。仲間の冗談にも曖昧に返すのが精いっぱいである。

堀田は自分の中のもやもやしたものの原因を分かっていた。

――ぼくの中で何かが枯れている。

そう気づいたのはゴールデンウィーク前、四月も終わりに差し掛かった頃。堀田はサークル活動が終わると、一人で電車に揺られ、奥浅草に帰った。サークルが学内に移転して完全に自分のものに戻ったアパートの自室。がらんとした部屋に、ＤＫＳＣの名残はない。柱に一本の釘が刺さっている。ここにかつて破談探知機をぶら下げていた。

――よっさんと交代で深夜番をやったっけ。

夏休み前のとある土曜日。堀田は一人、嬬恋村へ向かう電車に揺られていた。厚手のジーンズにポロシャツ。厚底の登山靴。車窓に帽子をかぶった自分が映り、のどかな田園の風景とオーバーラップする。隣の座席にリュックを置いた。中には二、三日分の着替えの他、大切な「マイ包丁」が入っている。これは以前、牛池で火難に遭った時に廣子が振りかざして危機を脱した現代の天叢雲――その正体は「キャベツ切り」――である。

ちょうど一年前、堀田はまるっきり同じ格好で、同じ路線に揺られていた。目的も、行動につながる一連の発想も同じである。贈り物をしたい――貴金属は買えない――安価でいかに気持ちを伝えるか――ネットで調べた末、

「そうだ、ＱＩキャベツだ！」

思い至った瞬間、農家の金子さんの面影がよぎった。

――キャベツ摘みのバイトをして、また末川さんにキャベツを贈ろう。少し頑張ってバイト代が弾めば、素敵なディナーにエスコートできるかもしれない……。

堀田が握っているのはいつも理想だけだ。彼はためらわない。立ち止まるという選択肢はない。思い立ったら吉日と、直ちにまた、嬬恋村の原点に戻ろう。何かやりがいを見つけ出すことができるかもし

れない。そう思った堀田は金子さんに連絡を入れ、バイトに参加する旨を伝えた。金子さんは喜んで受け入れ、逆に尋ねた。

『いつも一緒の廣子ちゃんは？』

「今回はぼく一人です」

『あらそう。今年は人が足らなくてね……。じゃ、廣子ちゃんには私から連絡入れようかしら』

「あ、それには及びません！　末川さんは、部の用事でこられないんです」

堀田は嘘をついた。キャベツを贈るならサプライズにしたい——彼はプレゼントの仕方に同様のスタンスを貫くつもりでいた。

嬬恋村につくと、迎えに来ていた金子さんの軽トラに乗り、駅から畑に直行した。堀田は畦道に降り立った。さわやかな高原の空気。空に雲はひとつもないが、日差しは柔らかい。久しぶりに掴むキャベツ葉の感触。土のにおい。堀田は徐々に自分がチャージされていくのを感じた。堀田の他にも近隣の学生がアルバイトに来ていた。格別親しくなるわけでもないが、和やかな雰囲気で畑仕事を共にする。

午後に雨が降り出し、一旦撤収となった。夕方頃、雨が上がった。金子さんが「収穫を急ぐ」ということで、夕食後に再び畑に出て夜摘みをすることになった。堀田は思い出した。前に参加した時も夜摘みをした。高原の夜は真っ暗闇で、空気が澄み渡り、満天の星が美しかったのを覚えている。

若者たちはまかないの夕食を摂ると、バンに分乗して畑に送られた。堀田は車窓から空を見た。夜空に星影がまたたいて、巨大な星図を描いている。

アルバイトたちは広大な畑に点々と降ろされ、それぞれの持ち場で夜摘みをはじめた。堀田も畑に降り、ヘルメットにつけたライトを頼りに、柔らかい土に踏み入れた。ひんやりとした空気に包まれ、黙々と作業した。キャベツの玉を採り、畦に積んでいく。一時間ほど無心でそれを繰り返した。闇夜に目が慣れてくると、四方の山々が見えてくる。堀田は手を休め、丘陵に目を向けた。

――あっちは叫び台。去年の今頃、末川さんの名前を叫んだっけ……。

そんなことを思っていると、畑の向こうから騒々しい声が聞こえてきた。

「泥棒だ！」

「捕まえろ！」

物騒極まりない。堀田は声の方に目を凝らした。闇の中を人影が右へ左へ飛び跳ねながら、こちらに近づいてくる。

――げっ、こっちに来る！

堀田は回れ右して不審者と反対方向に走り出した。君子危うきに近寄らず、「捕まえろ」と言われても危ないことは避けるのが堀田の信条。駆けてくる音は、土を蹴り、キャベツ葉をかすめて徐々に大きくなってきた。堀田は身体を丸めて小さくし、音が過ぎ去るのを待った。無理な姿勢で堪えていると、音は不意に聞こえなくなった。

「――くそっ、逃げられた！」

追ってきたアルバイトが近くで悔しげに呟いた。足音が小さくなっていく。

堀田は、ほとぼりが冷めたのを確かめ、頭だけ、ひょいと上げた。

「――？」

目の前に、なんだかよく分からない不思議な影が、まるでお正月の飾り餅のように、丸々とおさまっている。目を凝らすと、それはデニムを履いた大きなお尻であることが分かった。どうやら堀田と同じように土手の陰に身を潜めているらしい。畑泥棒は、あろうことか堀田と同じところに身を隠したようだ。

お尻の持ち主は、あたりが静かになったのをさいわいに、背中をゆっくり起こして後ろを振り返った。

堀田と目が合う。

「……――っ！」

堀田は相手の素顔を見て声を上げかけた。

「シーッ！」

大きなお尻の持ち主は、太い人差し指を自分の太い唇に当てた。

岩のような頭に幅の広い口。帽子のツバの下の顔は、誰であろう「よっさん」だった。

堀田は頭が混乱して視界がぼんやりと霞んだ。

「しっかりしろ」

よっさんは堀田の身体を咄嗟に支えた。

「――きみは、幽霊かい？」

堀田はか細い声で尋ねた。

「生きてるよ。ほんもののよっさんだ」

堀田はしばらくよっさんを見つめていた。自分の右手で自分の右の頬をつねった。

「イタッ」

「だろ？」

よっさんはおかしいような情けないような笑みを浮かべた。

堀田は身体を起こし、少し離れて相手を見た。夜で見えづらいが、間違いなくよっさんだ。死んだと思っていたよっさんが、目の前にいて、こちらを見ている。ばつの悪そうな表情を浮かべている。堀田の目頭に熱いものがこみ上げてくる。彼は上ずった声で言った。

「よっさん。きみが生きていたなんて。ぼくは、てっきりあの噴火で死んだのかと……。生きていたんなら、どうして帰ってきてくれなかったんだ？　どうして知らせてくれなかったんだ？　みんながどれだけ悲しんだと思ってるんだ？」

「あのとき、気が付いたら火口の中だったんだ。必死で登ったらもう誰もいなかった。きみたち二人に会いに行ったら、二人はごんちゃんと仲さんと仲良くやっていた。出そびれていたら今さらばつが悪くなって隠れていたんだ」

よっさんは小さな声で詫びた。

半年前の、浅間山の活動が活発になっていたあの頃、鬼の世界はめちゃくちゃだった。エジンビアの鬼が領域を犯して日本の火山を噴火させるなんて前代未聞。放っておくと戦争になりかねなかったんだ。戦争を防ぐ方法としては、エジンビアに行ってゴブリンの長老に直談判し、騒ぎをおさめるしかない。もちろん、エジンビアに行くなんて、日本の鬼の長老たちが許すはずがない。ごんちゃんと仲さんも『不可能だ』と言った。仕方なく他のやり方を考えているうちに、コニールの騒動になった。みんなで助けに行って、まさか自分が火口に落っこちかけるとは思わなかったよ」

「落っこちかける？　本当は落ちていなかったの？」

「そうさ！　おかげで生きていられる！」

「だったらどうしてすぐに上がってこなかったんだよ！　みんな死んだと思って……どんな思いで山を下りたか！」

「すまない……まあ、聞いてくれ」

よっさんは続けた。

「火口には落ちなかったが、すぐ下の岩場に落ちて、そこで気を失っていたんだ。気が付いた時は夜だった。何とか這い上がって、火口端に座りこんだ時、ふと思いついた――不思議なもので、ピンチの時は妙に冷静に頭が働くものだ。『きっとみんな俺のことを死んだと思っている。これを利用しない手はない』。俺は山を下りると、鬼押し出しには帰らなかった。そのままエジンビア・ゴブリンの長老に会うために、アフリカに行くことに決めたんだ」

「存在を隠して、戦争を防ぐために動いたってこと？」

「そうだ」

「でも……そんなの水臭いじゃないか。ぼくたちは今まで一緒にいろんな敵と戦ってきた。その問題も、ぼくや末川さんや、ＤＫＳＣのメンバーと一緒でも良かったはず」

「今度ばかりは危険すぎた。他人を巻き込むのは憚られたよ」

よっさんの話は続いた。それは半年にも満たない間の出来事ながら、波乱に富んでいた。浅間山を下りて嬬恋から北へ向かい、日本海に出たこと。船乗りに扮してインド洋を渡り、アフリカに上陸したこと。エジンビアの国境で人間に捕らえられ、危うく鬼であることがばれかけたこと──。

「やっとのことでエジンビア・ゴブリンの居留地に入った時は、そりゃあ白い目で見られたよ！」

よっさんの語調は敵の本拠に潜入したところで一層強まった。

「たちまち一本ヅノに捕まった。帽子を取って二本ヅノを見せたんだよ。驚かれて、長老に即引見になった──ま、わざとそうしたんだ。回りくどく長老までたどり着くより、その方が早いと思ってね」

「無茶をするなぁ」

「最初、長老は俺のことを疑ったよ。本当に日本から来たのかって。二本ヅノの鬼は日本以外にもごく少数だけど東アジアやアメリカ先住民にいるからね。でも、すぐに信じてくれた。俺がバラギ苑やオニール家族の名前を出したからだ。そのかわり、怒りに触れた。『我々の日本の活動を邪魔していたのは貴様か。おかげでエジンビアの飢餓は一向に改善されない。貴様が日本人の肉の輸入を妨げていた』って。でも俺は、丁寧に言ったんだ。

『私がしたのは邪魔ではなく、善意です。日本の鬼は、長らく日本人を食べていません。なぜなら日本人の体は様々な薬品で汚染されており、摂取すると身体に障ります。私の親の代から毒物として嫌われています。そんなものをエジンビアの鬼に食べさせるのはあぶないと思い、食い止めていたのです──』

これを聞いた長老は、腑に落ちることがあったようだ。すでにエジンビアには少なからず日本人の肉が流通していたが、食べた鬼が原因不明の腹痛を訴える例が絶えなかったらしい──おれに言わせれば、腹痛で済んでるのがすごい。日本の鬼なら死んじゃう。噂通りエジンビア・ゴブリンは胃が頑丈なんだろう。

長老は話を聞いて、ひとまず日本人肉の流通を止めることにした。俺はそのまま監禁された」

「捕まっちゃったの?」

「一週間くらいかなぁ。とにかく、メシがまずかった。挽いた羊肉や痩せた豆、茎ばかりの野菜。見張りの鬼に『もっとましなものを食わせろ』と文句を言うと、そいつは答えた。

『お前のまかないは、長老の命令でかなりいいものを出している。日本の鬼に馬鹿にされたくないからな。俺なんかもっとひどいものを食べている。毎日見ていてうらやましいくらいだ』

俺は唖然とした。エジンビアが飢餓で苦しんでいるとは聞いていたが、このメシで上出来とは──。俺は無駄口を叩かず、残さず食うことにしたよ。

一週間後、俺は再び長老の前に連れ出された。後ろ手に枷をはめられていたが、長老の手で外してくれた。『お前の言うとおりだった。日本人肉を止めたら腹痛の報告がぴたりと止んだ』とさ。それからは待遇が違うよ。俺はすっかり長老に気に入られて、いろんなことを訊かれた。答えられる限り答えたよ」

「どんなことを訊かれたの？」

「そうだな……印象に残っているのは、日本人肉の供給業者の素性についてだ」

「人肉の供給業者？　なんだい、それは？」

「長老の言うには、人肉輸入の話を持ってきたのは日本企業だという。食糧危機で苦しんでいるところに低価格の肉の話がきたので、飛びつくように契約したんだとさ。その後、その企業から共同出資で日本に拠点を置く話を持ち掛けられ、エジンビア・ゴブリンは出資して人材も出した――それがバラギ苑であり、オニール家族ってわけ」

「なるほど、そうだったのか」

「長老は俺に尋ねたよ。『この一件の背後には日本政府が絡んでおるのか？』って。正直、俺には分からんことだ。知りませんと言うと、長老は腑に落ちない顔をしていたよ……。何か知っている？」

「……。いや、何も知らないよ」

「それからの俺は大活躍さ！」

よっさんは腕をまくった。

「人肉食を止めたからって、エジンビアの食糧問題が無くなったわけじゃない。俺は解決に名乗りを上げた。長老に屈強な鬼を集めてもらい、畑を作らせた。そして、俺が嬬恋で長年慣れ親しんだキャベツづくりを伝授したんだよ！」

「キャベツ？　アフリカでできるのかい？」

「エジンビアは高原で、意外に嬬恋と気候が似ている。水量は少ないけど川が流れていて、一帯は荒れ地であっても砂漠ではないから、開拓すれば農業ができる。エジンビア・ゴブリンたちは、一週間くらいで立派な畑を作り上げた。俺がいたのはわずか半年だが、最後あたりはエジンビア・ゴブリンの飢餓は解消され、栄養状態もよくなっていた」

「すごい！　大活躍だね！」

「俺も中途半端に助けておしまいってことにはしたくなかった。だから、エジンビア・ゴブリンの飢餓問題が完全に解決するまでは付き合うと約束してるんだ」

「すごいなぁ……。あれ？　でも、よっさん、日本に帰ってきているじゃないか」

　よっさんは情けない顔をして答えた。

「それがねえ……。俺は、エジンビア国内を移動する時、人間の運営する列車のコンテナにこっそり乗り込むことが多かったんだが、うっかり日本行きの貨物に入って居眠りしてしまった。目が覚めたらコンテナは船の上。数日後に着いたのは焼津だった。コンテナから脱するチャンスがないまま、トレーラーに積まれて、運ばれたのは皮肉にも嬬恋村。今日のお昼のことだ」

「今日の昼だって？」

堀田は驚いた。

「その間、食事はどうしていたの？」

「コンテナの中に詰まっていたものをいただいたが、そのうち尽きて、最後の三日くらい食べていなかった。だからいま空腹で空腹で、それでキャベツをちょっといただいてたのさ」

「締まらないなぁ。外国で大活躍しても、日本に帰ってきたら相変わらずだね」

堀田は苦笑した。

よっさんは堀田に話をせがんだ。自分がいなくなった後に何があったか、ＤＫＳＣは、廣子はどうしているか、知りたくなったのだ。

堀田は記憶を手繰って話した。よっさんがいなくなったあと、ごんちゃんと伸さんが仲間になってくれたこと、彼らと破談探知機を使って活動し、日本にちょっとした結婚ブームを巻き起こしたこと――

「ブームはすごい。俺ではそうはいかなかったよ」

話は続く。牛池で遭遇した火事騒ぎ。サークル大会で廣子が非難を浴びたこと。ＤＫＳＣが学内に部室をもらえて奥浅草から撤退したこと。

「ま、こんなところかな。今は比較的平和で、ごく普通の大学サークルになった感じだよ」

「そうかぁ。それは良かった」

「うん。それよりなにより、一番良かったことは――よっさん、きみが生きていたことだよ」

堀田は両腕を開いて喜びをあらわした。

「今夜はともかく、明日は金子さんのところに行こう。そのあと、ごんちゃんと伸さんにも会ってほしい。今はバラギ苑の手伝いをしているよ。そして、東京にも来てよ。末川さんも部長も、みんな喜ぶよ。新しい部室も見てほしいな！」

ところがよっさんはうつむき、

「いまさらそれはできないよ」

堀田が呆然としていると、よっさんは続けた。

「さっき言った通り、俺はエジンビアで約束したことがある。それに、話を聞く限り、いまこっちで俺がどうしても必要という状況ではなさそうだ。それなら困っているエジンビアのゴブリンを助けてやりたい。そして、うまくいったあかつきには、エジンビアの長老の口添えをもらって日本の鬼社会に帰ってくる。そうしないと日本の鬼の長老たちは俺を許さないだろうからね」

「……鬼社会の事情があるなら、仕方がないね」

「もちろん、いつかきっと帰ってくるさ」

「その日が来るのを待ってるよ」

よっさんと堀田は固く手を握り合った。

「そう言えば、そろそろ一年経つよな？」

「去年の今頃、お前はこうやって嬬恋でキャベツ収穫のバイトをして、叫び台で廣子さんの名前を叫んだ」

堀田は照れ臭そうに答えた。

「よく覚えていたね。ぼくがそのことを忘れるわけないよ。現に今年も同じことをしようと思って、嬬恋まで出てきたんだから」

(2) 廣子の場合

夏休み前最後の土曜の夜、廣子は浦安のアパートに帰った。鍵を開けて中に入る。施錠をして靴を脱ぎ、廊下に上がる。部屋に入るとそのままソファベッドに突っ伏した。

「ああ、疲れた」

自然と言葉がこぼれる。

今日は一日中、DKSCの部室にいた。都と合同で発刊する男女共同参画に関するフリーペーパーの校正作業に追われていたのである。月曜日が締め切りで、この土日で仕上げなければならない。

廣子はこの企画の編集長である。九嶋によって任命された。

「サークル大会の汚名返上のチャンスよ。精一杯やりなさい。もちろん私も手伝うから」

正直、汚名返上のチャンスはありがたいと思った。しかしやってみると編集長の仕事は裏方でただただ地味。しかし引き受けたからには責任をもってやらなければならない。締め切りが近づくにつれ、追加の原稿作成や都とのやりとりに追われ、胃が痛くなった。しかも、ようやくこぎつけたこの土日の最終校正、部総出で「ガンバロー」と気炎を上げるところを、九嶋が「私は土日、労働厚生省とミーティングだから」と、姿を消したのだった。

廣子はこれまで心のどこかで「部長が後ろに控えている」ことに安心して編集長を務めてきた。それがここにきて丸投げされ、途端に不安を覚えた。裏を返せば信頼されているのかもしれないが、プレッシャーの方が大きい。

――だいたいさぁ……私こういう仕事向いていないんだよね……。

廣子はソファベッドに顔を突っ込んだまま思った。

今年度からのDKSCの活動はやりがいがある。大学サークルに正式加盟して活動の幅が広がったことは良いことだし、男女共同参画の理念の実現にも近道となるに違いない。しかし……廣子は物寂しさを感じている。今やっている活動は、どうも退屈だ。以前のように嬬恋村を駆け回ったり、破談探知機に従い危ういカップルをつなぎなおしたり、いろんな敵と戦ったり……危険を感じていたが、充実していた。あの頃の方が性に合っている。よっさん・堀田とともに活動していた頃が今更ながら懐かしい。

そういえば今日、部室に堀田の姿はなかった。大事な最終校正の日に、部長の九嶋であるまいし、ヒラの男子部員が休むとはもってのほかだ。ほかの男子部員に堀田はどうしたのか尋ねると、たじろぎつつも毅然とした口調で

「堀田は自分探しの旅に出ています！」と答えた。

――堀田って、どうしてあんなに大事にされるのかな。

堀田は、特別気が利くとか、勉強ができるとか、スポーツができるわけではない。どこをどう測っても平凡で、むしろおどおどして頼りない。それなのに愛されキャラで、全体の雰囲気を温めてくれる。これは男子部員の間に限ったことではない。思い返せば、金子さんともそうだし、オニール家族ともそうだ。よっさんほか、鬼たちとの交流でも、堀田のキャラが助けになってみんな仲良くなっている。九嶋部長も何だかんだ言って重宝しているし、それよりなにより——かくいう廣子自身も、堀田に助けられたり前に進めたりすることがたびたびあった。

堀田が自分に恋心を向けているのは知っている。

(3) 九嶋

廣子がベッドに突っ伏してあれこれ考えていた同じ頃。都内の展望レストランに年の離れた男女の姿があった。夜景の美しい窓際の特等席に、差し向かいで座っている。

「前と同じ場所ね」

九嶋は無愛想に呟いた。同席のロマンスグレーの老紳士は苦笑交じりに応えた。

「若い子向けのリサーチは得意じゃなくてね」

「そんなことで生涯結婚率向上委員長がつとまるの？　お父さん」

「相変わらず手厳しいな……もっとも、お前には感謝している。なにしろ、ＤＫＳＣのおかげで結婚ブームが起きて、委員会の目標が達成できたのだから」

九嶋は表情を変えず、

「私は約束を守っただけよ」

「そうは言ってもなかなかできることではない。鬼の扱いなど見事だった。それに、お前がいろんな状況を適宜報告してくれたおかげで、過度になりすぎずスムーズなペースで目標を達成できた」

「でも、私の部員を危険な目に遭わせるのはやめてほしかった」

「火のことか？　あれは済まなかった。年寄りの長寿化に反対する職員二人は『鬼が一緒だから大丈夫』と言って脅すつもりだけだったようだが、若者を危険な目にあわせたことは私も上長として責任がある」


――相変わらず自分の都合ばかりの人だわ。

九嶋由加の両親は彼女がまだ幼いうちに離婚した。由加は母に引き取られ、姓は母方の九嶋を名乗ることになった。母は女手一つで娘を育てた。しかしシングルマザーの収入では大学まで出すのは難しく、大学に行きたかった由加は夢を諦めかけた。すると、どこで居所を聞きつけたのか父・弓川統から由加に直接連絡があった。彼は「労働厚生省で生涯結婚率向上委員会委員長を務めている」と前置きし、「大学に入って影ながら私の手伝いをしてくれるなら、学費を面倒見よう」と持ち掛けた。由加は父の顔など覚えていなかったが、大学進学するために、条件を飲むことにした。

こうして彼女は、晴れて大学進学し、父の求めに応じ、男女共同参画サークル・ＤＫＳＣを設立。父の活動を学生の立場から援護するようになる。由加自身、幼い頃に両親が離別しているので、活動に水が合い、サークルは大きくなった。

活動が順調になるにつれ、何度か父に食事に誘われた。男性中心社会に嫌悪を抱いていた九嶋だったが、長く欠如していた父性との邂逅に、心のひずみは矯正されていった。しかし一度は自分と自分の母を捨てた人間だと思うと、完全に許すことはできなかった。そもそも父が離婚者でありながら結婚率向上・離婚率低下に携わっていること自体、矛盾している。

――よくもまあ平気な顔で務められるものだわ。

目の前の父は、ワイングラスを手に、いつもの通り、調子が出てきた時の長口上をぶっている。

「――特に長寿化はいかんよ、国家財政を圧迫する、現役世代の足かせになる、何もいいことはない」

ワインをすすり、高齢化の害悪を延々と列挙する。

「日本は少子高齢社会で、現役世代が多くの高齢者を支える構造になっている。若者一人が支える割合は今後も増えていくだろう。長寿化すればするほど、現役世代の金銭的、肉体的負担が大きくなる。そんなことでこの国に未来はあると思うかい？」

九嶋は曖昧にうなずいたが頭の中は別のことを考えていた。この人は確かに信念に燃えているようだけど、時に手段を選ばないことがある。信頼はしても信用してはならない人だ――。

弓川は生涯結婚率向上委員長を務めながら、高齢者問題解決委員会の委員長である盟友桐島とともに日本の長寿化に反対している。ＤＫＳＣで廣子が中心となってバラギ苑を保護していた頃、それが両氏の考えに反したことがあった。弓川は廣子らの行動を阻害するために九嶋に情報を求めた。

「学者って、自分のことは棚に上げて立派なことばかり言うのね」

弓川は穏やかに答えた。

「由加、違うよ。自分のような人間がもう出てほしくないから、言っているんだよ」

九嶋は黙っていた。

「今日はお前と言い合いをする気はない。日本の未来の切り回しは私に任せて、お前は活動を通じて日本の現実を知ればいい」

――未来の切り回し？　結婚ブームを作ったのはＤＫＳＣよ。

「とにかく、これからも頼むよ」弓川は柔らかい口調で言った。

「あの末川って子も、鬼たちも、基本的にはもう用済みだ。あとは変な動きをしないように、しっかりコントロールしてくれ」

九嶋は答えた。

「確かにお父さんの視点では、もう用済みかもね。でも、私としては、もうひと頑張りもふた頑張りもしてほしいメンバーなのだけど」

「そりゃ構わないさ。私らの委員会に関わることでなければ」

「それは分からないわ。廣子や鬼たちが何を考えているか、私は関知していないもの」

「今日はなんだか物言いが冷たいな」

「そう？」

九嶋は首を傾げて見せた。

「ところで、私、あと一年で卒業なのだけど。そしたらお父さんとの約束はもう何もなくなるよね。学費は払ってもらった。私は学内で活動をした。卒業したら、勝手にしていいのかしら」

弓川は口の端に笑みを浮かべた。

「ちょうどよかった。実は今日はお前にそのことについて話そうと思っていたんだ。お前、卒業したらうちに就職しないか？」

「考えておくわ」

九嶋は冷たい微笑で答えた。

⑷　堀田

翌々日、月曜日。

サークル棟に入り九嶋が中央階段を昇っていく。角を曲がればＤＫＳＣの部室である。昇りきって踊り場に目を向けると、大きな背中が二つ並び、前にわずかに傾いて、廊下の先を盗み見ている。片方が九嶋の足音に気付いて振り返った。

「あ、部長。ご無沙汰してます」

「ごんちゃんに仲さん。久しぶりね」

九嶋は二人の顔を順に視た。鬼たちは帽子のつばの下で大きな目をまたたき、奇妙なほど見開いている。

「どうしたの？　そんなにびっくりした顔をして。部室に入ったら？　特別に私がお茶を入れてあげようかしら」

「恐れ多いことです」

仲さんはかしこまって答えた。ごんちゃんは廊下の先を指さし、

「それより、今、部室で面白いことが起きているんですよ」と、口元を押さえて忍び笑いを堪えるジェスチャーをした。

「面白いこと？　何それ」

「部長もご覧になってください」

二人の鬼は廊下の曲がり角に部長を招き寄せ、自分たちはその後ろに壁のように居並んで、一緒に部室の方に顔を向けた。

部室の扉は数センチ開いている。

隙間の向こうには堀田慧と末川廣子がいる。堀田は不安とじれったさの入り混じった顔で、廣子を見ている。廣子は憮然とした表情ながら、どこか戸惑うような面持ちでいる。

息詰まる空気の中、堀田が口を開いた。

「ぼくと、付き合ってください」

堀田は深々と頭を下げて答えを待っている。

廣子は厳しい表情を浮かべていたが、やがて、おかしいのをこらえるように頬をすぼめ、

「……やっぱりだめ」

彼女は吹き出る笑いを噛み殺し、努めて真面目な顔をした。

堀田はがばっと頭を上げて尋ねた。

「やっぱりってどういう意味です？」

「やっぱりはやっぱりよ」

「だめな理由を教えてください」

「理由は、ないわ」廣子はあっさり言った。

「理由がないなら、どうしてだめなんですか？　——あ」

堀田はハッとしておそるおそる、

「もしかして、誰か好きな人がいるとか」

「いないよ」

堀田はそれを聞いて安堵の表情を浮かべた。

「お願いします。ぼくのこと、別に好きじゃなくても構いません。お試しでいいですから――」

そう言って再度頭を下げた。

「ぼくたちはずっと『夫婦愛が経済を救う』というスローガンで活動してきました。だめになりそうなカップルに手を差し伸べ、つなぎとめてきたんです。いま、ぼくの愛は、破綻寸前です。これはＤＫＳＣが手掛けるべき案件ですよ。なんてったって、日本経済のためによくないんだから」

廣子の顔に剣が走った。

「よくも人の理論を持ち出して自分勝手に作り変えてくれたわね。私たちの活動は一旦結ばれた夫婦やカップルに向けて行われたの。まだ何の約束もない私とあなたの関係に日本経済の命運はこれっぽっちも絡んでない！」

「くッ……」

堀田は苦渋に満ちた表情でなおも言った。

「末川さんは、ぼくの命がけの告白を、分かっていないんですよ。ぼくは去年に引き続き今年も嬬恋村に行き、愛の叫び台で末川さんへの想いを叫びました。愛が実らないとぼくは鬼に食べられてしまう。神隠しに遭ってしまう。それでもいいんですか？」

「何言ってるの？　神隠し事件はもう起こらなくなったし、鬼が人間を食べなくなったのは当の鬼たちからさんざん聞かされたでしょう？　――ていうか、今年も愛を叫んだって、いつの間に？」

「実は土日に嬬恋村に行ったんです。金子さんのところで手伝いをしてお金を稼ぎ、またキャベツを買いました。今回はバイト代が安かったので宅配にはできませんでした——だから、直に受け取ってください」

堀田は脇に置いていた紙袋から桐箱を取り出し、うやうやしく捧げるように廣子に差し出した。前に失敗した告白方法を、同じ人間にもう一度敢行するとは。行動力は評価するが、思考回路は測定不能——堀田の残念な部分である。

案の定、廣子の表情は怒りに染まりつつあった。

堀田は桐箱を持ったまたじろぎ、半歩退いた。

「私が都のフリーペーパーの編集長になって苦労していたの、知ってるよね？　土日は部員総出で最終校正をしてたのに、その間あなたは嬬恋村にいたわけ？　あなたが告白するくらい好きなその人が締め切りギリギリで焦ってる時に、何をやってるのよ。あんた、私のこと、全然考えていない。自分の気持ちばっかり！　そういうところがだめなの！」

「ご、ごめんなさい」

「私、今は大学生として勉強したいし、ＤＫＳＣの活動も楽しいし。恋愛はまだいいかなって。きっと今じゃなきゃできないこと、のびのびとした自由な立場じゃないとやれないことが沢山ある気がするの。恋愛に舵を切るのは、私自身が納得した、その後で良いかなって。好きになってくれて嬉しいけれど……、ごめんなさい」

「末川さんの考え、よく分かりました。それじゃ……いつか末川さんが恋愛に舵を切る時が来たら、ぼくが一番に告白しますから」

終章　その後のＤＫＳＣ

（1）夫婦愛の、それから。

さらに時は流れた。

九嶋、廣子、堀田は大学を卒業。ＤＫＳＣは創立者の卒業後も継続し世代交代した。廣子の『夫婦愛は経済を救う』というフレーズは部のメインテーマに定められ、部員はこれを合言葉に、結婚率向上と女性の地位向上、シングルマザーの貧困救済に挑み続けている。特に結婚率向上については、「学生のうちにパートナーを選んじゃお」と題し、学内恋愛を促進するキャンペーンを打っている。その結果、実際に学内で恋愛して卒業後に結婚するケースが増えた。中には学生結婚するカップルもいるほどである。

だが、残念というか、皮肉というか、ＤＫＳＣ内に学生結婚・学生恋愛は実らなかった。ＤＫＳＣは『男女共同参画』を標榜しているにもかかわらず伝統的に『女尊男卑』の風土が培われ、自由恋愛の気風が育まれなかったのである。そもそも部の創立者である九嶋に、恋愛はおろか、男性との対等な関わりが無かった。シャープでクール、知的で美しい九嶋は、にじみ出る孤高のオーラで男子一切を寄せ付けなかったのである。無論、遠目から慕う男性はそこそこいた。しかし九嶋の隣に立つ自分を想像すると、彼女の美貌と才知に自信喪失し、みな諦めてしまう。そのため、九嶋の四年間の大学生活は恋愛ゼロで幕引きとなった。

九嶋は卒業後、労働厚生省に入省した。男女共同参画社会の担当となり、都や大学、ＤＫＳＣと連携し、『夫婦愛は経済を救う』を全国レベルに広げようと取り組んでいる。

現在のＤＫＳＣに、ごんちゃんと伸さんをはじめ、嬬恋の鬼たちとのつながりはない。九嶋や堀田・廣子が卒業すると、その関係はフェードアウトしていった。もともと学生と鬼の間には暗黙の理解があった。

「本来、鬼と人間は共存すべきものではない」

「互いの存在を見守りながら距離を置くべきだ」

現在のＤＫＳＣは、柔軟な頭脳と都会的な感覚、若い行動力を必要とする学生らしい活動がメインである。堀田や廣子が取り組んだ破談防止のような特異な活動はなく、もう鬼の出番はないのだった。

ただ、ＯＢの中で九嶋だけは、ごんちゃん・伸さんと連絡を取り続けていて、まれに国家レベルの機密任務を任せた。これには、父の弓川統や、粋名丘大学の学長・桐島達三——学部長から学長に昇りつめていた——も絡んでいた。この二人は相変わらず生涯結婚率向上と長寿化反対の大理念を奉じ、老い先短い人生を故国の繁栄に捧げているのだった。

ごんちゃんと伸さんは、鬼押し出しに暮らしている。

鬼世界の事情はここ数年で随分変わった。二人の生活はその恩恵を受け随分豊かになった。二人は長らく鬼社会の公営集合住宅に暮らしていたが、いまはそこを離れ、人間界との結界にほど近い場所に住んでいる。広々とした土地に岩屋で組んだ大きな二階建ての家。庭が広く、プールもあればウッドデッキもある。

ある晩、二人の鬼は九嶋に頼まれていた仕事を済ませ、帰宅した。

「兄貴、ただいま！」

ごんちゃんはエントランスから屋敷の奥に声を飛ばした。

「おお、二人とも、帰ってきたか！」

奥からあらわれたのはよっさんだ。大きな体にトラ柄の着流しをまとい、貫禄たっぷり。さながら鬼社会の成功者である。

「九嶋部長はお元気だったか」

「ああ、元気だった」ごんちゃんは明るく答えた。「今じゃ日本の出世頭。結婚率向上の専門家だよ——当人の結婚はまだだけど」

「ねえ、よっさん」伸さんが口を開いた。

「いつもそうなんだけど、ＤＫＳＣのＯＢに会うと決まってよっさんの話が出る……あれからもう何年も経っているのに、みんな涙ぐむんだ。今度、二人の結婚式がある。サプライズで顔を出してもいいんじゃないか」

よっさんは表情を引き締め

「それはできないよ」はっきりと言った。

「どうして？」

「考えてもみろ――俺がエジンビアから帰り、向こうの長老の親書をこちらの長老会に渡してから、俺の立場は随分変わった。俺は罰せられるものと思っていたが、外国鬼と友好を図った歴史上稀有な鬼として評価されて、いまでは史上最年少で長老会に名を連ねている。これだけの家屋敷を与えられたのもそのためだ。つまり、俺はもう気ままな独り身ではない。あまたいる日本鬼を代表する一人で、無責任な行動は許されないんだ。そりゃあ確かに、みんなには会いたいよ。でも、そんな勝手をして他の鬼が真似をしたら――その結果、人間界と鬼世界の境界があいまいになったら――一体どうなる？　みんながみんな人間好きの鬼ではないし、人間だっていまだに年に一度は豆まきをする生き物だ。間違いがあったらまずい。そういうわけで、俺はもう人間との接点は止したんだ」

「それじゃあ、手紙くらい書いたらどう？」

ごんちゃんは食い下がる。

「わざわざ情をあおることもないだろ」よっさんは却下した。

「とはいえ、俺もＤＫＳＣのこと、ＯＢのことは気になるから、お前たち二人に頼んで、九嶋さんとだけは連絡がとれるようにしてあるんじゃないか。九嶋さんとその親父さんは鬼社会へ理解がある。お前たち二人も人間に対して偏見がない。今は限られた人間と鬼だけが交流を持っていれば十分だし、それ以上は危ないよ。でも、もし日本に重大なことが起きたら、このパイプが役に立つかもしれない。その時に備えて、二人とも心してパイプ役を務めてくれよ」

「合点した」

ごんちゃんと伸さんは力強く返事してよっさんの前を下がった。

（おわり）

（著者紹介）
水之夢端（みずのむたん）
椋田　撩（むくたりょう）

男女の△《さんかく》物語

—鬼々一髪—

2022年９月15日　第１版第１刷発行

著　者：水之夢端・椋田 撩
発行者：長谷 雅春
発行所：株式会社　五絃舎
〒173-0025　東京都板橋区熊野町46-7-402
TEL・FAX：03-3957-5587
e-mail：gogensya@db3.so-net.ne.jp
組版：Office Five Strings
印刷・製本：モリモト印刷
ISBN978-4-86434-158-5